BLT
Mit der Welt
auf Buchfühlung

Alexis Lecaye arbeitet beim Fernsehen. Mit »Julie Lescaut«, einer Fernsehserie, der sein 1992 erschienener Roman zugrunde lag, hat er in Frankreich ein großes Publikum erreicht. Der Roman »Herz Dame« war der fulminante Auftakt zu einer Kriminalserie um den Pariser Ermittler Kommissar Martin. Sowohl in Frankreich als auch in Deutschland eroberten der sympathische Ermittler mit der Schwäche für Frauen und sein nicht minder sympathischer »Erfinder« die Herzen der Leserinnen und Leser im Sturm. »Pik Dame« ist sein zweiter Fall.

Von Alexis Lecaye sind bei BLT lieferbar:

92218 Herz Dame

ALEXIS
LECAYE

PIK DAME

Krimi

Aus dem Französischen von
Christiane Landgrebe

BLT

BLT
Band 92258

1. Auflage: August 2007

Vollständige Taschenbuchausgabe

BLT in der Verlagsgruppe Lübbe

Deutsche Erstausgabe

Titel der französischen Originalausgabe:
DAME DE PIQUE,
Originalverlag: Éditions Lattès

Lektorat: Daniela Bentele-Hendricks
Umschlaggestaltung: © HildenDesign, München
Titelbild: © Johannes Wiebel, HildenDesign, München
Autorenfoto: © Privat
Satz: Textverarbeitung Garbe, Köln
Druck und Verarbeitung: GGP Media GmbH, Pößneck
Printed in Germany
ISBN 978-3-404-92258-1

Jede Ähnlichkeit mit echten Situationen und Personen, lebendig oder tot, wäre reiner Zufall.

Kapitel 1

Die Frau hätte ihn fast entdeckt, als sie eilig aus dem Gebäude in der Avenue Rapp gelaufen kam, einem Haus mit einer überreich verzierten Fassade, wie aus einem Film von Corman.

Sie nahm die vier Stufen am Eingang mit einem Satz und lief weiter in Richtung Seine, das zum Pferdeschwanz gebundene braune Haar schlug bei jedem Sprung gegen ihren Nacken.

Sie änderte ihr Outfit ständig, aber diesmal hatte sie zum ersten Mal Sportkleidung an, einen eleganten Jogginganzug, der ihre Figur unterstrich, ohne sie allzu sehr zu betonen. Sie trug makellos weiße Laufschuhe, eine beigefarbene Ledertasche um die Hüften und eine große Stoppuhr am rechten Handgelenk. Sie war Linkshänderin.

Von einer Dachkammer auf der gegenüberliegenden Seite der Straße aus hatte er ihren nackten braunen Körper schon mit seinem 600-mm-Teleobjektiv beobachtet, und das Bild ihrer perfekten Figur – die Linie ihres muskulösen Rückens, die seltsamen, fast weißen Streifen, die von ihren Armen zu den Schultern führten und sich auf ihrem Oberkörper abzeichneten, die schwarzen buschigen Haare unterhalb des Bauches und die zarten kleinen Brüste – hatte sich auf seiner Netzhaut eingeprägt.

Der Auftrag hatte nicht nur unangenehme Seiten. Seine Zielperson war eine der schönsten Frauen, denen er je beruflich begegnet war, ihre Züge und Bewegungen waren voller Anmut, und er bedauerte schon jetzt den Augenblick, an dem alles zu Ende sein würde.

Sie überquerte die Straße bei Rot und lief in westlicher Richtung auf den Eiffelturm zu. Sie rannte über den Bürgersteig und wich geschickt den Passanten aus, ohne ihren Rhythmus zu verlangsamen. Er nahm an, dass sie wie die meisten Jogger zum Champ de Mars abbiegen würde, doch sie rannte weiter am Seine-Ufer entlang, immer geradeaus, und als sie eine Treppe erreichte, lief sie zum Quai hinunter.

Er stellte seinen Roller am Bürgersteig ab und beugte sich über das Geländer, um festzustellen, ob sie in derselben Richtung weiterlief.

Sie war schon weit weg, eine kleine graublaue Gestalt, sogleich an der eleganten Art zu erkennen, mit der sie sich fortbewegte.

Er nahm die Verfolgung wieder auf und hielt von Zeit zu Zeit am Brückengeländer, um nachzuschauen, ob sie nicht umgekehrt war. Doch sie joggte unermüdlich weiter die Seine entlang und verschwand manchmal hinter Bäumen und Gebäuden, bis sie auf freier Fläche wieder zu sehen war.

Bald hatte sie die Grenze des 15. Arrondissements erreicht. Hier wurde der Uferweg immer unwegsamer.

Es waren viele Spaziergänger und Jogger unterwegs, aber sie setzte ihren Weg fort, allein und strahlend, ganz auf ihre Strecke konzentriert. Es wurde dunkel, und trotz der Straßenbeleuchtung konnte man immer weniger sehen.

Wollte sie ihn vielleicht auf eine falsche Fährte locken? Wenn ja, dann hatte sie ihn entdeckt, dabei war ihm in den fünf Tagen, in denen er ihr nachspionierte, an ihrem Verhalten nicht das kleinste Anzeichen aufgefallen, das darauf hinwies, dass sie beunruhigt war oder Verdacht geschöpft hatte. Sie hatte sich auf der Straße nie umgesehen; er hatte an ihren Bewegungen nie dieses Gefühl des Unbehagens bemerkt, das man bei Leuten, die sich verfolgt fühlen, erkennen kann. Wahrscheinlich war sie durch die vielen bewundernden und neidischen Blicke, die ihr begegneten, unempfindlich geworden.

Das Wetter war schön, und die Luft für einen Abend Ende Dezember besonders mild.

Sein Herz schlug schneller. Vor wenigen Sekunden war sie hinter einem Erdhügel und mehreren über drei Meter hohen Betonwänden verschwunden und tauchte immer noch nicht wieder auf. An der Uferböschung war eine riesige Baustelle mit Sandhaufen, Kränen, von Bogenlampen erleuchtet. Riesengroße orangefarbene Betonmischer fuhren wie in einem ungeordneten Ballett hin und her, die riesigen Motoren drehten sich mit aller Kraft und übertönten den Lärm der unablässigen schrillen Piepgeräusche. Wo war sie nur geblieben?

Er stellte den Roller hastig am Rand des Bürgersteigs ab, schob schnell den Helm in den Stauraum unter dem Sattel und ging rasch über den breiten matschigen Weg auf die Baustelle und die Seine zu.

Er schritt an den hohen Eisengittern entlang, die die Baustelle umgaben. Er wusste mit Sicherheit, dass ihr Lauf hier zu Ende war. Dass sein Zielobjekt ebenfalls ein Ziel hatte und dieses irgendwo hier auf der Baustelle sein musste. Dass das, auf das sie von Anfang an zulief, sich hier befand, im Schlamm, irgendwo zwischen Betonwänden und Sandhaufen. Aus welchem Grund hätte sie sonst in diese einsame Gegend kommen sollen?

Da ging eine Sirene los, die den Baulärm übertönte, und ein paar Sekunden später waren die riesigen Dieselmotoren der Lastwagen still, und dann herrschte relative Ruhe. Ein anderes Geräusch löste das der Maschinen ab, das der Wagen auf dem Boulevard Périphérique, der zweihundert Meter weiter oberhalb der Uferstraße entlangführte, dann die

Seine überquerte und zwischen Paris und Boulogne unter der Erde verschwand.

Nachdem es auf der Baustelle leiser geworden war, gewannen die Geräusche der Stadt die Oberhand. Es war 17.00 Uhr, und als die gelben und orangefarbenen Ungeheuer still standen, stiegen die Fahrer aus den Kabinen, das Handy am Ohr, sobald sie die weißen Helme abgesetzt hatten.

Er schlängelte sich zwischen riesigen aufeinanderliegenden Rohren hindurch.

Aus dem Augenwinkel bemerkte er eine flüchtige Bewegung, etwa fünfzig Meter entfernt. Er ging schnellen Schrittes weiter an den Arbeitern vorbei, doch sie achteten nicht auf ihn.

Mit seiner schwarzen Tasche, der Brille mit dem Metallgestell und seinen halblangen grauen Haaren, seiner weinroten Krawatte, seiner Übergangsjacke aus imitiertem Tweed, seiner grauen Hose und seinen braunen Schuhen mit der dunklen Kreppsohle passte er in jedes städtische Milieu und zu jedem Beruf. Technischer Angestellter, Buchhalter, Kontrolleur.

Unauffällig wie er war, überquerte er die Baustelle zwischen den ruhenden Maschinen hindurch und stand bald am Rand eines Labyrinths aus grauen Betonblöcken. Er ging ein paar Schritte weiter und blieb dann stehen.

Er hatte gemeint, dass seine Zielperson genau hier verschwunden war, jetzt aber war er nicht mehr sicher. Er ging noch weiter. Außer den aufgestapelten Zementblöcken war dort nichts als Sand, gelbe, an den Füßen haftende Erde und Steine. Die Luft war schwer und feucht.

Die Betonwände isolierten den Tunnel vom Lärm. Er hatte das seltsame Gefühl, sich in einer Krypta zu befinden.

Dann ein Schatten, den er mehr spürte, als er ihn sah, und der sich zwischen das grelle Licht der Bogenlampen und ihn schob. Im selben Moment begriff er, dass er in eine Falle geraten war.

Er blickte sich um, und die Silhouette seiner Zielperson zeichnete sich im Gegenlicht ab. Sie sah ihn an, aber durch das helle Licht in ihrem Rücken konnte er ihren Gesichtsausdruck nicht erkennen. Sie war viel kleiner und leichter als er, aber er kam sich plötzlich merkwürdig verletzbar vor. Der Jäger war zum Wild geworden.

Er hasste solche Situationen, sie waren in seinen Augen demütigend und unentschuldbar. Aber das kam eben vor und würde noch öfter vorkommen. Er kannte genügend wirkungsvolle Methoden, um die Situation zu seinen Gunsten zu wenden. So ging er auf die Frau zu und versuchte dabei freundlich zu lächeln, dann fuhr er mit der Hand in die Tasche, um eine seiner falschen Visitenkarten herauszuholen.

Ihr Stimme war schneidend, trocken und fordernd.

»Keine Bewegung.«

Er erstarrte, die Drohung war unüberhörbar. Er versuchte es auf andere Weise.

»Entschuldigen Sie«, sagte er, »aber ich finde schöne brünette Frauen einfach toll. Sie haben den tollsten Arsch, den ich je gesehen habe.«

»Geben Sie sich keine Mühe«, sagte sie.

Die Situation entglitt ihm. Sie hätte Unsicherheit, Wut oder Angst zeigen müssen. Sie war immerhin allein mit einem Unbekannten im Niemandsland. Aber sie hatte nicht nur keine Angst, sondern …

»In wessen Auftrag folgen Sie mir?«, fragte sie und kam in dem Halbdunkel einen Schritt auf ihn zu.

Sie war nur noch eine dunkle Gestalt mit nicht erkennbaren Zügen.

»Wollen Sie es mir wirklich nicht sagen?«

Es war fast ein Spiel. Er versuchte zu lächeln. Vielleicht machte ihm diese Situation tatsächlich Spaß. Sie war eine reiche Frau, die oft alleine war, vielleicht empfand sie auch einen gewissen Lebensüberdruss und war froh, ein wenig Ablenkung zu haben. Doch dass sie so gar keine Angst hatte, verunsicherte ihn. Es war, als wüsste sie im Voraus, was geschehen würde, als habe sie keinen Zweifel daran, wie ihre Begegnung ausgehen würde.

Wer war sie nur? Er wusste ihren Namen und ihre Adresse, doch das hatte nichts zu bedeuten. Sie war verheiratet … Er wusste nicht einmal, warum er sie auf Schritt und Tritt beschatten sollte, auch wenn er sich darüber seine eigenen Gedanken machte.

Jetzt zog sie einen kleinen schwarzen Gegenstand aus ihrer Hüfttasche. Zuerst glaubte er, es sei eine Digitalkamera. In der Vergangenheit hatten ihn öfter Zielpersonen entdeckt und dann zu fotografieren versucht. Eine Art, sich zu rächen. Aber sie hatten sowieso nichts davon, und ihm war es egal.

Was sie nun auf ihn richtete, war jedoch kein Fotoapparat, sondern eine winzige Pistole mit zwei übereinanderliegenden Läufen. Eine Faustwaffe, die gleichzeitig oder hintereinander zwei Neun-Millimeter-Kugeln abfeuern konnte. Jenseits von fünfzig Metern traf sie nicht genau, aber bei dem Abstand, den die Frau zu ihm hatte, war sie von tödlicher Treffsicherheit.

In der knappen Sekunde, die er noch zu leben hatte, blieb ihm gerade noch die Zeit, sich zu sagen, dass sie ihm Angst machen wollte und dass er, als er den Auftrag angenommen hatte, ganz bestimmt nicht gewillt gewesen war, ein solches Risiko einzugehen.

»Ich will Ihnen nichts Böses«, sagte er holprig. »Ich bin Privatdetektiv.«

»Ich weiß.«

Die erste Kugel durchschlug Brustbein und Herz, das sofort zu schlagen aufhörte. Er fiel in sich zusammen, sein

Kopf krachte gegen eine Betonwand. Er spürte keinerlei Schmerz. Die zweite Kugel drang durch die Stirn ins Gehirn und trat am Hinterkopf wieder aus.

Zehn Sekunden lang blieb die Frau unbeweglich stehen und lauschte. Doch außer dem Autolärm auf dem Boulevard Périphérique war nichts zu hören. Sie steckte die Waffe ein, streifte PVC-Handschuhe über, durchsuchte die Kleider des Privatdetektivs und steckte alles ein, was sie in seinen Taschen fand.

Mit einer langen chirurgischen Pinzette fuhr sie in die erste Wunde und zog mit einiger Mühe die Kugel heraus, dann hob sie die zweite auf, die auf dem Boden aufgeschlagen war.

Es war Freitagabend. Vor Montagmorgen würde man die Leiche nicht finden. So hatte sie drei Abende, um notwendige Maßnahmen zu ergreifen und aktiv zu werden. Mehr brauchte sie nicht. Doch sie konnte erst handeln, wenn sie herausgefunden hatte, wer ihr den Detektiv auf die Fersen gehetzt hatte.

Kapitel 2

Samstag

Martin ging in der Wohnung auf und ab. Seine alte Hose war an den Knien abgewetzt, und am Hintern hatte sie Löcher. Er war unrasiert und hatte Schatten unter den Augen. Er war tief verbittert, auch wenn man es ihm nicht ansah. Seine Stimmung richtete sich vor allem gegen sich selbst. Es war eine depressive Stimmung, die sich nicht deutlich zeigte, aber auf lange Sicht zerstörerisch war.

Ja, Martin war deprimiert, und dass diese Deprimiertheit als »neurotische, angst- oder posttraumatische Depression« bezeichnet wurde, wie sie oft bei Menschen vorkommt, die einen nahen Angehörigen verloren oder einen schweren Unfall überlebt haben, machte die Sache nicht besser.

Vor zweieinhalb Monaten hatte die Verfolgung eines Frauenmörders in einem blutigen Kampf geendet. Der Täter war tot, und Jeannette, die engste Mitarbeiterin von Martin, und er selbst wären dabei fast ums Leben gekommen.

Martin hatte Schmerzen am Hals, an der Stelle, an der ihn die Kugel des Mörders getroffen hatte. Auch der Rücken und die Brust taten ihm weh, immer wiederkehrende Migräne drückte ihm stundenlang auf das rechte Auge und einen Teil von Stirn und Nacken. Er hatte unzählige Medikamente ausprobiert, aber bisher hatte keines geholfen. Der Arzt hatte ihm erklärt, dies habe wahrscheinlich nicht unbedingt mit seiner Verletzung zu tun, sondern eher mit seiner Depression. Er hatte ihm auch gesagt, dass es im Allgemeinen nichts nütze, wenn man darüber Bescheid wisse.

Zwei Wochen lang kam ein Physiotherapeut und machte Übungen mit ihm, außerdem sollte er eine Stunde pro Tag draußen spazieren gehen, am besten im Park. Diese Anweisung befolgte er nur unwillig.

Den Rest des Tages verbrachte er mehr schlecht als recht im frisch gestrichenen Wohnzimmer seiner Wohnung. Seine Freundin Marion und seine Tochter Isa hatten, während er im Krankenhaus lag, beschlossen, bei ihm ein wenig zu renovieren. Er konnte den Geruch der Farbe nicht ausstehen, aber im Grunde konnte er überhaupt nichts ertragen.

Von seinem Zimmer ging er in die Küche, machte im Vorbeigehen den Fernseher an und stellte ihn ein paar Sekunden später wieder aus, diese Bilder ohne Sinn und Verstand, die über den Bildschirm flimmerten, widerten ihn an.

Er hatte nichts zu den Malerarbeiten gesagt, und seine mangelnde Reaktion hatte die beiden Frauen verletzt, schließlich hatten sie sich große Mühe gegeben. Damit sich seine Stimmung nicht noch mehr verdüsterte, hatten sie sich nichts anmerken lassen. Allmählich aber konnten sie ihn, Depression hin oder her, kaum noch ertragen. Marion blieb so lange wie möglich in der Redaktion, sie war Journalistin, und Isa war so viel wie möglich unterwegs, dabei hätte sie sich gern hin und wieder zu Hause ausgeruht. Sie nahm Schauspielunterricht und hoffte auf ein Engagement, aber sie konnte in der bedrückenden Atmosphäre der Wohnung keine Rollen mehr lernen.

Sie hatte schon überlegt, ob sie nicht zu einer Freundin ziehen sollte – bisher hatte sie keinen Kontakt zu dem Vater ihres ungeborenen Babys aufgenommen, sie war noch nicht so weit. Von Woche zu Woche schob sie ihre Umzugspläne vor sich her, keine ihrer Freundinnen hatte wirklich Platz für sie.

Martins schlechte Stimmung färbte auf alle ab. Während er sich von dem Angriff auf sein Leben erholte, baute er um sich eine Mauer aus verletzter Liebe, Unverständnis und Missverstehenwollens auf, die allen auf die Nerven ging.

Nur ein Mensch hätte Martin helfen können, seine Ex-Frau Myriam, aber mit Ausnahme einiger Telefongespräche, in denen sie sich nach seinem Gesundheitszustand erkundigte, hatte sie nichts von sich hören lassen.

Er war völlig klar im Kopf. So klar, dass er sich zehnmal am Tag fragte, wozu es sich noch lohnte zu leben. Nachts schlief er zwölf bis vierzehn Stunden, und er erwachte von diesen nächtlichen Marathons müde und mit schwerer Zunge, ohne sich daran erinnern zu können, ob er geträumt hatte.

Seit dem Tod seiner ersten Frau hatte Martin immer wieder Angstzustände gehabt, die ebenso schnell vorbeigingen, wie sie kamen, aber nie ganz aufhörten. Sie war, als Isabelle elf Jahre alt war, bei einem Autounfall ums Leben gekommen. Er hatte seine Mutter im selben Alter verloren.

Seine Libido war auf dem Nullpunkt.

Ende September war er aus dem Krankenhaus entlassen worden, vorher hatte er sich zwei Wochen überhaupt nicht rühren können. In ein paar Tagen war sein Genesungsurlaub zu Ende, aber er wollte danach unbezahlten Urlaub. Er hatte keine finanziellen Reserven, um eine Familie zu ernähren. Marions Baby sollte im März geboren werden. Und da war noch Isabelle, seine Tochter, die arbeitslose Schauspielerin, deren Kind im Februar kommen sollte, einen Monat früher als das seiner Freundin.

Die Zukunft schien ihm genauso düster wie die Gegenwart.

Als er seine Papiere durchsah, fand er den Vertrag für die Lebensversicherung, den er vor zwanzig Jahren unterschrieben hatte. Zwar konnten die beiden Mädchen einigermaßen davon leben. Aber Isa bekam nur zweiundneunzigtausend Euro, und die musste sie noch versteuern, um die Wohnung erben zu können.

Der krankhafte Narzissmus, in dem er gefangen war, hinderte ihn nicht daran, sich schuldig zu fühlen. Das Schlimmste aber war dieses Gefühl der Ohnmacht. Er schaffte es nicht, da herauszukommen. Die beiden Frauen, deren Bäuche in erstaunlichem Gleichklang runder und runder wurden, machten sich zunehmend Sorgen. Das merkte er zwar, konnte jedoch an seinem Zustand nichts ändern.

Nach den letzten Untersuchungen sollte Marion ein Mädchen und Isa einen Jungen bekommen. Die Schwangerschaften verliefen problemlos, alle Ergebnisse waren gut. Doch wegen Martin konnten sie sich darüber weder freuen noch ungetrübt in die Zukunft blicken.

Auch seine Freundin Laurette, die Psychologin im Innenministerium, hatte versucht, mit ihm zu reden, aber er hatte ihr die kalte Schulter gezeigt. Daraufhin hatte Laurette Isabelle angerufen und ihr ein paar Psychotherapeuten empfohlen. Marion und Isa hatten versucht, ihm gut zuzureden, aber er weigerte sich, eine Therapie zu machen.

Nachts träumte er nie – zumindest erinnerte er sich an keinen Traum –, dafür am Tag umso mehr.

Wenn er allein war, tauchten in seinem Kopf plötzlich Szenen von erschreckendem Realismus auf: Das Geräusch, der Geruch, der Anblick, alles war da. Es gab zwei Arten von Szenarien. Den Tag, an dem seine erste Frau, Isas Mutter, gestorben war, unmittelbar vor und nach dem Unfall: ihr Streit, das Eintreffen der Polizisten, die mit den Käppis in der Hand im Türrahmen standen, das Warten vor der Schule am Abend, das Gefühl der Ohnmacht … Diese Bilder erschienen ohne Vorwarnung und dauerten immer nur ein paar Sekunden, aber er war dann wie versteinert.

Seine Mitarbeiterin Jeannette, die alle Kräfte zusammengenommen hatte, um ihm den Weg zu dem Armbrust-Mörder zu weisen.

Sein Zweikampf mit dem Mörder. Der brennende Schmerz, als ihn die Kugel am Hals traf, das Gefühl, dass sein Leben zu Ende ging, sein Finger, der abdrückte, das Sich-Aufbäumen des Mörders, als ihn Martins Kugeln trafen, der Staub und der Schweiß, die ihm in die Augen stachen und ihn blind machten …

Sein ganzes Denken konzentrierte sich auf diese beiden dramatischen Ereignisse, unaufhörlich traktierten sie ihn mit diesen Bildern, die ihn wie Dolchstiche trafen. Versuchte sein Unbewusstes, ihn vor etwas zu warnen, ihm zu helfen, seine Niedergeschlagenheit zu überwinden, indem es ihm dieses Rohmaterial aus der Vergangenheit immer wieder vor Augen führte? Oder war es ein mentaler Virus, der Erinnerungsfetzen hervorbrachte, zufällig aus der Schublade der »besonders schrecklichen Momente des Lebens« hervorgeholt?

In diesen Augenblicken waren Schuld- und Ohnmachtsgefühle die vorherrschenden Empfindungen. Die Ohnmacht, den Tod seiner Frau zu verhindern, die Unfähigkeit, den Mörder daran zu hindern, die Frauen – und ihn – zu töten. Todesfälle, die er, Martin, nicht hatte abwenden können. Martin, Ehemann und Bulle, passiv und unzulänglich. Und deshalb unnütz. Überflüssige Todesfälle, überflüssiges Leben.

Isabelle liebte ihren Vater, aber sie hatte mit fünfzehn beschlossen, sich nicht mehr in sein Privatleben einzumischen. Sie hatte sich deshalb sehr bemüht, ihren Kummer nicht zu zeigen, als Myriam, seine zweite Frau, und er sich getrennt hatten.

Isabelle mochte Marion, die neue Freundin ihres Vaters, aber manchmal spürte sie in ihrem Innern ein Gefühl der

Eifersucht. Dass sie beide schwanger waren, hatte sie allerdings einander näher gebracht.

Als sie merkte, dass alle Versuche, die Stimmung ihres Vaters zu heben, fehlschlugen, beschloss sie, etwas zu tun, was Marion gegenüber wie ein Verrat war.

Aber sie hatte keine Wahl. Sie konnte diesem selbstzerstörerischen Treiben nicht länger zusehen. Ihr Vater war nicht wiederzuerkennen, er war fast ein Fremder geworden. Sie musste etwas unternehmen.

»Es ist, als sei er von einem Dämon besessen«, sagte sie eines Tages zu Marion. »Von außen gesehen ist er Martin, aber im Innern hat ein anderer seine Stelle eingenommen.«

Marion erschauerte.

Daraufhin beschloss Isa, aktiv zu werden.

Am ersten Dezember ging sie zu Myriam ins Büro. Diese hatte abgenommen und wirkte müde. Isabelle war nicht unparteiisch. Die Ex-Frau ihres Vaters mit den breiten Schultern, dem braunen Teint, den dunklen Augen war für sie der Inbegriff der schönen Frau. Als sie klein war, hatte sie unbedingt auch so aussehen wollen, worüber Myriam immer gelacht hatte, aber es hatte sie auch berührt. Myriam hatte, lange bevor sie Martin kennenlernte, ihr einziges Kind verloren und konnte keine weiteren bekommen.

Isa war das einzige Kind, das sie je haben würde. Die beiden Frauen hätten unterschiedlicher nicht sein können, aber sie verstanden einander, ohne viel zu reden, und Myriam wartete auf Isas Niederkunft ebenso ungeduldig wie ihre Stieftochter.

»Was ist passiert?«, fragte Myriam und hob den Blick von einer dicken Akte.

»Alles in Ordnung«, sagte Isa beschwichtigend und legte eine Hand auf ihren Bauch. »Aber eigentlich geht es ganz schlecht. Papa dreht ab, und zwar komplett.«

»Was meinst du damit?«

»Ich erkenne ihn kaum wieder. Er ist irgendwo anders. Er geht einem auf die Nerven, er ist gar nicht richtig da. Und es wird von Tag zu Tag schlimmer.«

»Und was sagt seine Freundin dazu?«

»Dasselbe wie ich.«

Myriam seufzte und stand auf.

»Isa, du musst verstehen, dass ich keine Lust habe, mich in das Privatleben deines Vaters einzumischen. Er hat schließlich eine andere.«

»Bist du eifersüchtig?«

Myriam holte tief Luft.

»Sei nicht dumm. Das Leben deines Vaters geht mich nichts an. Nicht mehr.«

»Du sollst ja auch nicht Eheberaterin spielen«, sagte Isabelle verärgert. »Ich erkenne ihn nicht mehr. Manchmal ...«

Sie schwieg.

»Manchmal?«

»Ich hab Angst, dass er eine Dummheit macht. Beim Gehen zieht er die Füße nach. Er zieht sich an wie ein Penner. Neulich hat er im Vertrag seiner Lebensversicherung rumgesucht. Er will mit niemandem reden. An ihn ist nicht ranzukommen, weder Marion noch ich schaffen das.«

»Und warum sollte ich das können?«

Isa sah sie an, als habe sie etwas Ungeheuerliches gesagt. Dann plötzlich schien sie ihre Meinung zu ändern.

»Du hast recht«, sagte sie. »Das ist Quatsch. Ich versteh schon. Entschuldige bitte.«

Myriam trat zu ihr und nahm sie in den Arm. Isa senkte den Kopf auf die Schulter ihrer Mutter – ihrer Ersatzmutter – und legte die Arme um sie.

So blieben sie einen Moment stehen.

»Ich glaube, ich spüre es«, sagte Myriam.

«Ja, es gibt mir dauernd Fußtritte.«

»Ich seh mal zu, was ich machen kann, aber ich kann dir nichts versprechen. Dein Vater und ich …«

»Ich weiß«, sagte Isa, »ihr seid nicht mehr zusammen. Und außerdem lebt er mit Marion.«

»Das hab ich nicht gemeint. Seit einiger Zeit, immer wenn wir uns sehen, habe ich den Eindruck, dass es uns nicht so gut bekommt.«

»Im Moment könnte ich mir nicht vorstellen, wie es ihm noch schlechter gehen könnte«, sagte Isa. »Aber es ist natürlich deine Entscheidung.«

Kapitel 3

Montag

Als sie sich die Leiche ansah, erkannte Jeannette an der Art, wie das Blut aus der Wunde ausgetreten war und sich unter dem Kopf gesammelt hatte, sofort, dass der Mann an genau dieser Stelle gestorben war.

Die Spezialisten von der Kriminaltechnik hatten, um an die Leiche heranzukommen, ohne Spuren zu verwischen, darunter vielleicht die des Mörders, mit Brettern und Zementblöcken von der Baustelle einen Zugangsweg angelegt.

Zwei junge Männer in weißen Kitteln nahmen mit Modelliermasse gerade Abdrücke von Schuhsohlen und anderen weniger deutlichen Spuren.

Jeannette hob den linken Fuß und sah sich das Muster der Sohle an. Es war dasselbe, das die beiden Kriminaltechniker genommen hatten.

»Neue Nike Air«, sagte sie. »Größe 38, so wie meine, schätze ich.«

»Dann nehmen wir Sie fest«, sagte der hübschere von beiden.

Niemand lachte, und der Junge wurde rot.

Jeannette zwinkerte ihm zu, und da schien er weniger verlegen.

Olivier kam etwas außer Atem zu ihr. Er war Martins zweiter Mitarbeiter und war jetzt ihrer geworden. Das ging nicht ohne Konflikte ab.

»Kein Arbeiter auf der Baustelle hat irgendwas gesehen oder gehört.«

»Kein Wunder bei dem Krach, den sie machen«, sagte Jeannette. »Weißt du, wann auf der Baustelle Feierabend ist?«

»Um 17.00 Uhr, freitags schon um vier. Jedenfalls offiziell, meistens arbeiten die länger.«

Bélier kam zu Jeannette. Die beiden Frauen kannten sich gut und lächelten sich zu. Bélier war technische Leiterin des LIPS, des überregionalen kriminaltechnischen Labors. Die Abkürzung war also keine Anspielung auf ihre vollen Lippen.

»Die Leiche ist starr, rotviolette Flecken an den Stellen, die den Boden berührt haben, noch keine grünen Flecken auf dem Bauch, die Temperatur entspricht in etwa der der Umgebung.«

»Zwischen vierundzwanzig Stunden und vier Tagen«, ergänzte Jeannette.

»Ja, jedenfalls theoretisch. Ich würde sagen, Freitag zwischen 16.00 und 18.00 Uhr. Zwei Verletzungen durch Kugeln, beide tödlich.«

Jeannette nickte und fragte nicht weiter. Sie hatte gelernt, sich auf Béliers Schlussfolgerungen zu verlassen, die sie in ihrem späteren Bericht genauer erläuterte.

Als Bélier sich mit ihrem hinkenden Gang entfernte, rutschte sie auf einem Brett aus und fiel fast hin. Olivier packte sie am Arm, aber sie machte sich mit einer brüsken Bewegung los. Sie hatte in ihrer Jugend Kinderlähmung gehabt, und eines ihrer Beine war kürzer als das andere. Sie mochte es nicht, dass man sie daran erinnerte, auch wenn es nicht mit Absicht geschah.

Jeannette folgte ihr.

»Es sieht so aus, als habe man ihn in eine Falle gelockt«, sagte sie. »Meinen Sie, ich liege falsch damit?«

»Nein, das könnte gut sein. Und der Mörder oder die Mörderin hat die Kugeln wieder eingesammelt, wahrscheinlich bei der Kugel, die ins Herz gedrungen ist, mit einer Zange. Ich habe die Wunde sondiert.«

»Der Mörder hat eine Zange benutzt?«

»Wahrscheinlich, und nicht irgendeine Zange, sondern die eines Chirurgen, mit der man in eine Verletzung hineingehen und einen Fremdkörper entfernen kann.«

«Wollen Sie damit sagen, dass der Mörder geplant hatte, diese Zange zu benutzen?«

»Ja, er muss sie bei sich gehabt haben.«

Sie schwiegen eine Weile. Sie hatten schon viel erlebt, aber ein Mörder, der eine Zange dabeihatte, um die Kugeln aus dem Körper seines künftigen Opfers zu entfernen, das war schon besonders erschreckend.

»Was war er von Beruf?«, fragte Bélier und betrachtete die Leiche.

»Wir haben in seinen Taschen nichts gefunden.«

»Wir machen ein Scan von Gesicht und Profil, aber wenn er in keiner Datei ist ...«

»Ich weiß.«

»Wie geht es Martin?«, fragte Bélier, abrupt das Thema wechselnd.

»Er ist immer noch nicht wieder im Dienst. Ich habe ihn schon eine Weile nicht mehr gesehen.«

Bélier schüttelte nachdenklich den Kopf.

»Warum fragen Sie? Meinen Sie, ich schaffe das hier nicht?«, fragte Jeannette eher neugierig als aggressiv.

»Ich glaube, dass Sie außer ihm die Einzige sind, die diesen Fall aufklären kann. Ich mag Martin einfach gern.«

Sie wandte sich ab und ging, um ihren Leuten Anweisungen zu erteilen.

Jeannette warf ihr einen Blick zu. Verbarg sich eine bestimmte Absicht hinter dieser überflüssigen Bemerkung?

Und wenn, welche?

»Auch ich mag Martin gern«, sagte sie leise, »alle mögen Martin. Nur er mag sich nicht.«

Plötzlich lächelte sie. Sie hatte verstanden.

Kapitel 4

Montag

Als Martin die Tür öffnete, erschrak Myriam. Seine Sachen waren ihm viel zu weit, ein unförmiges T-Shirt und eine Hose, die sie ihm vor Jahren gekauft hatte. Er hatte bestimmt zwölf Kilo verloren, aber das war bei Weitem nicht die einzige Veränderung. Sein Blick war ausweichend, verwirrt, als blicke er in zu grelles Licht.

Sie trat einen Schritt nach vorn, da ging er endlich zur Seite und ließ sie herein. Sie folgte ihm in das große Wohnzimmer, in dem sich schon früher das gesamte Familienleben abgespielt hatte.

»Seh ich so schlimm aus?«, fragte er lachend.

Bei diesem Ton war sie für einen Moment erleichtert. Er war noch fähig, sich über sich selbst lustig zu machen. Noch war nicht alles verloren.

Die Mädchen hatten im Wohnzimmer gute Arbeit geleistet. Die elfenbeinweißen Wände schienen jedoch Martins bleiche Gesichtsfarbe noch zu betonen.

Zum ersten Mal sah Myriam die Narbe ihres Ex-Mannes. Eine geschwollene violettrote Linie schräg über den Hals, lang und gebogen, hier würden nie mehr Haare wachsen. Der Chirurg hatte gute Arbeit geleistet. Martin war dem Tod ganz nahe gekommen, und vielleicht war es das, was ihn zerstörte.

Manche Leute, die man ins Leben zurückgeholt hatte, hatten einen Tunnel und weißes Licht gesehen und waren danach für immer in heiterer Verfassung. Bei ihm war das anders. Sie wusste nicht, was er im Koma gesehen oder gespürt hatte, das Ergebnis war jedenfalls eine Katastrophe.

»Machst du Diät? Ich fand dich fülliger besser«, sagte sie.

»Ich mache keine Diät, ich hab einfach keinen Hunger. Hat Isa dich um Hilfe gebeten?«

Sie seufzte. Depressiv oder nicht, er hatte nicht viel von seinen Fähigkeiten eingebüßt. Dadurch würde ihr Gespräch schwieriger oder auch leichter, sie wusste es noch nicht.

»Ich habe eine posttraumatische Depression«, sagte er. »Wenn du einen Weg kennst, da rauszukommen ... Dann würde es allen bessergehen, auch mir.«

»Hast du an Selbstmord gedacht?«

»Ja. Eher um an etwas zu denken, als um es zu tun. Ich habe es mal ausgerechnet, aber finanziell wäre es für die Mädchen kaum interessant.«

Sie suchte in seinen Worten einen selbstmitleidigen Ton, fand ihn aber nicht.

»Und wenn du wieder anfingest zu arbeiten?«

»Die Brigade kommt sehr gut ohne mich aus. Sie hatten noch nie eine so hohe Aufklärungsquote.«

Myriam setzte sich in einen der abgewetzten niedrigen Sessel und schlug die Beine übereinander. Martin warf nicht mal einen Blick auf ihre Schenkel. Das entsprach so wenig seiner Gewohnheit, dass ihre Beunruhigung sprunghaft anstieg.

»Bietest du mir nichts zu trinken an?«, fragte sie.

Er ging, suchte in einem Schrank und kam dann mit einem trockenen Martini zurück.

Sie hob das Glas und kostete. Die Mischung stimmte, aber es war kein Eis drin.

»Trinkst du nichts?«

Er schien überrascht, ging in die Küche und kam mit einem Glas abgestandenen Mineralwassers zurück.

»Hast du kein Bier mehr?«

»Ich habe vergessen, den Mädchen zu sagen, dass sie welches kaufen sollen.«

»Bist du nicht in der Lage, selbst runterzugehen und beim Supermarkt an der Ecke ein paar Flaschen zu kaufen?«

»Ich habe nicht genug Durst.«

Er setzte sich ihr gegenüber auf einen Hocker. Er sah sie zum ersten Mal an. Wieder glaubte Myriam, in seinem Blick ein fernes Leuchten zu sehen, eine flüchtige Spur des Martin von früher.

»Ich bin ein hoffnungsloser Fall, tut mir leid.«

Diesmal konnte sie das durch seine ironische Haltung nur schlecht getarnte Selbstmitleid deutlich heraushören. Sie stand auf und stellte das kaum berührte Glas ab. Der Mann ihr gegenüber hatte nicht mehr viel mit dem Martin gemein, den sie einmal geliebt hatte. Isa hatte recht. Ein Fremder, ein Alien, lebte in diesem hinfälligen Körper. Sie hätte ihn am liebsten geschlagen, um den unfassbaren Dämon, der in ihm hauste, auszutreiben und zu verjagen.

Aber das hätte nichts genützt. Sie hatte nicht die leiseste Ahnung, wie sie ihm helfen konnte. Vielleicht konnte man gar nichts machen. Ihre Ohnmacht nervte sie. Sie hätte nicht herkommen sollen.

Sie wandte sich um und ging.

Draußen hatte es wieder angefangen zu regnen. Ein eisiger Regen von Nordosten.

Unten an der Haustür begegnete sie Jeannette. Die beiden Frauen umarmten sich. Sie würden nie Freundinnen werden, hatten aber Respekt voreinander.

Jeannette trug im Gesicht noch die Spuren der Verletzungen, die ihr der Armbrustmörder zugefügt hatte. Sie hatte nicht mehr die runden Wangen einer Dreißigjährigen, sie hatte Ringe um die Augen, die so schnell nicht weggehen würden. Die feinen Narben um den Mund würden wahrscheinlich nie ganz verschwinden, aber ihr Blick war klar und realitätsbewusst. Es war der Blick einer Überlebenden.

»Wie geht es Martin?«, fragte sie Myriam.

»Schlecht.«

Jeannette nickte nur.

»Ich schäme mich. Ich habe es nicht länger als eine Viertelstunde ausgehalten. Ich hätte ihn am liebsten verprügelt. Da bin ich lieber gegangen. Ich bin wirklich das Allerletzte.«

»Wenn Sie wüssten, wie oft ich schon Lust hatte, ihn zu schlagen, ich habe dann immer schnell das Büro verlassen …«

»Ich weiß nicht, wie ich ihm helfen soll. Ich fühle mich total ohnmächtig. Ich bin wie eine Diebin geflohen.«

»Sie lieben ihn zu sehr«, sagte Jeannette.

Myriam spürte, wie sie rot wurde. Konnte das wirklich jeder sehen? Nein, Jeannette war etwas Besonderes, sie hatte ein Gespür für Menschen, das hatte Martin ihr einmal gesagt.

»Jemand hat mich auf eine Idee gebracht«, sagte Jeannette.

»Wollen Sie ihn wieder zurückholen?«

»Wir können es versuchen. Er wird sicher begreifen, worauf ich hinauswill, aber mit etwas Glück …«

Myriam fasste sie am Arm.

»Viel Glück.«

Sie ging zu ihrem silbernen Mini-Cooper, den sie selbst ihr »Nuttenauto« nannte, und glitt hinters Steuer.

Sie wünschte von Herzen, dass Jeannette schaffte, was ihr nicht gelungen war. Sie wusste aber auch, dass sie, wenn es so wäre, Martin nicht so schnell verzeihen würde.

Ich bin nicht gescheitert, sagte sie sich, ich hab's nicht mal probiert. Und gleich darauf überkam sie ein Gefühl der Scham. Sie hatte eine unglaublich heftige Abwehrreaktion gehabt und nicht einmal versucht, sie zu überwinden. Sie hatte Martin keine Chance gegeben, dabei gab es sicher irgendwo einen Hebel, den sie hätte ansetzen können. Irgendetwas, das ihn veranlasst hätte, sein Schneckenhaus zu verlassen.

Nein, es war eine Krankheit, keine Laune. Sie wusste es. Und trotzdem, in ihrem tiefsten Innern konnte sie nicht anders, als ihm böse zu sein.

»Du scheinst beinahe sicher, dass der Mörder eine Mörderin ist«, sagte Martin zu Jeannette. »Wenn es ein Mann wäre, dann wäre das Opfer misstrauisch gewesen und wäre ihm nicht bis dahin gefolgt. Es passt zu der Schuhgröße 38.«

»Ja. Aber wie kann man sicher sein, dass das Opfer ihr gefolgt ist und nicht umgekehrt. Vielleicht war ja der Typ auf der Flucht.«

«In einer einsamen Sackgasse?«

Jeannette hatte ihm den Tatort aufgezeichnet. Er hielt den Plan in seiner abgemagerten Hand und studierte ihn mit zusammengezogenen Brauen.

Seine Aggressivität klang fast professionell. Das war ein gutes Zeichen.

»Warum verfolgt jemand eine Frau?«

»Du denkst an Vergewaltigung, und sie soll sich verteidigt haben? Ich glaub das nicht.«

»Du hast recht, das passt nicht zusammen. Nach deiner Beschreibung sieht es eher nach einer Hinrichtung aus.«

»Ein Racheakt?«

»Oder ein Mordauftrag.«

Sie zuckte irritiert mit den Schultern.

»Seit wann folgt das Opfer eines Mordauftrags seinem Mörder? Es ist doch eher umgekehrt, oder?«

»Wenn es eine Frau ist, hat sie ihn angemacht … Ach, ich weiß es auch nicht«, sagte er. Er hatte plötzlich das Interesse an dem Problem verloren. »Du gehst mir damit auf die Nerven.«

»Vielleicht war es ja ein Rendezvous, und etwas ist schiefgegangen?«

»Warum nicht?«

Er gab ihr die Skizze, bog den Kopf nach hinten und schloss die Augen.

»Natürlich nicht«, hätte er ihr sagen müssen, »in so einer Gegend verabredet man sich doch nicht.«

Er wirkte müde, und nichts schien ihm lieber, als dass sie endlich ging.

Sie stand auf. Sie war nicht allzu enttäuscht. Nach Myriams Erzählung hatte sie nicht mit einem einfachen Sieg gerechnet.

Er stand im gleichen Moment wie sie auf und ging leicht nach vorn gebeugt auf sie zu. Sie dachte, er wolle sie umarmen, was er noch nie getan hatte. Aber stattdessen strich er ihr mit unendlicher Sanftheit über die Oberlippe. Sie erstarrte. Er hatte sie noch nie berührt, ihr noch nicht einmal die Hand gegeben.

»Ich hab es dir noch nie gesagt, Jeannette, aber es tut mir wirklich leid. Es ist alles meine Schuld«, sagte er.

Er wandte sich ab und verließ abrupt das Zimmer, die Hosen schlackerten ihm um die Beine.

Als sie die Wohnungstür schloss, spürte sie leichten Widerstand und unterbrach ihre Bewegung.

Die Tür öffnete sich einen Spalt. Martins Gesicht erschien.

»Habt ihr überprüft, ob es auch kein Bulle war?«, fragte er.

Sie war verblüfft. Wieso hatten sie daran nicht gedacht? Sie war nicht auf die Idee gekommen, und auch niemand sonst. Die Tür ging zu, sie blieb ein paar Sekunden wie angewurzelt stehen, der stummen Wand gegenüber.

Ein Polizist! Etwas im Aussehen des Opfers ... Kleider in neutraler Farbe, Grau und Braun, die Laufschuhe, praktisch und nicht elegant, dazu Hemd und Krawatte, von der anonymen Masse der Büroangestellten kaum zu unterscheiden ...

Nein, es war kein Polizist vermisst gemeldet worden. Jedenfalls bislang nicht … Martin hatte recht, es konnte durchaus einer sein. Und wenn es einer war, dann bedeutete das, dass es eine Akte über ihn geben musste, konkrete Anhaltspunkte, Berichte, eine Spur, der man folgen konnte …

Sie hatte das Gefühl, dass ihre Ermittlungen sich in die richtige Richtung bewegten, und das verdankte sie Martin.

Kapitel 5

Montag

Sie dachte nach. Die Leiche musste an diesem Morgen entdeckt worden sein, doch sie war am Wochenende nicht untätig geblieben.

Ein paar Stunden nach dem Mord spürte sie auf ihrem Unterleib die ersten Anzeichen eines vertrauten Virus. Sofort nahm sie zwei Zovirax-Tabletten und cremte die Stelle ein. Seit ihrer Kindheit litt sie an Herpes, und jedes Mal, wenn sie starkem Stress ausgesetzt war, kam er wieder. Der Mord war so ein Anlass. Die Behandlung wirkte, nach vierundzwanzig Stunden hörte das fast elektrische Kribbeln auf. Manchmal konnte man die Stelle kaum erkennen, aber sie spürte es unter der Haut, bereit, dagegen anzukämpfen.

In ihrer Jugend, als es noch keine Medikamente dagegen gab, war manchmal ihr ganzer Schamhügel voller eitriger Pusteln. Der Schmerz und das Jucken plagten sie, doch dies waren die einzigen Momente, in denen sie in ihrer Hölle etwas Erholung erlebte. Ihr Peiniger war von der Krankheit so angewidert, dass er sie vorübergehend in Ruhe ließ.

Es war ihr nicht gelungen, den Koffer im Büro des Detektivs zu öffnen. Die abgeschlossene Schublade aber hatte sie mühelos aufmachen können und darin etwa dreißig vorgedruckte Verträge gefunden, von derselben Zahl Klienten ausgefüllt und unterschrieben.

In der Wohnung ihres Opfers gab es nichts, was von Interesse für sie gewesen wäre. Der Mann lebte allein, von Zeit zu Zeit unterrichtete er in einer Privatschule, die Detektive ausbildete. Er machte auch etwas Sport und besuchte Kurse, um sein Englisch und Spanisch zu verbessern. Von einem Heft, in dem er sich persönliche Notizen über seine Arbeit gemacht hätte, keine Spur, und auf der Festplatte seines Computers war nichts, was irgendwie nach Berichten über seine Nachforschungen aussah.

Alle Verträge, die älter waren als einen Monat, sortierte sie aus. Sie war überzeugt, dass der Detektiv sie nicht länger als zwei Wochen beschattet hatte. Sonst hätte sie ihn bemerkt.

Es blieben noch elf Namen mit Adresse und Telefonnummer. Der Name der Person, die die Nachforschungen ihre Person betreffend in Auftrag gegeben hatte, musste auf dieser Liste stehen.

Wie hatte man sie ausfindig gemacht? Welche Fehler hatte sie begangen? Sie musste herausfinden, wer sie suchte. Aus diesen Namen mussten Gesichter, ja genaue Lebensgeschichten werden, damit sie denjenigen bestrafen konnte, der es gewagt hatte, sie auszuspionieren. Dabei würden Unschuldige getötet werden, aber sie hatte keine andere Wahl.

Kalte Wut stieg in ihr auf. Ein Unbekannter hatte es gewagt, sich in ihr Leben einzumischen, und zwang sie, Entscheidungen zu treffen, die sie in Gefahr bringen konnten. Sie war hierhergekommen, um endlich Frieden zu finden, sie hatte sogar begonnen, an eine neue Zukunft zu denken. Und jetzt war wieder alles in Frage gestellt. Seit Langem hatte sie sich nicht mehr so tief verletzt gefühlt.

Sie hatte die elf Verträge in ihren Computer eingescannt und konnte die Liste auswendig hersagen.

Sébastien Grossard, Rue de l'Université 227, 75007 Paris
Julie Rodez, Rue Anatole-France 22, 92700, Colombes

Stéphane Holliez, Rue Chaligny 15, 75012 Paris
Aymeric Tanguy-Frost, Rue Hallé 21, 75014 Paris
Georges Forrier, Impasse de la Gaîté 8, 75014 Paris
Alain Karief, Villa Monet 19, 75019 Paris
Catherine Amard-Fusin, Rue de la Croix-Livert 82, 75015 Paris
Eloi Wilkiewitz, Rue des Rosiers 12, 75004 Paris
Valdek Mirmans, Rue Raynouard 12, 75019 Paris
Stéphanie Mallory, Allée des Rois 1, 78100 Saint-Germain-en-Laye
Jacques Faiglioli, Place de l'Horloge 33, 69000 Lyon.

Wenn sie nicht rasch herausfand, wer von diesen Unbekannten nach ihr gesucht hatte, müsste sie eine schnellere Gangart vorlegen. Das würde schmutzig, gefährlich, anstrengend, aber unvermeidlich sein. Ihre Zeit war begrenzt. Was ein Unbekannter über sie wusste, das konnte auch ein anderer herausfinden, solange ihr nicht klar war, welcher Fehler oder dumme Zufall sie verraten hatte. Jemand wollte ihr ans Leben, und das Schlimmste war, dass sie nicht einmal wusste, wo sie hinsollte.

Sie hörte Schritte hinter sich. Sie sah sich nicht um und stellte mit einem leichten Druck des Zeigefingers den Computer auf Standby.

Eine warme, trockene Hand glitt unter ihre Bluse und drückte sanft ihre rechte Brust. Sie erschauderte.

Sie legte den Kopf in den Nacken und schloss die Augen, als er sie auf den Hals küsste und ihr zärtlich ins Ohr biss.

Sie legte die Hände an seine Schläfen und küsste ihn auf den Mund, die Augen immer noch geschlossen. Sie gab sich ihm hin. Heute Abend konnte sie sowieso nichts tun. Warum nicht den Augenblick genießen.

Die Hände bewegten sich nicht weiter nach unten. Sie hatte ihm nie gesagt, dass sie Herpes hatte, aber heute Abend brauchte sie keine Entschuldigung, um nicht mit ihm zu schlafen. Sie konnten es sich nicht erlauben, zu spät zu seinem Abendessen zu kommen, es war zu wichtig für ihn.

Und heute Nacht, sobald er eingeschlafen war, würde sie zur Tat schreiten.

Entschlossen und gnadenlos. Unschuldige würden leiden. Aber war das nicht so seit Anbeginn aller Zeit? War sie mit fünf Jahren vor dem ersten Mal nicht auch unschuldig gewesen?

Kapitel 6

Montag

Zum ersten Mal, seit er aus dem Krankenhaus entlassen war, hatte Martin etwas anderes als seine Zwangsvorstellungen im Kopf. Er hatte in Myriams Blick etwas gesehen, was ihm nicht gefiel. Es war ... Er versuchte, dem Wort auszuweichen, aber es gelang ihm nicht. Es war schlimmer als Enttäuschung. Es war Abscheu. Was soll's, da kann man nichts machen, weder ich noch sie, sagte er sich, bemüht das schmerzliche Gefühl zu vergessen, das Myriam in ihm ausgelöst hatte.

Das Fragespiel mit Jeannette hatte er zum Teil nur wegen Myriam mitgemacht. Um zu zeigen, dass er konnte, wenn er wollte, dass er aber nicht mehr wollte, weil sich nichts mehr lohnte.

Hatten sich die beiden abgesprochen, oder hatten sie ihn zufällig fast zur gleichen Zeit besucht? Oder steckte Isa dahinter? Es war sicher Isa, die es leid war, ihren Vater in diesem Zustand zu erleben. Marion hatte damit sicher nichts zu tun. Um nichts auf der Welt hätte sie Myriam um Hilfe gebeten. Es wäre gut, wenn die Mädchen ihn ein wenig in Ruhe ließen. Die Mädchen! Er musste endlich aufhören, Marion und Isa als seine Mädchen zu betrachten. Marion war seine Freundin, und selbst wenn er seit seinem Krankenhausaufenthalt nicht mehr mit ihr geschlafen hatte, so hatte er ihr doch ein Kind gemacht, und sicher würden sie eines Tages wieder miteinander schlafen. Bestimmt.

Eines Tages würde er nicht mehr zwanzig Minuten brauchen, um sich die Zähne zu putzen, nur um die Zeit totzuschlagen. Er würde aus dem Fenster schauen und wieder auf die Straße gehen, um anderen Menschen zu begegnen. Eines Tages.

Er stellte den Fernseher ein und sah sich einen Tierfilm an, dann zappte er in eine Diskussion über die Lust oder eher die mangelnde Lust bei Männern.

Ein Forscher behauptete, fünfzehn Prozent aller erwachsenen Männer hätten keinerlei sexuelles Verlangen, weder homosexuelles noch heterosexuelles, noch sonstiges. Er brachte diesen Mangel mit bestimmten Gehirnregionen in Verbindung. Man hatte Doppel- und Dreifach-Blindstudien durchgeführt. Zuerst hatte man »gesunden« und von Unlust betroffenen Versuchspersonen am Kopf Kabel angebracht, ihnen dann neutrale Dias gezeigt, später andere, auf denen es immer stärker zur Sache ging. Bei den Versuchspersonen, die keine Lust kannten, waren bestimmte Hirnregionen untätig geblieben.

Untätige Regionen. Martin sagte sich, dass auch bei ihm manche Regionen inaktiv waren. Hatte die Kugel des Mörders ihm ein körperliches Handicap zugefügt, einen biochemischen Vorgang blockiert?

Er fragte sich, ob er vielleicht sein Gehirn untersuchen lassen sollte. Dreimal war es schon mit dem Scanner abgetastet worden, doch die Ärzte hatten die Lustzonen außen vor gelassen. Aber lag ihm überhaupt daran, wieder Lust zu empfinden?

Er stellte den Fernseher ab und suchte bei Marion nach einer Frauenzeitschrift. Er sah sich ein Werbefoto mit einer bildschönen nackten jungen Frau an, halb von hinten fotografiert. Ein wunderschön geformter Hintern, ein göttliches Profil. Das Foto war retuschiert, aber auf sehr geschickte Art. Es sah nicht allzu sehr aus wie eine virtuelle 3-D-Figur. Man konnte die Hautstruktur erkennen, den feinen blonden

Flaum auf Armen und Schenkeln. Er versuchte sich vorzustellen, wie er mit ihr zusammen war, dicht bei ihr. Dass er mit der Handfläche leicht über den feinen Flaum strich, mit der Zunge die Wirbelsäule entlangfuhr. Fühlte er sich erregt? Schwer zu sagen. Vielleicht ein leichtes Erschauern. Er fasste nach seinem Glied. Wenn es ein vages Erschauern gab, dann nur im Gehirn.

Nun probierte er, sich im Detail eine noch raffiniertere Szene mit der jungen Frau vorzustellen. Sie begegneten sich im Aufzug. Diesmal war sie angezogen, immer noch reizend, aber in Schwierigkeiten, weil sie im Badezimmer eine Überschwemmung hatte. Er bot ihr seine Hilfe an. Ihm unterlief ein Fehler, das Wasser spritzte aus dem Schlauch, und sie wurden beide nass. Sie zog ihr T-Shirt aus und schlug ihm in aller Natürlichkeit vor, ihm sein Hemd zu trocknen. Sie standen beide mit nacktem Oberkörper in dem kleinen Badezimmer, waren ein wenig verlegen, dann rieben sie sich aneinander, und sie stürzte sich auf ihn. Sie begannen sich zu küssen und zu streicheln, aber in einem unvorsichtigen Augenblick stießen sie gegen den Wäscheständer, der ihnen mitsamt den Kleidern auf die Schultern fiel. Lachend befreiten sie sich von der nassen Wäsche. In dem Moment ging die Eingangstür auf. Es war das Kindermädchen, das den Sohn der jungen Frau von der Schule abgeholt hatte. Wann, fragte sich Martin, habe ich beschlossen, dass dieses Mädchen einen Sohn hat, und warum musste uns das verdammte Wäschegestell auf den Kopf fallen?

Noch perverser? Eines späten Abends war er allein im Büro und hörte Schreie. Ein Bulle in Uniform vergewaltigte eine Hure in der Arrestzelle. Martin haute dem Polizisten eins in die Fresse und brachte das Mädchen auf die Krankenstation. Sie wollte ihm ihre Dankbarkeit erweisen. Aber als sie sich ihm näherte, um ihn zu küssen, stellte er fest, wie faltig sie schon war und dass sie um den Mund lauter Pickel hatte, eine Art Akne. Weil sie unsauberen Kerlen einen geblasen hatte?

Er seufzte. Er konnte sich zwar konzentrieren und sich Szenen mit hohem erotischem Potenzial ausdenken, aber es endete stets unweigerlich in einem Fiasko.

Und wie wäre es mit einer Frau, mit der er schon geschlafen hatte? Vielleicht Myriam? Er schob die Idee gleich wieder beiseite. Unmöglich. Warum unmöglich? Es war eben so. Marion? Er empfand starke Zuneigung für sie. Die Schwangerschaft machte sie noch schöner und geradezu anrührend, sie machte ihr Gesicht und ihren Körper sanfter, und ihre winzige Brust war runder geworden und behielt doch ihre schöne Form. Da gab es nichts, woran sich seine Fantasie hätte festmachen können, es wäre ihm geradezu unanständig erschienen. Und mit seiner ersten Frau, der Mutter von Isa? Das war so weit weg, und sobald er an sie dachte, sah er sie wieder ganz jung vor sich, damals, als sie sich beide heftig begehrten, aber das war nicht mehr er. Zwei junge Menschen, die sich nicht vorstellen konnten, was das Leben für sie bereithielt. Auf diese Weise an sie zu denken war fast ebenso störend, als hätte er sexuelle Wunschvorstellungen im Zusammenhang mit Isa. Eine schlimme Mischung aus Inzest und Nekrophilie.

Als Marion und Isa nach Hause kamen, war er im Sessel eingeschlafen, die Frauenzeitschrift zu Füßen. Sie wechselten einen Blick, ohne etwas zu sagen. Marion hob die Zeitschrift auf, warf einen Blick auf die junge Frau in ihrer Pose und klappte sie zu.

Montagabend

Das Abendessen war so, wie sie es erwartet hatte. Fantasielos, formell und langweilig. Der Parteivorsitzende und Chef ihres Mannes lenkte alle Aufmerksamkeit auf sich, indem er Witze erzählte und geistreiche Bemerkungen fallen ließ, bei denen ihm alle aufmerksam zuhörten und servil lachten. Er machte ihr auffällig den Hof, aber das schien niemandem aufzufallen, nicht mal der Ehefrau des großen Mannes. Zum ersten Mal war sie zu einem Essen bei ihm eingeladen, ein Privileg, das sie ihrer Ehe verdankte.

Der Vorsitzende stand in dem Ruf, systematisch alle Frauen seiner Mitarbeiter und seine Mitarbeiterinnen zu verführen, und hatte offenbar nicht vor, auf eine andere Gelegenheit zu warten, sie zu erobern.

Sie spürte die Nähe der Macht bis in die letzten Winkel ihres Körpers, eine fast erotische Vibration in einer sexuell aufgeladenen Atmosphäre ließ die Frauen ein wenig zu laut lachen; die Männer, Schafe oder Raubtiere, waren angespannt.

Sie hatte noch zwei Zovirax genommen. Ihr Herpes hatte sich beruhigt. Vielleicht würde sie sogar um die Pusteln herumkommen. Sie fühlte sich entspannt, in guter körperlicher Verfassung.

Von Zeit zu Zeit betrachtete sie unauffällig das Profil des mächtigen Mannes, des Königs der Raben, wie sie ihn heimlich nannte. Man konnte ihn leicht karikieren mit seinen schwarz gefärbten Haaren, den tiefen Falten auf der Stirn und den durch Botox und Antifaltencreme gestrafften Wangen, den zu weißen Zähnen, den zu großen Greisenohren, die sorgfältig epiliert waren, der künstlich gebräunten, verlebten Haut. Der gut geschnittene Anzug und der weiße Hemdkragen verbargen die anderen Merkmale des Alters, nichts aber konnte seine Haltung kaschieren, die eines alten unersättlichen Raubtiers, das die Macht nicht abgeben will. Er stand im Zentrum der Aufmerksamkeit einer servilen Menschenmenge. Man lachte ihm freundlich zu. Sie war erstaunt. Die meisten anwesenden Frauen, alleinstehend oder in Begleitung, hatten nur Augen für ihn.

Sie wog das Steakmesser, das vor ihr lag, in der Hand. Mit einem einzigen Stoß hätte sie ihm die Klinge mühelos ins Herz stechen oder ihm mit einer einzigen Bewegung die Halsschlagader durchtrennen können.

Sie jubilierte innerlich, als sie sich vorstellte, welches Entsetzen alle packen würde, die Schreckensschreie, das Blut, das in die Gesichter spritzte. Die scharlachrote Fontäne, die Kleider und Hemden besprühen, das gestickte Tischtuch und das funkelnde Kristall besudeln würde.

In der allgemeinen Verwirrung würde sie die Ruhe nicht verlieren und hinausgehen, als sei nichts geschehen.

»Woran denken Sie, meine Liebe?«, fragte der König der Raben und beugte sich zu ihr, während er den Druck auf ihren Schenkel erhöhte. »Wie unsere englischen Freunde sagen: *›A penny for your thoughts.‹*«

Sie schenkte ihm ein strahlendes Lächeln.

»Es ist ein wunderschöner Abend. Alle sind so reizend. Ich komme mir vor wie im Märchen.«

Sie spürte den Zweifel im Blick des gealterten Beaus. Macht die sich über mich lustig? Sie tat so etwas nur zu gerne, doch er ließ sich nicht täuschen. Er war nicht umsonst Parteivorsitzender geworden.

Aber einen Mann kann man leicht täuschen. Nun schob auch sie sachte ihren Schenkel gegen den des Gastgebers und spürte, wie er vor Wohlgefühl zitterte und alle Zweifel vergaß.

Auch sie würde ihm bald ausgeliefert sein in seiner kleinen Wohnung am linken Seine-Ufer oder anderswo. Sie würde unter ihm schreien, wie es alle taten. Es gibt kein stärkeres Aphrodisiakum als die Macht, und Viagra tat das Seine.

Sie begegnete dem unsicheren Blick von Francis, der am anderen Tischende saß. Er kannte den Ruf seines Chefs. Sie lächelte ihn an und zwinkerte ihm zu, und sie stellte fest, dass er sich sogleich entspannte. Sie spürte das angenehme, vertraute Gefühl im Unterleib, das sie immer hatte, wenn sie ihn sah oder an ihn dachte. Noch nie hatte ein Mann bei ihr so etwas ausgelöst.

Sie schnitt ihr Fleisch sorgfältig in kleine Würfel und aß sie nacheinander, plötzlich ohne jedes Interesse an den Vorgängen um sich herum. Sie dachte an das, was in zwei Stunden geschehen würde, wenn sie Nummer eins ihrer Liste verfolgte. Francis würde fest schlafen und nicht einmal merken, dass sie das Bett verließ. Mit dem Vorsitzenden würde sie später weitersehen. Ein solcher Liebhaber konnte ein wichtiger Verbündeter sein, ihr alle Türen öffnen und sie protegieren.

Kapitel 7

Dienstag, 00.15 Uhr

Als sie in ihre Wohnung zurückkehrte, spürte sie in der Nase den Geruch des Todes, die Mischung aus Exkrementen, saurem Schweiß und Blut. Sie wusste, dass das eine rein psychosomatische Wahrnehmung war. Auf ihrer Haut konnte es nicht das geringste organische Molekül des Mannes geben, den sie getötet hatte.

Während sie sich an die Szene erinnerte, wurde sie von einem fiebrigen Schauer gepackt. Sie hatte umsonst gemordet. Der Tod des Mannes war sinnlos. Er hatte nur seine Schwiegertochter beschatten lassen, weil er sie verdächtigte, seinen Sohn zu betrügen. Er hatte nicht begriffen, was mit ihm geschah. Bevor sie ihn umbrachte, hatte sie sich vergewissert, dass seine Frau – die an diesem Abend nicht zu Hause war – nichts von dem Tun ihres Mannes wusste. Damit blieb ihr das Schicksal ihres Mannes erspart.

Sie hatte die Kopie des Vertrags mit dem Detektiv in einer Schublade gefunden. Keine Spuren, kein Motiv.

So ein unverschämtes Glück würde sie nicht immer haben. Es war statistisch gesehen unwahrscheinlich, dass sie nicht irgendwann großen Ärger bekommen würde.

Auf der Liste standen noch zehn Namen. Bei dem Gedanken, welche Aufgabe sie noch zu erledigen hatte, wurde ihr ganz anders zumute. Je mehr sie sich darauf versteifte herauszufinden, wodurch ihr Geheimnis bekannt geworden war, desto mehr Möglichkeiten der Enthüllung würden sich ergeben. Vielleicht hatte sie einen nicht wiedergutzumachenden Fehler begangen? Irgendetwas liegen lassen, das ihr eines Tages zum Verhängnis werden konnte? Der Fortschritt der forensischen Technik war enorm. Selbst das kleinste Indiz konnte eine Unmenge von Informationen liefern.

In dieser Nacht war das Glück auf ihrer Seite gewesen. Sie war in einem Taucheranzug unter einer weiten neuen Regenjacke, vier Nummern über ihrer normalen Größe, bei dem Mann erschienen. Sie trug leichte Schuhe mit rutschfester Sohle, Handschuhe aus Spectra, einem neuen Synthetikmaterial, das noch feiner und widerstandsfähiger war als Kevlar. Kopf und Haare waren unter einer Taucherkappe verborgen, passend zu dem Anzug unter der Kapuze ihrer Regenjacke. Mattes Schwarz von Kopf bis Fuß, nahezu unsichtbar. Sie hatte all diese Sachen in Belgien oder Holland unter falschem Namen eingekauft.

Den Mann hatte sie mit einer Klaviersaite erdrosselt. Seit ihrer Ankunft in Frankreich erstand sie auf Flohmärkten und bei Versteigerungen lauter Dinge, die scheinbar nutzlos waren und die sie in einem Keller aufbewahrte. Manchmal waren sie ihr von Nutzen.

Als sie wieder zu Hause war, zog sie die Regenjacke aus und warf sie weg. Sie hielt den Taucheranzug unter Wasser, spülte ihn ab und legte ihn in eine Seifenlauge.

Danach duschte sie, seifte vorher den ganzen Körper gründlich ein, trocknete sich sorgfältig ab und rieb den Körper von Kopf bis Fuß mit einer Nachtcreme ein. Die Haut am Bauch zwischen Nabel und Schamzone war makellos. Keine Anzeichen von unangenehmem Kribbeln.

Aber der Geruch des Todes ging nicht weg. Keine Bilder, nur der Geruch. Vielleicht gewöhnte sich ihr Körper schneller als ihr Geist an ihr mörderisches Tun. Lady Macbeth, dachte sie mit einem leisen, bitteren Lachen. Dieser Geruch, war er nun eingebildet oder nicht, würde irgendwann verschwinden. Früher hatte es nach ihren Morden keine solchen Reaktionen gegeben. Aber jetzt hatte sich etwas geändert. Inzwischen wusste sie, dass sie dazu verurteilt war, diesen Geruch tagelang auszuhalten. Sie fürchtete den Moment, in dem sie ganz damit würde leben müssen.

Er schlief tief und fest, als sie sich zu ihm ins Bett legte und dicht an ihn schmiegte. Sie berührte mit der Hand seine Schultern, seine Brust, seinen Bauch, glücklich, dass er sich so warm und lebendig anfühlte. Wovon träumte er? Von ihr? Seiner Karriere? Oder von etwas ganz anderem, einer inneren Welt, zu der sie niemals Zugang haben würde? Von seiner früheren Verlobten, die gestorben war? Ihr war, als spalte ihr ein Dolchstoß den Leib. Nein, bloß das nicht. Würde sie ihn eines Tages nicht mehr lieben, genauso plötzlich, wie sie sich in ihn verknallt hatte? Nein, verknallt war ein zu schwaches Wort.

Als sie ihn vor einem Jahr fast auf den Tag genau in der Menge einer Ausstellungseröffnung zum ersten Mal gesehen hatte, war sie überwältigt gewesen. Es war wie ein Elektroschock, eine heftige Bewegung in ihrem ganzen Sein, wie sie sie nicht für möglich gehalten hätte, und gegen die sie sich zunächst wehrte. Niemand sollte solche Macht über sie haben. Das war unvorstellbar, demütigend und gefährlich. Aber bald begriff sie, dass es sinnlos war, dagegen anzukämpfen. Sie hatte keine Wahl und musste es nehmen, wie es war. Er musste ihr gehören. Um ihn zu erobern und zu behalten, musste sie ebenso klug und umsichtig verfahren wie bei der Liquidierung ihrer Opfer. Und genauso unerbittlich.

Sie erfuhr, dass er mit der Tochter eines Großindustriellen verlobt war. Ein Mädchen aus demselben Milieu wie er selbst. Zwei Wochen nach ihrer Begegnung kam die Verlobte ums Leben. Vier lange Monate wartete sie ab und nutzte die Zeit, um alles über ihn in Erfahrung zu bringen. Sie folgte ihm, war wie ein Schutzengel, ein aufmerksamer und liebender Schatten, und ihr Herz schlug heftig, sobald eine verführerische Frau zu sehr in seine Nähe geriet. Sie konnte sie schließlich nicht alle töten. Bald aber merkte sie, dass sie sich umsonst Sorgen machte. Er blieb allen Annäherungsversuchen gegenüber gleichgültig, egal, ob sie raffiniert oder plump waren.

Wie sollte sie sich an ihn heranmachen? Keine klassische Methode schien ihr dafür geeignet zu sein. Aber eines Tages hatte sie eine Erleuchtung. Sie brauchte dazu etwas Glück, es war eine romantische und verrückte Idee, doch es war der einzige Weg, seine Aufmerksamkeit zu erregen.

Beinahe hätte ihr Plan zu gut funktioniert. Bei dem Unfall auf einer einsamen Landstraße, den sie verursachte, entging sie dem Tod nur knapp. Er rettete ihr das Leben, indem es ihm gelang, die verklemmte Tür zu öffnen, als der Wagen Feuer fing.

Später, sehr viel später erzählte er ihr, dass er am Tag des Unfalls von einem Besuch bei den Eltern seiner Verlobten zurückgekehrt war (was sie natürlich wusste). Sie bei einem Unfall zu retten, der dem, bei dem seine Verlobte umgekommen war, so ähnlich war, erschien ihm als Zeichen des Schicksals: Ein Leben war verloren gegangen, dafür hatte er ein anderes gerettet, fast unter den gleichen Umständen.

»Liebst du mich deswegen?«, fragte sie ihn, während sie plötzlich eine schlimme Eifersucht überkam, gegen die sie nichts ausrichten konnte.

»Vielleicht zum Teil. Aber ich liebe dich vor allem, weil du es bist.«

Das genügte ihr nicht. Sie musste eine weitere Frage stellen, auch wenn sie eine Antwort erhielt, die ihr wehtun würde.

»Und sie, hast du sie wirklich geliebt?«

»Wir wussten schon von klein auf, dass wir eines Tages heiraten würden. Heute ist mir klar, dass ich die große Zuneigung für sie mit Liebe verwechselt habe. Martine war mehr eine Schwester als eine Verlobte.«

»Eine inzestuöse Schwester«, sagte sie trocken.

Er lachte.

»Es war so anders als das, was wir zusammen erleben. Ich bin sicher, dass sie uns von da, wo sie ist, beobachtet und dich fast genauso liebt wie mich.«

Manchmal war er unglaublich dumm. Und außerdem glaubte er an Gott. Wie hätte Gott ein Geschöpf wie sie tolerieren können? Und wenn es Gott gab, dann würde die arme Dumme, die sie getötet hatte, anstatt es sich im Paradies gut gehen zu lassen, vor Wut vergehen, weil ihr Verlobter dreimal am Tag mit ihrer Mörderin schlief.

Kapitel 8

Dienstag

Martin stand zur selben Zeit auf wie Marion und frühstückte mit ihr, nachdem er geduscht und sich sorgfältig rasiert hatte.

Sie gab sich Mühe, sich die Überraschung und Freude nicht anmerken zu lassen. Was hatte diese Veränderung bewirkt? Sie hätte es gern gewusst, aber sie verschob die Frage auf später.

Dann sagte sie in gespielt gleichgültigem Ton:

«Was machst du heute?«

Er zögerte mit der Antwort.

»Es wird Zeit, dass ich etwas tue. Ich weiß nicht, wie ihr mich ertragen habt, seit ich aus dem Krankenhaus gekommen bin.«

Sie versuchte zu lächeln, aber sie glaubte noch nicht ganz, dass er diese Worte wirklich gesagt hatte. Es war fast undenkbar. Der richtige Martin kam wieder an die Oberfläche, plötzlich und ohne Vorankündigung.

Sie verbarg ihre Gefühle, indem sie aufstand und ihre Tasse im Spülbecken auswusch. Sie wollte nicht, dass dieser Moment zu viel Bedeutung erhielt, aus Angst, dass Martin sich dann wieder in sein Schneckenhaus zurückzog.

»Kommst du heute spät?«, fragte er sie.

Er interessierte sich sogar dafür, was sie machte!

»Nein, nicht so spät … Warum?«

Er stand auch auf und ging auf sie zu. Dann berührte er sie vorsichtig und zögernd, als fürchte er, sie könne ihn abweisen.

»Ich würde gern mit dir allein sein. Können wir uns irgendwo treffen?«

»Natürlich, und wo?«

»Beim Eingang des Verlags.«

»Ist 19.00 Uhr okay?«

Irgendwas war da ... Es war nicht ganz der frühere Blick von Martin, aber es war auch nicht der abwesende ausweichende Blick, dem sie seit seiner Entlassung aus dem Krankenhaus begegnet war.

Sie schmiegte sich an ihn und küsste ihn auf den Mund.

»Das wurde Zeit«, sagte sie leise und trat zurück, »das wurde verdammt noch mal auch Zeit.«

Sobald sie weg war, Isa schlief noch, zog er eine saubere Hose und ein gebügeltes Hemd an, nahm die Sporttasche, schlüpfte in Jacke und Mantel und ging zum ersten Mal seit dem Sommer ins Fitness-Studio.

Als er den unangenehmen und vertrauten Geruch nach Schweiß und Desinfektionsmittel wahrnahm und die dumpfen Schläge von auf den Betonboden gefallenen Hanteln und das Quietschen der Maschinen hörte, fragte er sich, ob es richtig gewesen war, herzukommen.

Aus der Ferne grüßte er ein paar Bekannte, dann zog er sich um.

In der Garderobe hätte er bei dem Gedanken, welcher Tortur er sich aussetzen würde, am liebsten gleich wieder kehrtgemacht. Seine Muskeln würden ihm wegen Übersäuerung drei oder vier Tage lang wehtun. Lohnte sich das wirklich? Warum war er bloß wieder hierhergekommen? Um seinen alternden Körper zu bestrafen, der ihn beinahe im Stich gelassen hatte?

Zunächst ruderte er zehn Minuten in maßvollem Tempo, dann machte er auf dem computergesteuerten Fahrrad weiter. Es war weniger mühsam, als er erwartet hatte, und nach zwanzig Minuten hatte er immer noch keine Seitenstiche. Die erste positive Wirkung seiner unfreiwilligen Gewichtsabnahme.

Es war Zeit, der Wahrheit ins Auge zu blicken. Um diese Stunde des Tages war die Abteilung mit den Kraftmaschinen und den Hanteln fast leer.

Er ging zu seiner Bank und seiner Stange. Schon beim ersten Anblick kam ihm die Stange schwer und ungleichmäßig vor. Bei vierzig Kilo hatte er das Gefühl, dass Bein- und Armmuskeln reißen würden. Er verdoppelte die Ruhezeit, aber er schaffte es nicht mehr als sechsmal in der ersten Runde, siebzig Kilo zu stemmen, und nicht mehr als viermal in der zweiten …

Als er sich aufrichtete, hatte er das Gefühl, dass sein Körper von einer Walze überrollt worden war. Ihm wurde schwindlig, und er musste sich setzen. Er warf einen sorgenvollen Blick umher, aber die wenigen anderen Besucher schienen nichts bemerkt zu haben.

Nach drei Minuten Pause versuchte er einige Arm-, Schulter- und Beinbewegungen, doch er hörte bald damit auf, weil er fürchtete, in Ohnmacht zu fallen.

In wenigen Monaten bin ich zum Greis geworden, sagte er sich. Kein Wunder, dass ich deprimiert bin.

Er ging und zog sich an, ohne zu duschen oder nach der Uhr zu sehen. Er hatte weniger als fünfzig Minuten trainiert – wenn man das überhaupt Trainieren nennen konnte. Seine Muskeln waren wie ein feuchter Schwamm. Beim leisesten Hauch würden seine Glieder auseinanderbrechen.

Er ging mit kleinen Schritten nach Hause, wobei ihm jede Bewegung wie ein Angriff gegen sich selbst vorkam.

Er hielt an einem Kiosk und kaufte *Le Monde* und *Le Parisien*.

Seit Monaten hatte er keine Tageszeitung mehr angerührt.

Zu Hause überflog er die Schlagzeilen und las dann die Rubrik »Vermischtes« von *Le Monde*. Danach die im *Parisien*. Von der Leiche am Seine-Ufer war kaum die Rede. Über neue Erkenntnisse wurde nichts berichtet. Der Mann war immer noch nicht identifiziert.

Zwei Polizisten hatten am Flughafen von Roissy ein paar Gramm Plastiksprengstoff verloren, die sie bei einer Anti-Terror-Übung in einen anonymen Koffer gesteckt hatten. Die kolumbianischen Drogenbarone ersetzten die üblichen Kokainpflanzen durch andere genetisch veränderte Gewächse, die mehr als die achtfache Menge Koks produzieren konnten. Die amerikanischen Sportler dopten sich seit Jahren mit raffinierten Stoffen, mit Wissen der Sportverbände und der Sponsoren.

Dann, an bevorzugter Stelle, die ewigen internen Streitigkeiten der wichtigsten politischen Parteien von Regierung und Opposition. Es war viel von der Union für den Fortschritt die Rede. Ihr geheimnisvoller Vorsitzender hielt mit Klauen und Zähnen an der Macht fest.

Martin warf die beiden Zeitungen angewidert fort.

Politik ging ihm auf die Nerven. Das war für ihn eine Welt, deren Regeln er nicht verstand. Dabei war er nicht so naiv, nicht genau zu wissen, dass auch er zu dieser Welt gehörte und sogar ein Rädchen in ihrem Räderwerk war.

Aber für ihn gab es eine Grenze zwischen den »Politikern« – bei der Polizei waren das die Abteilungsleiter, die Supervisoren, hohen Gewerkschafter, Büroleiter, die er zutiefst verachtete – und den »Professionellen«, die ihre Arbeit mehr oder weniger gut machten, aber wenigstens einer richtigen Arbeit nachgingen. Diese Grenze war durchlässig, und schlechte Profis konnten leicht zu Politikern werden.

Die guten Professionellen hatten diese Chance viel seltener. Die Politiker wurden hingegen nie Profis.

Vor drei Jahren hatte Martin eine Beförderung in den Nachrichtendienst abgelehnt. Um nichts auf der Welt wollte er zur »Ordnungspolizei« gehören. Er wollte im Dienst der Öffentlichkeit stehen, nicht im Dienst des Staates (das war für ihn ein wesentlicher Unterschied). Er war einer der wichtigsten Mitarbeiter der Kriminalpolizei und wollte es auch bleiben. Er wusste, dass seine Ablehnung in seiner Personalakte keinen guten Eindruck hinterließ. Aber er wusste auch, dass die Politiker ohne gute Professionelle nicht auskamen.

Trotz aller Zugeständnisse und unvermeidlichen Kompromisse, trotz seines Talents, die Politiker – seine Chefs – zu lenken, hatte er sich immer als Handwerker betrachtet, der nützliche Arbeit fürs Gemeinwohl leistet. Bis zu dem Tag, an dem er dem Armbrustmörder begegnet war. Das hatte all seine Überzeugungen ins Wanken gebracht.

Er zog sein Hemd aus und betrachtete sich im Badezimmerspiegel. Er hatte nicht nur Fett verloren, auch seine Muskeln waren weniger geworden. Ein paar Monate Training würden sicher reichen, um wieder vernünftig in Form zu kommen, wenn er darauf achtete, sich nicht zu verletzen. Ihm war klar, dass sein seelisches Gleichgewicht von körperlicher Betätigung abhing. So war er nun mal.

»Ich bin wieder ich«, sagte er laut vor dem Spiegel, ohne zu wissen, ob das eine Feststellung war oder Ausdruck eines Wunsches.

Heute Abend würde er für die Mädchen Abendessen machen.

Er würde Marion bei der Zeitung abholen und mit ihr nach Hause kommen. Unterwegs könnten sie dann reden.

Er wollte Isabelle von seiner Rückkehr ins Leben nicht ausschließen.

Jeannette saß in Martins Büro, das sie ohne Zögern besetzt hatte, weil es ihr besser gefiel als der Verschlag, der ihrem Dienstgrad zustand, und dachte nach. Dabei spielten ihre Hände unbewusst mit einem Glaswürfel, auf dem Fotos zu sehen waren, fünf von ihrer Tochter und eines von ihrem Mann. Zu Hause in ihrer Wohnung in der östlichen Vorstadt hatten sie den gleichen Würfel.

Ihr Mann hatte das, was ihr zugestoßen war, nicht ertragen. Der Armbrustmörder hatte auch ihre Beziehung auf dem Gewissen. Sie lebten getrennt und in Scheidung. Die Männer sind so empfindlich, dachte sie und sah das sanfte und leicht trotzige Gesicht ihres Ex auf dem Foto an. Sogar Martin war weniger widerstandsfähig, als sie gedacht hatte.

Es war Mittagspause, und in den Büros war es still. Auf dem Tisch vor ihr lag ein angebissenes Sandwich, das sie nicht weiteressen wollte, dazu ein Rest kalter Kaffee. Die Zeiten, in denen Polizisten die Mittagspause ausfallen ließen, hatte sie nie kennengelernt. Die Älteren machten öfter Scherze darüber. Es gäbe keine richtigen Polizisten mehr. Sie wären alle brave Bürohengste geworden, die sich nach den Arbeitszeiten richteten wie Postangestellte oder die Leute vom Sozialamt.

Vor einem Monat war Jeannette befördert worden, aber daran war eigentlich nichts Besonderes, da machte sie sich keine Illusionen. Auch wenn sie den Armbrustmörder nicht gefunden hätte und fast von ihm getötet worden wäre, hätte sie die Beförderung bekommen. Es gab immer weniger Polizeibeamte, die nicht verzweifelt versuchten, die Hauptstadt zu verlassen, sobald ihr Rang es ihnen erlaubte, und an ihren Heimatort zurückzukehren; diejenigen, die dablieben, wurden schneller befördert.

In Paris war es viel einfacher als anderswo, in der Verwaltung Karriere zu machen, selbst für eine Frau.

Aber Jeannette, die aus Cherbourg stammte, war nicht wegen der Karriere in Paris geblieben. Sie blieb, weil es ihr hier gut gefiel. Sie liebte die Hauptstadt, und hier, mit oder ohne Martin, gab es mehr Fälle, kompliziertere und aufregendere als anderswo. Um nichts in der Welt wäre sie zur Arbeit nach Hause an den Ärmelkanal zurückgekehrt.

Sie trank den letzten Schluck des kalten Kaffees. Sie hatte die Fotos des Toten scannen und retuschieren lassen, das Gesicht in Nahaufnahme, von vorne, im Halbprofil und von beiden Seiten. Die Blutspuren und das riesige Loch am hinteren Schädel waren retuschiert worden, und in seinen Augen war wieder Leben.

Die Abzüge waren auf einem Korkbrett festgepinnt und hingen gegenüber ihrem Schreibtisch, aber sie waren ihr keine große Hilfe.

Auch auf einen Zeugenaufruf hin hatte sich niemand gemeldet.

Wenn das Opfer ein Polizist war, was immer möglich schien, wusste sie kein Mittel, schnellere Ergebnisse zu erzielen. Die Police Nationale hatte über 115 000 Beamte, die Angehörigen des Militärs nicht mitgerechnet. Natürlich würde sie die Fotos per Internet an alle Sicherheitseinrichtungen schicken, an die DRPJ, das RG, außerdem zu den Kommissariaten in den Vororten, an die Zentralverwaltung und vielleicht sogar an den inländischen und ausländischen Geheimdienst (selbst wenn die paar tausend Beamten dort nicht zum Innen-, sondern zum Verteidigungsministerium gehörten).

Im schlimmsten Fall würde man sie für verrückt halten. Aber wenn er ein Polizist war, würde irgendjemand ihn erkennen, auch wenn viele Polizisten so selten zur Arbeit kamen, dass unter tausend aus mehr oder weniger legitimem Grund fehlenden Bullen ein Vermisster nicht so schnell auffallen würde.

Irgendein Gedanke versuchte sich Bahn zu brechen. Was war es nur, eine Erinnerung? Eine nicht zu Ende gedachte Schlussfolgerung? Wenn der Mörder eine Frau war, wenn das Opfer ihr gefolgt war, wenn ...

Das Telefon klingelte. Sie nahm automatisch den Hörer ab.

Es war Bélier.

»Wir haben fünfzig Prozent Chancen, von Ihrem Mörder eine komplette DNA-Sequenz zu bekommen«, erklärte sie.

»Wunderbar, was haben Sie herausgefunden?«

»Ich war's nicht«, sagte Bélier. »Es kommt vom Gerichtsmedizinischen Institut. Ein verdächtiger heller Fleck am Hals des Opfers. Getrockneter Speichel. Und der stammt nicht vom Opfer.«

»Hat der Mörder auf ihn gespuckt?«

»Wahrscheinlich unabsichtlich, während er die Kugel mit der Spezialpinzette herausholte. Ein Mörder, der alles voraussieht, der alles tut, damit man ihn nicht identifizieren kann, und der dann eine Spur Speichel auf dem Opfer zurücklässt. Die feine Ironie des Lebens – und des Todes.«

»Kann man mit der DNA auch feststellen, ob dieser Speichel von einer Frau oder einem Mann stammt?«

»Ja.«

Wenn diese DNA nicht schon in einer Datei gespeichert war, woran Jeannette zweifelte, konnte sie erst als Beweismittel eingesetzt werden, wenn ein Verdächtiger festgenommen worden war.

Sie dachte an die Pinzette, mit der die Kugel aus der Leiche entfernt worden war. Sie hatte vergessen, Martin davon zu erzählen.

Vielleicht war etwas Besonderes an diesen Kugeln ... Kugeln aus Gold? Sie lachte bitter. Jetzt konnte sie den Gedanken, den sie vorher nicht hatte ausdrücken können, klar fassen.

Ein Privatschnüffler! Das Opfer war vielleicht ein Privatdetektiv. Er war der Mörderin allein gefolgt, wie Privatdetektive es meistens bei Beschattungen tun. Polizisten arbeiteten zu mehreren oder zumindest zu zweit.

Also ein Privatdetektiv. Damit ergab sich breiter Raum für Spekulationen. Warum folgte ein Privatdetektiv einer Person? Ehebruch, Betrug ... Kaum wegen schwerwiegender Sachen, weil sich dann der Klient eher an die Polizei wandte – ja, er war sogar dazu verpflichtet. Ehebruch, Betrug ... So was hatte dieser Tage nur selten mit Mord zu tun. Und soweit sie wusste, würde niemals ein Privatdetektiv eine Person beschatten, von der er vermutete, dass sie ihn töten wollte. *Das Opfer wusste nicht, dass es einem Mörder auf den Fersen war.* Aber warum verfolgte es ihn dann?

Irgendwie passte das nicht zusammen. Aber es war immerhin ein Ausgangspunkt.

Sie rief Olivier an.

»Ich möchte, dass du mir ein Verzeichnis der Privatdetektive besorgst, falls es so etwas gibt.«

»Ist das eilig?«

»Ja.«

»Und wenn ich es gefunden habe, was machen wir dann?«

»Du kommst her, und wir sehen weiter.«

Olivier mochte es gar nicht, von einer Frau herumkommandiert zu werden. Er gehorchte den Anweisungen, aber mit einer gewissen Unwilligkeit. Nicht so stark, dass sie ihn deswegen rügen konnte, aber es wurde allmählich lästig. Wenn Martin für längere Zeit nicht zurückkäme, würde sie verlangen, dass Olivier in eine andere Abteilung versetzt wurde.

Die Stunden vergingen, und immer noch gab es keine Hinweise darauf, dass ein Polizist das Opfer erkannt hatte. Die vage Vermutung, dass es sich um einen Privatdetektiv handelte, nahm immer klarere Konturen an.

Das Kommissariat des 7. Arrondissements rief um 18.00 Uhr bei der Kriminalpolizei an.

Madame Evelyne Grossard hatte die Leiche ihres Mannes gefunden, in ihrer Wohnung in der Rue de l'Université 227, nur ein paar Meter vom Eiffelturm entfernt.

Der Tote war in der Küche, an einen Aluminiumstuhl der Marke Navy-Chair gefesselt. Er trug eine Unterhose, ein weißes Hemd und Socken. Sein rechtes Handgelenk war mit Draht an die Stuhllehne gefesselt, das linke in Höhe des Ellbogens mit dem anderen Arm verbunden. Seine Fußgelenke waren an die Stuhlbeine gebunden, und er war geknebelt und mit einer Klaviersaite erdrosselt worden, die am Hals die Haut durchtrennt hatte. Vor dem Tod hatte er sich beschmutzt, was eher die Regel als die Ausnahme war. Der Geruch nach Blut, Exkrementen und Küche war selbst für einsatzerprobte Polizisten schwer erträglich.

Evelyne Grossard hatte einen Herzanfall erlitten und befand sich auf der Intensivstation.

Nicht sie hatte die Polizei gerufen, sondern eine Nachbarin, die ihre Schreie und ihren Sturz gehört hatte.

Die Szene des Verbrechens ließ ein sexuelles Geschehen mit bösem Ausgang vermuten, aber Bélier zog nie voreilige Schlüsse.

Die Klaviersaite war fünfzig Zentimeter lang und an den beiden Enden an Holzgriffen festgebunden. Der Besitzer hatte sie nach erledigter Arbeit nicht wieder mitgenommen.

Grausamkeit und Kälte, dachte Bélier. Bei Morden eine seltene Kombination. Und doch war es innerhalb von zwei Tagen zum zweiten Mal vorgekommen, mit nur wenigen Kilometern Abstand. Außer dieser Gemeinsamkeit war sonst kaum etwas Vergleichbares an den beiden Verbrechen. Beim ersten hatte der Mörder sich die Mühe gemacht, die Kugeln aus der Leiche seines Opfers zu entfernen, beim zweiten hatte er sein Werkzeug an Ort und Stelle zurückgelassen.

Sie zog vorsichtig den Knebel heraus, der aus einem fest zusammengedrehten Lappen bestand, und sah sich den Mundraum an. Die Zähne des Toten steckten in einem Gummiball, der die Mundhöhle ausfüllte. Sie zog den mit Blut und Schleim bedeckten Ball heraus, worauf die Wangen mit einem Schlürfgeräusch nach innen fielen.

Sie zog die Augenlider hoch. Die roten Flecken auf der Hornhaut bewiesen, das der Mörder die Saite um den Hals des Opfers zunehmend fester gezogen hatte, bevor er es durch Druck und Durchtrennen der Arterien, die zum Gehirn führten, getötet hatte. Die Agonie hatte lange gedauert. Die Einschnitte auf der Haut ließen erkennen, dass der Mörder mehrmals angesetzt hatte. Was für ein Verbrechen hatte das Opfer begangen, um einen solchen Hass auf sich zu ziehen? Oder war es die blinde Wut eines sexuell gestörten Narzissten, um es in neuester Terminologie auszudrücken?

Für eine Antwort war es noch zu früh, und forensische Psychologie lag außerhalb von Béliers Zuständigkeit. Ihre Welt war die der greifbaren Tatsachen, die man nachweisen und nachvollziehen konnte.

»Bringen Sie die Leiche weg«, sagte sie, dann aber hielt sie die Beamten mit einer Handbewegung auf.

Sie hatte einen dunklen Fleck auf dem linken Mittelfinger des Toten entdeckt. Sie beugte sich hinunter und untersuchte den Fleck genauer.

Es war Tinte.

»Wickeln Sie seine Hände sorgfältig ein«, sagte sie.

Mit Blicken suchte sie nach dem Füllhalter, der den Tintenfleck auf dem Finger verursacht hatte.

Vor seinem Tod hatte er nicht mehr sprechen können. Also hatte er geschrieben.

Kapitel 9

Dienstag, gegen Abend

Martin war kein besonders guter Koch, aber er kannte die besten Traiteure im Viertel. Sein Kochtalent beschränkte sich auf einen Schokoladenkuchen, ein absolut unverdauliches kompaktes Gebilde aus Kakao, Zucker, Eiern, Butter und Marzipan, den er immer im Handumdrehen fertig hatte.

Er kaufte Krabbensalat mit Grapefruit, kalten Braten (Rind und Schwein), mehrere Senfsorten mit jeweils anderem Geschmack, verschiedene Käsesorten und Vanilleeis, das zu seinem Kuchen passte.

Er kaufte auch Bier – leichtes helles und dunkles –, zwei Flaschen guten Wein und eine Flasche Rosé-Champagner für die Mädchen. Sie durften keinen Alkohol trinken, aber er hatte irgendwo gelesen, dass ein bisschen Champagner schwangeren Frauen nicht schade.

Zu seiner Überraschung sang er, während er die Einkäufe in den Kühlschrank räumte. Dann trank er zwei Bier und ging eine halbe Stunde zu früh los, um wie versprochen Marion abzuholen.

Als er ein paar Meter von dem Verlagsgebäude der Zeitung entfernt aus der Metrostation die Treppe hochschritt, sah er sie auf der anderen Straßenseite. Sie kam nicht aus dem Zeitungsgebäude, sondern ging hinein, neben sich einen gut aussehenden jungen Mann ihres Alters. Sie hielt ihn am Arm und lachte über etwas, das er ihr gerade gesagt hatte. Sie waren ein so schönes Paar, dass Martin dachte, er habe dort eigentlich nichts zu suchen.

Der junge Mann blieb auf der Schwelle des Gebäudes stehen, Marion ging eine Stufe nach oben und küsste ihn leicht auf die Lippen. Als sie den Kopf wieder hob, sah sie Martin. Freudig winkte sie mit der Hand und war nicht im Geringsten verlegen.

Er überquerte die Straße und trat auf die beiden zu.

Da erkannte auch er den Mann. Er war Künstler, Bildhauer und seit eh und je ein Freund von Marion, ihr Bruder, wie sie sagte, mit dem sie nie geschlafen hatte. »Das wäre unmöglich, fast wie Inzest.« Wenn sie in eine Krise geriet, suchte sie immer Zuflucht bei ihm, seit ihrer Jugend. So war es auch umgekehrt. Eine symbiotische Beziehung, auf die Martin nicht eifersüchtig war, oder nur ein klein wenig, wenn er überhaupt daran dachte.

Martin drückte dem Mann die Hand – er hieß François – und merkte, dass dieser ihn mit einem seltsamen Gesichtsausdruck ansah. Er fragte sich, was Marion ihm wohl erzählt hatte, aber François ließ ihm nicht die Zeit, der Sache weiter nachzugehen.

»Sie haben abgenommen, Ihr Gesicht sieht jetzt sehr interessant aus«, sagte er.

»Danke für das Kompliment.«

»Wenn Sie Zeit haben, würde ich gern einen Kopf oder eine Büste von Ihnen machen«, fügte er hinzu.

Zuerst wollte Martin ihm eine Abfuhr erteilen, aber er hatte ja nichts Besonderes zu tun, und ein paar Stunden mit dem Herzensbruder von Marion zu verbringen war nicht unbedingt verlorene Zeit.

»Sehr gut«, sagte er, »wann?«

Marion sah ihn mit großen Augen an, nie hätte sie geglaubt, dass er einverstanden wäre, und Martin begriff, dass sie nicht unbedingt begeistert war.

»Wollen Sie nicht heute Abend zum Essen kommen?«, fragte er. Er hatte genug für vier eingekauft.

Innerhalb einer Minute schaffte er es zum zweiten Mal, dass Marion aus dem Staunen nicht herauskam.

»François hat sicher anderes zu tun«, sagte sie.

»Nein, ich wollte mich mit meiner Freundin treffen, aber sie hat abgesagt.«

»Er trennt sich gerade von ihr«, sagte Marion ein paar Augenblicke später zu Martin. »Seltsam, dass du ihn zum Essen eingeladen hast. Ich dachte, du magst ihn nicht.«

«So kann man sich irren«, antwortete Martin.

Dienstag, früher Abend

Olivier kam in ihr Büro, in der Hand eine ausgerissene Heftseite.

»Ich habe ein paar Sachen gefunden, die dich interessieren könnten«, sagte er zu Jeannette. »Orte, an denen man Adressen von Detektiven finden kann. Eine Gewerkschaft für Privatdetektive, einen internationalen Verband frankophoner Detektive. Dann noch eine andere Organisation, ODF genannt, ich weiß nicht, was das bedeutet. Im Internet habe ich noch eine Rubrik ›Voilà‹ gefunden und die Nationale Vereinigung für Detektive und Ermittler ...«

»Hast du dort angerufen?«

»Ja, aber am Telefon war nichts herauszukriegen, keiner kennt den Namen des Opfers. Man muss da hingehen und ihnen die Bilder zeigen.«

Jeannette hasste die Art, wie er ihr den Stand der Dinge schilderte. Er demütigte sie, ohne dass sie es ihm zum Vorwurf machen konnte.

»Gut, dann fangen wir jetzt damit an.«

Er sah sie erschrocken an.

»Vielleicht brauchen wir ein bisschen Verstärkung.«

»Bis wir einen Praktikanten kriegen, haben wir schon die Hälfte der Adressen besucht. Zeig mir die Liste.«

Olivier gab ihr die Seite. Jeannette faltete sie in der Mitte, schnitt sie durch und reichte Olivier die eine Hälfte.

»Ich rufe dich in zwei Stunden an.«

Sie steckte ihre Dienstwaffe ins Halfter, zog ihre Jacke an, darüber den Regenmantel und legte einen warmen rosa Kaschmirschal um Hals und Schultern (seit dem Überfall war sie empfindlicher gegen Kälte). Dann nahm sie den Rest der Fotos, ihren Teil der Liste und machte sich auf den Weg.

Nach den Vorschriften sollte man eigentlich zu zweit losgehen, aber drei Stunden am Stück konnte sie Olivier nicht ertragen, zumal er ständig im Auto rauchte.

Als sie sich ans Steuer setzte, sagte sie zu ihrer eigenen Überraschung laut: »Martin fehlt mir.« Mein Gott, ich drehe durch, dachte sie. Aber es stimmte. Er fehlte ihr nicht nur, weil sie deshalb in erster Reihe agieren und sich allein durch den Nebel kämpfen musste. Er fehlt ihr, weil er nicht da war.

Ich bin doch wohl nicht in meinen Chef verliebt, sagte sie sich und fädelte sich in den Verkehr ein, er ist ein wenig zu jung für einen Ersatzvater. Aber Martin war ein Vorbild. Sie konnte keine einzige berufliche Entscheidung treffen – hin und wieder auch keine persönliche –, ohne ihn in einem imaginären Dialog nach seiner Meinung zu fragen. Manchmal rechnete sie auch mit ihm ab, während ihre realen Gespräche sich meistens auf das Notwendige beschränkten.

Sie versuchte sich die Tatsache, dass Martin ihr fehlte, mit Liebesentzug zu erklären – mein Typ ist seit einem Monat weg – und mit fehlendem Sex – seit dem Sommer habe ich nicht mehr mit jemandem geschlafen –, aber sie wusste genau, dass es mehr war als das. Was war mit ihr los? Sie hatte nie Lust gehabt, mit Martin zu schlafen. Allein die Idee schien ihr abwegig und ungehörig und völlig unrealistisch und … ach, verdammt.

Das Abendessen war aus Martins Sicht viel interessanter, als er gedacht hatte. Martin kannte seine Tochter gut genug, um zu spüren, dass sie sich für François interessierte, und umgekehrt. Wer hatte behauptet, schwangere Frauen wollten keine Männer verführen oder nicht verführt werden? Sicher irgendein Mann.

Marion wirkte ein wenig angespannt, ihr schien die Situation nicht zu passen. Bruder oder nicht, sie war eifersüchtig.

François war intelligent, und es machte Spaß, ihm zuzuhören. Während er lustige Geschichten aus seinem Berufsalltag erzählte, sah Marion ihn mit einer Schmollmiene an, die Martin nur zu gut kannte. Er übertrieb aber auch wirklich. Sie war irritiert und gab sich Mühe, es nicht zu zeigen.

Zum ersten Mal seit Langem empfand Martin ein Gefühl inneren Friedens.

Er schob die Hand vor und streichelte diskret den Bauch seiner Freundin. Sie sah ihn an, nahm seine Hand und küsste sie.

Ein Glücksgefühl überkam ihn, dabei hatte er geglaubt, diese Empfindung ganz verloren zu haben.

François wandte sich oft an ihn, als wolle er seine Meinung wissen oder suche nach Unterstützung. Martin verstand vage, dass es um die Beziehungen zwischen Männern und Frauen ging, und fühlte sich nicht in der Lage, sich dazu zu äußern. Marion wirkte immer stärker verärgert, während François redete und redete und Isa mit dem Gesichtsausdruck einer Sphinx zuhörte. Diesen Ausdruck kannte Martin auch sehr gut, und beinahe hätte er François gesagt, er solle sich in Acht nehmen.

Dann aber dachte er sich, jedem Alter seine Erfahrungen, mein Lieber, ich hab schon vor dir Frauen mit frauenfeindlichen Tricks verführt. Dann glitten seine Gedanken ab. Er beschäftigte sich mit dem Mord am Seine-Ufer. Warum hatte er an einen Bullen gedacht? Wegen etwas, das Jeannette zu ihm gesagt hatte? Oder war es eine Eingebung, die ihm von fern kam, die Erinnerung an einen ähnlichen Vorfall während seiner vielen Berufsjahre?

Und diese Kaltschnäuzigkeit. Sich die Zeit zu nehmen, die Kugeln aus der Leiche zu holen. Das hatte er noch nicht erlebt. Es war tausendmal weniger gefährlich, eine nicht registrierte Waffe zu benutzen und sie anschließend wegzuwerfen. Er dachte an die Klassifizierung des Kriminologen Laurent Montet.

Der Mörder – die Mörderin? – hatte sein Opfer aus einer riskanten Gegend auf ein wenig gefährlicheres Terrain gelockt. Wenn es eine Frau war, dann war die Sache ohnehin riskant, äußerst riskant. Es bedeutete, dass die Mörderin von größter Entschlossenheit war und hervorragend organisieren konnte, dazu kam so etwas wie Ausgelassenheit, vielleicht sogar Humor. Der Polizei seinen Schuhabdruck zu hinterlassen war eine Provokation, keine Nachlässigkeit. Wer die Kugeln aus der Leiche seines Opfers entfernt, vergisst nicht, seine Fußspuren zu verwischen. Diese Frau war keine Anfängerin, und es war auch nicht ihr letzter Mord. Woraus man allerdings nicht auf das Motiv schließen konnte.

Martin stellte plötzlich fest, dass er bereit war, wieder anzufangen.

»Morgen fange ich wieder an zu arbeiten«, verkündete er plötzlich.

Die Mädchen waren so auf François konzentriert, dass sie seine Worte keinerlei Beachtung schenkten.

Er stand auf und räumte die Teller ab, bevor er den Nachtisch brachte.

Er fühlte sich erschöpft.

»Achtet nicht weiter auf mich, ich gehe schlafen.«

Sogleich stand Marion auf.

»Ich auch«, sagte sie.

Sie blickte auf François und Isa, erwartete, dass sie auch aufstanden, doch Isa warf ihr nur einen ihrer Sphinx-Blicke zu, während François ihre Hand nahm und ihre Fingerspitzen küsste.

»Gute Nacht«, sagte er.

Marion lächelte, umarmte sie und ging zu Martin.

»Ich weiß nicht, ob mir das gefällt«, sagte sie.

Martin wartete, was als Nächstes kam.

»Bist du nicht eifersüchtig, weil ich eifersüchtig bin?«

»Doch, ein bisschen schon.«

»Ich liebe dich«, sagte sie.

Als sie im Bett lagen, nahm er sie in die Arme. Ihr dicker Bauch war im Weg. Er streichelte ihre Brüste. Sie reckte sich ein wenig und legte ihre Hände auf seine Schultern.

»Entweder du hörst sofort auf, oder wir machen weiter bis zum Schluss«, sagte sie und schloss die Augen.

»Wir versuchen es mal«, sagte er.

Kapitel 10

Mittwochmorgen

Vor dem ersten Klingeln des Weckers erwachte er aus einem Albtraum. Er hatte wieder seine erste Frau vor dem Unfall gesehen Sie schaute ihn an, bevor sie ins Auto stieg. Er wusste, was passieren würde, und rührte sich nicht von der Stelle.

Er richtete sich auf, sein Herz klopfte, sein Mund war trocken. Er begriff, dass sich hinter dem kurzen Traum eine Frage verbarg. Wie kann man die Menschen, die man liebt, vor den Widrigkeiten des Lebens schützen?

Die Antwort konnte er der Lektion entnehmen, die Myriam ihm erteilt hatte: Man tut, was man kann, und man kann nur sehr wenig tun. Die Bürde des Lebens muss geteilt werden, und wer sich dem verweigert, hat keinerlei Achtung verdient. Und das hatte er in den letzten Monaten getan.

Der Platz neben ihm war noch warm. Marion war gerade erst aufgestanden.

Mit einem Gefühl der Zuneigung dachte er an ihre Umarmungen, die Sanftheit ihrer Küsse. Er hatte Angst gehabt, ihr wehzutun, und sie hatte darüber gelacht.

»Ich bin schwanger, aber ich bin doch nicht krank.«

Er hatte ihren gedehnten Nabel geküsst und war weiter nach unten geglitten, hatte sein Gesicht in ihr Vlies vergraben. Sie hatte die Beine über seinem Hals gekreuzt.

Als er wieder nach oben kam, hatte sie sein Gesicht in ihre Hände genommen.

»Ich hatte solche Angst«, sagte sie leise.

»Es ist vorbei. Ich bin wieder gesund.«

Sie lachte leise.

»Ich rede nicht von deiner Verletzung, Typen wie du kommen immer über so etwas hinweg. Ich hatte so große Angst, dass du mich nicht mehr liebst.«

Wie erwartet, tat ihm alles weh. Von den Schultern bis zu den Fußgelenken, und am nächsten Tag würde es noch schlimmer werden. Doch er spürte, wie wieder Leben in seinen Körper kam. Die Kraft war noch irgendwo verborgen, aber sie war da.

Er öffnete seinen Schrank und zog Straßenkleidung an.

Dann betrachtete er sich im Spiegel. Die Schultern seiner zu weit gewordenen Jacke fielen herunter. Es sah schlimm aus. Er zog die Jacke aus und streifte einen Rollkragenpullover über, um dicker auszusehen. Das sah schon besser aus, aber wenn er nicht schnell zunahm, musste er seine sowieso nicht sehr umfangreiche Garderobe erneuern.

Isa und Marion sahen ihn, als er in die Küche kam, mit einem Ausdruck komischen Erstaunens an. François war nicht da. Er konnte dem Gesichtsausdruck seiner Tochter nicht entnehmen, ob dieser die Nacht mit ihr verbracht hatte oder nicht. Er hätte gewettet, dass nicht. Wenn etwas passiert wäre, dann wäre Isa zu François gegangen.

»Wo willst du so hingehen?«, fragte Marion. »Bist du verabredet?«

»Gehst du jetzt doch zur Arbeit?«, fragte Isa ein wenig direkter.

»Ja.«

»Wir hätten darüber reden können«, sagte Marion beleidigt.

»Ich habe es gestern Abend gesagt, aber ihr hingt beide an François' Lippen.«

»Das ist ein Schlag unter die Gürtellinie«, sagte Marion.

Isa wurde rot.

»Bist du sicher, dass es dir gut geht?«, fragte Marion hartnäckig.

»Nein«, sagte er, »ich bin mir nicht sicher, aber wenn ich jetzt nicht hingehe, kann ich bis zu meinem Tod zu Hause bleiben.«

Sie hörten sich seine Erklärung schweigend an.

Er setzte sich zwischen sie und goss sich Kaffee ein, den er in einem Zug austrank.

Er klaute sich Marions Brot und stand auf.

»Also dann bis heute Abend.«

Er küsste Isa auf die Nasenspitze, eine alte Gewohnheit, und Marion auf den Mund. Marion lief ihm hinterher.

Sie nahm ihn fest in die Arme.

»Ich liebe dich«, sagte sie und küsste ihn auf Mund und Hals.

Dann legte sie den Mund an sein Ohr:

»Sie haben nicht zusammen geschlafen«, sagte sie.

»Ich weiß«, sagte er. »Myriam hat Isa das beigebracht. Nie in der ersten Nacht. Und nie im Haus der Eltern.«

Er gab ihr einen Klaps auf den Po und verließ die Wohnung.

Bevor er ins Büro ging, erledigte er noch eine wichtige Aufgabe.

In einem Blumenladen kaufte er zwei Sträuße für »seine Mädchen«. Einunddreißig rote Rosen für Isabelle und ebenso viele für Marion. Er schrieb »Ich liebe dich und denke nur an dich« für Marion und »Ich liebe dich, meine Tochter« für Isa.

Er ließ die Sträuße per Boten ausliefern und kaufte einen dritten ebenso roten, den er selbst mitnahm. Er schrieb einen zweiten Scheck aus, doch das änderte nichts an dem verächtlichen Blick, den die Blumenverkäuferin ihm zuwarf.

Mit den Blumen in der Hand betrat er Myriams Maklerbüro und ließ sich anmelden. Er hatte Glück, sie war da.

Sie saß an ihrem Palisanderschreibtisch, baumelte mit den Beinen und klackte mit den offenen Sandalen gegen ihre Fersen, den Blick auf ein dickes Heft mit Fotos gerichtet.

»Leg mir die Akten hier auf die Seite«, sagte sie, ohne aufzublicken.

Martin antwortete nicht, nutzte aber die Zeit, um sie bewundernd zu betrachten. Über dem kurzen engen Rock trug sie ein kleines Top aus dunkelgrauer Seide mit weitem Ausschnitt, sodass ihr Nacken und die kräftigen Rückenmuskeln zu sehen waren. Myriam war nicht sehr groß, hatte kräftige Schultern und eine schmale Sportlertaille, zugleich war sie anmutig und feminin. Marion war eine Gazelle mit langen Gliedern (eine hochschwangere Gazelle), Myriam war Anmut und manchmal fast explodierende Kraft zugleich. Sie war über vierzig, doch das sah man ihr nicht an, außer an den kleinen Falten an Augen und Lippen.

Myriam spürte plötzlich, dass jemand schweigend vor ihr stand, hob den Kopf und erstarrte.

Sie sah ihn und seinen Blumenstrauß mit ausdruckslosem Gesicht an. Ihre Beine baumelten nicht mehr, und wenn Martin ihren Puls gefühlt hätte, wäre er überrascht gewesen, wie schnell er ging. Sie hatte Ringe unter den Augen. Offenbar arbeitete sie zu viel. Auf die Idee, dass sie seit ihrem letzten Besuch bei ihm praktisch kein Auge zugetan hatte, kam er nicht.

Es war eines der wenigen Male in ihrem Leben, dass Myriam nicht wusste, was sie sagen oder tun sollte. Da stand der echte Martin vor ihr, nicht mehr und nicht weniger. Sie wagte nicht aufzustehen, denn sie traute ihren Beinen nicht.

»Sag etwas, sonst glaube ich noch, du erkennst mich nicht«, sagte er und küsste sie auf die Wange.

»Warum die Blumen?«

Mehr fiel ihr nicht ein.

»Ich wollte dir etwas dazu schreiben, und dann … habe ich mir gesagt, ich könnte auch gleich kommen und dir sagen, was ich sagen wollte. Nimmst du sie nun an oder nicht?«

Sie nahm sie ihm aus der Hand und legte sie auf ihre Akten. Sie zog ihn am Revers seines Mantels zu sich heran und spreizte die Knie.

Martin nahm sie fest in den Arm, und so verharrten sie eine Weile.

Hinter Martins Rücken ging die Bürotür auf, Myriam machte eine Kopfbewegung, als wolle sie dem Eindringling sagen: Jetzt nicht, worauf dieser sich eiligst zurückzog. Danach herrschte weiter Schweigen.

Dann machte Martin sich los und küsste sie auf die Stirn. Myriam stand auf und wandte sich ab, aber nicht rasch genug, dass ihm die beiden schwarzen Streifen auf ihren Wangen entgangen wären. Sie ging schnell hinaus und schloss die Tür hinter sich. Er wischte sich die Augen ab und schnäuzte sich.

Zwei Minuten später kam sie wieder, die Augen frisch geschminkt und eine große Vase mit Wasser unterm Arm.

Sie packte die Rosen aus und steckte sie schnell in die Vase. Sie hatte noch nie großes Talent für Blumenarrangements gehabt.

»Ich sage dir noch, was ich dir sagen wollte«, sagte Martin.

»Dann sind die Rosen dazu gedacht, dass ich das leichter schlucke?«

»Genau.«

Er lächelte wieder, weniger vorsichtig.

»Stört es dich, wenn ich anfange? Auch ich habe dir was zu sagen.«

Sie ging durchs Zimmer, blieb dann vor ihm stehen, hob das Gesicht dem seinen entgegen und sah ihm fest in die Augen, um nichts von der Wirkung ihrer Worte zu verpassen.

»Als ich bei dir war, habe ich völlig versagt. Ich war eine totale Null. Schwach und feige. Und ich habe dir nicht getraut. Ich dachte, da kämest du nie wieder raus und ich könnte dir nicht helfen, es zu schaffen. Ich habe mir nicht vertraut, aber vor allem dir nicht. Das war der dümmste Fehler, den ich machen konnte.«

Eine Weile herrschte Stille.

»Bist du fertig?«

»Ja, jetzt bist du dran.«

»Seit ich aus dem Krankenhaus kam, waren alle Leute nett zu mir. Mehr als nett. Verständnisvoll, mitfühlend, nachgiebig. Und ich bin langsam immer tiefer hineingerutscht, ohne zu wissen, wo es enden würde. Und ob es enden würde. Vielleicht habe ich darauf gewartet, dass du siehst, wie unglücklich ich war. Und dann bist du gekommen und hast mich so merkwürdig angeschaut. Als ob ich dich anwiderte ... Ich glaube, nur deshalb bin ich wieder da rausgekommen, oder besser gesagt, habe ich ernsthaft versucht, da rauszukommen.«

Dann zeigte er auf den Blumenstrauß.

»Ich weiß, es ist ein bisschen banal, dir all das mit Rosen zu sagen ...«

Myriam dachte an etwas anderes, etwas, was ihr wesentlich besser gefiel als Rosen. Sie brauchte nichts zu sagen, damit Martin begriff, dass ihm ein Schnitzer unterlaufen war. Ihr Blick und ihr verzogener Mund verrieten alles.

»Du gehst jetzt besser.«

Er nickte und blieb wie angewurzelt stehen.

»Am besten jetzt gleich. Sonst ...«

»Wir könnten zu dir gehen.«

Sie seufzte, nickte, sah nach der Uhr und drückte auf eine Taste am Telefon.

»Jasmine, ich fahre zu einem Termin. Ich komme um ... ich weiß nicht, wann, vielleicht gar nicht mehr«, sagte sie und legte auf.

Als er später Myriams Haus in der Avenue Rapp verließ, begegnete er einer Frau, die auffallend schön war. Solche Frauen sieht man öfter, vor allem in Paris, aber was ihn mehr als die Schönheit dieser Frau verblüffte, war der einnehmende Schwung ihres Ganges. Sie erinnerte ihn an Myriam. Selbst wenn sie einander nicht ähnlich sahen, gab es doch in ihren Bewegungen eine Ähnlichkeit, und sie hatten die gleiche Ausstrahlung.

Er konnte nicht umhin, sich nach ihr umzudrehen, bevor er weiterlief. Trotz seines Muskelkaters hatte er beschlossen, zu Fuß zur Kriminalpolizei zu gehen.

Als er um die Ecke bog, sah er sich automatisch noch einmal um, der typische Blick eines Polizisten, der gewohnt ist, seine Umgebung zu erfassen, trotz des inneren Chaos, in dem er sich befand. In der Ferne sah er die Unbekannte, unbeweglich stand sie da, den Blick auf ihn gerichtet, und wieder überkam ihn eine flüchtige Neugier.

Er vergaß sie beinahe sofort wieder und dachte von Neuem an Myriam. Myriam.

Es war ganz anders verlaufen, als er erwartet hatte.

Während der Fahrt in Myriams Mini hatten sie so gut wie nicht geredet. Sie war gefahren wie immer, schnell, mit plötzlichem Bremsen und Wiederanfahren. Manchmal hatte sie ihn angesehen, kurz, fast unmerklich. Irgendetwas stimmte nicht. Martin fragte sich, ob es an ihr oder ihm lag, bevor er zu dem Schluss gelangte, dass hauptsächlich er die Ursache war.

Nachdem die Tür hinter ihnen ins Schloss gefallen war, warf sich Myriam nicht wie üblich in seine Arme, sondern war von seltsamer Schüchternheit. Sie wagte nicht einmal, ihn zu berühren, und sie standen einander gegenüber wie zwei Jugendliche, die nicht so recht wissen, was sie tun sollen.

Martin hatte den ersten Schritt getan. Er drückte sie fest an sich und küsste ihr sanft die Lippen. Es war ein zarter, fast brüderlicher Kuss. Im Grunde war ihm klar, dass er eine Entscheidung getroffen hatte, aber er wusste nicht, wie er sie ihr beibringen sollte.

Myriam reagierte begehrlich auf seinen Kuss, doch dann machte sie sich los.

»Es ist vorbei, stimmt's?«

»Nein, zwischen uns wird nie etwas vorbei sein.«

»Du darfst nicht schwindeln, Martin. Du wärest gern noch in mich verliebt, aus Loyalität, aus Treue, aus Zuneigung ... aber du liebst mich nicht mehr.«

Er hasste es, wenn jemand ihn so durchschaute, aber sie hatte recht.

Er versuchte, etwas zaghaft, zu widersprechen.

Sie ahnte schon, was er sagen würde, und legte ihm die Hand auf den Mund.

»Nein, denk nach, bevor du antwortest. Du willst mir sagen, dass du mich noch liebst, um mir einen Gefallen zu tun, und ich schwöre, das ist das Letzte, worauf ich Lust habe.«

»Dann sag mir, was ich dir sagen soll«, schlug er vor, in einem leicht sarkastischen Ton, der ihm gleich darauf leid tat.

Myriam schüttelte ungeduldig den Kopf.

»Du kriegst ein Kind von Marion. Das ist nicht irgendwas. Und du hast keine Lust auf eine schwierige Beziehung mit einer anderen Frau, auch nicht mit deiner Ex. Ich weiß es, Martin, ich kenne dich. Du bist beinahe gestorben, und danach sieht man die Dinge aus einem anderen Blickwinkel. Ich glaube, du wirst mich immer lieben, aber auf andere Weise.«

»Ich weiß nicht«, sagte er. »Du bist zu schnell für mich.«

»Nein! Du weißt, dass ich recht habe. Sag mir, dass es vorbei ist, jetzt, sofort. Hilf mir, von dir loszukommen.«

Martin antwortete nicht.

»Bitte, Liebling«, sagte Myriam leise. »Bitte, gib mir eine Chance, leben zu können. Gesteh dir und mir die Wahrheit ein. Unsere Geschichte hat heute keine Lebensberechtigung mehr. Es ist vorbei.«

Sie schloss die Augen und sagte noch einmal: »Bitte.«

Martin nahm sie wieder in die Arme, und diesmal wehrte sie sich nicht.

»Myriam«, sagte er leise, »wie kannst du nur so stark sein?«

»Ich bin nicht stark«, sagte sie, das Gesicht in Martins Brust vergraben. »Geh jetzt. Geh auf der Stelle, geh.«

Sie stieß ihn von sich und hielt ihn doch weiter umarmt.

Sie tastete in seinem Rücken nach etwas, und er hörte das Klicken der Türklinke. Sie sah zu ihm auf, die Augen voller Tränen, und küsste ihn ein letztes Mal. Dann schob sie ihn hinaus und schlug die Tür hinter ihm zu.

Martin stand verdutzt vor der geschlossenen Tür.

Es war vorbei. Für wie lange?

Sie hatte ihm die Möglichkeit gegeben, zu widersprechen, zu leugnen, es abzustreiten, aber er hatte es nicht getan. Sie hatte recht.

Marion … Dass Myriam keine Kinder hatte haben können, war schlimm, aber im Grunde genommen änderte sich dadurch an dem Problem nichts.

Seine Freundin war Marion.

Kapitel 11

Mittwochmorgen

Julie Rodez, in der Rue Anatole-France 22 in Colombes in der nordwestlichen Pariser Vorstadt, wurde von ihrer Putzfrau gefunden.

Nicht die Mordkommission von der Pariser Polizei kam an den Tatort, sondern die vom Departement Hauts-de-Seine.

Sie war in der Rue Henri-Barbusse in Nanterre untergebracht. Diese Straße hatte nichts mit der Rue Henri-Barbusse in Colombes gemeinsam, die ganz in der Nähe der Rue Anatole-France lag (die ihrerseits nichts gemein hatte mit der Straße desselben Namens in Nanterre).

Die Entfernung zwischen der Polizeistation in Nanterre und dem Opfer betrug nur knapp sechs Kilometer, wenn man 3,5 Kilometer auf der Autobahn A86 fuhr, aber die durchschnittliche Geschwindigkeit auf der Schnellstraße betrug mit oder ohne Blaulicht nicht mehr als sechs Stundenkilometer, und so brauchten die Polizeibeamten über eine halbe Stunde, bevor sie den Tatort erreichten, was für das Opfer allerdings kaum von Belang war.

Der Erkennungsdienst benötigte anderthalb Stunden, die Spezialisten begannen ihre Nachforschungen in katastrophaler Laune, bereit, sich mit ihren Kollegen von der Polizei wegen der kleinsten Bemerkung zu streiten.

Aber schließlich verschwand die Anspannung, und am Tatort herrschte geschäftige Stille. Sie hatten genug zu tun.

Julie Rodez war gut zwanzigmal mit einem Messer verletzt worden, am Oberleib, vorn und hinten und an den Beinen. Keine der Wunden war tödlich, aber das Herz hatte ausgesetzt. Das sah nicht nach den wilden Messerstichen eines Wahnsinnigen aus, die Stiche waren dem Opfer gezielt verabreicht worden, da keine lebensgefährliche Stelle und kein größeres Blutgefäß getroffen worden war.

Die Leiche lag nackt auf dem Bett, Arme und Beine an die vier Bettpfosten gefesselt. Aus allen Blickwinkeln wurden Fotos gemacht und für die Akten auf CD-Rom gespeichert. Trotz der Lage des Körpers und seiner Nacktheit wies nichts darauf hin, dass das Opfer einen sexuellen Übergriff erlitten hatte, weder vor noch nach dem Tod.

Das Objekt der Ermittlungen näherte sich ohne Eile dem Tatort, eine Reisetasche über der Schulter und völlig ahnungslos, bevor es erschrocken an der Türschwelle des Hauses stehen blieb, das von Autos umstellt und von einer ganzen Polizisten-Armada besetzt worden war.

Man ließ sie nicht hinein, selbst als sie sagte, wer sie war. Schließlich kam einer der Chefs und fragte sie, was sie wolle.

Sie wohne hier, sie sei die Mieterin des Hauses und verlange, dass man sie einlasse. Sie zeigte ihre Papiere, zunehmend beunruhigt. Der Polizeioffizier warf einen Blick darauf und sagte sich, dass die Frau ihm gegenüber, mager und brünett, ihn seltsam an die erinnerte, die er oben gesehen hatte.

»Kommen Sie mit«, sagte er.

Sie schüttelte wütend den Kopf.

»Ich will nach Hause.«

»Das ist nicht möglich«, sagte er.

»Sie können mir doch wenigstens erklären, warum.«

In dem Moment kam die Putzfrau aus dem Haus gegenüber, wo man sie versorgt und mit Beruhigungsmitteln vollgestopft hatte. Sie riss die Augen auf, als sie die Frau erblickte, und fiel in Ohmmacht, bevor die Beamtin, die sie begleitete, reagieren konnte.

In diesem Moment war die Frau bereit einzuräumen, dass in ihrem Haus etwas Furchtbares geschehen sein musste.

»Meine Schwester«, sagte sie plötzlich mit heiserer Stimme. »Meiner Schwester ist etwas passiert.«

»Sind Sie die Schwester von Julie Rodez?«

»Ich bin Julie Rodez! Seit einer Stunde versuche ich, Ihnen das klarzumachen«, sagte sie leicht aggressiv, trotz der Angst in ihrer Kehle. »Was ist mit meiner Schwester geschehen?«

»Es tut mir sehr leid, sie ist tot.«

»Nein! Ich will sie sehen!«

»Sie können sie sehen, aber nicht sofort.«

Sie versuchte durch den Eingang zu gelangen, aber er hielt sie fest und zog sie mit sich in ein Café an der Ecke, das der Polizei während der Ermittlungen als Hauptquartier diente.

Er zwang sie, sich mit dem Rücken zum Fenster zu setzen, damit sie nicht sah, wie der Leichenwagen, der gerade eintraf, wendete und rückwärts auf den Eingang zufuhr.

Er bestellte sich einen Cognac und setzte sich ihr gegenüber.

»Was ist passiert?«, fragte sie etwas ruhiger. »Bitte, ich möchte es wissen.«

»Ihre Schwester ist ermordet worden. Mehr kann ich Ihnen nicht sagen. Wir brauchen Ihre Zeugenaussage.«

»Hatte man es auf mich abgesehen?«, fragte die Frau. »Das ist doch mein Haus!«

Der Polizist sah sie erstaunt an. Wer konnte auf diese harmlos wirkende vierzigjährige Frau, die sicher nicht viel Geld besaß, so wütend sein, dass er sie mit Messerstichen traktierte?

»Kennen Sie Leute, die so wütend auf Sie sind, dass sie Sie töten würden?«

»Natürlich nicht. Aber meine Schwester und ich sehen uns sehr ähnlich, selbst wenn sie sechs Jahre älter ist als ich. Und gestern ist sie für zwei Tage hergekommen, weil bei ihr die Leitungen repariert werden, ich war in der Zeit im Departement Corrèze unterwegs, ich bin Vertreterin für Industrie-Reinigungsmittel.«

»Ist sie gekommen, ohne Bescheid zu sagen?«

»Nein, sie hat mich auf dem Handy angerufen. Sie weiß, wo ich die Schlüssel verstecke, und kam problemlos ins Haus. Sie müssen gedacht haben, dass ich es war.«

Plötzlich hielt sie inne und atmete schwer. Ihr war klar geworden, was sie da gesagt hatte. Ihre Schwester war tot. An ihrer Stelle. Angst, Schuldgefühle und Scham – und die schändliche innere Freude, noch am Leben zu sein, wo sie eigentlich hätte tot sein müssen, nahmen ihr den Atem. Dicke Tränen quollen ihr aus den Augen.

Sie lehnte das Glas Cognac ab, das ihr der Polizist hinhielt. Sie schluchzte, schob die geballte Faust in den Mund und biss sich auf die weißen Knöchel.

Er wartete einige Augenblicke, und sie beruhigte sich schließlich.

»Sie müssen uns helfen herauszufinden, wer das getan hat.«

»Seit Jahren hat sie mich bearbeitet, von hier wegzuziehen. Es wird immer schwieriger hier, und schon zweimal bin ich abends überfallen worden, als ich von der Arbeit kam.«

»Haben Sie Anzeige erstattet?«

»Beim ersten Mal ja, beim zweiten Mal nicht mehr. Hat sie gelitten?«

Er zögerte einen Moment zu lange, und da wusste sie Bescheid.

»Haben sie versucht, sie zum Sprechen zu bringen, war es das? Das machen sie immer, damit man ihnen sagt, wo das Geld ist und der Schmuck. Aber ich habe weder Geld noch Schmuck. Diese Schweine, diese Schweine!«

»Von den Überfällen abgesehen, haben Sie irgendwelche Feinde?«

Sie schüttelte den Kopf.

»Ich kann meinen Verkaufsleiter nicht leiden, aber ich würde nicht so weit gehen, ihn zu töten. Sie auch nicht, sonst fällt mir nichts ein.«

Diesmal war ihm klar, dass sie log.

Er war ein fähiger Polizist und wusste, wann man direkt auf sein Ziel zusteuern und wann man Umwege nehmen musste. Diese Frau konnte nicht mit dem Mörder oder den Mördern ihrer Schwester gemeinsame Sache machen, es war sogar kaum wahrscheinlich, dass sie bewusst etwas verschwieg, das mit dem Mord zu tun hatte. Doch sie verbarg etwas, das war offensichtlich. Vielleicht sollte er einen Kollegen bitten, sie zum Sprechen zu bringen? Das Problem war aber, dass er niemanden zur Verfügung hatte.

»Wissen Sie, Madame«, sagte er leise, »ich bin hier, um herauszufinden, wer Ihre Schwester getötet hat. Vielleicht wissen Sie etwas, das uns auf die richtige Spur der Mörder bringt, selbst wenn Sie glauben, es hätte mit den Ereignissen nichts zu tun. Wenn dem so ist, dann bitte ich Sie, es mir zu sagen, selbst wenn es für Sie peinlich ist.«

»Wenn es etwas mit dem zu tun hat, was passiert ist, dann könnte ich das nicht ertragen«, murmelte sie.

Er nickte verständnisvoll mit dem Kopf, als habe er schon eine Vorstellung davon, was sie ihm mitteilen wollte, doch so war es keineswegs.

Julie Rodez hatte eine Jugendliebe gehabt. Ihre Eltern hatten etwas gegen diese Beziehung und taten alles, um sie von ihrem Freund zu trennen. Seit einiger Zeit dachte sie oft an ihn. Sie hatte mehrere Verhältnisse gehabt, aber nie geheiratet und war mit der Zeit immer überzeugter, dass dieser Mann die einzige wahre Liebe ihres Lebens gewesen war.

Sie wollte ihn wiedersehen und hatte im Internet nach ihm gesucht, ohne Ergebnis. Schließlich hatte sie einen Detektiv beauftragt, um ihr bei der Suche zu helfen. Er hieß Julien Duperrier.

»Und hat er etwas entdeckt?«

Sie nickte schüchtern.

»Ich habe einen Namen und eine Adresse. Er wohnt in Paris. Aber ich habe mich noch nicht getraut, ihn anzurufen oder ihm zu schreiben.«

»Ich brauche seine Adresse.«

»Warum?«

Er antwortete nicht, zog nur die Brauen leicht hoch.

»Es kann da keinen Zusammenhang geben, das ist unmöglich«, sagte sie leise.

Er zog sein Notizbuch hervor und wartete.

»Er heißt Hervé Robic.«

Zwei Stunden später wurde besagter Hervé Robic von demselben Polizeioffizier in dessen Büro verhört. Er war Versicherungsangestellter, zweimal geschieden, Vater von zwei Kindern. Zur Tatzeit befand er sich mit achtzig Kollegen aus seiner Firma auf einem Fortbildungsseminar. Außerdem hatte er keinerlei Motiv, die Schwester einer Frau zu töten, die er seit über zwanzig Jahren nicht mehr gesehen hatte. Sackgasse.

So blieb nur die Spur des Privatdetektivs.

Der Polizist versuchte ihn zu erreichen, vergeblich, und ging zum Detektivbüro. Als er klingelte, machte niemand auf, und er glaubte sich befugt, einen Schlosser zu holen.

Das Büro war mit furchterregender Präzision durchwühlt worden. Nahezu alles war beschädigt.

Der Hausmeisterin, die als Zeugin bei der Durchsuchung dabei war, blieb die Sprache weg. Sie stand da wie versteinert.

»Und niemand hat etwas gehört«, sagte sie. »Das kann doch nicht wahr sein.«

Der PC, ein fünf Jahre altes Mac-Powerbook G3, war aufgebrochen worden, und die Festplatte fehlte.

Nur der Tresor war unversehrt. Darin waren nichts als eine Besitzurkunde (bezüglich der Büroräume), dreihundert Euro in Fünfzig- und Zwanzig-Euro-Scheinen, eine Faustwaffe, eine Neun-Millimeter-Glock, eine Schachtel mit Munition für eine Neun-Millimeter-Automatik und das Etui einer Digitalkamera mit hoher Auflösung.

In den Unterlagen des Detektivs fand sich nichts, das mit Julie Rodez zu tun hatte, aber die Verwüstung des Büros zeigte, dass sie auf der richtigen Spur waren.

Seit Donnerstag oder Freitag letzter Woche hatte die Hausmeisterin Duperrier nicht mehr gesehen.

Sofort wurde eine Suchmeldung herausgegeben, doch der Polizeibeamte war überzeugt, dass sie den Mann nicht mehr lebend auffinden würden. Nicht nach dem, was mit dem Büro und der Schwester der Mandantin geschehen war.

Kapitel 12

Mittwochnachmittag

Der Zufall wollte, dass Martin ein paar Minuten vor Jeannette ins Büro kam. Weder sie noch Olivier hatten auf ihrer Tour bei den Detektivverbänden etwas herausgefunden, da deren Mitgliederverzeichnisse keine Fotos enthielten, was im Übrigen nur logisch war. Kein Detektiv außer ein paar besonderen Exemplaren, die durch irgendwelche Affären in die Medien gelangt sind und eine neue Karriere beginnen, hat ein Interesse daran, dass sein Foto in irgendwelche Akten gelangt, die nur bedingt vertraulich sind.

Als sie eintrat, ohne anzuklopfen, da sie nicht damit rechnete, ihn anzutreffen, war sie gleichermaßen erstaunt, glücklich, erleichtert und auch enttäuscht.

Bei ihrer letzten Begegnung hatte er ganz anders ausgesehen.

Die Akte mit dem Mord am Seine-Ufer lag geöffnet vor ihm.

Martin schien ausgeruht, sein Blick war heller, seine Zivilkleidung war ihm um einige Nummern zu groß; aber dass er abgenommen hatte, verlieh ihm eine fast elegante Figur, und seine untere Gesichtshälfte hatte feinere Züge angenommen. Sie wunderte sich, dass sie das bei ihrem Besuch gar nicht bemerkt hatte.

»Entschuldige bitte«, sagte er und kam auf sie zu. »Ich hätte es dir sagen sollen. Ich fange wieder an zu arbeiten.«

»Kannst du das denn so einfach?«

»Ich war in der Personalabteilung. Sie regeln das alles, wenn sie es nicht vergessen.«

»Ich muss mich entschuldigen«, sagte sie, »ich habe dein Büro in Beschlag genommen ... Weil hier ein Fenster ist. Ich räume meine Sachen gleich weg.«

»Hat keine Eile. Wenn es dir etwas ausmacht, dass wir wieder zusammenarbeiten, kein Problem. Ich krieg das schon mit den Vorgesetzten hin.«

»Was soll das heißen? Warum sagst du das?«

»Du hast dich daran gewöhnt, deine Entscheidungen allein zu treffen, und ich bin sicher, dass dir das gut bekommt. Es ist schwer, hinterher wieder so zu arbeiten wie früher.«

»Ich habe deine Idee aufgegriffen«, sagte sie, ohne direkt auf seine Bemerkung einzugehen. »Wir haben mit den Privatdetektiven angefangen.«

«Privatdetektive. Ja, das ist keine dumme Idee. Mit den Bullen ist es wie mit den Wiener Würstchen, sie treten meistens paarweise auf. Und dieser Mann war offensichtlich allein. Und hast du was herausgefunden?«

»Nein, bisher noch nicht. Olivier ist noch nicht zurück. Wir gehen die Verzeichnisse der Berufsverbände durch.«

Er setzte sich auf die Schreibtischkante und verzog dabei schmerzhaft das Gesicht.

»Ich war gestern im Fitness-Studio, es war der reinste Horror. Ein Privatdetektiv ... da ergeben sich viele Möglichkeiten. Erpressung zum Beispiel. Rache, Wirtschaftsspionage. Und so weiter ...«

»Du hast recht. Solange wir nicht mehr darüber wissen, sind die Möglichkeiten zu groß. Und die Vorgehensweise ist ungewöhnlich. Was sagt Bélier dazu?«

»Sie war eher reserviert.«

»Was machen wir jetzt?«

Sie zuckte mit den Schultern. Immer wenn sie Martin ansah, fiel ihr die schlauchartige rote Narbe am Hals auf.

Das Telefon klingelte.

Martin tastete auf dem Tisch nach dem Telefon, doch er fand es nicht. Es stand nicht auf dem gewohnten Platz, sondern auf der anderen Seite.

»Ich bin wieder da«, sagte er. »Ja, ganz gut. Danke. Bis später. So wird das heute den ganzen Tag gehen«, sagte er, als er auflegte.

Da klingelte das Telefon erneut.

»Komm, wir verziehen uns ein bisschen nach draußen.«

Jeannette nickte.

Der Lärm und die Straße waren noch fast zu viel für ihn, aber unangenehm war es nicht. Er hatte den Eindruck, von Neuem zur Gemeinschaft der Menschen zu gehören, diesem komplexen und unordentlichen und doch organisierten Ganzen, dessen aktiver Teil er wieder war.

Das Wetter war kalt und trocken. Als er sah, dass Jeannette fröstelte, ging Martin mit ihr in ein Café.

Sie sah ihn an und spürte, wie sie rot wurde. Er hatte sie noch nie so angesehen. Nicht wie eine Mitarbeiterin, ein geschlechtsloses Anhängsel, das mehr oder weniger nützlich und effektiv war, sondern wie eine Frau.

»Was ist denn?«, fragte sie in aggressiverem Ton, als sie beabsichtigt hatte.

»Nichts, Entschuldigung. Es ist nur … du hast dich verändert.«

»Du auch.«

»Vielleicht bin ich dabei, ich selbst zu werden«, sagte er, »meinen Platz zu finden.«

Sie wartete ab, wie es weiterging, aber er sagte nichts mehr. Für Martin war es sowieso schon viel gewesen. Mehr hatte er darüber nie gesagt. Er hatte sich wirklich verändert.

»Entschuldigung, wir sind ja nicht deswegen hier.«

Das hörte sich schon eher an wie der Martin von früher.

Ein Handy klingelte. Das von Jeannette. Es war Olivier.

Sie hörte zu, ohne etwas zu sagen, aber Martin bemerkte, dass sie die Augen zusammenkniff und ihr Atem schneller ging. Es schien wichtig zu sein.

Sie legte auf und sah ihn mit leuchtenden Augen an.

»Nach einem besonders grausamen Mord der letzten Nacht in einem Vorort hat die Polizei von Hauts-de-Seine entdeckt, dass ein Privatdetektiv direkt mit der Sache zu tun hat. Sie waren in seinem Büro. Es wurde verwüstet, und der Detektiv ist unauffindbar. Nach der Beschreibung könnte er das Opfer vom Seine-Ufer sein.«

Martin nickte.

»Ein Privatdetektiv, du hattest recht.«

Sie lächelte.

»Du hast das gesagt. Echte Polizisten verfolgen niemanden allein.«

Martins Blick glitt zur Seite, und sie ahnte schon, was seine nächste Frage sein würde.

»Ich rufe Bélier an«, sagte sie, »sie kann uns sagen, ob es Parallelen zwischen den beiden Morden gibt.«

Martin sah sie aufmerksam an.

»Ich weiß nicht, ob ich das gut finde.«

»Was?«

»Dass du schon im Voraus weißt, was ich sagen will.«

»Entschuldigung, Chef.«

»Es gibt sicher keine eindeutige Ähnlichkeit zwischen den beiden Morden, sonst hätte uns Bélier das schon gesagt. Besser wir gehen hin. Ich möchte ihr Gesicht sehen, wenn wir sie fragen, ob beide Opfer von demselben Mörder getötet wurden.«

Jeannette begriff, was er sagen wollte. Bélier war zu rational, um sich allein auf ihr Gespür zu verlassen, aber sie würden sofort an ihrem Gesicht erkennen, ob sie irgendetwas überrascht hatte, das zu winzig war, um in einem Bericht aufzutauchen. Es würde einfacher sein, ihre Eindrücke mündlich wiederzugeben.

Mittwochnachmittag

Ihre Aufgabe war so schwer, dass sie glaubte, sie nicht bewältigen zu können. Irgendetwas sagte ihr, dass sie es nie schaffen würde. Es gab zu viele Unwägbarkeiten.

Sie sah ihren Vater vor sich, die Peitsche in der Hand.

Du schaffst das, sagte er. Du schaffst das.

Die Peitsche knallte, das Pferd wieherte, sie fühlte, wie der Urin an ihren dünnen Beinen entlanglief, aber sie kam vorwärts, immer weiter, denn sie wusste, wenn die Peitsche wieder knallte, würde sie nicht die Kruppe des Pferdes, sondern ihren eigenen Rücken, ihre Arme und Beine treffen.

Sie konnte das Pferd nicht vorwärtsbringen, und er wusste es. Das Tier gehorchte nur seinem Herrn.

Sie strich den zweiten Namen von der Liste und machte einen Plan für den dritten.

Sébastien Grossard, Rue de l'Université 227, 75007 Paris
Julie Rodez, Rue Anatole-France 22, 92700 Colombes
Stéphane Holliez, Rue Chaligny 15, 75012 Paris
Aymeric Tanguy-Frost, Rue Hallé 21, 75014 Paris
Georges Forrier, Impasse de la Gaîté 8, 75014 Paris
Alain Karief, Villa Monet 19, 75019 Paris
Catherine Amard-Fusin, Rue de la Croix-Livert 82, 75015 Paris
Eloi Wilkiewitz, Rue des Rosiers 12, 75004 Paris
Valdek Mirmans, Rue Raynouard 12, 75019 Paris

Stéphanie Mallory, Allée des Rois 1, 78100 Saint-Germain-en-Laye
Jacques Faiglioli, Place de l'Horloge 33, 69000 Lyon

Hoffentlich war Stéphane Holliez derjenige, der den Detektiv zu ihrer Verfolgung engagiert hatte. Sie hasste ihn schon, bevor sie ihn überhaupt kannte. Nachdem sie ihn ausgefragt und getötet hätte, konnte sie sich, so er es war, endlich ausruhen. Wer war er? Auf den ersten Blick ein harmloser Unbekannter, dem sie nie begegnet war und der ihr nichts bedeutete.

Sie nahm den Kopf in die Hände, weil ihr schwindlig wurde. Wo? Wann? Wo und wann hatte sie den schlimmen Fehler begangen, den sie jetzt mit viel Mühe und Blutvergießen wettzumachen suchte? Ein tiefer Seufzer stieg aus ihrer Brust. Sie hätte am liebsten geschrien. Aber das war unmöglich. Nicht hier und nicht jetzt.

Sie drückte mit den Daumen auf ihre Halsschlagadern und fühlte sofort leichten Schwindel. Sie drückte fester, und über die Welt um sie herum legte sich ein weißlicher Schleier, ihr Atem beruhigte sich, ihre Lider wurden schwer und schlugen wie die Flügel eines eingesperrten Schmetterlings langsamer. Ihre Hände fielen herab, und der Druck ließ nach, doch der weißliche Schleier hing noch vor ihren Augen, bevor er verschwand, wie von einer unsichtbaren Brise weggeweht.

Sie blieb reglos sitzen, verlangsamt, ein paar Minuten lang, dann stand sie mit schweren Gliedern gemächlich auf. Ihr Herz hatte seinen normalen Rhythmus wiedergefunden.

Stéphane Holliez. Das war die Aufgabe des Tages. Sinnlos, weiterzusuchen.

Die Peitsche knallte. Los, Mädchen, du schaffst es.

»Es gibt keinerlei Ähnlichkeit«, sagte Bélier. »Weder in der Vorgehensweise noch im geografischen Umfeld. Nicht mehr als …«

Sie schwieg.

»Nicht mehr als was?«, fragte Martin.

»Ich weiß es nicht … Ihr geht mir auf die Nerven mit euren Fragen. Vielleicht solltet ihr besser einen Guru oder Schamanen fragen? Ich bin Wissenschaftlerin.«

»Niemand behauptet das Gegenteil. Was wolltest du gerade sagen?«

Bélier schüttelte den Kopf, wütend auf sich selbst.

»Es gab noch einen anderen Mord. Ein Mann, dem mehr oder weniger der Kopf mit einem Draht abgeschnitten wurde wie ein Stück Butter. Und ich weiß nicht, warum …«

Die Worte kamen ihr nur schwer über die Lippen, aber Martin und Jeannette hüteten sich, etwas zu sagen, um ihr zu helfen.

»Es ist dieselbe Grausamkeit, dieselbe Kaltblütigkeit wie beim ersten und dritten Mord. Und eine völlig andere Vorgehensweise.«

»Das ist seltsam«, sagte Jeannette.

»Was?«, fragte Bélier.

Jeannette warf Martin einen schnellen Blick zu, bat ihn um Hilfe. Er hatte schon begriffen, was sie sagen wollte.

»Du sprichst von einer völlig anderen Methode, als sei das eine weitere Übereinstimmung«, sagte er.

»Genau. Ich muss verrückt sein. Grausamkeit, Genauigkeit und Fehlen jeglicher Indizien, das sind drei Gemeinsamkeiten.«

»Haben wir schon ein Ergebnis der Genanalyse des Speichelflecks?«, fragte Jeannette.

»Leider gibt es keinen solchen Fleck. Er stammt von einem der Kriminaltechniker. Leider.«

Jeannette versuchte, sich nichts anmerken zu lassen.

»So was kommt vor«, sagte Martin.

»Nicht bei mir«, sagte Bélier. »Ich werde seine Versetzung beantragen.«

Sie schwieg eine Weile und suchte offensichtlich nach der besten Art, auszudrücken, was ihr durch den Kopf ging.

»Es ist, als hätten wir es mit einem Mörder zu tun, der sich seine Aufgabe so schwer macht wie möglich, indem er jedes Verbrechen auf ganz andere Art begeht«, sagte sie … »Das widerspricht allem, was ich bislang gelernt habe.«

»Es ist aber einleuchtend«, sagte Jeannette. »Wenn es derselbe Mörder ist, dann handelt er so, damit man die Verbrechen nicht miteinander in Verbindung bringt.«

»Möglich, aber es kostet eine ungeheure Energie und ist ein ebenso großes Risiko.«

Bélier bewegte sich hinkend durch ihr überfülltes Labor.

Martin hatte sie noch nie so aufgeregt erlebt. Ungeduldig schob sie eine rote Strähne zurück, die ihr in die Stirn gefallen war.

»Mörder, die Wiederholungstäter sind, ändern ihre Methode nicht. Von Mord zu Mord perfektionieren sie ihre Vorgehensweise, das ist das beste Mittel, nicht erwischt zu werden. Ihr Mörder, wenn es wirklich derselbe ist, hat genau den umgekehrten Weg gewählt. Er vergrößert, ohne zu zögern, das Risiko.«

»Das bedeutet, dass wir sein Motiv finden müssen, wenn wir ihn in die Enge treiben wollen.«

»Das bedeutet, dass wir erst am Anfang einer Serie stehen und unser Mörder so lange töten wird, bis er oder sie sein Ziel erreicht hat. Und wenn man sieht, mit was für einer Verbissenheit er bislang vorgegangen ist, dann hat er keinen Grund, jetzt Fehler zu machen.«

»Wir haben immerhin noch den Schuhabdruck«, warf Jeannette ein.

»Ja«, sagte Bélier, »er oder sie trug neue Laufschuhe, die inzwischen längst vernichtet sind. Tolles Indiz.«

Es sah Bélier gar nicht ähnlich, eine Niederlage einzugestehen. Jeannette verzog das Gesicht. Es gefiel ihr nicht, dass jemand, der so professionell und begabt war wie Bélier, defätistisch wurde. Auch für Martin war das Verhalten des Mörders das Gegenteil von dem, was ihn seine Erfahrung lehrte. Ein Grunderfahrung seines Berufes war, dass ein Mörder immer die Methode benutzt, mit der er Erfolg hat. Jede Abweichung, die nicht durch die Umstände verursacht ist, bringt ihn in Gefahr. Ein Würger erwürgt, ein Schlitzer schneidet die Kehle durch, ein Schläger schlägt zu. Sich einen Mörder vorzustellen, der von einer bestimmten Methode zu einer ganz anderen wechselte, war schwindelerregend. Selbst Serienmörder hielten sich an ihre Methode und gingen nach immer perfekteren Ritualen vor – wenn man ihnen die Zeit dazu ließ.

Ihr Mörder wich von der Statistik ab und handelte nicht so wie unter Menschen üblich. Eine Art Mutant.

Im Allgemeinen findet man irgendwann das Motiv bei den Opfern. Aber was hatten der Detektiv und die anderen Opfer gemeinsam?

Plötzlich begriff Martin. Das war doch klar. Das erklärte auch den unbedingten Willen des Mörders, seine Methode so oft wie möglich zu wechseln. Die beiden letzten Opfer waren Mandanten des Detektivs.

Einer dieser Mandanten besaß etwas – einen Schatz? Ein Geheimnis? –, das der Mörder um jeden Preis haben wollte. Angesichts solcher Grausamkeit musste es sich um etwas Lebenswichtiges handeln, eine Gefahr, die seine Existenz bedrohte.

Deshalb hatte es absolute Priorität, an die Liste seiner Mandanten zu gelangen. Aber das würde schwierig, wenn nicht unmöglich sein. Das einzige Exemplar dieser Liste musste sich in den Händen des Mörders befinden. Das erklärte auch, warum er das Büro und die Wohnung von Duperrier auf den Kopf gestellt hatte. Wie viele Leute standen auf der Liste? Wie viele sollten noch getötet werden? Er begegnete Jeannettes Blick. Sie dachte über dasselbe nach.

»Er hat dennoch einen riesengroßen Fehler begangen«, sagte Martin. »Beim letzten Mord hat er sich in der Person geirrt. Er hat die Schwester umgebracht. Das darf die Presse nicht erfahren. Und Julie Rodez muss rund um die Uhr bewacht werden.«

Kapitel 13

Mittwochabend

Als sie durch die Straßen ging, um ihr künftiges Opfer zu treffen, erinnerte sie sich.

Eine kleine dunkle Gestalt, mit Plastik überzogen und leicht glänzend. Vollkommen undefinierbar. Ein Mädchen? Ein Junge? Nichts, dass der Blick daran hängen blieb oder man sich irgendeine Frage stellte.

Sie erinnerte sich.

Sie fürchtete sich vor allem vor dem Moment, an dem sie den Hengst fertig gestriegelt hatte. Sie trödelte, so lange sie konnte, aber sie wusste, dass es geschehen würde, unausweichlich. Die Riesengestalt ihres Vaters zeichnete sich im Gegenlicht am Eingang des Stalles ab, sie würde stehen bleiben und ihm zuhören müssen. Denn er hatte immer das Bedürfnis zu reden, und dabei klopfte er mit seiner geflochtenen Peitsche leise gegen seine Wade, bevor er sich mit ihr beschäftigte.

Sie sah kaum etwas von seinem Gesicht, außer einem gelegentlichen Aufblitzen der Zähne und dem Weiß in seinen Augen. Er hatte so breite Schultern, dass sie den Eingang fast versperrten. Er war riesig, ein Schrank von einem Menschen, der sie jeden Augenblick wie ein Insekt zerquetschen konnte.

In seiner Gegenwart konnte sie sich fast nicht mehr aus eigenem Antrieb bewegen. Sie war klein, zierlich und schnell. Und ihre leichten kleinen Beine trugen sie kaum noch. Sie wäre gern eine kleine Wanze oder eine Ameise gewesen. Es war unfair.

Sie schüttelte sich, ihr Atem ging stockend, sie versuchte wider Willen die Vergangenheit daran zu hindern, an die Oberfläche zu steigen. Aber aus der Vergangenheit schöpfte sie Kraft. Das gleißend kalte Licht ihres Hasses musste sie erfüllen bis zum Rand, damit sie die Kraft aufbrachte zu erledigen, was zu erledigen war.

Sie war ein kleines Mädchen von acht Jahren. Und ihre tägliche Pein begann dann, wenn die Sonne am Horizont unterging.

Es gab ein Ritual, und jede Phase dieses Rituals war ihr eingeprägt, in ihre Haut, aber auch im tiefen Innern ihres kindlichen Körpers.

Sie musste sich langsam nähern, bevor er sie rief, nicht zu lange vorher. Nicht näher zu kommen war gleich bedeutend mit Flucht. Und dann …

Sie musste auch lächeln. Das war beim Näherkommen das Schwerste. Aber das Schlimmste kam dann erst noch. Sie musste lächeln, aber den Blick gesenkt halten. Wenn sie das vergaß, dann drückte er ihr die gespreizten Daumen auf die offenen Augen. Sie vergaß es nicht.

Mittwochabend

Als Martin nach Hause kam, hatte er das Gefühl, einen Fehler zu begehen, fast ein Verbrechen. In diesem Moment bereitete der Mörder gerade eine ebenso grausame Tat vor wie die bisherigen, oder er führte sie bereits aus.

Irgendwo musste jemand dafür bezahlen, dass er einen Privatdetektiv engagiert hatte, um seine Frau zu beschatten, einen Kollegen oder einen Konkurrenten auszuspionieren ... Eine unangemessene Strafe für eine Tat, die man vielleicht nicht offen zugeben konnte, die aber im Grunde harmlos war.

Auch wenn der Tag nicht viele Resultate gebracht hatte, war er doch für jemanden, der gerade erst wieder im Dienst ist, lang gewesen. Er hatte Stunden mit unwichtigen Verwaltungsarbeiten zugebracht; viele Kollegen waren vorbeigekommen, um ihn zu begrüßen. Martin hatte noch nie viel für Büroklatsch übriggehabt, und die Gespräche hatten nicht ewig gedauert. Doch eine Minute kam zur anderen, und so war sein Gefühl, machtlos zu sein und Zeit zu verlieren, noch stärker geworden.

Dann war da noch die Traurigkeit darüber, Myriam verloren zu haben, und das Gefühl, für die schwierige Aufgabe nicht zu taugen. Immerhin hatte es ihm gutgetan zu arbeiten. Die ganze Zeit hatte er keine bösen Tagträume gehabt. Er freute sich auf Marion und Isa.

Zum ersten Mal fragte er sich, ob es nicht für Marion und ihn besser wäre, wenn seine Tochter umziehen würde. Man brauchte nur eine Wohnung zu finden. Aber das war sicher utopisch, aus mehreren Gründen. Die Mieten waren gestiegen, besonders für kleine Appartements, und Isa würde kaum etwas Größeres finden als eine Einzimmerwohnung von dreißig Quadratmetern. Unter solchen Umständen würde Martin es nicht übers Herz bringen, seine Tochter umziehen zu lassen. Vor allem wo ihr Baby bald zur Welt kommen sollte.

Vielleicht sollte er sich eine kleine Wohnung suchen, in die er sich von Zeit zu Zeit zurückziehen könnte. Zum Beispiel nachts. Aber würde Marion bereit sein, mit Isa das Baby zu versorgen, während er woanders war? Die Antwort auf die Frage war eindeutig.

So war es im Leben, eine Kette von Schwierigkeiten ohne Ende, die sich mehr oder weniger von selbst lösten. Aber manchmal stellten sich Lösungen gerade dann ein, wenn man am wenigsten damit rechnete. Myriam hatte ihn mit einem Blick von seiner posttraumatischen Depression geheilt, und zum Dank trennte sie sich von ihm. Für immer? Dieser Gedanke war furchtbar für ihn.

Als er schon in seiner Straße war, klingelte sein Handy.

»Martin? Hier ist Bélier. Ich bin ziemlich sicher, dass es eine Frau ist«, sagte sie.

»Warum?«

Sie antwortete nicht gleich. Er spürte trotz der Entfernung, dass sie verlegen war.

»Ich habe an die Schuhabdrücke gedacht, am Ort des ersten Mordes. Eine kleine Größe.«

»Wir haben schon davon gesprochen. Das ist eine Täuschung, oder?«

»Vielleicht, aber vielleicht auch nicht. Aber das ist nicht alles.«

»Was noch?«

»An den Tatorten herrscht eine gewisse Ordnung, alles ist so genau, so ordentlich. Trotz des Horrors hat das etwas Weibliches. Wenn ich Leute töten müsste, würde ich es, glaube ich, auf dieselbe Weise tun. Ich würde alles daransetzen, die Spurensicherung an der Nase herumzuführen.«

Martin mochte Allgemeinplätze über den Unterschied zwischen Mann und Frau nicht besonders, und Bélier war die Letzte, von der er dachte, dass sie sich mit solchen Spielchen abgab. In Mordfällen waren Wiederholungstäter oft Verrückte.

»Willst du damit sagen, dass du, wenn du denken und handeln würdest wie der Mörder, den Schluss ziehst, dass es unbedingt eine Frau sein muss? Passiert es nie, dass du denkst wie ein Mann?«

»Doch, natürlich«, sagte sie. »Das ist möglich. Entschuldige, ich weiß nicht, warum ich das gesagt habe, ich sehe ein, dass das grotesk erscheinen kann.«

»Nein, auch ich denke oft so«, log Martin. »Und außerdem habe ich gelernt, mich auf dein Urteil zu verlassen. Selbst wenn du nicht exakt herausfinden kannst, warum du glaubst, es sei eine Frau, so muss es diesen Grund geben. Ich rufe jemanden an, der Ahnung davon hat, und zeige ihm alles, was wir haben.«

»Der mehr Ahnung hat als ich?«

»Du weißt genau, dass ich das nicht meine. Du spürst etwas, was du vielleicht nicht genau benennen kannst.«

»Mag sein«, sagte sie. »Willst du deine Polizei-Psychotherapeutin fragen?«

»Ja.«

»Erzähl ihr nicht, was ich dir gesagt habe.«

»Natürlich nicht. Ich will, dass sie selbst ihre Schlüsse zieht. Schönen Abend noch.«

»Nein, kein schöner Abend. Er oder sie wird heute Nacht wieder töten.«

»Ja, ich weiß«, sagte Martin. »Wir können es nicht verhindern.«

Warum nicht jetzt gleich?, sagte sich Martin. Er drehte sich um und kehrte ins Büro zurück. Der Fotokopierer im Archiv war schon abgestellt, und er wusste die Pin nicht. Er gab viermal die Nummer ein, ohne Ergebnis, dann 1, 2, 3, 4, und schon begann die Maschine zu brummen.

Laurette Weizman, die Psychotherapeutin, mit der er schon zusammengearbeitet hatte, war feinfühlig und intelligent. Sie war eher füllig, fünfzig Jahre alt, mochte Männer und zeigte das auch. Nach Jahren gegenseitigen Misstrauens hatte Martin eine kleine Affäre mit ihr gehabt, und es war ihnen gelungen, danach gute Freunde und vor allem gute Kollegen zu bleiben. Bei der Sache, die Martin beinahe das Leben gekostet hätte, hatte sie ihm sehr geholfen. Er hatte Vertrauen in sie. So viel Vertrauen jedenfalls, wie seine mangelnde Fähigkeit, sich anderen zu öffnen, zuließ.

Laurettes Büro lag unter dem Dach des riesigen Gebäudes, und man gelangte nur über eine ganze Flucht verschiedener Flure und verschnörkelter Treppen, die man gut kennen musste, zu ihr.

Er kam gerade in dem Augenblick, als sie die Tür hinter sich schloss, den Schlüsselbund in der Hand. Sie hatte ihn nicht kommen hören, und Martin entdeckte auf ihrem Gesicht einen Ausdruck von Müdigkeit und Traurigkeit, den er an ihr nicht kannte. Vielleicht sah sie so aus, wenn sie sich unbeobachtet fühlte. Vielleicht war sie viel weniger fröhlich, als es schien. Oder vielleicht lag es an ihm, daran, dass er die Leute nach seinem Unfall mit anderen Augen sah.

Als sie ihn hörte, drehte sie sich um, und ihr Gesichtsausdruck veränderte sich, zuerst war er ängstlich, dann aber zeigte sich das schöne Lächeln, das er an ihr kannte.

»Entschuldigen Sie, habe ich Sie erschreckt?«

Sie schien verlegen.

»Ich bin vor einem Monat überfallen worden. Seitdem fühle ich mich allein nicht mehr sicher. Das wird sicher vorübergehen.«

»Überfallen?«

»Nicht vergewaltigt, wenn Sie das meinen. Eher ... misshandelt.«

»Wo, hier im Büro?«

Sie zögerte erneut.

»Nein, auf der Straße.«

Martin wusste, dass sie log, aber er hakte nicht nach.

»Ich freue mich, Sie zu sehen. Ich dachte schon, Sie seien mir böse.«

Er küsste sie sanft auf die Wange.

»Natürlich nicht. Ich hatte nur Angst, Sie würden meine Gedanken lesen. Ich habe mich geschämt, mich zu zeigen. Es war Scham und Angst.«

Sie trat einen Schritt zurück und sah ihn mit ihren schönen Kurzsichtigenaugen durchdringend an.

»Scham? Und Angst? So etwas sagen Sie? Sie haben sich verändert.«

»Vielleicht. Das höre ich im Moment oft.«

Sie öffnete ihre Tür wieder.

»Ich muss zu einem Abendessen, aber kommen Sie doch für zwei Minuten herein.«

Er trat hinter ihr ein und setzte sich an den mit Büchern, verschiedenen Gegenständen und Akten überladenen kleinen Tisch, der ihr als Schreibtisch diente.

Anstatt sich ungezwungen ihm gegenüberzusetzen, ließ sich Laurette hinter dem Schreibtisch nieder. Sie schien Sorgen zu haben und spielte mit etwas in ihrer Handtasche, die sie auf den Knien liegen hatte.

»Ich höre, Martin«, sagte sie mit gesenktem Blick.

Heute trug sie keinen Ausschnitt, sondern einen hochgeschlossenen Pullover. Das war ungewöhnlich. Laurette war stolz auf ihre Brust und zeigte gern, dass sie eine verführerische Frau war.

Martin bemerkte, dass die Lehne ihres Stuhls zerbrochen gewesen und schlecht repariert worden war. Seit er zum letzten Mal im Büro gewesen war, hatte es sich verändert. Das war vor seiner Begegnung mit dem Armbrust-Mörder. Woher kam der Eindruck von Veränderung? Lag es am Büro oder an ihm? Nein. Diesmal lag es nicht an ihm. Das kleine Zimmer war zu gut aufgeräumt. Ein schönes Stillleben war verschwunden und hatte an der Wand ein helleres Rechteck hinterlassen. Die Veränderung war tiefgreifender, als er im ersten Moment bemerkt hatte. Es war nicht mehr so gemütlich wie früher.

»Was ist passiert, Laurette?«

Sie sah ihn erstaunt an, und ihre Augen füllten sich mit Tränen.

»Hat man Ihnen etwas erzählt?«

»Nein, niemand hat mir was erzählt.«

»Dann sollten Sie als Polizist aufhören und ein Hellseherkabinett eröffnen«, sagte sie in trockenem Ton.

»Die Atmosphäre hier hat sich verändert. Ich habe so viele Tatorte gesehen, und wenn es irgendwo Gewalt gegeben hat, dann spüre ich das ... Hier ist etwas passiert. Dazu muss man kein Hellseher sein.«

Er betastete die zerbrochene Lehne.

»Wenn Sie nichts dagegen haben, möchte ich nicht darüber reden«, sagte Laurette. »Sagen Sie mir lieber, was Sie zu mir geführt hat. Ist es persönlich oder beruflich?«

Er legte die fotokopierten Dokumente auf den Tisch.

»Ich würde gerne wissen, was Sie davon halten«, sagte er.

Laurette sah schnell die Unterlagen durch, ihr Gesicht nahm einen Ausdruck von Abscheu an. Dann las sie genauer, angefangen bei den ersten Berichten der Spurensicherung.

»Gibt es einen Zusammenhang zwischen den Morden?«, fragte sie überrascht.

»Das möchte ich von Ihnen wissen.«

»Nicht jetzt.«

»Natürlich nicht, aber nicht zu spät, es ist dringend.«

»So dringend, dass ich mein Abendessen absagen muss?«

»Was immer Sie entdecken, heute Abend ändert es nichts mehr«, sagte er, »aber ich würde gern morgen früh etwas von Ihnen hören. Wenn Ihnen dazu etwas einfällt.«

»Wird heute Nacht jemand sterben?«

»Millionen Menschen sterben heute Nacht. Daran kann man nichts ändern.«

Laurette errötete.

»Sie wissen genau, was ich meine. Jemand ist heute Nacht in Lebensgefahr, weil ein Mörder frei herumläuft.«

»Das ist wahrscheinlich, aber weder Sie noch ich können ihn daran hindern, herumzulaufen und zu töten. Jedenfalls nicht heute Nacht. Gehen Sie zu Ihrem Essen«, sagte er und stand auf.

Er wartete, während sie ihr Büro abschloss. Um diese Zeit herrschte fast gänzliche Stille in diesem Teil des Gebäudes. Büros und Flure waren menschenleer. Eine Frau, die überfallen würde, könnte so laut rufen, wie sie wollte, es würde ihr niemand zu Hilfe kommen.

»Ich rufe Sie morgen an«, sagte sie, als sie auf der Straße waren. »Sie erfahren dann von den Ergebnissen meiner Überlegungen. Einen schönen Abend.«

Er sah ihr nach, wie sie in ihrer Körperfülle und Weiblichkeit auf ein Taxi zuschritt.

Vor dem Taxistand zögerte Laurette. Sie hätte nicht so weggehen dürfen. Jeder, der einen Generalschlüssel besaß, konnte in ihr Büro eindringen und das, was sie versteckt hatte, stehlen. Das war zu gefährlich. So beschloss sie, nochmals hinaufzugehen. Dann käme sie eben zu spät zu ihrer Verabredung. Er war lieb und würde es verstehen. Sie war seit Langem zum ersten Mal verliebt. Sie hatte schon gedacht, zu Gefühlen nicht mehr fähig zu sein und dass sie auch bald keine Freude am Sex mehr haben würde, doch sie hatte sich getäuscht. Sie hatte ihn auf einer Ausstellung kennengelernt. Er war Psychiater. Eigentlich mochte sie Psychiater nicht, aber er hatte ihr gleich gefallen.

Als sie die Tür öffnete, dachte sie daran, wie sie die Nacht verbringen würde. Ihr Herz schlug schneller. Mit vierundfünfzig Jahren entdeckte sie an sich die Seele und das Temperament eines jungen Mädchens. Jedes neue Abenteuer war eine Entdeckung. Aber diesmal war es noch mehr und noch besser. Ein Liebhaber und Lebenspartner.

Sie sah die schwarze Gestalt im Dämmerlicht ihres Büros erst viel zu spät.

»Was machen Sie denn hier?«, konnte sie gerade noch sagen, bevor der erste Schlag sie traf.

Danach konnte sie nicht mehr sprechen, sondern nur noch stöhnen.

Kapitel 14

Mittwochabend

Martin platzte zu Hause mitten in eine leidenschaftliche Debatte der beiden Mädchen hinein. Sie hatten gegessen, ohne auf ihn zu warten, und die Reste der Mahlzeit standen noch auf dem Tisch.

Sie stellten ihm zahlreiche Fragen, wie sein Tag gewesen sei. Er wich den meisten Fragen aus, und so gaben sie enttäuscht auf, besonders Marion.

Er erzählte nicht gerne seine Erlebnisse, nicht aus Geheimnistuerei, sondern weil er lieber in Ruhe über die wichtigen Momente oder die Einzelheiten seiner Ermittlungen nachdachte, denen er nicht genügend Aufmerksamkeit gewidmet hatte.

Er begann ein wenig zu essen und lehnte Marions halbherzigen Vorschlag, ihm den Broccoli warm zu machen, ab. Er machte sich Vorwürfe, weil er Laurette nicht zum Reden gebracht hatte. Das sollte er noch bitter bereuen.

Zerstreut lauschte er dem Gespräch der Mädchen. Er hatte das Gefühl, gar nicht richtig da oder durchsichtig zu sein, unsichtbar. Heftiger Schwindel packte ihn, und er spürte, dass er leicht schwankte. Es geht wieder los, dachte er. Er hatte sich übernommen. Er stand kurz vor einem Zusammenbruch, war geistig und körperlich völlig erschöpft. Und traurig. Unendlich traurig. Seine Augen brannten.

Es gelang ihm aufzustehen, und er ging in sein Zimmer, bevor die Mädchen sehen konnten, dass ihm Tränen über die Wangen liefen.

Er zog sich mit schweren, zögernden Bewegungen aus, während das Wasser aus seinen Augen rann wie aus einer Quelle. Dann nahm er eine Dusche. Mehrfach verbrannte er sich beinahe, oder das Wasser wurde eiskalt, bevor er die richtige Mischung fand, dann schluchzte er minutenlang unter dem Wasserstrahl, das Gesicht nach oben gerichtet.

Er trocknete sich kaum ab und ließ sich aufs Bett fallen, dann deckte er sich schlecht und recht zu.

Als Marion eine Stunde später zu ihm kam, lag er quer im Bett. Sie versuchte, ihn zur Seite zu schieben, um etwas Platz zu haben, aber es gelang ihr nicht. Sie legte eine Decke über ihn und schmiegte sich an ihn. Dann nahm sie Martins große Hand und ließ sie über ihre Brust und ihren Bauch gleiten, bevor sie sie zwischen ihre Schenkel schob. Seit einiger Zeit hatte sie manchmal Angst, ihn nicht mehr zu lieben. Angst vor der Leere, die das trotz des Babys in ihr hervorrufen würde. Aber nicht in dieser Nacht. Heute fühlte sie sich wohl. Sie sagte tonlos »Ich liebe dich« und bewegte dabei nur die Lippen. Sie wiederholte die vier Silben mehrere Male. In diesem Moment ihres Lebens und der Nacht kam ihr das genau richtig vor.

Mittwochnacht

Die Arbeit hatte nicht lange gedauert. Der Mann war ihr unter den Händen zusammengebrochen. Kreislaufkollaps oder Herzversagen. Eher Herzversagen. Seine Lippen waren blau, das war eher ein Symptom für einen Herzinfarkt.

Dabei war er noch jung und schien gut in Form zu sein. Systematisch durchsuchte sie die fünfundsiebzig Quadratmeter seiner Wohnung und fand nichts, was einen Zusammenhang zwischen ihm und ihr verriet. Er war Architekt, geschieden und hatte Fotos von nackten Kindern im doppelten Boden einer Schublade versteckt.

Sie begann zu zittern und musste mehrmals um Fassung ringen, um die Fotos wieder in die Umschläge stecken zu können. Sie durfte nicht schlappmachen, nicht jetzt. Sie legte die Fotos an ihren Platz zurück.

Sie konnte sich darauf verlassen, dass die französischen Polizisten die Bilder finden würden. Das wäre eine richtig gute falsche Fährte.

Noch im Nachhinein bedauerte sie, dass der Mann so schnell gestorben war, selbst wenn es sich um den Falschen gehandelt hatte.

Als sie nach Hause kam, schlief Francis bereits, er lag nackt auf dem Bauch, ein Bein angewinkelt, kaum zugedeckt.

Sie betrachtete ihn eine Weile mit klopfendem Herzen, die entspannten Muskeln, die Linie seines Halses, den kleinen kommaförmigen Leberfleck zwischen den Schulterblättern.

Sie riss sich von dem Anblick los, zog sich aus und stopfte all ihre Sachen in Müllbeutel. Dann zog sie Jeans und T-Shirt an und brachte die Säcke in den Keller, auf die Gefahr hin, einem anderen Hausbewohner zu begegnen. Doch sie traf niemanden.

Als sie wieder in der Wohnung war, nahm sie wie immer ein heißes Bad, trocknete sich rasch ab und legte sich zu ihrem Mann.

Er zitterte unter ihren ersten Küssen, wachte aber nicht auf.

Sie küsste ihn an der Wirbelsäule, ohne ihn sonst zu berühren, bis zur Hüfte und legte dann ihr Gesicht zwischen seinen Schenkel und Bauch. Er machte eine wohlige Drehbewegung. Er schlief immer noch, aber weniger tief. Sie küsste ihn auf den Bauchnabel, den Unterbauch und suchte sein Glied. Bald hatte er eine ansehnliche Erektion. Sie nahm sein Glied in den Mund und begann sanft zu blasen. Plötzlich holte er tief Luft, seufzte und bog den Rücken durch. Sie blies weiter und rieb ihre Brustwarzen an den Innenseiten seiner Schenkel, wo die Haare kürzer und weicher waren. Ein Schauer fuhr ihr über den ganzen Körper, und eine Sekunde später wurde ihr überall heiß. Für ein paar Minuten vergaß sie alles andere.

Donnerstagmorgen

Martin wurde vom Klopfen an der Wohnungstür geweckt. Er hob den Kopf mit dem Gefühl, dass er eine halbe Tonne wog, und suchte nach dem Wecker. Es war sechs Uhr morgens. Er stieg vorsichtig aus dem Bett, um Marion nicht zu wecken. Er zog Hose und Hemd vom Vortag an und ging zur Tür, während er versuchte, sein Hemd unter den Gürtel zu stecken.

An der Tür warteten zwei Polizisten. Kollegen. Martin kannte sie vom Sehen. Der kleinere hatte einen seltsamen Namen ... Jedermann hieß er. An den Namen des anderen erinnerte er sich nicht.

»Was gibt's?«

Es musste etwas Schlimmes oder besonders Wichtiges passiert sein, sonst hätten sich nicht zwei Kriminalbeamte die Mühe gemacht, zu ihm nach Hause zu kommen, anstatt anzurufen. Plötzlich bekam er einen furchtbaren Schreck. Jeannette ...

»Was ist los?«

Er spürte, dass die beiden Polizisten auf die Art und Weise achteten, wie er die Frage stellte. Solche Dinge spürten Bullen und zogen ihre Schlüsse daraus.

»Wir möchten wissen, wo Sie gestern Abend zwischen 19.00 und 21.00 Uhr waren«, sagte Jedermanns Kollege.

Martin war überrascht. Er hatte mit allem gerechnet, aber damit nicht.

»Bei Laurette Weizman, der Psychologin«, sagte er.

Die beiden wechselten einen kurzen Blick.

»In diesem Fall folgen Sie uns bitte«, sagten sie.

»Ist Laurette etwas zugestoßen?«, fragte Martin, dem plötzlich der Mund trocken wurde.

Wieder wechselten die Polizisten einen Blick.

»Entweder er weiß es nicht, und das beweist, dass er nichts damit zu tun hat, oder er weiß es schon«, sagte Jedermann. »In beiden Fällen …«

»Laurette Weizman liegt im Koma. Sie wurde gestern Abend in ihrem Büro überfallen.«

Im Koma. Laurette! Ein Mordversuch, gleich nach ihrem Gespräch. Wieso in ihrem Büro? Sie waren doch zusammen weggegangen. Seine Polizisten-Reflexe gewannen die Oberhand.

»Ich ziehe mich an und komme mit«, sagte er.

Er wurde in ein Büro geführt, das seinem eigenen nicht unähnlich war, aber am anderen Ende des Gebäudes lag.

Der Chef von Jedermann hatte denselben Rang wie Martin. Er hieß Fournier. Er hatte einen recht guten Ruf, aber nie eine Glanzleistung vollbracht. Ein unauffälliger Arbeiter von jener Sorte, die Vizedirektor werden, wenn ihnen im Lauf der Zeit kein unvorhersehbarer Fehler unterläuft.

Bevor er sich setzte, gab er Martin die Hand, sein Händedruck war weich. Dann begann das Verhör.

»Ein Schupo hat euch zusammen gesehen. Deine Fingerabdrücke waren auf einer Stuhllehne, und in ihrer Tasche befanden sich Unterlagen, die nur von dir stammen können.«

»Ich habe Laurette Weizman gestern zwischen sieben und acht besucht, und dann sind wir gemeinsam weggegangen«, sagte Martin. »Wir haben uns auf der Straße verabschiedet, und ich verstehe nicht ganz ...«

Er wollte schon sagen: »Ich verstehe nicht ganz, warum ihr sie in ihrem Büro gefunden habt«, aber er schwieg lieber, weil er die beiden Polizisten, die ihm vielleicht ein wichtiges Detail der Ermittlung geliefert hatten, nicht dafür verantwortlich machen wollte.

»Was verstehst du nicht?«, fragte Fournier.

»Was passiert sein kann.«

»Wir verstehen es auch nicht. Deshalb bist du ja hier. Hat sie dir etwas gesagt?«

Martin erinnerte sich an Laurettes Gesichtsausdruck, als er von hinten auf sie zugekommen war.

»Sie hat mir erzählt, dass sie vor einiger Zeit überfallen worden ist. Vor einem Monat. Das Wort, das sie verwendete, war misshandelt. Sie hat betont, dass man sie nicht vergewaltigt hat. Ich hatte den Eindruck, sie hatte Angst.«

»Misshandelt«, wiederholte Fournier. »Und sonst hat sie nichts gesagt?«

»Doch, dass sie lieber nicht darüber reden will.«

Fournier sah Martin mit halb geschlossenen Augen an. Eine Spur Ungläubigkeit, um seinen Gesprächspartner dazu zu bringen, mehr zu sagen, und zwar etwas, das ihn verdächtig machte. Martin erwiderte seinen Blick.

»Gut«, sagte Fournier nach fünfzehn Sekunden Schweigen. »Von Polizist zu Polizist, was hältst du von der Sache?«

»Um etwas von der Sache halten zu können, muss ich erst mehr darüber wissen. Ich weiß aber nichts.«

Fournier öffnete einen Ordner, drehte ihn herum und schob ihn zu Martin hin. Martin spürte, wie sein Herz stockte. Fournier hatte gut kalkuliert, und das Schlimmste war, dass es funktionierte. Es war Fournier gelungen, ihn außer

Fassung zu bringen. Auf der Nahaufnahme war Laurettes Gesicht kaum zu erkennen. Es war zertrümmert worden. Die Jochbeine waren gebrochen, ebenso der Unterkiefer und die meisten Vorderzähne. Die rechte Schläfe war eingeschlagen. Der Täter hatte offenbar einen Knüppel benutzt und, nach der Lage mancher Verletzungen zu urteilen, einen Schlagring. Es war ein Wunder, dass sie noch lebte.

»Das muss ein Linkshänder gemacht haben«, sagte Martin.

»Genau wie du?«

Jetzt hatte er ihn.

»Ich habe damit nichts zu tun, und das weißt du genau. Ich schätze Laurette Weizman über alles, ich habe ihren beruflichen Rat gesucht und hege keinerlei Animositäten gegen sie. Ganz im Gegenteil.«

»Du hast einen schlimmen Schock erlitten, und das ist noch nicht lange her. Du bist fast daran gestorben. Manchmal tut man nach solchen Erlebnissen seltsame Dinge.«

»Eine Freundin totprügeln?«

»War sie eine Freundin von dir?«

»Ja.«

»Hast du mit ihr geschlafen?«

Martin zögerte einen Augenblick. Fournier wusste vielleicht die Antwort schon. Es hatte keinen Sinn zu lügen.

»Einmal, kurz vor meinem Unfall.«

»Und da war deine Freundin Marion schon schwanger?«

Martin spürte, wie sein Herz sich überschlug. Unfreiwillig ballte er die Fäuste. Nein, bloß nicht, darauf hatte Fournier doch nur gewartet. Er entspannte sich.

»Da musst du bessere Beweise finden. Ich wiederhole, dass ich mit dem, was Laurette Weizman passiert ist, nichts zu tun habe. Ich kann mein Gespräch mit ihr von A bis Z wiederholen, dir meine Eindrücke mitteilen. Etwas Besseres kann ich dir nicht sagen.«

»Gut, also los.«

Fournier beugte sich zum Aufnahmegerät und schaltete es ein.

Donnerstagmorgen

Als sie um sieben Uhr von der Kinderfrau wegging, sagte sich Jeannette, dass sicher gleich ihr Handy klingeln würde. Sie zog es aus der Tasche und blickte mit einer Mischung aus Faszination und Abscheu darauf. Sie ahnte, was das Klingeln ihr ankündigen würde, einen neuen Mord. Aber sie irrte sich.

In der Nacht hatte sie jede Menge Albträume gehabt, doch niemand hatte sie auf das vorbereitet, was Olivier ihr nun mitteilte: Martin stand unter dem Verdacht eines versuchten Mordes.

Im Büro eingetroffen, vertiefte sie sich in die Berichte, die sie hatte kommen lassen, aber sie war nicht in der Lage, sich zu konzentrieren oder Oliviers aufgeregtem Geschwätz zuzuhören.

Am späten Vormittag kam Martin zu ihr, nachdem er beim Vizedirektor und dem Chef der Brigade gewesen war. Auch er berichtete ihr die Neuigkeit.

Er schien weder besonders betroffen noch wütend. Eher nachdenklich und traurig. Im Moment durfte er weiter Dienst tun, doch das konnte sich von Minute zu Minute ändern, und zwar ohne Vorwarnung.

»Sie glauben nicht, dass sie es schaffen wird. Und angesichts der Verletzungen ist das wohl auch besser für sie.«

»Was machst du jetzt?«

»Nichts. Wir haben einen Fall aufzuklären. Schwierig. Ich darf mich nicht ablenken lassen.«

»Und wenn sie dich verhaften?«

»Werden wir sehen. Sie haben keine Beweise gegen mich, außer dass ich der Letzte war, der sie lebend gesehen hat – abgesehen vom Mörder.«

»Wer kann das bloß getan haben?«

Martin klopfte ihr mit der Hand leicht auf den Unterarm, als wolle er sie beruhigen. Auch das war neu. Sie wusste nicht, ob sie ihn liebte.

»Vermutlich ein Polizist.«

»Meinst du das ernst?«

»Natürlich. Laurette hatte nur Polizisten als Patienten. Das stand in ihrem Vertrag mit dem Ministerium. Meistens waren es Höhergestellte. Weder aus ihrer Handtasche noch aus ihrem Büro ist etwas gestohlen worden. Ich weiß nicht viel über ihr Privatleben, aber ich glaube nicht, dass der Täter aus dieser Sphäre kam. Es muss ein Patient oder ein früherer Patient gewesen sein. Jemand, der den Ort genau kannte und dessen Gegenwart in dem Gebäude niemanden überraschte.«

»Und ihre Ermittlungen?«

»Sie ermittelte nicht. Sie beriet Typen wie mich, das ist alles. Sie machte keine Polizeiarbeit. Unter ihren Patienten muss ein Mann oder eine Frau gewesen sein, die mehr Störungen hatten als die anderen und dem oder der die Sicherungen durchgebrannt sind. Man muss nur ihre Kartei durchsehen und alle Leute befragen. Fournier ist keine große Leuchte, aber er wird ihn schon finden, es sei denn, die da oben unterbinden es.«

»Das klingt ja vielversprechend«, sagte Jeannette. »Das wird weite Kreise ziehen, und niemand bleibt verschont.«

»Genau, niemand.«

Wieder herrschte Schweigen.

»Sonst ist heute Nacht kein Mord passiert«, sagte Jeannette.

Martin lächelte kurz.

»Ich weiß.«

»Da war trotzdem etwas.«

»Was?«

»Ich habe die letzten Berichte durchgesehen über Todesfälle mit ungeklärter Ursache in Paris und Umgebung ... Heute Nacht waren es sechs. Zwei Herzattacken, ein plötzlicher Kindstod, drei Verkehrsunfälle.«

Martin sah sie aufmerksam an, er verspürte plötzlich leichte Bewunderung und etwas Neid. Er hatte die Fähigkeit verloren, sich niemals mit einem scheinbar wasserdichten Bericht oder einer Information zufriedenzugeben, vor allem wenn dies seiner persönlichen Bequemlichkeit nützte. Jeannette gab sich nicht mit dem äußeren Anschein zufrieden ...

»Bei einem der Herztoten wurde die Wohnung von einem Einbrecher verwüstet. Er heißt Stéphane Holliez.«

»Verwüstet?«

»So steht es in dem Bericht.«

»Warum fahren wir nicht sofort hin?«

Jeannette stand schnell auf, rosa im Gesicht.

»Also glaubst du nicht, das ist an den Haaren herbeigezogen?«

»Hast du dich schon nach Holliez erkundigt?«

»Er ist Drucker. Fünfundvierzig Jahre alt, geschieden. Kein Kind. Mehr weiß ich nicht.«

In der Rue Chaligny 15 waren nicht einmal mehr Polizisten. Jeannette hielt an der Bushaltestelle und stellte die Warnblinkanlage an.

Dann traf ein Polizist aus der Wache von Daumesnil ein und brachte einen Schlüsselbund mit.

Martin bat ihn, auf dem Flur zu warten.

Kaum hatten sie die Wohnung betreten, da richteten sich die Härchen an Jeannettes Unterarm auf, bevor sie noch den Grund dieser Reaktion begriff.

Es war der Geruch. Etwas Unbeschreibliches, was sie schon an Tatorten in Häusern wahrgenommen hatte, selbst wenn kein Geruch von Körperflüssigkeit und Exkrementen vorhanden war.

Die Leiche war bereits weggeschafft worden, aber man konnte noch erkennen, wie sie da auf der Decke gelegen hatte. Ein großer, fast getrockneter Urinfleck war auf der Mitte der Matratze zu sehen, die vom Lattenrost abgenommen und an den vier Seiten mit einer Rasierklinge aufgeschnitten worden war.

Auch Martin hatte einen seltsamen Eindruck, der jedoch so flüchtig war, dass er nicht wusste, was ihn hervorgerufen hatte.

Abgerissene Buchumschläge, herausgezogene Schubladen, umgedrehte und zerschnittene Kleidungsstücke, Nahrungsmittel ins Spülbecken geleert oder auf dem Küchenboden verstreut … alles war mit manischer Sorgfalt und systematisch zerstört, in Stücke gerissen worden. Man konnte sich kaum noch vorstellen, wie die Wohnung vorher ausgesehen hatte. Das war nicht das Werk eines oder mehrerer Einbrecher, das war jemand, der mit kaum kontrollierter Raserei etwas Bestimmtes suchte, über das ihm der Tote nichts verraten hatte.

»Tod durch Unfall, dass ich nicht lache«, sagte Martin leise und nahm sein Handy. »Ich rufe Bélier an.«

»Ich beantrage bei der Staatsanwaltschaft eine Autopsie«, sagte Jeannette.

Martin nickte. Sie würden durch eine Autopsie wahrscheinlich nichts erfahren, doch auf sie zu verzichten war undenkbar.

Gewissenhaft sahen sie sich die Wohnung genau an, bemüht, nichts anzufassen.

»Findest du nicht, dass irgendwas in diesem Zimmer merkwürdig ist?«, fragte Martin Jeannette, als sie gerade gehen wollten.

Sie überlegte, blickte ins Zimmer und schüttelte den Kopf.

»Wir gehen wieder rein«, sagte Martin.

Er blieb auf der Schwelle stehen.

Jeannette sah nicht mehr ins Zimmer, sie sah Martin an, irritiert und leicht beunruhigt. Was würde der neue Martin jetzt zu ihr sagen?

»Die Kommode«, sagte er.

Sie verstand, was er meinte.

Die Schubladen waren nur leicht herausgezogen, auch wenn die Sachen auf den Boden geworfen worden waren. Da stimmte etwas nicht. Als hätte man sie wieder eingeräumt.

Martin zog PVC-Handschuhe über und nahm die Schubladen heraus. Als er einen Umschlag fand, der in den doppelten Boden der zweiten geklebt worden war, sah er Jeannette an. Dann öffnete er den Umschlag.

»Der Mörder muss dieses Versteck gefunden haben. Er hat die Fotos unseretwegen hiergelassen«, sagte Jeannette, »sonst hätte er sie behalten.«

»Ja«, sagte Martin, »er hat eine falsche Fährte gelegt. Ermittelt Girard noch immer in der Pädophilenszene?«

Jeannette nickte.

»Wir rufen ihn an und geben ihm das Zeug.«

»Wir müssen ihm aber sagen, dass der Tod damit nicht unbedingt etwas zu tun hat.«

Die Druckerei, die Holliez geleitet hatte, lag in der Ebene von Saint-Denis, und zu dieser Tageszeit brauchte man eine gute Dreiviertelstunde, um über den nördlichen Boulevard Périphérique zur Porte de La Chapelle zu gelangen.

Martin war schweigsam, und Jeannette dachte in den ersten zwanzig Minuten, dass sie es ihm nicht unbedingt erzählen müsste.

Doch plötzlich sagte sie: »Ich lebe getrennt.«

Er brummte unzufrieden.

»Kommst du finanziell zurecht?«

Mit einer solchen Bemerkung hatte sie nicht gerechnet, aber diese praktische Frage versetzte sie in eine seltsam heitere Stimmung.

»Eigentlich nicht. Ich muss die Raten für das Haus allein bezahlen und die Kinderfrau. Ich will aber nichts von meinem Ex. Er verdient noch weniger als ich.«

»Und wie schaffst du es?«

»Ich habe mir Geld bei meinem Vater geliehen und den Sparvertrag aufgelöst.«

Wieder herrschte Schweigen, und Martin beobachtete sie aus dem Augenwinkel. Sie ahnte, was er dachte, und spürte, wie sie rot wurde.

»Ich weiß, was du denkst«, sagte sie. »Damit das klar ist, nicht ich habe mich von ihm getrennt. Ich habe keinen anderen, aber er hat jemanden.«

»Ich verstehe, das ist logisch.«

»Logisch?«, fragte sie beleidigt. »Hast du sonst nichts dazu zu sagen? So hässlich bin ich doch wirklich nicht.«

»Natürlich nicht. Das habe ich auch nicht sagen wollen. Was für Leute triffst du den ganzen Tag über? Polizisten und Tatverdächtige. Ich kann mir nicht vorstellen, dass du mit einem Bullen ausgehst und mit einem Verdächtigen noch weniger.«

Er hatte recht. Selbst wenn sie ein Abenteuer gesucht hätte, was aber nicht der Fall war, hätte sie keine großen Chancen gehabt, eins zu finden, das war ganz unwahrscheinlich.

»Ich glaube sogar, dass das schon eine ganze Weile lief«, sagte sie mit leichter Bitterkeit im Ton.

»Eine Kollegin?«, fragte Martin.

»Woher weißt du das?«

»Lehrer sind Herdentiere«, sagte er, ohne diese soziologische Bemerkung genauer zu erläutern.

Jeannette meinte sich zu erinnern, dass Martins verstorbene erste Frau Lehrerin gewesen war. Wieder herrschte Schweigen.

Sie fragte sich, ob es nicht besser wäre, das Blaulicht am Dach zu befestigen. Sie ließ es dennoch sein. So eilig hatten sie es nicht, und die Gelegenheit, mit Martin über etwas anderes als die Arbeit zu reden, bot sich nicht oft. In seiner Gegenwart fühlte sie sich geistig angeregt, auch wenn er nichts sagte. Er hatte sich wirklich verändert. Ein solches Gespräch wäre früher mit ihm nicht möglich gewesen.

»Du wirst es nur schwer finden«, sagte er plötzlich.

»Was?«

»Jemanden.«

Sie sah ihn an und spürte, dass sie erneut rot wurde.

»Warum sagst du das? Das ist wirklich nicht sehr nett.«

Er schien verwirrt.

»Ich will nicht sagen, dass du es nicht könntest ... Ich meine nur, du hast wenig Zeit, und du bist zu stark.«

»Was soll das heißen, ›zu stark‹?«

»Es soll heißen, dass du zu clever und zu fleißig bist. Vor allem seitdem dir das passiert ist. Du investierst deine ganze Kraft in die Arbeit und dein Kind. Für andere Sachen hast du keine Zeit. Und die meisten deiner Kollegen sind ziemliche Machos und Arschlöcher. Die wissen so jemanden wie dich nicht zu schätzen.«

»Was du sagst, ist ganz schön deprimierend.«

»Ja, aber so ist es nun mal. Ich bin sicher, dass viele Typen vor dir Angst haben.«

»Mache ich dir Angst?«

Die Frage war ihr einfach so herausgerutscht. Sie machte eine Handbewegung, als wolle sie es zurücknehmen.

»Entschuldige bitte, ich rede Unsinn.«

»Nein, ich habe keine Angst vor dir«, sagte Martin, »aber vorhin habe ich leichten Neid und Eifersucht verspürt. Die

Sache mit der Herzattacke, die Idee, dass das etwas mit unserem Fall zu tun haben könnte, das war wirklich clever. Ich hätte darauf kommen müssen, bin es aber nicht.«

Jeannette fröstelte, so sehr fühlte sie sich geschmeichelt. Und zugleich war sie enttäuscht, dass das Gespräch schon wieder ins Berufliche abgeglitten war.

»Was ich dir zu sagen versuche, ist, dass du das Beste verdient hast, aber das ist schwerer zu finden als ein Durchschnittsmensch. Ich glaube, wir sind da«, fügte er ohne Überleitung hinzu.

Die Druckerei befand sich auf einem riesigen Gelände, das von vier hohen Mauern umgeben war; große Straßen und Querstraßen führten hindurch, und es gab viele Parkplätze und die unterschiedlichsten Gebäude, die von Wächtern bewacht wurden. Außen herum lagen die engen, finsteren Straßen der ärmsten Ortschaft der Pariser Umgebung.

Jeannette brauchte gut zehn Minuten, um die Druckerei zu finden, da sie zwischen zwei großen Hallen stand, in denen Markenkleidung gelagert wurde. Sie stand noch unter dem Eindruck von Martins letzter Bemerkung: »Du verdienst das Beste ...« Was sollte das bedeuten? Sicher war es sehr schmeichelhaft, aber es ging ihr auf die Nerven, ohne dass sie wusste, warum.

Eine blonde Frau von etwa dreißig empfing sie. Sie war kräftig gebaut, trug einen beigefarbenen Rock und einen Blazer, hatte runde gebräunte Waden, einen Atombusen und einen sportlichen Oberkörper, der in eine zu enge Bluse gesperrt war, die beim kleinsten Seufzer zu reißen schien. Sie hatte geweint. Ihre Wimperntusche war verlaufen, und sie hatte nicht alle Spuren beseitigt. Sie streckte zur Begrüßung ihre Hand mit den lackierten Fingernägeln aus.

»Evelyne Dandier, Vertriebsleiterin.«

Sie führte sie in ein kleines vollgestelltes Büro. Die Druckerei, ein Fertigbau mit hellblauen Plastikwänden, war durch die Glaswand auf der anderen Seite eines geteerten Hofs zu sehen, auf dem Fahrzeuge aller Art standen.

Sie wies mit einer ungeschickten Handbewegung auf ihren Raum.

»Ich kann es nicht glauben«, sagte sie. »Ich kann mir nicht vorstellen, dass er nicht in der nächsten Minute hereinkommt.«

»Wir wollen Sie nicht lange belästigen«, sagte Jeannette. »Ich möchte Sie bitten, uns eine Frage zu beantworten. Hat Ihr Chef sich schon einmal an einen Privatdetektiv gewandt?«

Die junge Frau errötete heftig.

»Woher wissen Sie das?«, fragte sie.

»Bitte, beantworten Sie die Frage«, sagte Martin, der den Blick vom Hof wandte und nun die junge Frau eindringlich ansah.

»Es war ... ich war nicht einverstanden«, sagte sie, »aber er hat es trotzdem getan.«

»Was hat er gemacht?«, fragte Martin.

»Er verdächtigte meinen Ex-Freund, ihm mehrmals die Autoreifen aufgestochen zu haben ...«

»Warum?«, fragte Jeannette, die schon ahnte, wie die Antwort lauten würde.

»Stéphane und ich ... Wir waren seit vier Monaten zusammen. Mein Ex war sehr eifersüchtig. Stéphane hat den Privatdetektiv wohl engagiert, um herauszufinden, ob er es war.«

»Kennen Sie den Namen des Detektivs?«

»Nein, er hat ihn mir nicht verraten. Er hat mir nicht einmal gesagt, dass er einen engagiert hat. Er wusste, dass ich damit nicht einverstanden war.«

»Wir müssen Sie um Namen und Adresse Ihres Ex-Freundes bitten«, sagte Jeannette.

Die junge Frau schüttelte verzweifelt den Kopf.

»Was wollen Sie damit? Sagen Sie nicht, dass Sébastien etwas mit dem zu tun hat, was Stéphane passiert ist.«

»Wir müssen alles überprüfen«, sagte Jeannette.

»Noch etwas«, sagte Martin. »Wir haben den Beweis, dass Ihr Chef Fotos von Kindern sammelte, die an Erwachsene verkauft wurden.«

»Was? Fotos wovon?«

»Fotos für Pädophile ... Wussten Sie das?«

Sie legte die Hand über den Mund, ihr wurde übel, und sie rannte aus dem Zimmer.

In einem einfachen Tresor in der Ecke des Zimmers fanden sie zwei dicke leere Scheckhefte, ein wenig Bargeld in einer Schachtel, Arbeitsverträge, einen abgelaufenen Pass auf den Namen Stéphane Holliez, eine Scheckkarte, eine Kundenkarte für günstige Flüge bei Air France, mehrere Schlüsselbunde und einen braunen zugeklebten Umschlag im Format 21 mal 29,7 Zentimeter.

Martin öffnete den Umschlag. Darin befand sich der Vertrag mit einem Privatdetektiv.

Julien Duperrier. Das Opfer vom Seine-Ufer.

Kapitel 15

Donnerstagnachmittag

Nachdem er den Reifen aufstechenden Ex-Freund verhört und für unschuldig befunden hatte, verbrachte Martin drei Stunden damit, gemeinsam mit Jeannette und Olivier die Berichte über die Morde zu lesen. Sie suchten nach dem speziellen Detail, das sie auf eine neue Spur bringen sollte.

Olivier hatte die Fotos der Opfer auf das Korkbrett gepinnt, mit Datum und vermutlicher Todesstunde. Drei Männer, eine Frau.

»Wenn ich richtig verstanden habe, stellt die erste Leiche, der Detektiv also, die einzige Verbindung zwischen den beiden Männern und der Frau dar«, sagte Olivier und betrachtete sein Werk, nachdem er die letzte Reißzwecke in den Kork gedrückt hatte.

»Dass Grossard zu der Gruppe gehört, dafür haben wir noch keine Beweise«, sagte Martin. »Wir haben keine Verbindung zu Duperrier feststellen können.«

»Im Grunde wissen wir nicht einmal, ob der Detektiv das erste Opfer des Mörders ist«, sagte Jeannette.

Die drei Polizisten waren überzeugt, dass der Mörder – oder die Mörderin – schon einige Übung hatte. Die Methoden waren einfach zu perfekt. Er oder sie hatte schon anderswo getötet, und wahrscheinlich mehrfach.

»Wenn wir Grossard dazurechnen, würde das bedeuten, dass die vier letzten Verbrechen, die so schnell hintereinander verübt worden sind, dem Zweck dienen, frühere Verbrechen zu verbergen, die der Privatdetektiv vielleicht hätte enthüllen können«, sagte Martin.

»Und die Person, die den Mörder kennt oder verdächtigt, muss einer der noch lebenden Mandanten des Detektivs sein.«

»Wie lange er wohl noch zu leben hat?«, fragte Olivier.

»Den Mörder kennen oder verdächtigen? So einfach ist das nicht«, sagte sich Martin. »Die Person, die den Detektiv beauftragt hatte, wusste vielleicht nicht, dass es sich um einen Mörder handelte. Vielleicht hatte sie ihn engagiert, um das Verschwinden einer Person aufzuklären oder eine Betrugsgeschichte, oder etwas ganz anderes, und diese Ermittlungen haben den Detektiv zum Mörder geführt. Selbst wenn wir den Auftraggeber fänden, bevor der Mörder auch ihn umbringt, würden wir nicht unbedingt das letzte Geheimnis lüften.«

Zu Hause hatte Duperrier keine Notizen über seine Fälle angefertigt oder aufbewahrt. Oder hatte der Mörder – die Mörderin – alles gefunden und vernichtet?

Das Telefon auf Martins Schreibtisch klingelte.

Fournier wollte ihn sprechen.

»Ich soll zu Fournier kommen«, sagte er schnell. »Wir müssen einen Aufruf schreiben und in den Zeitungen veröffentlichen. Alle Leute, die Kontakt mit Duperrier hatten, sollen sich bei der Polizei melden.«

»Das wird doch keiner tun«, wandte Jeannette ein. »Man beauftragt keinen Privatdetektiv und posaunt es dann öffentlich herum.«

»Wir müssen es versuchen. Und ausdrücklich sagen, dass diese Leute in Lebensgefahr schweben. Dann werden sie sich schon melden.«

Fournier ließ ihn eine Viertelstunde auf dem Flur schmoren und entschuldigte sich nicht für seine Verspätung.

»Ich möchte, dass du mir genau erzählst, wie deine letzte Begegnung mit Laurette Weizman verlaufen ist«, sagte er ohne Einleitung.

Martin sagte ihm nicht, dass dies schon schwarz auf weiß vor ihm auf dem Schreibtisch lag. Er setzte sich und fing von vorne an.

Fournier unterbrach ihn beinahe auf der Stelle.

»Wir haben den Kopierer überprüft. Er hat eine innere Uhr. Du hast die Kopien um 19.54 Uhr gemacht. Aber da wir nicht genau wissen, um welche Zeit das Opfer überfallen wurde, kommen wir damit nicht viel weiter.«

»Wie geht es ihr?«, fragte Martin.

Fournier zögerte ein paar Sekunden, bevor er antwortete, als handle es sich um ein Staatsgeheimnis. Das tat er mit voller Absicht.

»Alles unverändert. Sie wird lange nicht sprechen können. Vielleicht nie mehr.«

Natürlich, das war das Einzige, was Fournier interessierte.

»Jetzt rede weiter, wir waren erst am Anfang. Du hast also die Fotokopien genommen und bist nach oben gegangen. Sofort?«

»Ja.«

»Wie lange brauchst du ungefähr bis zu ihrem Büro?«

»Vielleicht zwei, drei Minuten«, sagte Martin.

»Wenn man die Zeit für die Fotokopien dazurechnet, dann macht das also fünf oder sechs Minuten nach acht, spätestens.«

»Vielleicht«, sagte Martin, »ich habe nicht auf die Uhr geschaut.«

»War sie schon auf dem Flur?«

»Ja, sie schloss gerade die Tür ab.«

»War das alles, was sie tat?«

»Ja, sie hat mich nicht gleich gesehen.«

»Machte sie noch etwas anderes?«

Martin dachte nach. Was sollte das sein? Wo war die Falle?

»Nein, gleich danach hat sie mich gesehen, und ich habe sie begrüßt.«

»Das kann nicht stimmen. Sie hat um 20.11 Uhr eine SMS geschickt, um zu sagen, dass sie zu ihrer Verabredung geht. Sie hatte also ihr Handy in der Hand.«

Martin versuchte sich zu erinnern. Vielleicht hatte sie die linke Hand in der Tasche, als er zu ihr kam ... Er war sich nicht sicher.

»Ich verstehe die Bedeutung dieses Details nicht«, sagte er. »Dann bin ich wohl um zwölf nach acht gekommen, und sie hatte ihr Handy schon wieder eingesteckt.«

»Wenn du um acht mit den Kopien fertig warst, und ich rechne großzügig, dann hieße das, dass du zwölf Minuten gebraucht hast, um ihr Büro zu erreichen. Hältst du das für möglich?«

»Ich weiß es nicht«, sagte Martin. »Ich weiß nicht, ob die Uhr des Kopierers mit der des Handys übereinstimmt.«

»Doch, wir haben es überprüft. Wir haben genau dasselbe getan wie du, inklusive Kopieren. Das Ganze hat fünfeinhalb Minuten gedauert. Logischerweise hättest du genau um acht ihr Büro erreichen müssen. Da sind elf Minuten, die ich mir nicht erklären kann, wenn du nicht gesehen hast, wie sie ihr Handy benutzte.«

»Ich auch nicht«, sagte Martin.

»Es sein denn ...«, sagte Fournier.

»Es sei denn, was?«

»Nehmen wir einen Moment an, dass du sie überfallen hast. Es dauert ein paar Minuten ... Acht, zehn ... Den Moment des Durchdrehens mitgerechnet, dann die Überprüfung, ob du keine Spuren hinterlassen hast. Dann nimmst du ihr Handy und schickst die SMS, bevor du abhaust. Eine Art Alibi.«

»Sehr schlau«, sagte Martin. »Was stand in der SMS?«

»Nichts von Bedeutung«, sagte Fournier.

»Ich hätte doch wissen müssen, was ich sagen soll, und vor allem, wem. Warum hätte ich das tun sollen? Alles, was ich davon gehabt hätte, wäre, dir gegenüberzusitzen und die zehn Minuten Zeitunterschied erklären zu müssen.«

»Elf.«

»Also gut, elf. Ich bin wirklich nicht clever, oder?«

Martin hatte seinen Sarkasmus nicht beherrschen können, was er sofort bedauerte.

»Es gibt eine viel einfachere Erklärung«, fuhr er fort.

»Dann sag sie mir«, sagte Fournier, »ich möchte sie nur zu gern glauben.«

Donnerstagnachmittag

Vor dem Spiegel über dem Waschbecken zupfte sie sich sorgfältig die Brauen und sah prüfend ihr Gesicht an, bevor sie sich schminkte. Sie war sehr schön, aber wie lange noch? Sie sah in ihre schwarzen Augen und tauchte in die Vergangenheit ein...

Vor achtzehn Jahren.

Sie war sechzehn.

Mit sechzehn war sie so schön, dass den Männern, die auf der Ranch arbeiteten, das Herz höher schlug, wenn sie sie sahen. Sie war so schön, dass sie mit ihnen allen machen konnte, was sie wollte, mit einer Ausnahme.

Sie war sechzehn, und sobald sie frei wäre, wusste sie genau, wie sie vorgehen würde. Alle Stufen ihres Plans führte sie nacheinander aus und ließ nicht den kleinsten Fehler zu. Die nächsten Jahre waren genau vorgezeichnet. Eines Tages, in wenigen Jahren, würde sie frei sein, dann waren diese Pläne hinfällig. Sie würde nach ihren Wün-

schen leben, ohne den geringsten Zwang zuzulassen oder hinzunehmen. Frei für die Ewigkeit.

Ihr Vorhaben war schon seit Langem gereift, aber es würde nichts nützen, es eher in die Tat umzusetzen. Sie hätte nicht über sich verfügen können, und ihr Schicksal wäre sicher noch schlimmer geworden. Sie hatte die Geduld, zu warten und es auszuhalten, Warten und Aushalten. Aber jetzt war es Zeit zu handeln.

Sie hatte die Bewegungen so oft geübt, dass sie sie machte, ohne darüber nachzudenken.

Sie nahm das Schmalz und knetete es zu einer kleinen Kugel. Sie tat das rote Pulver hinein und passte auf, dass keines der Partikel an der Oberfläche der Kugel hängen blieb. Die sicherste Methode war, die kleine feste Kugel mit einer einen halben Zentimeter dicken Schicht von reinem Schmalz zu bedecken Die Dicke dieser Schicht war entscheidend. Ein Fehler bei der Menge konnte ihre Zukunft für immer zerstören. Oder ihr die Zukunft ganz nehmen.

Eine halbe Stunde legte sie die Kugel in den Kühlschrank. Seller Romain, der schwarze Hengst. Sie holte ihn aus der Box und brachte ihn vors Haus.

Er wartete schon, seine Gerte in der Hand, klopfte damit gegen seine Wade und prüfte, ob sie keinen Fehler machte. Sie musste natürlich lächeln, aber dieses Lächeln musste genauso aussehen wie alle früheren, ihm durfte um nichts auf der Welt irgendein Unterschied auffallen. Er wäre in der Lage gewesen, alles zu merken, alles zu verstehen. Alles musste genau, ganz genau so sein, wie er es verlangte. Sie tat es mit großer Aufmerksamkeit.

Er stieg die drei breiten Stufen der Eingangstreppe herunter, schob sie mit einer ungeduldigen Handbewegung beiseite und prüfte schnell den Zustand des Fells.

Er machte keine Bemerkung dazu, setzte den linken Fuß in den Steigbügel und schwang sich auf den Pferderücken.

Sie hatte keine Uhr, hatte aber gelernt, mit der Präzision einer Schweizer Uhr im Kopf zu zählen. Sie hatte die Schmalzkugel dreiundsiebzig Sekunden vorher in den After von Romain geschoben.

Bei einer Temperatur zwischen siebenunddreißigeinhalb und achtunddreißig Grad – die rektale Temperatur des Pferdes – brauchte die äußere Schicht der Kugel zwischen sieben Minuten und sieben Minuten und fünfzehn Sekunden, um zu schmelzen, sie musste also 420 bis 435 Sekunden zählen, und am Ende des Countdowns würde das rote Pulver mit der Darmschleimhaut in Berührung kommen.

Ihr Vater ritt über den staubigen Hof davon, aber noch hatte sie nicht gewonnen.

Es brauchte ihn nur der Stallmeister zu rufen, oder vielleicht beschloss er, sie wegen eines ausgedachten Fehlers zu bestrafen, oder Romain bockte und weigerte sich den Hof zu verlassen, und dann …

In ihrem Kopf zogen die Sekunden langsam dahin. Hundertzwölf, hundertdreizehn …

Der Hengst war schon in der Mitte des Hofes. Der Mann und das Pferd ritten immer denselben Weg. Der Ausritt war lang. Die gefährlichste Stelle war am Anfang. Sie ritten an einer siebzig Meter tiefen Schlucht vorbei, dreißig Sekunden, nachdem sie den Hof verlassen hatten.

Sie folgte ihnen. Plötzlich hatte sie das Gefühl, dass das Pferd den Schritt verlangsamte, bevor sie durch das Tor ritten. Ihr Herz stockte.

Der Hengst hielt an und wendete. Der Mann hatte etwas vergessen oder hatte seine Meinung geändert. Er wollte sie missbrauchen, bevor er losritt. Das war schon vorgekommen.

Sein düsterer Blick traf den ihren. Hundertachtzig Sekunden waren schon vorbei. Ihr Leben stand auf dem Spiel, und die Zeit schmolz dahin. Es war vorbei, sie hatte verloren. Verzweiflung überkam sie.

Aber plötzlich spürte sie, dass er zögerte. Er kam nicht zu ihr zurück. Sie hatte noch eine winzige Chance. Die riesige Silhouette von Mann und Pferd, vom Tor umrahmt, war nur noch ein kleiner, dunkler Fleck, ihre Augen brannten, sie hätte fast aufgegeben und ihm zugerufen, er solle kommen und sie umbringen. Aber nein. Solange er nicht zu ihr zurückkam, gab es noch einen Funken Hoffnung. Er sah sie an. Er blickte ihr starr in de Augen, über die ganze Entfernung. Ahnte er etwas?

Sie musste etwas tun, denn dass sie so herumstand, musste verdächtig wirken. Alles würde in den folgenden Sekunden passieren. Die richtige Haltung … Sehr schnell. Sie musste … Ihr Herz schlug ihr bis zum Hals, ihre Beine trugen sie kaum noch. Sie zwang sich, unter der bleiernen Sonne nicht in die Knie zu gehen. Sah er, dass sie zitterte und fast ohnmächtig wurde? Hatte er darauf gewartet?

Er kam immer noch nicht näher.

Sie lächelte. Sie neigte den Kopf und lächelte noch mehr. Eine Aufforderung. Sie sah nicht viel von ihm im Gegenlicht, sie spürte, dass er die Brauen zusammenzog, aber sah es kaum. Sie hatte übertrieben und war allzu servil gewesen. Jetzt würde er sie bestrafen, würde zu ihr zurückkommen, und dann wäre alles klar … Oder … Sie spürte, sie wusste, was er dachte. Dieses Lächeln, diese Aufforderung war wie ein Befehl an ihn, zurückzukommen. Er konnte nicht gehorchen. Er zögerte noch … in welche Richtung würde die Waage ausschlagen? Die Zeit blieb stehen. Leben. Tod. Für ihn? Für sie?

Er zog am rechten Zügel. Das Pferd wendete und schnaubte dabei. Sie spürte, dass sie nicht mehr geatmet hatte, seit er stehen geblieben war. Wie lange hatte er gezögert? War es nicht schon zu spät? Der Mann und das

Pferd verschwanden zwanzig Sekunden später aus ihrem Blickfeld. Sie wartete noch fünf endlose Sekunden, aber sie kamen nicht zurück. Alles war noch möglich. Sie begann zu laufen.

Sie schüttelte sich. Es war vorbei. Achtzehn Jahre waren vergangen. Nichts, was sie geplant hatte, war so gekommen wie vorhergesehen, selbst wenn sie überlebt hatte. Wie Sisyphus musste sie ihre Arbeit immer weiter fortsetzen, ewig. Nie würde sie Ruhe finden. Das war der Preis der Freiheit.

Ihr Handy vibrierte auf dem Waschbeckenrand. Sie unterbrach die Gesichtspflege und sah nach der Nummer. Sie ging sofort ran.

»Hast du heute Abend nicht vergessen?«

»Du weißt doch, ich vergesse nie etwas, mein Liebling.«

»Was hast du heute Nacht gemacht?«

Einen Moment fragte sie sich, was er meinte, und ihr Herz schlug schneller, dann erinnerte sie sich.

»Das weißt du doch ganz genau. Warum fragst du?«

»Ich weiß nicht, ob es wahr ist oder ob ich geträumt habe.«

»War es ein angenehmer Traum?«

Er lachte.

»Sehr. Und du kannst mir nicht sagen, ob es wahr war oder nicht?«

»Wenn du dich nicht erinnerst, kann es nicht so gut gewesen sein.«

»Ich versuche, ein bisschen früher zu kommen, damit wir das Gespräch fortsetzen können.«

»Gute Idee.«

»Es wird nicht einfach, die Besprechung ist noch nicht zu Ende, aber ich tue, was ich kann.«

Sie wartete stets darauf, dass er als Erster auflegte. Heute Abend würde sie den Vorsitzenden sehen. Es war Zeit, seinetwegen eine Entscheidung zu treffen. Die Macht dieses Mannes konnte ihr sehr nützlich sein.

Immerhin wurden Ermittlungen zu den Morden geführt, die sie begangen hatte. Was hatte die Polizei herausgefunden? Hatten sie trotz ihrer Vorsichtsmaßnahmen einen Zusammenhang zwischen den einzelnen Fällen hergestellt? Nichts, was sie aus den Zeitungen wusste, wies darauf hin, aber die Polizisten sagten der Presse nicht alles. Vielleicht war sie in größerer Gefahr, als sie dachte.

Mit Hilfe des Parteichefs würde sie mehr erfahren können. Sie ging in ihr Schlafzimmer und legte sich aufs Bett. Sie sah auf den Wecker. Sie hatte noch Zeit. Sie schloss die Augen und rieb sich sanft die Augenlider.

Ihre Haut zwischen Nabel und Schamhügel juckte. Vielleicht verwechselte sie es mit einem Insektenstich oder einem kleinen Pickel. Nein, tief im Innern wusste sie, dass sie wieder einen Herpesanfall hatte. Dieses Kribbeln war anders als ein einfacher Stich, es erinnerte mehr an eine Verbrennung.

Sie stand auf und nahm zwei Tabletten. Ihr Bauch war glatt und makellos. Sie sah ihn lange an, ohne ihn zu berühren, dann cremte sie sich ein. Jetzt hatte sie das Virus im Griff.

Sie legte sich wieder hin und dachte an Francis. Ihre große Liebe. Er gehörte ihr, für ihn würde sie alles tun. Ihr Körper entspannte sich.

»Es ist ganz einfach«, sagte Martin zu Fournier.

Er erinnerte sich an Laurettes besorgtes Gesicht, als sie hinter ihrem Schreibtisch saß und sich in ihrer Handtasche zu schaffen machte.

»Als sie sich an ihren Schreibtisch setzte, steckte sie die Hände in ihre Handtasche. In dem Moment muss sie, ohne dass ich es gemerkt habe, die SMS geschrieben und abgeschickt haben. Ich hatte den Eindruck, dass sie nachdachte, aber in Wirklichkeit tippte sie auf den Tasten. Willst du mir nicht sagen, was in der Nachricht stand und für wen sie bestimmt war?«

Fournier zögerte, dann gab er nach.

»Es stand drin: ›Ich komme‹, und war an einen Herrn gerichtet, der ein perfektes Alibi hat. Er wartete an einem Tisch im Restaurant, an dem ihn mehr als dreißig Leute gesehen haben. Den Namen brauchst du nicht zu wissen. Er hat mit der Sache nichts zu tun.«

»Okay«, sagte Martin. »Die Frage ist, warum sie wieder hoch in ihr Büro gegangen ist, nachdem sie sich von mir verabschiedet hatte, vor allem wo sie doch schnell zu ihrer Verabredung wollte.«

»Niemand außer dir hat gesehen, wie sie ihr Büro verließ.«

»Vielleicht hat sie auch eine Nachricht erhalten. Habt ihr das überprüft?«

»Keine andere Nachricht.«

»Vielleicht hat der Täter sie gelöscht.«

»Alles ist möglich«, sagte Fournier. »Aber es gibt keinen Beweis für die Existenz eines unbekannten Täters.«

»Um diese Zeit sind alle Büros leer. Er hat vielleicht gesehen, dass sie nicht mehr da war, und sie angerufen.«

»Und dann soll sie wieder nach oben gegangen sein? Obwohl sie, wie du behauptest, vor einiger Zeit in ihrem Büro überfallen worden ist? Ist doch merkwürdig, oder?«

Er hatte recht. Wenn sie wieder nach oben gegangen war, dann aus einem zwingenden Grund. Vor allem, weil jemand auf sie wartete und sie schon spät dran war.

»Ich will dich nicht fertigmachen, Martin. Ich will es nur verstehen. Wir durchsuchen gerade gründlich ihren Computer und ihr Adressbuch. Wir haben ihre Familie ausführlich befragt. Niemand hat etwas von einem Überfall gehört.«

»Durchaus möglich, dass sie es geheim gehalten hat, um sie nicht zu beunruhigen. In solchen Fällen redet man dann von einem Unfall oder einem Sturz im Treppenhaus.«

Für den Bruchteil einer Sekunde wurde Fourniers Blick trüb. Martin erkannte, dass er ins Schwarze getroffen hatte. Laurette hatte offensichtlich ihrer Umgebung etwas Derartiges erzählt.

Es war Zeit, die Vertrauensfrage zu stellen.

»Wie entscheidest du jetzt?«, fragte er. »Willst du mich verhaften und dem Staatsanwalt übergeben?«

»Im Moment tun wir gar nichts. Aber es ist nicht ausgeschlossen, dass der Untersuchungsrichter dich bald im Beisein eines Anwalts als Zeuge vorlädt.«

Im Beisein eines Anwalts, das war schon ein Schritt in Richtung Verhaftung. Martin wusste, dass Roussel ihm nichts ersparen würde. Er würde ihn sofort vom Dienst suspendieren. Ein Dämon flüsterte ihm ein, das habe keine Bedeutung, dann könne er nach Hause gehen und mit der Depression da weitermachen, wo er aufgehört hatte. Bevor er dann in den Knast kam. Nein.

»Was meinst du mit Nein?«

Er merkte, dass er laut gedacht hatte.

»Ich dachte nach«, sagte er. »Laurette hätte auf einen Hilferuf reagiert.«

»Der Täter soll sie um Hilfe gebeten haben?«

Martin hatte diese Idee vorgebracht, ohne wirklich daran zu glauben, aber plötzlich nahm sie Form an. Es war eine Idee, aus der man eine Menge Schlüsse ziehen konnte. Auf einmal verspürte er eine innere Erregung.

»Ich muss noch weiter darüber nachdenken«, sagte er.

»Martin, wenn du etwas vor mir verheimlichst …«

»Nein, ich verheimliche dir nichts. Ich muss nur meine Gedanken ordnen.«

Fournier stand auf. Sein Blick ging zum Fenster und dann zur Tür.

»Weißt du, Martin, hier gibt es Leute, die dich nicht mögen. Die sich freuen würden, wenn du eins auf die Birne kriegst. Ich gehöre nicht dazu, aber wenn ich nicht vorankomme, wird der Druck für mich zu stark.«

Martin sah ihm in die Augen.

»Es ist deine Verantwortung«, sagte er. »Du weißt, dass ich Laurette nicht überfallen habe. Wenn du mich wegen nichts verhaftest, hat keiner etwas davon, und deine Probleme sind damit auch nicht gelöst.«

»Diese Sache ist zu viel für mich«, sagte Fournier plötzlich.

Martin sah ihn erstaunt an.

»Diese Ermittlungen sind das Wichtigste, was mir in den letzten Jahren übertragen worden ist«, fuhr Fournier fort. »Ich habe noch drei Jahre bis zur Pensionierung. Ich will herausfinden, wer das getan hat, selbst wenn es der Direktor der Kriminalpolizei ist. Aber allein schaffe ich das nicht. Ich brauche deine Hilfe. Du sitzt sowieso in der Klemme. Und wenn du mir nicht hilfst, gehst du unter.«

Martin sah ihn an und nickte schließlich mit dem Kopf. Fournier hatte recht. Er hatte keine andere Wahl.

Kapitel 16

Martin kehrte nicht mehr in sein Büro zurück. Wenn Jeannette ihm etwas zu sagen hätte, würde sie ihn anrufen oder ihm eine Nachricht hinterlassen.

Er musste nachdenken. Die Situation hatte sich geändert. Er saß in der Klemme, aber er hatte einen Ausweg, nichtoffizielle Ermittlungen am Rand der offiziellen, für die er nicht die geringste Erlaubnis hatte.

Und wenn das eine Falle war, die sich Fournier ausgedacht hatte? Nein, dazu war er nicht fähig. Und im Grunde änderte das an allem nichts.

Seine Schritte führten ihn zum Hôtel-Dieu, dem großen Krankenhaus gleich in der Nähe. Trotz einsetzender Dunkelheit und Kälte liefen noch viele Touristen über den Platz vor Notre-Dame.

Vor dem Krankenhaus blieb er stehen, ihm zitterten die Knie.

Er konnte nicht mehr weitergehen. So einfach war das. Er konnte das Krankenhaus nicht betreten, in dem Laurette lag, bewusstlos, voller Schläuche und Drähte. Er konnte sich nicht entschließen, sie zu besuchen.

Er schloss die Augen und zwang sich, langsam zu atmen. Er spürte, wie ihn jemand am Arm packte.

»Geht es Ihnen gut?«

Es war ein junger Feuerwehrmann mit einem freundlichen Gesicht.

»Ja, danke, nur eine kleine Sehstörung. Es geht schon wieder.«

Der junge Mann ließ seinen Arm los. Sein Blick war fast freundschaftlich.

Martin ging es besser, und er fühlte sich verpflichtet, seinen Zustand zu erklären.

»Da drin ist jemand, den ich kenne«, sagte er, »eine Freundin.«

»Ich verstehe«, sagte der junge Mann und nickte. »Geht es wieder?«

»Ja, es geht, vielen Dank.«

»Auf Wiedersehen.«

Martin betrat den Krankenhaushof und ging in Richtung Intensivstation.

Er hatte keinen Grund, hier zu sein, er konnte Laurette nicht helfen, aber er musste sie sehen, um begreifen zu können, was ihr passiert war.

Als er nach Hause kam, waren die Mädchen noch nicht da.

Er öffnete ein Bier und trank es in kleinen Schlucken aus der Flasche, während er die Liste durchsah, die ihm Fournier widerwillig gegeben hatte. Doch er schweifte im Geiste sehr schnell ab und schaltete den Fernseher ein.

Im Zweiten Programm war der Chef der Regierungspartei, der Union für den Fortschritt. Martin war ihm zweimal begegnet und fand, dass er gealtert war, seine schwarz gefärbten Haare schienen auf den Kopf gemalt zu sein, und trotz seines gut geschnittenen dunklen Anzugs konnte man sehen, dass sein Körper an Kraft verloren hatte. Martin rechnete sich das ungefähre Alter dieses politischen Dinosauriers aus. Der Mann war fünfundzwanzig Jahre älter als er. So sehe ich eines Tages auch aus, sagte sich Martin, nur nicht so gut angezogen und schlechter rasiert.

Das war kein angenehmer Gedanke.

In dem Moment kam Marion nach Hause, in den Armen zahlreiche Päckchen, die sie auf den Sessel neben ihm warf.

»Dieses alte Schwein hab ich mal kennengelernt«, sagte sie, setzte sich auf die Sessellehne und küsste Martin auf den Kopf. »Ich war mit Georges Boulier da, unserem Starkolumnisten. Der Vorwand war, dass ich Georges die Fragen, die er vergaß, zuflüstern sollte, doch in Wirklichkeit sollte ich den Parteichef mit Beinen und Augenaufschlag ablenken. Ich habe getan, was ich sollte, und er hat mir eiskalt, als ob nichts wäre, angeboten, mit ihm in die Kiste zu steigen, während sein Assistent Georges schon zum Ausgang begleitete.«

»Und hast du abgelehnt?«

Sie zwickte ihn.

»Aua! Entschuldigung, warst du in Versuchung?«

Sie zwickte ihn noch einmal, diesmal allerdings nicht ganz so fest.

»Aha«, sagte Martin, »eine Versuchung war es schon für dich.«

»Nur aus Neugier«, gab sie zu, »aber nicht länger als ein paar Sekunden. Danach habe ich ein Briefchen von ihm bekommen, in dem er mir anbot, bei ihm in der Presseabteilung zu arbeiten. Er mag es nicht, wenn man Nein sagt.«

»Wundert dich das?«

»Ab und zu ein Schäferstündchen, zwischen Tür und Angel, das ist seine Vorstellung von Zusammenarbeit.« Marion lachte bitter. »Hast du dir den Kopf des alten Geiers angesehen? Man muss wirklich Gründe haben, um mit so einem zu schlafen, oder ihn so sehr lieben, dass man zu jedem Opfer bereit ist.«

»Vielleicht heute, früher sah er sicher gut aus. Du kritisierst ihn, ohne genau Bescheid zu wissen. Vielleicht geht es bei ihm sehr elegant zu. Er hat eine Wohnung auf der Hofseite im ersten Arrondissement auf den Namen eines seiner Mitarbeiter. In der dritten Etage eines Gebäudes mit drei Eingängen. Eingerichtet auf Staatskosten.«

»Hast du die Adresse?«

»Ich wusste sie mal, aber ich habe sie vergessen.«

»Wissen das alle Polizisten?«

»Nicht nur die Polizei, auch die Gendarmerie und viele Journalisten. Von seinen Gästen ganz zu schweigen. Weniger bekannt ist, dass die Frauen von Mitarbeitern der Sûreté Générale, des Sicherheitsdienstes, oder anderen weniger offiziellen Diensten bei jedem Besuch fotografiert werden, mit Angabe von Zeit und Stunde. Jedenfalls gibt es ein solches Gerücht.«

Der Geier redete immer noch im Fernsehen.

»Geschieht das auf seine Anweisung hin?«, fragte Marion.

»Nicht unbedingt. Vielleicht weiß er es nicht einmal. Auf Anweisung der Regierung oder der Leute seiner Umgebung, oder seiner Gegner. Von denen hat er ja genug. Wer weiß?«

»Willst du nicht den Fernseher ausmachen?«

Er drückte auf den roten Knopf der Fernbedienung.

Sie rutschte von der Sessellehne auf seine Knie und umarmte ihn.

»Isa ist nicht da, das könnten wir ausnutzen«, sagte sie.

»Und wenn sie gleich nach Hause kommt?«

»Das würde mich wundern, sie ist bei François.«

»Bist du sicher? Geht ein bisschen schnell, oder?«

»Finde ich auch, aber sie muss sich etwas beweisen, was, weiß ich nicht ganz genau.«

»Sich selbst oder dir gegenüber?«

»Vielleicht beides.«

»Bist du eifersüchtig?«

»Nein. Ja, ein bisschen ... Aber im Grunde ist es mir wurscht«, sagte sie und zog die Schultern hoch.

Er tippte mit dem Zeigefinger zwischen zwei ihrer Rippen, und sie kicherte.

»Vorsichtig, zu schwangeren Frauen darf man nicht grob sein!«

Er nahm eine ihrer Brüste in die Hand und streichelte sie sanft. Sie legte den Kopf auf seine Schulter, und er küsste sie auf den Hals.

»Im Bett wäre es viel besser. Ich bin ein bisschen müde.«

»Dann musst du schlafen.«

»Nein, du musst dich um mich kümmern.«

Nachdem der Parteichef sein Interview gegeben hatte, schüttelte er dem Moderator und den Anwesenden die Hand, nur einem jungen Mann mit einem etwas dümmlichen Gesichtsausdruck nicht, der ihm sehr ähnlich sah. Es war sein Sohn.

Der Chef der Fernsehanstalt wartete mit servilem Lächeln auf ihn und begleitete ihn zum Ausgang. Auf dem Weg sprachen sie über die explodierenden Ölpreise und über das Wetter. Zur Begleitung des Parteichefs gehörten seine Assistentin und ein Leibwächter, die sich im Hintergrund hielten. Der Sohn verließ protokollgemäß ebenfalls den Raum.

Anschließend stand das Abendessen für eine erlesene Schar von Gästen im Hotel Meurice auf dem Programm und danach, so hoffte er – nein, er war ganz sicher – ein längerer Aufenthalt in seinem Appartement in Begleitung der gut aussehenden Brünetten, die ihn bei ihrer ersten Begegnung so unverblümt angestarrt hatte. Seit einiger Zeit achtete er darauf, nicht mit den Frauen seiner nächsten Mitarbeiter zu schlafen, aber bei dieser würde er eine Ausnahme machen. Sie war etwas Besonderes. Anregend, geheimnisvoll. Mit einem aufmüpfigen und vielleicht ein wenig ironischen Blick … Als fordere sie ihn heraus. Sie würde schon sehen. Er war zwar nicht mehr, was er einmal gewesen war, aber sie würde nicht enttäuscht sein.

Er war so sicher, dass sie kommen würde, dass er ein Viagra nahm und nach einigem Nachdenken ein zweites. Diese

Frau war eine Raubkatze, und er musste sie beeindrucken. Sein Kardiologe hätte aufgeschrien, aber er wusste, dass seine Adern durchaus in der Lage waren, den Schock auszuhalten. Bei seiner letzten Untersuchung hatte er einen Blutdruck von 150/80 gehabt, für sein Alter wirklich sehr anständig, und sein *personal trainer* – ein früher international anerkannter Judo- und Jiu-Jitsu-Experte – war von seinen sportlichen Leistungen begeistert.

In dreißig Minuten würde es in seinen Schläfen klopfen, aber das war eine unvermeidliche Nebenwirkung des Mittels, die er gut ertragen konnte. Die volle Wirkung würde in drei Stunden einsetzen und bis zum Morgen oder noch länger anhalten. Vielleicht hätte er eine oder zwei Stunden warten sollen, bevor er die zweite Tablette nahm.

Er wusste, dass es inzwischen andere Mittel gab, die wirksamer als Viagra waren und weniger Nebenwirkungen hatten, aber er blieb seinem Mittel treu wie einem Fetisch, denn es hatte ihn noch nie im Stich gelassen.

Morgen früh, wenn sein Assistent und seine Sekretärin kommen würden, um ihre Anweisungen entgegenzunehmen und ihm die ersten Termine zu nennen, würde die Migräne einsetzen, aber er kannte ein untrügliches Mittel, ihr zu entkommen. Bei den ersten Anzeichen nahm er ein Gramm Aspirin und dann noch ein halbes Gramm reines Kokain ein, das er von seinem Trainer bekam. Seit einiger Zeit nahm er keine Drogen mehr, außer um seine Migräne zu bekämpfen, und nicht öfter als alle zehn bis vierzehn Tage. Selbst sein Arzt hätte nur zustimmen können, wenn er davon gewusst hätte.

Unter dem Golddekor des frisch renovierten Speisesaals im Hotel Meurice hielt der Vorsitzende an dem mit Gold verziertem Geschirr gedeckten Tisch vor der Crème de la Crème ausländischer Journalisten eine feierliche Rede. Francis, sein Assistent, saß am anderen Tischende und sah ihn bewundernd an. Das befriedigte und ärgerte ihn zugleich.

Wie es immer häufiger geschah, begann er nun routiniert über internationale Probleme zu sprechen, und ließ dabei seine Gedanken abschweifen.

Er mochte Francis gern und hätte sich gewünscht, dass sein Sohn Hervé ihm ähnlich wäre. Francis hatte viele gute Eigenschaften, stammte aus einer angesehenen Familie, war intelligent, auch wenn es ihm ein wenig an Fantasie und Ausdauer mangelte. Mit der Zeit würde er diese Fehler durch Arbeit und Erfahrung wettmachen. Wie hatte er es nur geschafft, eine so prächtige Frau zu ergattern (auch wenn sie ein paar Jahre älter war als er), und was fand sie an ihm? Das war ein Geheimnis. Er war schön wie ein junger Gott, aber im Bett fehlte es ihm sicher an Initiative. Er sagte sich, dass sie bestimmt viel Erfahrung hatte, und dieser Gedanke erregte ihn, während er über den Mercosur, die Vorbehalte Mexikos und Brasiliens gegenüber den USA und die zu lockeren Beziehungen des südamerikanischen Marktes zur EU dozierte. Sie saß neben ihrem Mann in einem einfachen schwarzen Kleid, das ein Vermögen gekostet haben musste. Francis war reich, und sein Vater spendete dem Parteivorsitzenden großzügig.

Sein Sohn Hervé saß am anderen Tischende zwischen zwei Diplomatenfrauen. Dieser Dummkopf war nicht einmal in der Lage, sich für diese beiden Gänse zu interessieren. Er blickte mit einem Ausdruck kaum verborgener Langeweile oft zu seinem Vater hinüber, und seine beiden Tischdamen wandten sich schließlich von ihm ab.

Er unterdrückte eine Geste der Verärgerung und blickte wieder zur Frau von Francis hinüber.

Sie sah ihm mit einem feinen Lächeln direkt in die Augen. Er spürte, wie sein Herz schneller schlug und sein Glied zwischen den Beinen schwerer wurde. Der alte Löwe erwacht, sagte er sich. Mein Kätzchen, ich werde dich verwöhnen.

Sie amüsierte sich. Männern zu gefallen war nichts Neues für sie. Würde sie heute Abend mit ihm schlafen?

Wegen eines Fehlers im Protokoll saß sie neben ihrem Mann. Vorsichtig schob sie ihren Oberschenkel zur Seite und merkte, dass sie diese Berührung und die Wärme, die von ihm ausging, brauchte. Dann überlief sie ein Schauer. Sie schloss die Augen für ein paar Sekunden, öffnete sie wieder und schenkte dem König der Raben ein großzügiges Lächeln.

Sie beugte sich zu Francis' Ohr.

»Ich fühle mich nicht wohl«, sagte sie leise.

Aufgeregt und peinlich berührt, weil er aus dem Gespräch mit dem Direktor einer Fernsehanstalt gerissen wurde, fragte er:

»Soll ich dich nach Hause bringen?«

»Nein, ich warte ein bisschen ab, und wenn es nicht besser wird, nehme ich ein Taxi.«

Er streichelte ihr unter dem Tisch die Hand und berührte flüchtig ihren Schenkel mit der Zurückhaltung, die sie immer so amüsierte.

Sie trank ein halbes Glas Wasser und blickte auf ihren vollen Teller, ohne ihn anzurühren. In der Mitte des Porzellantellers sah sie Rot, Grün, zartes goldbraun gebratenes Fleisch, ockerfarbene Sauce. Es schmeckte sicher gut, aber sie hatte keinen Hunger. Heute Nacht würde sie nicht töten, aber sie war dennoch auf der Jagd.

»Ich komme bald nach Hause«, sagte er leise.

»Meinetwegen musst du das nicht«, sagte sie in demselben Ton, »ich nehme eine Tablette und schlafe. Ich weiß doch, dass du wichtige Leute treffen musst. Mach dir keine Sorgen, ich schicke dir eine SMS und sage dir, wie es mir geht.«

Sie merkte, dass er erleichtert war und sich entspannte. Francis war geradezu rührend in seiner vorausblickenden

Art. Es war Francis' Traum, Botschafter in Washington zu werden, und er investierte beträchtliche Energie, um die notwendigen Kontakte zu knüpfen, damit man ihm diesen Posten in den nächsten zehn Jahren anbot. Wenn ihm das gelang, konnte er seinem Vater beweisen, dass es richtig gewesen war, in die Politik anstatt in die Wirtschaft zu gehen. Sein Urgroßvater hatte die Botschaft in Washington geleitet, als nur berühmte und mächtige Leute Botschafter wurden.

Für ihn war das sehr wichtig, und sie würde ihm dabei helfen, so gut sie konnte.

Nach dem Abendessen würde er seine französischen und ausländischen Kontakte pflegen. Der Vorsitzende wäre dann schon lange fort, und sie auch. Vor ein, zwei Uhr morgens würde Francis nicht nach Hause kommen. Sie wäre lange vor ihm da.

Jeannette lag angezogen auf dem Bett. Zoé schlief, und wenn sie sich konzentrierte, konnte Jeannette ihren Atem durch das kleine Schlüsselloch hören. Sie hatten zusammen Abend gegessen, Buchstabennudeln mit Butter und einer Scheibe Schinken.

Nachdem ihre Tochter im Bett war, hatte Jeannette die Wäsche in die Maschine getan, die fertige Wäsche zusammengelegt, ohne sie zu bügeln, die Wohnung aufgeräumt und einen tropfenden Hahn repariert. Sah so das Leben einer Vierunddreißigjährigen aus? Immerhin, ihre Arbeit stellte sie, im Gegensatz zu vielen Frauen – und Männern –, die sie kannte, manchmal zufrieden.

Sie nahm sich eine Flasche Wein unter dem Spülbecken heraus, die Freunde ihres Mannes vor Monaten mitgebracht hatten. Sie öffnete sie, goss sich ein Glas ein und dann ein zweites. Sie mochte nicht gern Wein und trank sehr wenig, aber heute Abend fand sie das Gefühl leichten Schwindels und der Wärme im Körper angenehm.

Sie trank noch ein drittes Glas. Ihr drehte sich der Kopf. Ihr Mann fehlte ihr, auch wenn sie nicht wieder mit ihm leben wollte. Heute Abend machte ihr seine Abwesenheit jedoch zu schaffen. Sie mochte es, wie er lachte, wenn er mit der Kleinen spielte, und auch den Sex. Ihre Hand glitt unwillkürlich zwischen ihre Schenkel. Sie drückte sanft auf ihr Geschlecht. Jahrelang hatte sie nicht mehr masturbiert. Ihre Jeans störte sie. Sie zog sie aus und legte sich wieder hin, die Beine leicht gespreizt. Sie rieb sich mit dem Finger, aber nichts passierte. Dann sah sie auf ihre Schenkel und stellte fest, dass sie dicker geworden waren. Ich sollte Sport treiben, dachte sie. Wann habe ich dafür Zeit? Sie presste die Haut auf der Außenseite zusammen, um zu prüfen, ob sie Zellulitis hätte. Es hielt sich in Grenzen, aber sie wollte wieder ihren Körper von früher haben, und dafür musste sie etwas tun. Vielleicht tanzen? Knapp zweihundert Meter vom Büro entfernt gab es eine Tanzschule, in der Kollegen von ihr Kurse besuchten. Samba und Capoeira. Der Lehrer war ein gut aussehender Halbfranzose, und den Mädchen nach zu urteilen hatte er einen knackigen Arsch.

Sie begann sich wieder zu streicheln und versuchte dabei an den Tanzlehrer zu denken, den sie nicht kannte. Ohne Erfolg. Wahrscheinlich ist er schwul, mit dem knackigen Arsch, dachte sie. Ich habe Lust auf jemanden, mit dem ich reden kann, der zärtlich ist, nicht nur auf einen Hintern, selbst wenn er super aussieht.

Ihre erotischen Träumereien vergingen, gegen ihren Willen stiegen andere, grobe und gewalttätige, Bilder in ihr hoch. Sie sah Verbrechensszenen vor sich. Abscheuliche Bilder, die sie mit Hass erfüllten. Und dieser Geruch, unbeschreiblich und furchtbar, der vielleicht weniger ein Geruch war als eine Empfindung, die der Schrecken in ihr auslöste. Sie verabscheute Gewalt und Ungerechtigkeit und konnte nicht begreifen, wie ein Mensch Befriedigung darin finden konnte, einem anderen Menschen Schmerzen zuzufügen und ihn zu töten. Ganz gleich aus welchem Grund.

Aber ihr Abscheu würde ihr kaum helfen, einen Weg zu finden, wie sie die Ermittlungen weiterführen sollte. Sie versuchte sich einen Plan auszudenken, vergeblich. Und Martin? Konnte er es besser als sie? Er hatte sich verändert, interessierte sich mehr für Menschen als früher, aber hatte er nicht im Gegenzug etwas Unersetzliches verloren, die Fähigkeit, blitzartig auf die Lösung zu kommen, ohne all die Schritte zu gehen, auf die andere nicht verzichten konnten? Ein Talent, um das ihn alle beneideten und das sie für ein großes Glück hielten?

Ihre Hand war unwillkürlich wieder nach unten geglitten, und jetzt gelang es ihr. Sie brauchte ein paar Augenblicke, bis sie begriff, dass Martin dies ausgelöst hatte.

Sie lachte bitter. Nie würde es etwas zwischen ihr und ihm geben. Niemals. Selbst wenn er sie auf Knien darum bitten würde, selbst wenn er seinen großen Kopf auf ihren Bauch legen und … Hör auf!, sagte sie laut zu sich selbst.

Sie sprang aus dem Bett, das Blut pochte ihr in den Schläfen. Sie zog ihre Jeans wieder an und schaltete das kleine Fernsehgerät ein. Sie bekam nur vage mit, wovon der Moderator und die ihm gegenübersitzenden Gäste redeten. Es war eine Sendung von Delarue über das Coming-out von Homosexuellen. Genau was sie brauchte. Sie stellte den Ton leiser, legte sich hin und betrachtete die Bilder, aber nicht sonderlich aufmerksam, denn der Gedanke, dass der Mörder – oder die Mörderin – heute Nacht wieder zuschlagen könnte, ließ sie nicht los. Die Anzeige in der Zeitung … Sie glaubte nicht daran, es war ein Eingeständnis ihrer Ohnmacht, aber sie hatte dennoch einen Entwurf geschrieben.

Martin, das ahnungslose Objekt von Jeannettes diskreten Wunschträumen, schlief nicht. Neben ihm schnarchte Marion leise. Von Zeit zu Zeit stieß sie einen kleinen Seufzer aus und berührte ihren Bauch. Vermutlich bekam sie Fußtritte. Martin fragte sich, ob sie vielleicht ein Kind fabriziert hatten, das nur wenig Schlaf brauchte.

Er stand auf und versuchte dabei, die Matratze nicht in Schwingungen zu versetzen; dann zog er einen alten Morgenrock an und ging ins Nebenzimmer. Er setzte sich an den Tisch und arbeitete noch einmal Fourniers Liste durch.

Er hatte Laurette am Krankenbett besucht. Sie war noch auf der Intensivstation, am Kopf fast völlig bandagiert. Er sah von ihr nur die Brüste mit den Silikoneinlagen, die sich unter der Decke abzeichneten, und eine reglose kleine weiße Hand.

Auf der Liste von Laurettes Patienten standen an die hundert Namen. Die meisten waren Männer. Ausschließlich Polizisten aller Dienstgrade. Martin war sicher, dass der Name des Täters sich auf dieser Liste befand. Die Brutalität der Tat ließ eher auf einen Mann schließen, aber mit der verwendeten Waffe, einem Schlagring oder etwas Ähnlichem, war auch eine Frau in der Lage, einen Menschen tödlich zu verletzen. Man musste nur wissen, wo man zuschlagen musste, und Polizisten, weiblich oder männlich, kannten sich darin aus.

Fournier ließ Laurette bewachen für den Fall, dass der Täter versuchte, sein Werk zu Ende zu bringen. Hätte Fournier gründlich nachgedacht, sagte sich Martin, dann hätte er Laurette von der Gendarmerie schützen lassen, die nichts mit der Polizeihierarchie zu tun hatte, und nicht von Polizisten, die, falls es sich bei dem Täter um einen höheren Polizeibeamten handelte, mühelos umgangen werden konnten.

Es war nicht schwer, gut zwei Drittel der Personen von der Liste zu streichen, wenn man die Alibis und die Versetzungen berücksichtigte. Fournier kümmerte sich gerade darum, aber er musste vorsichtig sein, um kein Misstrauen zu erregen. Er hatte Martin versprochen, ihm innerhalb von achtundvierzig oder zweiundsiebzig Stunden eine bereinigte Liste zu schicken.

»Warum nicht in drei Wochen?«, hatte Martin gefragt.

»Was glaubst du denn? Wir befragen schließlich keine Kriminellen, sondern Polizeibeamte, die seit Jahren im Dienst sind, und die Hälfte von ihnen hat einen höheren Rang als ich!«

Ein Name zog Martins Aufmerksamkeit auf sich: Roussel. Der Vorname passte. Sein direkter Vorgesetzter, der Chef der Kripo, war Patient von Laurette. Martin verachtete Roussel, es hätte ihm ein gewisses Vergnügen bereitet, ihm Handschellen anzulegen und ihn dem Haftrichter vorzuführen, aber sein Chef war politisch zu gewieft, viel zu klug und zu sehr auf seine Karriere bedacht, um in den Räumen der Polizei seine Psychotherapeutin zu überfallen.

Doch immerhin hatte er bei ihr Rat gesucht, und das kam Martin seltsam vor. Die Roussels dieser Welt gingen nicht zum Therapeuten. Eher zum Hellseher. Neben Roussels Namen standen zwei Termine im Abstand von vier Wochen. Der letzte davor lag fünfzehn Monate zurück.

Die meisten anderen Namen kannte Martin. Bei manchen wusste oder ahnte er, weshalb sie zu Laurette gegangen waren: Alkoholkonsum, Scheidung, Depressionen ... Gérard Falquier hatte zum Beispiel bei einem Hinterhalt, der in einer Tragödie geendet hatte, zwei seiner Leute verloren. Davon hatte er sich nicht erholt. Yvette Vauclair war vom Gericht das Sorgerecht für ihre Kinder entzogen worden, und sie war bei der Verhandlung völlig ausgerastet. Darmonts, Francœurs und Landowskis Alkoholismus hatte die Grenzen des gesellschaftlich Tolerierbaren überschritten.

Und Roussel? Unwillkürlich kam Martin auf den Namen seines Chefs zurück. Er hätte Laurette natürlich aus beruflichen Gründen konsultieren können, wie Martin es häufig tat. Aber Roussel führte keine Ermittlungen, sondern spielte nur die Rolle des Supervisors. Er selbst rührte keinen Finger. Er gab die Befehle von oben weiter, ließ sich über den Stand der Dinge unterrichten, fertigte Statistiken an. In beruflichem Zusammenhang brauchte er Laurette nicht. Martin merkte, dass der Überfall auf Laurette sein Interesse für die anderen Ermittlungen in den Hintergrund schob.

Er legte die Liste auf die Armlehne, ließ sich nach hinten sinken und schloss die Augen. Plötzlich spürte er einen leichten Druck auf seiner Stirn und einen Kuss.

Dann schmiegte sich ein warmer Körper an seine Knie. Er umarmte seine Freundin, ohne die Augen zu öffnen.

»Kannst du nicht schlafen?«, sagte sie ihm leise ins Ohr.

Er küsste sie auf den Hals, ohne zu antworten, und legte die Hand auf ihren Bauch, dann ließ er sie zum Schamhügel gleiten, unterhalb des Bauchs, dessen Haut gespannt war wie ein Trommelfell.

Sie klemmte seine Hand zwischen ihre heißen Schenkel.

»Komm ins Bett«, sagte sie. »Wenn du nicht schlafen kannst, denken wir uns was anderes aus.«

Sie hatte beschlossen, doch bis zum Ende des Essens zu bleiben. Sie sah, wie der Parteichef auf Francis zukam und ihn vertraulich am Arm berührte. Die beiden Männer unterhielten sich leise. Francis entschuldigte sich bei ihr und ging dann auf eine Gruppe älterer Herren zu. Sie beobachtete ihn. Er war ein toller Mann, kein anderer konnte ihm das Wasser reichen, und er gehörte ihr. Er konnte mit seinem Charme auch Männer bezaubern. Er fand freundliche Aufnahme in dem Kreis, ermutigendes Lächeln empfing ihn.

Der König der Raben ging von Gruppe zu Gruppe, machte hier eine Bemerkung, sagte da ein paar Sätze, die mit betontem Lächeln und erfreutem Kopfnicken aufgenommen wurden.

Sie vermied es, sich einem Grüppchen anzuschließen.

»Magdalena Petit? Sind Sie die Frau unseres wunderbaren Francis?«

Höflich befreite sie sich von der Abgeordnetenfrau, die sich auf sie gestürzt hatte und ihr unbedingt von den Ferien in Mexiko erzählen wollte.

Um in Ruhe gelassen zu werden, tat sie, als betrachte sie die kleinen Bilder mit den ländlichen Szenen.

Dabei beobachtete sie unauffällig den König der Raben. Er sprach gerade mit einem hochgewachsenen jungen Mann, der ihm sehr ähnlich sah und dessen Gegenwart bei diesem Essen etwas unpassend wirkte, so unbedarft sah er aus. War das sein Sohn? In ihrer Haltung waren die beiden sehr verschieden. Sie begriff, dass der junge Mann homosexuell war.

Der alte Macho hatte einen schwulen Sohn, interessant.

Die beiden Männer trennten sich, und der Vater setzte seine Runde durch den Saal fort, hier und da berührte er jemanden am Rücken, lächelte und betrachtete alle Frauen. Sie hatte genug gesehen und wandte sich ab.

Plötzlich spürte sie ihn in ihrem Rücken.

Sie drehte sich zu ihm um. Er stand ganz nah bei ihr, berührte sie fast. Sie trug hohe Absätze, dennoch war er gut zwanzig Zentimeter größer als sie, obwohl man im Alter an Größe abnimmt. Durch sein Parfum hindurch nahm sie andere, weniger edle Gerüche wahr: Tabak, Medikamente, Essen. Wenn man ihm so nahe kam, sah man, dass seine Maske überall bröckelte. Die künstlichen weißen Zähne passten nicht zu der zu starken Bräunung. An den Nasenflügeln und unter den langen Ohrläppchen konnte sie Spuren seines Make-ups erkennen. Sein winziges Hörgerät sah man nicht, aber sie wusste, dass er eines trug.

»Es ist mir eine große Freude, Sie wiederzusehen«, sagte er in seiner affektierten Sprache.

Dann wies er mit dem Ellbogen auf Francis.

»Ihr Gatte ist ein bemerkenswerter Junge, ich weiß nicht, was ich ohne ihn täte.«

Sie wusste durch Francis, dass er seit Jahren bei Leuten von der Comédie Française und einem Gesangsprofessor Unterricht nahm, um seinen Sprachduktus zu verbessern. Francis fand das großartig. Der König der Raben starrte sie an, ohne mit der Wimper zu zucken. Sie erkannte diesen Blick, selbst wenn er ihr zuletzt vor vielen Jahren begegnet war, in einem anderen Klima. Ihr wurde flau im Magen. Trotz seines Reichtums und all der Ehrungen hatte der König der Raben immer Hunger. Einen unwiderstehlichen Raubtierhunger, der durch nichts zu befriedigen war.

»Ist das dort Ihr Sohn?«, fragte sie.

Der Blick des Parteichefs verdüsterte sich.

»Ja, mir wäre lieber, er wäre wie Francis. Wissen Sie, ich wüsste nicht, was ich ohne ihn täte«, wiederholte er.

»Sie würden einen anderen einstellen. Es gibt sicher zweihundert, die vor Ihrer Tür stehen und darauf warten. Weniger gut aussehend und weniger begabt vielleicht, aber Sie würden schon jemanden finden.«

»Sind Sie vielleicht zynisch?«

»Nur realistisch.«

»Er ist wahnsinnig verliebt in Sie und hat in mir den Wunsch geweckt, Sie besser kennenzulernen.«

Sie lächelte, ohne zu antworten.

»In einer Viertelstunde mache ich mich aus dem Staub. Wir könnten uns gegen elf Uhr treffen. Würde Ihnen das zusagen?«

»Damit Sie mich besser kennenlernen?«

Er gab sich Mühe, seinen Ärger zu verbergen. Er mochte es nicht, dass man sich über ihn lustig machte.

»Eine ausgezeichnete Idee«, fügte sie hinzu, worauf sich seine Miene wieder aufhellte.

»In der Rue Frégoli 11. Der Code ist 19-37. Die Wohnung liegt in der dritten Etage. Es gibt nur eine Tür. Kann ich auf Sie hoffen?«

Sie nickte. Er wandte sich um und ging zu der Gruppe, bei der Francis stand. Sie sah, wie er ihren Mann freundlich an der Schulter fasste und zur Seite schob.

Heute Abend bumse ich deine Frau, mein Freund, sagte er sich wahrscheinlich und verspürte bei diesem Gedanken doppelte Lust.

Sie blieb vor einem kleinen Bild stehen, einer Gebirgslandschaft mit einem schwarz gekleideten einsamen Reiter, der einen Bergpfad hinaufritt, hinten am Sattel war eine tote Ziege befestigt ... Sie erschauerte. Sie hatte gedacht, tagsüber habe sie ihre Erinnerungen hinter sich gelassen. Aber der Blick des Königs der Raben brachte alles wieder an die Oberfläche ... Er war dem des Reiters so ähnlich.

Um zehn gab sie Francis ein Zeichen mit dem Kopf, er antwortete mit einem Augenzwinkern, und sie ging. Bevor sie den Saal verließ, spürte sie einen Blick auf sich ruhen. War es Francis? Nein, der drehte ihr den Rücken zu. Der Parteichef? Der war in einem anderen Raum und nicht zu sehen. Es konnte jeder sein. Sie bemühte sich, dieses Gefühl abzuschütteln.

Dann fuhr sie mit dem Taxi nach Hause. Die Wohnung des Parteichefs wurde bestimmt überwacht. Es bestand die Gefahr, dass man sie filmte oder fotografierte. Oder auch nicht.

Sie zog sich um, schob ein desinfizierendes Schwämmchen in ihre Vagina, setzte eine Sonnenbrille auf und streifte einen schwarzen Wollponcho mit Kapuze über, die ihren Kopf vollkommen bedeckte.

Dann zog sie Stiefel und lange Handschuhe aus schwarzem Ziegenleder an, verließ das Haus durch den Dienstboteneingang und machte sich eilig zu Fuß auf den Weg. Sie überquerte eine Brücke und nahm an der Metrostation Alma ein Taxi. Der Vorsitzende war es sicher nicht gewohnt, dass man ihn warten ließ.

Um 23.18 Uhr klopfte sie an die kleine rot lackierte Wohnungstür in der dritten Etage. Wenn jemand versucht hatte, sie zu filmen, dann war seine Mühe umsonst gewesen.

Die Tür ging fast sofort auf. Der König der Raben hatte seine dunkle Jacke gegen eine hellblaue Kaschmirweste getauscht, hatte die Krawatte ausgezogen und den obersten Hemdkragen geöffnet. Er hatte sich mit betäubendem Eau-de-Cologne eingesprüht und die Zähne geputzt.

Er lächelte sie strahlend an, zu strahlend. Er ärgerte sich über ihre Verspätung.

Er half ihr, den Poncho auszuziehen. Sie trug statt des eleganten, aber konventionellen schwarzen Abendkleids nun die federleichte, durchsichtige Kreation eines Londoner Couturiers. Sie hätte ebenso gut nackt sein können.

»Entschuldigen Sie meine Verspätung«, sagte sie, »ich musste noch zu Hause vorbei. Ich hoffe, Sie sind mir nicht böse.«

Er schüttelte den Kopf. Er streckte seine Hände mit den dicken Adern nach ihr aus, legte sie auf ihre Hüften und zog sie zu sich heran. Er küsste ihren Hals, die Schulter, knetete ihre Brüste. Sie erwartete, dass sie Abneigung verspüren würde, doch plötzlich war eine unerklärliche Spannung in ihr, sie reagierte auf ihn. Etwas bewegte sich an ihrem Unterleib. Das war unmöglich, abstoßend wie er war.

Er küsste sie, und sie zitterte, als sie ihn küsste. Ihre Erregung hielt an, wurde größer. Sie sagte sich, das könne ihr nicht passieren, nicht bei ihm. Sie liebte Francis, sie durfte hier nicht solche Empfindungen haben, doch die Situation entglitt ihr.

Er streichelte ihren Nacken und legte seine Finger fest darum. Dann drückte er sie nach unten. Das war keine zärtliche Bewegung, sondern ein Befehl. Ihr wurden die Knie weich. Der Druck wurde stärker. Sie spürte, wie sie auf die Knie glitt, ihre Hände öffneten seinen Gürtel, die beiden Hosenknöpfe und den Reißverschluss. Er hatte eine beachtliche Erektion, offenbar nahm er ein Mittel. Sie merkte, dass er sich so hingestellt hatte, dass er sie in dem großen Spiegel in der Zimmerecke im Profil beobachten konnte. Er wollte zusehen, wie sie ihn auf Knien lutschte. Er nahm sein Glied in die Hand und streichelte mit der Eichel ihr Gesicht und ihre Lippen. Sie stöhnte und öffnete den Mund.

Er nahm ihr Gesicht in die Hände und bewegte sich immer schneller vor und zurück. Sie ließ sich gehen, ihre Augen waren geschlossen. Über ihr atmete der König der Raben schwer, er stöhnte und ermutigte sie mit einer heiseren, hohen Stimme, die nichts mehr mit der, die man aus der Öffentlichkeit kannte, gemein hatte. Lutsch, du Schlampe, ja, schön tief. Sein Glied bewegte sich heftig, und er stieß es tief in sie hinein. Sie hielt sich instinktiv an seinem Hintern fest, aber anstatt den Höhepunkt in ihr zu genießen, stieß er sie so heftig von sich, dass sie umfiel.

»Dreh dich um«, sagte er, »schnell!«

Dann kam er zu ihr nach unten und packte sie so heftig am Hals, dass sie glaubte, ihre Wirbel knacken zu hören. Er drang von hinten so ungestüm in sie ein, dass sich ein weißer Schleier über ihren Blick legte. Ihr Rücken bog sich, die Welt explodierte. In der Ferne, weit in der Ferne hörte sie sich schreien, weinen, flehen, heulen.

Als sie den staubigen Weg erreichte und dabei weiter die Sekunden zählte, waren Reiter und Pferd schon verschwunden.

Sie konnte nicht umhin zu rennen, auf die Gefahr hin, dass er sie zu früh erblickte ...

Aber sie durften keinen Moment des Dramas verpassen, er durfte nicht sterben, ohne zu begreifen, dass sie allein für seinen Tod verantwortlich war.

Als sie die Schlucht erreichte, sah sie nichts. Zuerst glaubte sie, er sei außer Gefahr, weit vorn auf seinem Pferd. Aber sie hörte ein verzweifeltes Wiehern und beugte sich über den Abgrund.

Pferd und Reiter lagen zehn Meter unter ihr.

Der Hengst lag auf der Seite und versuchte mit seinen gebrochenen Gliedern vergeblich, sich wieder aufzurichten. Ihr Vater war zu drei Vierteln unter dem Pferd verborgen. Er schien reglos dazuliegen.

Sie kletterte nach unten, hielt sich dabei an Steinen und Grasbüscheln fest, ohne auf den Schmerz zu achten.

Seine beiden Beine waren unter dem Körper des Hengstes eingeklemmt. Sein schwarzes Hemd glänzte vor Blut. Seine Augen waren geschlossen, sein Gesicht starr, er atmete nur mühsam. Sie hatte es geschafft. Sie hatte gewonnen. Nie wieder würde sie sich ihm unterwerfen müssen. Nie mehr würde er sie mitten in der Nacht wecken. Nie wieder würde er sie schlagen. Nie mehr würde er sie vergewaltigen. Nie mehr, nie wieder. Sie starrte ihn an, unsicher, ob sie nicht vielleicht träumte.

Um sicher zu sein, musste sie ihn berühren. Sie kniete sich hin und beugte sich über ihn. Die Beine ihres Peinigers waren von dem tonnenschweren Gewicht des sterbenden Pferdes zerquetscht worden. Sein linker Arm war verdreht, zwischen seinem Rücken und der trockenen steinigen Erde eingeklemmt. Die Schulter stach hervor, zur Hälfte herausgerissen. Er konnte ihr nicht mehr schaden, und wenn er noch nicht tot war, musste er jetzt leiden.

Sie streckte die Hand aus und berührte seinen Schenkel. Er reagierte nicht. Sie hörte ihn nicht mehr atmen. Sie beugte sich über seine Brust, um seinen Herzschlag zu kontrollieren.

Sein freier Arm langte mit der Schnelligkeit einer Giftschlange zu, und die große Hand packte sie an den Haaren und zog mit plötzlicher Gewalt daran. Sie brüllte.

Ihr Kopf wurde auf die Rippen ihres Vaters gedrückt. Er zog so fest, dass sie ihren Hals knacken hörte. Er sah ihr in die Augen. Wenn er noch weiter drehte, konnte er ihr das Genick brechen, und das hatte er ganz offensichtlich vor. Aber zuerst musste er reden. Er wollte ihr ihre Strafe verkünden. Das gehörte zum Ritual. Ihr sagen, was er ihr antun würde, die Panik in ihren Augen sehen und tun, was er gesagt hatte. So ging er immer vor.

Er öffnete den Mund. Seine großen weißen Zähne waren rot. Blut floss ihm über Gaumen und Schlund. Er stotterte unverständliche Worte. Eine Blase bildete sich auf seinen Lippen und zerplatzte mit einem feuchten Geräusch. Er hustete, und Tropfen von Blut und Speichel spritzten seiner Tochter ins Gesicht.

Der Druck seiner Hand ließ ein wenig nach. Sie wand sich, versuchte, seinem Griff zu entkommen, aber er packte mit neuer Kraft noch fester zu, und sie konnte sich wieder nicht rühren.

Er versuchte immer noch, ihr etwas zu sagen, er gab nicht auf.

Endlich verstand sie, was er sagen wollte.

»Du wirst sterben …«

Sie tastete hinter sich und suchte ein Stück Holz, einen Stein, etwas, womit sie ihn schlagen und seinem Griff entkommen könnte … Ihre Nägel krallten sich an den scharfen Kanten eines in der Erde steckenden Steins fest. Sie brach sich zwei Nägel ab, aber endlich spürte sie, wie der Stein sich bewegte. Sie rüttelte an ihm, zog daran, und plötzlich ließ er sich herausziehen.

Der Mann schwieg, er sammelte seine letzte Kraft, um ihr den Gnadenstoß zu versetzen. Sein Griff wurde immer fester. Sie spürte, wie sich Muskeln und Sehnen ihres Halses anspannten, bald würde ihr Genick brechen.

Jetzt oder nie.

Sie hob den Arm, so weit sie konnte, nach hinten und ließ ihn niedersausen.

Die Nase brach mit einem trockenen Knacken. Er heulte auf. Sie hob die Waffe wieder hoch und schlug noch dreimal zu.

Er versuchte, ihren Schlägen auszuweichen, indem er den Kopf drehte, endlich spürte sie, dass er ihr Haar losließ.

Sie machte einen Satz nach hinten und fiel hin. Sie richtete sich wieder auf und hockte sich außer Reichweite neben ihn.

Das Gesicht ihres Vaters sah nicht mehr menschlich aus, seine Zähne waren ausgeschlagen, sein Mund war ein einziger roter Schlund, die Nase nur noch eine breiige Masse, aber die Augen waren weit aufgerissen und zeigten noch Leben. Seine Brust hob sich spasmisch in die Höhe, mit der freien Hand griff er nach Hals und Kehle, als wolle er das Fleisch wegreißen. Er war dabei zu ersticken. Er würde endlich sterben, doch er ließ sie dabei nicht aus den Augen.

Der Hals tat ihr noch schrecklich weh, sie war kurz vor einer Ohnmacht, aber sie musste durchhalten. Er sollte erleben, wie sie jede Sekunde ihres Sieges auskostete. Er sollte begreifen, dass es ihm nicht gelungen war, sie zu vernichten.

Sie versuchte zu lachen, aber ihre Kehle war trocken, und sie begann zu schluchzen. Sie hockte sich auf die Fer-

sen, ein Schluchzer folgte auf den anderen, sie trocknete die Tränen, die ihr über die Wangen rannen, und blickte unablässig ihrem Peiniger in die Augen, um nichts von seinem Todeskampf zu verpassen. Es dauerte viele Minuten. Der Widerstand des Mannes schien nicht enden zu wollen. Aber die Bewegungen der Brust wurden schwächer, die Krämpfe waren kaum noch wahrzunehmen. Die Hand, die versucht hatte, sie zu töten, bewegte sich nach oben und streckte sich zu ihr aus, wie zu einer Bitte oder einem letzten Versuch, sie zu töten. Die Finger zitterten, nur wenige Zentimeter von ihrem Gesicht entfernt, dann schloss sich die Hand und fiel kraftlos auf die Seite wie eine dicke tote Spinne.

Die Augen, weit aufgerissen, starrten sie immer noch an, wechselten aber den Ausdruck. Auf die Wut folgte etwas Seltsames, Unverständliches. Er sah sie an, als erkenne er sie nicht, als begreife er weder, was ihm widerfuhr, noch, wer sie war. Es dauerte nur Bruchteile von Sekunden, aber sie hatte das Gefühl, dass er in diesem winzigen Moment nicht mehr er selbst war. Ihr war, als sei ein gänzlich unschuldiger Unbekannter an seine Stelle getreten, der nichts Böses kannte. Sie hoffte, dass er sie um Verzeihung bitten würde. Aber seine Iris wurden starr und gleich darauf trüb. Vor ihr war nichts als zerstörtes Fleisch, das nichts Menschliches oder Unmenschliches mehr hatte.

Sie weinte nicht mehr, aber trockene Schluchzer schüttelten sie. Das Salz trocknete auf ihren brennenden Wangen. Sie ließ den Toten nicht aus den Augen. Sie hatte gewonnen. Eine große Leere war eingetreten. Sie verharrte so in Hockstellung, bis es dunkel wurde, so reglos wie der Leichnam, bar jeder Emotion und jedes Gedankens.

Freitag, 00.00 Uhr

Ihre Ohnmacht hatte nicht länger als ein paar Sekunden gedauert. Sie hörte in der Ferne einen Wasserhahn laufen. Sie war noch benebelt im Kopf, begann aber, alles um sich herum in Ordnung zu bringen. Sie wischte alles ab, was sie angefasst hatte, suchte nach unsichtbaren Zeichen ihrer Gegenwart. Da auf dem flauschigen Teppich war ein Haar ...

Was machte sie da? Sie hatte doch niemanden umgebracht. Niemand würde kommen und nach Fingerabdrücken suchen. Sie hatte noch nicht getötet, das würde sie erst noch tun.

Barfuß lief sie in die Küche und holte ein langes Messer. Dann schlich sie sich ins Badezimmer. Die Tür stand weit offen.

Seine Hose hing auf der Höhe der Fußgelenke, und er wandte seinen breiten Rücken der Tür zu. Seine mageren Beine voller Krampfadern verrieten sein Alter. Sie nahm den Messergriff fest in die Hand, suchte nach der genauen Stelle, an der die Klinge eindringen sollte, eine kleine Stelle zwischen der Spitze des Schulterblatts und der Rippe, dort würde sie mühelos bis zur Lungenarterie vordringen. Der Tod würde sofort eintreten, und die Wunde würde nicht sehr stark nach außen bluten.

Er fuhr fort, sich zu waschen, und ahnte nichts von dem, was hinter ihm geschah.

Sie beugte den Ellbogen, hob das Messer in Brusthöhe und bewegte sich leicht nach rechts, um genau zu treffen. Sie hielt den Atem an und stützte sich auf dem linken Fuß ab.

Und plötzlich explodierte es in ihrem Kopf. Das ist nicht mein Vater.

Beinahe zu spät. Ihr Arm war noch ausgestreckt, aber es gelang ihr, den Schwung ihrer Bewegung abzubremsen, bevor sie ihn traf. Der König der Raben spürte den Luftzug. Er wollte sich umdrehen, doch da war sie schon verschwunden.

Sie hatte sich gerade noch gefangen, im letzten Moment. Als sie wieder klar denken konnte, stellte sie schaudernd fest, wie schmal der Grat war, der sie vom Wahnsinn trennte. Aus mangelnder Selbstbeherrschung hätte sie fast alles verloren. Hass und Selbstverachtung. Sie hatte keine Entschuldigung.

Als er wieder ins Wohnzimmer kam, war von der jungen Frau keine Spur mehr zu finden. Er sah in den Zimmern und der Küche nach, öffnete die Tür der Toilette, bevor er einsehen musste, dass sie fort war.

Sie würde wiederkommen. Das taten sie alle.

»Ich sehe dich wieder, du kleine Schlampe«, sagte er mit einem Lächeln. »Es gefällt dir viel zu gut.«

Kapitel 17

Freitag, 4.00 Uhr morgens

Martin konnte nicht schlafen. Er kannte nicht genug Fakten, um über den Überfall auf Laurette intensiver nachsinnen zu können. Das war kein Nachdenken, es war reine Spekulation. Verlorene Zeit. Aber er konnte nicht schlafen und grübelte.

Was wusste er von Laurette? Dass sie ein erfülltes Liebesleben hatte. Dass sie eine pragmatische Einstellung zum Sex besaß. Dass sie die Männer liebte. Aber auch, dass sie eine exzellente Psychotherapeutin war. Sie hatte den Täter gekannt, das war klar. Warum hatte sie nicht vorausgesehen, was ihr passieren würde?

Wie viele Liebhaber hatte sie unter den Polizisten gehabt, mit denen sie zu tun hatte? Außer mir, sagte sich Martin, und es hat nur einen Abend gedauert.

Er konnte sich nur schwer vorstellen, dass sie mit vielen anderen Kollegen geschlafen hatte, aber an diesem Punkt konnte er sich nicht auf sein Urteil verlassen. Er war nicht objektiv.

Wenn Laurette noch einmal zurück in ihr Büro gegangen war, dann vielleicht deshalb, weil der Täter sie angerufen hatte – aber auf ihrem Handy war keine Spur von solch einem Anruf. Vielleicht hatte sie etwas ziemlich Wichtiges vergessen, das sie holen wollte. Etwas, das auch der Täter suchte? Oder hatte sie ihn vielleicht dabei erwischt, wie er es stahl? Reine Spekulation.

Er nahm sich vor, Fournier am Morgen um die Erlaubnis zu bitten, Laurettes Büro aufsuchen zu dürfen.

Freitag, 8.45 Uhr

Als er ins Büro kam, war das Korkbrett verschwunden. Jeannette und Olivier waren schon bei der Arbeit und hängten an der Wand eine Übersicht über die Ereignisse auf. Auf einer beigefarbenen Unterlage hatten sie die Karte von Paris und den Vororten befestigt und mit schwarzem Filzstift Gemeinden und Stadtbezirke umrandet. Ein roter Punkt und ein Foto des jeweiligen Opfers waren an den Orten, an denen man sie gefunden hatte, aufgeklebt. Neben den Fotos hing jeweils ein Etikett mit dem Datum der Auffindung des Toten, seinem Namen und der Adresse.

Die geografische Verteilung der Tatorte schien keiner bestimmten Logik zu entsprechen, was durchaus verständlich war, wenn die einzige Gemeinsamkeit der Opfer darin bestand, dass sie auf der Klientenliste des Detektivs auftauchten.

Im Krankenhaus war Martins Sehkraft getestet worden. Diese Tafel mit den Morden ließ ihn an den Bildschirm des Testgeräts denken, an die kleinen Lichter wechselnder Intensität, die an verschiedenen Stellen und in unterschiedlicher Häufigkeit nach dem Zufallsprinzip aufleuchteten. Nein, das stimmte nur zur Hälfte. Die Tatorte waren zufällig, ihre Anzahl jedoch nicht. Der Mörder tötete jede Nacht. Bisher jedenfalls.

»Heute Morgen nichts Neues«, sagte Jeannette, als habe sie seinen Gedanken erraten. »Jedenfalls bis jetzt«, fügte sie hinzu. »Ich habe einen Text für die Zeitungen entworfen. Hast du was von Laurette gehört?«

»Unverändert.«

Jeannette hatte einen Bericht angefordert, in dem alle Überfälle in Paris der letzten vierundzwanzig Stunden aufgelistet waren. Die Nacht war ruhig gewesen. Auf Meldungen aus den Vorstädten mussten sie noch eine Weile warten Es gab keine Dienststelle in Paris, die für alle Vororte zuständig war. Bei den Landgemeinden außerhalb von Paris würde es noch etwas länger dauern. Und sonst im Land? Die ersten Morde waren in Paris und Umgebung verübt worden, aber vielleicht hatte der Mörder keine Hemmungen, auch anderswo zu wüten.

Martin hatte das Gefühl, dass Jeannette seinem Blick auswich. Wahrscheinlich die Folge des Augenblicks der Nähe, den sie offenbar bereute. Dabei kannte sie ihn gut genug, um zu wissen, dass er darüber mit niemandem reden würde.

Er fragte sich gerade, ob der Text von Jeannette für die Zeitungen etwas bewirken würde, als er zu Roussel gerufen wurde.

»Kinder, ich glaube, ihr müsst jetzt ohne mich auskommen«, sagte Martin.

»Vielleicht will er Sie wegen einer anderen Sache sprechen«, meinte Olivier.

»Vielleicht«, sagte Martin und verließ das Büro. »Schick den Text an die Presse«, sagte er beim Hinausgehen zu Jeannette.

Roussel war nicht allein. Nathalie Landowski, eine Polizistin im gleichen Alter und vom gleichen Rang, sollte für ihn übernehmen und war bereits im Zimmer. Normalerweise hätte Roussel vor der Übergabe ein Gespräch unter vier Augen mit Martin führen müssen.

Ihr Name stand auf der Liste von Laurettes Patienten. Sie war Alkoholikerin gewesen. Sie trank nicht mehr, aber der Alkohol hatte für immer Spuren auf ihrem fein gezeichneten Gesicht hinterlassen. Sie trug das elegante und streng geschnittene Kostüm einer leitenden Angestellten.

Roussel hatte sich Landowski nicht ausgesucht. Martin wusste, dass sie nicht zu seinen Bewunderern gehörte. Offenbar hatte der Direktor es verlangt. In Martins Augen war sie eine erfahrene und professionelle Polizistin.

Es geschah oft, dass zu sensible Kollegen anfingen zu trinken, Landowski war nicht die Einzige, der das passiert war ... Alkoholmissbrauch konnte die Folge allzu großen Einfühlungsvermögens sein, was zunächst für einen Ermittler keine falsche Eigenschaft war, wenn es auch auf lange Sicht hinderlich werden konnte.

Doch Martins Auffassung war nicht unbedingt die der Polizeiführung.

Landowski machte keine Karriere, aber offenbar hielt sich der Direktor an die Vorschriften, nach denen die Frauenquoten in den leitenden Positionen erhöht werden mussten.

Landowski gab ihm die Hand und sah ihn, ohne zu lächeln, mit ihren hellgrauen Augen an.

Martin kannte Polizisten, die wesentlich mehr tranken als sie, ohne von den Polizeioberen dafür abgestraft zu werden, aber sie waren ja auch Männer, und das war ihr Vorteil. Er wusste auch, dass ihr mehrere Monate lang ihre Gerichtszulassung entzogen worden war, weil sie Krach mit einem Staatsanwalt gehabt hatte. Sie war mit einem Richter verheiratet, wenn sie überhaupt noch zusammen waren.

Roussel hielt sich nicht mit einleitenden Worten auf.

»Martin, es wird intern gegen Sie ermittelt. Ich weiß, dass es eine reine Formalität ist und man Ihre Unschuld in Kürze nachweisen wird, aber wegen der Serienmorde werden Sie bald zu sehr ins Licht der Öffentlichkeit geraten. Ich habe Madame Landowski gebeten, für Sie einzuspringen, jedenfalls vorübergehend. Bitte informieren Sie sie über alles.«

Er nickte, drehte sich auf dem Absatz um und ging, ohne Roussel auf Wiedersehen zu sagen. Nach einer Sekunde des Zögerns folgte Landowski ihm.

Auf dem Flur holte sie ihn ein.

»Das ist ja die große Liebe zwischen Ihnen beiden«, sagte sie.

»Roussel und ich müssen uns ertragen, nicht lieben. Wenn Sie Zeit haben, setze ich Sie jetzt mit meinen Leuten ins Bild.«

»Ich würde vorher gern fünf Minuten mit Ihnen allein sprechen, wenn Sie nichts dagegen haben.«

»Ich sage Ihnen offen, für mich kam das ganz unerwartet«, sagte Landowski, als sie sich hinten im Bistro in der Rue Saint-Jacques Martin gegenübersetzte. »Seit zwei Jahren sitze ich untätig herum, aber ich habe wirklich nichts getan, um Ihnen den Fall wegzunehmen.«

»Das habe ich auch nicht gedacht.«

»Roussel hat mich ausgesucht, damit er die Presse auf seiner Seite hat. Er weiß, dass ich bei *Libération* und *Le Monde* Freunde habe.«

Das war kein ausreichender Grund. Martin lebte mit einer Journalistin zusammen und hatte selbst gute Beziehungen zur Presse.

»Er kann mich jede Minute vom Dienst suspendieren«, sagte Martin. »Besser, Sie übernehmen die Sache als ... irgendjemand sonst. Ich habe heute Morgen beschlossen, einen Aufruf an die Presse zu schicken. Meine Mitarbeiterin wird ihn Ihnen vorlesen und Ihnen den Grund dafür nennen.«

»In Ordnung.«

Sie zögerte einen Moment, und dann sagte sie:

»Ich möchte Ihnen auch danken.«

»Wofür?«

»Vor drei Jahren wurde ich vorübergehend suspendiert ... Ich habe getrunken, und da war diese Sache mit dem Staatsanwalt, von der Sie sicher gehört haben. Ein Kollege ... dieses Schwein von Vélard hat Gerüchte über mich in Umlauf gesetzt, richtige Gemeinheiten, und Sie haben sich für mich eingesetzt. Das hat mir eine Sekretärin erzählt«, sagte sie. »Sie haben Vélard vor versammelter Mannschaft die Meinung gesagt. Sie hat erzählt, Sie hätten ihn fertiggemacht und er hätte nicht gewusst, wie ihm geschah.«

Martin erinnerte sich vage. Vélard … Ein Arschloch. Er war seit ungefähr einem Jahr verschwunden. Man hatte ihn irgendwo nach Mittelfrankreich versetzt, wo er herstammte. Le Creusot, vielleicht, armes Creusot.

»… ausgeschieden«, sagte sie.

»Wie bitte?«, fragte Martin, »ich habe das Ende nicht mitbekommen.«

Sie lächelte.

»Sie erinnern sich sicher nicht, für Sie bedeutete das nichts. Aber als Sie damals eingegriffen haben, habe ich mich gefangen und bin nicht ausgeschieden. Und jetzt nehme ich Ihnen zum Dank den Job weg.«

»Sie nehmen mir gar nichts weg. Kommen Sie, ich stelle Ihnen meine Mitarbeiter vor.«

Hoffentlich spielen Jeannette und Olivier mit, dachte er. Sie werden wütend auf sie sein, dabei kann sie nichts dafür.

»Wollen Sie nicht erst mit ihnen sprechen?«, fragte Landowski.

»… Ja, ist vielleicht besser, geben Sie mir eine Viertelstunde.«

»Landowski übernimmt meinen Job«, verkündete er unvermittelt, als er das Büro betrat. »Ich werde in den nächsten Stunden suspendiert. Ich hätte keinen Besseren finden können, um mich zu vertreten. Ich möchte, dass ihr mit ihr genauso gut zusammenarbeitet wie mit mir.«

Olivier und Jeannette tauschten einen kurzen Blick. Sie hatten offenbar schon verschiedene Szenarien durchgespielt, und dies war das wahrscheinlichste.

»Also, zieht keinen Flunsch. Ihr wusstet so gut wie ich, dass das passieren würde. Es hätte schlimmer kommen können. Landowski ist eine gute Polizistin. Ich kenne ihre Methoden nicht, aber ich weiß, dass durch sie zwanzig Wiederholungstäter, die Frauen vergewaltigt haben, hinter Schloss und Riegel gekommen sind. Wenn ihr alles Notwendige tut, ist sie in der Lage, das Beste zu geben.«

Jeannette nickte kurz.

»Da muss ich wohl bei ihr rumschleimen«, sagte Olivier und sah Jeannette an, die sich ihre Missachtung nicht anmerken ließ.

Martin nahm nichts anderes mit als ein Schneidegerät und ein kleines Einbruchset, das er vor Jahren einem Dieb abgeknöpft hatte.

»Also gut, ich hole sie«, sagte Martin. »Versucht wenigstens, höflich zu sein.«

Sie sahen ihn an, als wären sie ihm wegen seiner Suspendierung böse. Vielleicht waren sie es wirklich. Er hatte nicht einmal versucht, sich zu wehren.

»Was für ein Mist«, sagte Olivier, als die Tür sich hinter Martin geschlossen hatte.

Auch jetzt antwortete Jeannette nicht. Ihr war so eng in der Kehle, dass sie keinen Ton herausbrachte.

Sie beugte sich über ihre Akten und tat so, als lese sie darin.

Kapitel 18

Freitagmorgen

Sébastien Grossard, Rue de l'Université 227, 75007 Paris
Julie Rodez, Rue Anatole-France 22, 92700 Colombes
Stéphane Holliez, Rue de Chaligny 15, 754012 Paris
Aymeric Tanguy-Frost, Rue Hallé 21, 75014 Paris
Georges Forrier, Impasse de la Gaîté 8, 75014 Paris
Alain Karief, Villa Monet 19, 75019 Paris
Catherine Amard-Fusin, Rue de la Croix-Nivert 82, 75015 Paris
Eloi Wilkiewitz, Rue des Rosiers 12, 75016 Paris
Valdek Mirmans, Rue Raynouard 12, 75019 Paris
Stéphanie Mallory, Allée des Rois 1, 78100 Saint-Germain-en-Laye
Jacques Faiglioli, Place de l'Horloge 33, 69000 Lyon

Sie starrte auf die Liste. Aymeric Tanguy-Frost, das nächste Opfer, war zurzeit nicht in Paris. Er sei Geschäftsmann, hieß es in einer Notiz des Detektivs, auf der eine Telefonnummer stand. Was für Geschäfte? Das sagte die Notiz nicht. Verheiratet? Junggeselle?

Sie hatte die Nummer angerufen, und nur mit viel Fantasie war es ihr gelungen, einer misstrauischen Sekretärin ein paar spärliche Informationen zu entlocken. Sie hatte behauptet, Teilhaberin einer internationalen Anwaltskanzlei zu sein, die ihren Sitz in Chicago habe, und hatte es geschafft, die Nummer seines geschäftlichen Drei-Band-Handys zu bekommen. Er konnte überall sein, in Sibirien oder Montenegro. Immer dieselbe elektronische Ansage, und sie wollte keine Nachricht hinterlassen.

Solche Widrigkeiten waren unvermeidlich, bisher hatte sie Glück gehabt. Sie versuchte sich einzureden, dass die Reihenfolge auf der Liste keine Bedeutung hätte, aber im Grunde wusste sie, dass das nicht stimmte. Dass das nächste Opfer auf der Liste im Moment unerreichbar war, musste eine Bedeutung haben.

Sie machte ein Fragezeichen neben den Namen des nächsten Opfers. Merkwürdig, dieser Name sagte ihr etwas. Sie hatte ihn schon gehört oder gelesen. Wo? Wann? Wie? Unmöglich, sich zu erinnern. Unmöglich zu entscheiden, ob sie sich das nur einbildete.

Georges Forrier, der Nächste auf der Liste, wohnte im selben Arrondissement, nur zwei Kilometer entfernt. Ein weiteres Zeichen? Er war Fotograf, ein Paparazzo. Sie hatte keine Schwierigkeiten, seine beiden Handynummern und seine Termine für die nächste Woche herauszufinden.

Er war für einen Tag in Megève. Sie sprach vom in der Mittagszeit verlassenen Sekretariat einer Werbeagentur an den Champs-Elysées aus mit ihm und gab sich als kanadische Journalistin aus, die auf eine heiße Geschichte über die Fürstenfamilie von Monaco aus war, und verabredete sich mit ihm in Paris im 14. Arrondissement, zwei Minuten von seiner Wohnung entfernt. Er begann am Telefon mit ihr zu flirten und sagte nichts darüber, dass ihr Treffen ganz in der Nähe seiner Wohnung stattfinden würde. Daraus schloss sie, dass er im Hinterkopf bereits den Gedanken hatte, sie abzuschleppen, wenn sie ihm gefiel. Dadurch würde alles einfacher für sie.

Warum hatte ein Paparazzo einen Privatdetektiv engagiert?

Vielleicht, damit er ihm half, Stars ausfindig zu machen. Das war fast sicher, aber sie musste sich erst vergewissern. Sie müsste ihn zum Sprechen bringen und erst danach töten.

Gleich am Morgen hatte sie der König der Raben angerufen, um ihr zu mitzuteilen, wie enttäuscht er gewesen sei, dass sie einfach so weggegangen war. Er wollte sie so schnell wie möglich wiedersehen, um ihr »anregendes Gespräch« fortzusetzen.

Sie weigerte sich, eine feste Verabredung zu treffen, trotz des Ärgers, den sie aus seiner Stimme heraushörte, und versprach, ihn zurückzurufen. Er war ein Kenner.

Als sie auflegte, spürte sie, wie ihr Herz klopfte. Sie war noch nicht sicher, ob sie ihn wiedersehen konnte, ohne ein Risiko einzugehen.

Wie hatte sie sich so von ihren Gefühlen mitreißen lassen können? Von Gefühlen konnte eigentlich gar keine Rede sein. Es war nicht das erste Mal, dass sie mit einem Mistkerl schlief. Nach ihrer bitteren Erfahrung waren die meisten Männer Mistkerle, und der König der Raben war nicht besser und nicht schlechter als die meisten Leute, die Macht besaßen.

Was unterschied ihn von all den anderen, bei denen sie sich freiwillig oder widerwillig prostituiert hatte? Die Ähnlichkeit mit ihrem Vater in der Haltung, dem Blick … Sie musste reagieren. Er war nicht ihr Vater, und sie brauchte ihn. »Er ist nicht mein Vater, mein Vater ist tot«, sagte sie sich immer wieder und versuchte dabei ruhig zu atmen. Mein Vater ist für immer tot, seit ich sechzehn bin.

Freitagnachmittag

Martin schritt im Nieselregen an den Quais entlang. Er wusste nicht, ob er nach Hause gehen oder endlos lange weiterlaufen sollte, um herauszufinden, welchen Sinn sein Leben hatte.

Er würde bald Vater. Man hatte ihm seine Ermittlungen weggenommen. Man hatte offiziell eine andere an seine Stelle gesetzt …

Den Mörder des Detektivs würde man nicht aufgrund einer umfassenden Auswertung aller Spuren und Indizien finden, sondern nur durch Zufall, durch puren Zufall, davon war er überzeugt. Wie bei Thierry Paulain, dem Mörder alter Frauen, oder Guy Georges, dem Mörder im Pariser Osten.

Bei dem Mann, der Laurette überfallen hatte, war es vermutlich dasselbe. Morgen oder in zehn Jahren würde durch Zufall eine neue Spur entdeckt werden, durch die Aussage eines Mithäftlings oder durch ein bis dahin unbeachtetes Indiz, außer der Täter würde sich selbst stellen, was häufiger vorkam, als man dachte.

Wie konnte man sein ganzes Leben lang einen Beruf ausüben, bei dem die Wahrscheinlichkeit des Erfolgs gleich groß war, egal, ob man nur dasaß und nichts tat oder unablässig arbeitete? In Frankreich waren kürzlich zwei Serienmörder gestellt worden. Der erste war schon wegen eines minderen Delikts im Gefängnis gewesen und wurde von seiner Frau denunziert. Der zweite war gerade entlassen worden und hatte nichts Eiligeres zu tun gehabt, als eine Frau und ein Mädchen zu töten, und dabei so deutliche Spuren hinterlassen, dass die Ermittler ihren Augen nicht trauten.

Der Text würde erst am nächsten Morgen in den Zeitungen stehen. Zu spät für das nächste Opfer? Er hätte Roussel davon berichten müssen, bevor er ihn an die Zeitungen schickte, aber Roussel hätte das Erscheinen um mindestens vierundzwanzig Stunden verzögert.

Das war Umgehung des Dienstwegs.

Er hatte es Nathalie Landowski gesagt. Sie hatte darüber nachgedacht und sein Vorgehen gebilligt. Sie hatte sich außerdem noch eine Nummer von der Telecom geben lassen, auf der die Leute anrufen konnten.

Martin überquerte die Straße und betrat die Conciergerie durch eine Tür, die er sonst nie benutzte. Er musste seinen Dienstausweis vorzeigen, damit man ihn hereinließ.

Laurettes Tür war versiegelt. Er klappte sein Messer auf und schnitt das Band zwischen Tür und Türrahmen durch. Wer nicht zu genau hinsah, würde es nicht bemerken.

Er nahm einen Dietrich, der aussah wie ein Zahnarztinstrument, drehte damit den Schlossriegel um und drang in das Büro ein, das er so gut kannte, schloss die Tür und schaltete die Deckenleuchte ein.

In dem kleinen Raum war es kalt, und es roch nach Staub. Auf den Möbeln und an den Wänden sah man die Spuren des Fingerabdruckpulvers. Laurettes Schreibtisch war achtlos zur Seite gerückt worden. Man hatte Schubladen geöffnet und nicht wieder geschlossen. Ihre Nippsachen, das Telefon, die Lampe waren in eine Ecke des Zimmers geräumt worden.

Den Teppich hatte man zwecks weiterer Untersuchungen mitgenommen, und die Umrisse ihres Körpers waren schematisch mit weißschwarzem Klebeband auf dem Fußboden festgehalten.

Martin stellte Schreibtisch und Stuhl so hin, wie er sie in Erinnerung hatte, schob die Schubladen hinein, reinigte die Sitzfläche und setzte sich genau dahin, wo Laurette gesessen hatte, direkt gegenüber der Stelle, an der er als Besucher Platz genommen hatte.

Laut Bericht des Gerichtsmediziners war sie zwischen ihrem Schreibtisch und der Tür niedergeschlagen worden. Man hatte sie auf dem Bauch liegend gefunden, mit dem

Kopf zum Schreibtisch hin, die Beine Richtung Tür. Das heißt, sie drehte dem Täter den Rücken zu (um ihm zu entkommen? Um zu ihrem Schreibtisch zu gelangen?), als er auf sie zuging und zuschlug. Aber sie hatte die Schläge von vorn abbekommen. Der Bericht zog den Schluss, dass sie unter der Wucht des ersten Schlags eine halbe Drehung gemacht hatte, bevor sie hinfiel. Das war logisch.

Es sei denn, der Täter hätte sich bereits *in ihrem Büro befunden.* Sie hatte es geöffnet und hatte ihm oder ihr gegenübergestanden. Sie hatte ihn nicht gleich gesehen, da sie aus dem beleuchteten Flur kam, aber für den Unbekannten oder die Unbekannte war ihre Gestalt bestens zu erkennen und er – oder sie – brauchte nur zu zielen und zuzuschlagen.

In diesem Fall hatte der Täter einen Schlüssel oder eine Kopie, oder Einbrecherwerkzeuge wie Martin. Somit hatte er für die These, dass er selbst der Schuldige war, ein weiteres Indiz beigesteuert.

Wer konnte den Schlüssel von Laurettes Büro besitzen? Ein Freund oder Liebhaber? Nein. Dem gab man den Wohnungsschlüssel, nicht den vom Büro. So war es plausibler, sich vorzustellen, dass der Täter im Haus arbeitete. Ein Polizeibeamter oder ein Justizangestellter, der einen Generalschlüssel oder ähnliche Werkzeuge wie Martin hatte. Immer wieder kam er darauf zurück.

Wenn der Überfall sich wirklich so zugetragen hatte, wie er vermutete, änderte das alles.

Er versuchte sich noch genauer daran zu erinnern, wie es war, als er und Laurette weggegangen waren. Nein, er musste noch etwas weiter zurückgehen. Er versuchte sich an die genauen Worte Laurettes zu erinnern, um sie mit dem Geschehen in Verbindung zu bringen. Er sagte sie leise vor sich hin.

»Wird heute Nacht jemand sterben?«, hatte Laurette gefragt, als sie noch auf ihrem Platz saß.

»Millionen Menschen werden heute Nacht sterben, und man kann nichts daran ändern.«

Laurette war rot geworden.

»Sie wissen genau, was ich sagen will. Irgendjemand könnte heute Nacht umgebracht werden, weil ein Mörder unterwegs ist.«

»Vielleicht, aber weder Sie noch ich werden ihn daran hindern zu töten. Jedenfalls nicht heute Nacht. Gehen Sie jetzt zu Ihrem Abendessen.«

Sie hatte den Raum wenige Augenblicke nach ihm verlassen. Ein paar Augenblicke später.

Er hatte auf dem Flur gewartet, während sie die Tür abschloss.

Was hatte sie in den Sekunden gemacht, in denen er sie aus den Augen verloren hatte? Ihre Sachen zusammengepackt? Nein, das war schon geschehen, denn sie hatte ja gerade gehen wollen, als er gekommen war.

Zwei Minuten später sagten sie sich auf der Straße auf Wiedersehen. Als er sie auf die Wange küsste, hatte er bei ihr ein leichtes Zögern gespürt, als wolle sie ihm noch etwas sagen.

Aber Martin hatte gedacht, das Zögern habe etwas mit ihm zu tun. Sicher war sie besorgt, weil sie in ihrem Büro etwas vergessen hatte. Nein, sie hatte es lieber oben lassen wollen, und jetzt, als sie sich von Martin trennte, beschloss sie, doch hinaufzugehen und es zu holen.

Da war sie auf den Täter gestoßen. War er aus demselben Grund wie sie dort?

Wenn das so war, dann war es kein geplanter Überfall, sondern die Reaktion eines Diebs, der auf frischer Tat ertappt wurde und die Nerven verlor. Er war vermutlich schon da gewesen, irgendwo im Flur versteckt, als Laurette und Martin gegangen waren. Er hatte sich sicher gefühlt, und so war er höchst überrascht gewesen und hatte durchgedreht. Er hatte allerdings vorsorglich einen Schlagring oder Knüppel mitgenommen und somit vorgehabt, Laurette im Notfall zu beseitigen.

Martin sah das Zimmer nun mit anderen Augen an. Wenn Laurette hier das geheimnisvolle Objekt, nach dem sie suchte, versteckt hatte, konnte es durchaus noch da sein.

Es gab in dem Büro keine weiteren Spuren von Unordnung als die, die der Überfall und die Kriminaltechnik hinterlassen hatten. Nichts wies darauf hin, dass der Raum systematisch durchsucht worden war. Bevor Laurette aufgetaucht war, hatte der Täter keine Zeit gehabt zu suchen, und danach war er in Panik geraten.

Wonach musste Martin suchen? Nach einem Brief? Einem Heft? Einer Kassette? Etwas, das eher klein und von niemandem bemerkt worden war. Martin dachte an den *Gestohlenen Brief* von Edgar Allen Poe. Das beste Versteck für einen Gegenstand war, ihn einfach offen herumliegen zu lassen, vor allem, wenn es sich um etwas ganz Gewöhnliches, Harmloses handelte.

Er sah sich den Inhalt der drei Schubladen an, zog sie heraus und schob sie wieder hinein. Nur eine war abschließbar, doch das Schloss war aufgebrochen worden und der Schlüssel drehte sich um sich selbst.

Laurette hatte keinen Tresor. Er öffnete und schüttelte alle Bücher, Zeitschriften aus, untersuchte Konsolen, Fußleisten und Steckdosen.

Irgendwo war etwas – musste etwas sein –, das die Richtigkeit seiner Theorie bewies. Er war dabei, die Grenzen rationalen Denkens zu überschreiten.

Vielleicht war sein theoretisches Gerüst richtig, vielleicht war es falsch oder nur zum Teil richtig … Zu viel Wenn und Aber.

Wenn es diesen Gegenstand gab, konnte er ebenso gut bei Laurette wie hier sein. Wenn sie aber aus einem ganz anderen Grund wieder nach oben gegangen war? Wegen eines Berichts, den sie vor dem Einschlafen lesen wollte, aus Angst, die Tür nicht abgeschlossen zu haben, oder wegen irgendetwas anderem. Ein Großteil dessen, was man täglich tat, gehorchte keiner Logik. Martin hatte damit Erfahrung.

Er war müde und sah auf die Uhr. Es war schon sieben Uhr abends. Er war trotz der eisigen Luft in dem Raum schweißgebadet vom Suchen.

Er ging und schlug die Tür hinter sich zu.

Als er schon halb zu Hause war, begriff er, was er übersehen hatte. Er lächelte. Der gestohlene Brief.

Diesmal war es schwerer, das Schloss zu öffnen, und er war richtig erschöpft, als es ihm endlich gelang.

Er ging direkt auf den Schreibtisch zu, zog den Schlüssel aus der Schublade und sah ihn sich genau an. Ein goldfarbener Schlüssel, zu lang und zu fein für das einfache Schloss an der Schublade. Kein Wunder, dass er nicht fasste und durchdrehte. Das Ende des Schlüssels war fein geriffelt, und auf dem Schaft war eine lange Nummer eingraviert. Es war der Schlüssel zu einem Bankschließfach.

Dieser Schlüssel eröffnete interessante Perspektiven. Was war in dem Schließfach? Das Problem hatte sich verlagert. Bevor er weitermachte, beschloss Martin, einige Vorsichtsmaßnahmen zu ergreifen.

Kapitel 19

Am frühen Freitagabend

Der Paparazzo starb viel zu früh und in einem Zustand größter Verwirrung.

Wie vorausgesehen, hatte er Magdalena vorgeschlagen, zu ihm nach Hause zu gehen, und hatte ihr einen Kaffee angeboten. In seiner engen Küche hatten sich ihre Körper berührt, und sie war dem nicht ausgewichen. Im Gegenteil, sie legte ihm sogar die Hand auf die Hüften, während die Kaffeemaschine heiß wurde.

Sie drehte sich um, küsste ihn auf Mund und Hals und ging vor ihm in die Knie. Schnell zog sie ihm die Hose herunter und die Unterhose bis zum Knie, nahm sein Glied in die Hand, das sich aufzurichten begann, betastete die rechte Leiste und stach die Nadel ihrer kleinen Spritze in die Ader, so nah wie möglich am Durchfluss der großen Beinarterie.

Er stieß sie instinktiv von sich, aber die Droge tat schon ihre Wirkung. Er versuchte zu schreien, doch die Worte erstarben in seiner Kehle. Er schwankte, versuchte sich aufrecht zu halten, indem er sich an einen Schrank klammerte. Der Schrank fiel auf sie beide. Sie hatte gerade noch Zeit, ihren Kopf durch eine schnelle Bewegung vor den herabstürzenden Konservendosen in Sicherheit zu bringen. Ihr Opfer lag am Boden und zitterte am ganzen Körper, die Augen halb geschlossen. Sie zog ihm die Hose hoch, schloss den Hosenschlitz und den Gürtel. Sie hatte nur wenige Minuten

Zeit, um ihn zu fesseln, denn die Wirkung von Thiopental war ebenso schnell wie schädlich.

Aber nichts lief wie geplant. Als sie ihn aufs Bett legte, wurde der Körper des bewusstlosen Mannes von Krämpfen geschüttelt und entglitt ihr. Sie ließ ihn auf den Boden fallen und drehte ihn auf den Bauch, damit er nicht an seinem Erbrochenen erstickte. Plötzlich wurde er ruhig, und sein Atem stockte. Sie horchte nach den Herzschlägen. Ein paar Sekunden später hörten auch sie auf. Dabei war die Dosis genau richtig gewesen, vielleicht für seinen Körperumfang zu gering. Ein Kollaps. Sie fluchte. Sie konnte alles vorhersehen, nur keine Allergie gegen Barbiturate. Zwei Misserfolge hintereinander. Das Schicksal war ihr nicht hold.

Sie durchsuchte die kleine Wohnung gründlich. Eine schmutzige Junggesellenwohnung voller hässlicher unnützer Gegenstände. Eine Sammlung weiblicher Figuren in Unterwäsche auf einem wackeligen Regal, Autozeitschriften und abgewetzte Lederjacken auf dem Fußboden, Haufen schmutziger Kleidung. Wie konnte man es in einer so abstoßenden Umgebung aushalten? Nur das Fotomaterial in zwei großen Taschen war vom Dreck verschont geblieben. Sie fand den Vertrag mit dem Detektiv in einem Stapel nutzloser Papiere. Ein brauner Umschlag war mit einer Büroklammer an zwei zerknitterten Blatt Papier festgemacht. In dem Umschlag steckten mehrere Fotos einer jungen Blondine, deren Gesicht sie schon gesehen hatte, eine Schauspielerin oder Fernsehmoderatorin, dazu ein Mann in reiferem Alter, der recht gut aussah und dem sie schon mit Francis begegnet war. Vielleicht ein Abgeordneter oder Minister. Sie nahm die Fotos und den Vertrag an sich, um sie zu vernichten. Wieder ein überflüssiger Mord.

Sie rief sich alle Stellen ins Gedächtnis, die sie hatte berühren können, und wischte sie mit einem dreckigen T-Shirt aus einem Stapel ab, dann legte sie es an seinen Platz zurück.

Mutlosigkeit überkam sie. Das war nicht nur ein Zeichen für die vorübergehende depressive Verstimmung nach jedem Mord, sondern die plötzliche Überzeugung, dass sie es nie schaffen würde, dass sie am Ende zu viele Unwägbarkeiten daran hindern würden, ihre Aufgabe zu erledigen. Am besten, sie gab auf. Sie hatte Geld, viel Geld, und die meisten ihrer Konten befanden sich nicht in Frankreich. Wenn sie aber untertauchte, musste sie Frankreich verlassen, und das hieß, dass sie auch Francis aufgeben musste. Er würde ihr nicht folgen. Sein Leben war hier. Allein schon der Gedanke war unerträglich.

Freitagabend

Jeannette fühlte sich leer. Sie hatte Zoé für die Nacht zu ihrer Mutter gebracht, um sich ein wenig auszuruhen. Sie beschloss, ein ausgiebiges heißes Bad zu nehmen und in der Wanne einzuschlafen.

Die Besprechung mit Landowski hatte fast vier Stunden gedauert. Die Kommissarin hatte alles wissen wollen, bis ins kleinste Detail. Andauernd hatte sie nach den bisherigen Ergebnissen gefragt. Jeannette hatte sich schon fast gefühlt wie ein Verdächtiger in einem Verhör.

Heute Abend gab es niemanden, auf den Jeannette nicht sauer war. Olivier warf sie vor, der neuen Chefin gleich schöne Augen gemacht zu haben, und das, wo er immer solche Macho-Sprüche im Munde führte. Landowski fand sie anstrengend, sie war sauer auf die gesamte Polizeihierarchie und besonders auf Martin, durch den sie sich verraten fühlte. Mit welcher Gelassenheit er den Fall einfach abgegeben hatte. Als habe das keinerlei Bedeutung. Als ob die Jagd auf diesen unsichtbaren, perversen Mörder ihm unwichtig sei. Als würde ihre gemeinsame Arbeit nicht zählen.

Vor allem das machte ihr zu schaffen. Sie mochte es, mit Martin voranzukommen, ihm zu beweisen, was sie wert war, ihn manchmal sogar zu überholen, seinen Blick aufzufangen, wenn er sich von ihrem Engagement überrascht zeigte. Sie hätte die Ermittlungen im Fall von Stéphane Holliez nicht so weit vorangetrieben, wenn sie nicht Martins Bewunderung hätte erregen wollen.

Noch nie war sie sich selbst gegenüber so ehrlich gewesen. Was bist du für eine dumme Kuh, dass du dabei bist, dich in deinen Chef zu verlieben.

Es klingelte an der Tür. Es war ihre Nachbarin, die ständig nervte, weil sie sich Nudeln, Salz oder Milch auslieh, als könne sie nicht selbst im kaum zweihundert Meter entfernten Supermarkt einkaufen.

Sie beschloss, nicht an die Tür zu gehen, aber die Nachbarin ließ nicht locker.

»Verdammt«, murmelte Jeannette, »sie hat das Auto gesehen und weiß, dass ich da bin.«

Sie hatte keine Lust gehabt, es in die Garage zu stellen. Und außerdem führte sie schon Selbstgespräche.

Genervt stieg sie aus der Badewanne, zog den alten Bademantel ihres Ex-Mannes an und ging an die Tür, wobei sie eine Wasserspur auf den Kacheln hinterließ.

Es war Martin.

Sie war wütend auf sich.

Zwar schminkte sie sich kaum, aber das bisschen Mascara, das sie auf den Wimpern hatte, war ihr sicher an den Wangen heruntergelaufen, ihre Haut sah bestimmt aus wie die rote glänzende Schale eines Hummers, der gerade aus dem Kochtopf kommt, ganz abgesehen davon, wie sie in dem alten Bademantel wirken musste, den sie längst hätte wegwerfen sollen. Und wie lange hatte sie sich die Beine nicht mehr rasiert?

»Kann ich reinkommen?«, fragte Martin.

Sie suchte verzweifelt nach einem guten Grund, um ihn abzuweisen, aber ihr Kopf weigerte sich zu arbeiten.

»Tut mir leid, dich zu stören«, sagte er ohne das geringste Anzeichen von Bedauern. »Wir müssen unbedingt reden.«

»Wenn du nichts dagegen hast, ziehe ich mich erst mal an.«

Martin nickte zustimmend, während Jeannette schon ins Badezimmer lief.

Sie wischte den beschlagenen Spiegel über dem Waschbecken ab und stieß einen Schrei aus. Sie sah noch schlimmer aus, als sie gedacht hatte. Ihre Augen waren schwarz umrandet, sie hatte Hexenaugen, wie ihre Tochter das nannte, und auf ihrem Kinn hatte sich ein hinterhältiger Pickel gebildet, seit sie nach Hause gekommen war. Das glänzende Karminrot ihrer Wangen ließ etwas nach, aber das machte den Pickel nur umso deutlicher sichtbar.

Sie zog String, Jeans und T-Shirt an und verzichtete auf den BH (sonst hätte sie noch durch die Wohnung laufen müssen), dann prüfte sie, ob sich ihre Brüste nicht zu deutlich durch den Stoff abzeichneten, und entfernte die Mascara-Spuren auf Lidern und Wangen.

Als sie ins Wohnzimmer kam, stand Martin da und drehte den Würfel mit den Fotos von Jeannette, ihrer Tochter und ihrem Ex-Mann mit zweifelndem Blick herum.

Jeannette nahm ihm den Würfel aus der Hand und stellte ihn ins Regal zurück.

»Möchtest du etwas trinken?«, fragte sie ihn.

»Nein, danke.«

Er zog ein längliches Geschenk aus seinem Mantel. »Für deine Tochter.«

Jeannettes Wut legte sich sofort. Ein Geschenk für ihre Tochter, und schon streckte sie die Waffen.

»Es ist eine Puppe«, erklärte Martin.

»Danke. Zoé ist nicht da. Ich gebe sie ihr, wenn sie wiederkommt.«

»Du wolltest doch hoffentlich nicht ausgehen?«

Warum bin ich nicht darauf gekommen, das wäre eine gute Ausrede gewesen, dachte Jeannette. Zu spät.

»Dann umso besser. Was ich dir zu erzählen habe, dauert vielleicht eine Weile. Aber ich glaube, es wäre nicht klug, es für mich zu behalten.«

Er legte den Schlüssel aus Laurettes Büro auf den Tisch.

»Man weiß nie, was noch kommt.«

Freitagabend

Francis war auf Dienstreise in Belgien. Er übernachtete in Brüssel.

Sie besuchte den König der Raben in seiner Wohnung in der Rue Frégoli. Als sie läutete, hatte sie Herzklopfen. Eine Mischung aus Angst und Erwartung.

Seit ihrer letzten Begegnung hatte sie sich vor diesem Moment gefürchtet. Als er öffnete und sie seinen schwarzen kalten Blick sah, hatte sie ein Gefühl der Verletzlichkeit. Sie hätte sich gern gegen dieses ungewohnte Gefühl gewehrt, aber sie ließ sich einfach gehen, neugierig, in welche Sphären er sie bringen würde. Als er sie am Arm berührte, wurde ihr schwindlig, aber sie beherrschte sich, und dann brachen entgegen ihrem Willen alle Deiche. Sie hörte sich schreien und weinen, in weiter Ferne, und alles verschwand. Sie wachte allein auf, die Beine gespreizt, schweißgebadet. Als sie langsam zu sich kam, hörte sie ihn im Nebenzimmer, er wusch sich und telefonierte.

War sie auf einmal Epileptikerin geworden? War das ein Anfall von Hysterie gewesen? War es möglich ... Allein die Idee war abscheulich, unerträglich, aber sie hatte nicht überlebt, um den Kampf gegen das Unerträgliche einfach aufzugeben. War es möglich, dass er für sie die Reinkarnation ihres Vaters darstellte? War es möglich, dass sie von diesem Mann unwiderstehlich angezogen wurde, nur weil er sie an den schlimmen Peiniger erinnerte, der sie geschmäht und zerstört hatte?

Der König der Raben vögelte sie erneut. Er bewegte sich heftig, seine Arme zitterten unter der Anstrengung. Sein tiefrotes Gesicht hing über dem ihren, Schweißperlen standen auf seiner gefurchten Stirn. Diesmal empfand sie nichts, nicht einmal Abneigung, und das verschaffte ihr große Erleichterung. Sie spürte, dass er dem Höhepunkt nahe kam, gab die passenden Geräusche von sich und presste die Schenkel zusammen. Beim Orgasmus schrie er auf, Speichel lief ihm aus dem Mund, die Adern an seinen Schläfen waren so geschwollen, dass sie gleich zu platzen schienen.

Er machte sich abrupt los, drehte sich auf die Seite und ging wieder ins Badezimmer. Er benutzte kein Präservativ, aber wusch sich immer nach der Liebe, was im Fall von HIV völlig nutzlos war. War es ein Reinigungsritual?

Als er zurückkam, war sie schon angezogen.

»Ich hätte mir gewünscht, dass Sie noch ein wenig dableiben«, sagte er.

»Was für eine Potenz! Ein drittes Mal, und das so schnell?«

»Daran habe ich nicht gedacht«, sagte er, »jedenfalls nicht sofort. Ich hatte Lust, mich mit Ihnen zu unterhalten.«

Monologe zu halten, korrigierte sie ihn innerlich und setzte sich wieder auf den Bettrand.

»Und worüber sollen wir sprechen?«, sagte sie in bewusst provokantem Ton.

Er schien verwirrt. Er ist zerbrechlich, sagte sie sich und empfand plötzlich Verachtung für ihn. Nicht wie mein Vater. Seine Kraft ist künstlich. Ohne seine Assistenten und sein Viagra, ohne den Blick der anderen ist er nichts. Sie streichelte ihm die Hand, dann sein Glied. Er setzte sich neben sie.

»Jemanden wie Sie hätte ich gern kennengelernt, als ich jung war«, sagte er. »Ich hätte Sie geheiratet, und wir hätten gemeinsam große Dinge vollbracht.«

»Das haben Sie doch allein getan«, sagte sie.

»Nein, im Grunde habe ich nichts getan, das sich lohnt, in einem Geschichtsbuch erwähnt zu werden. Allerdings habe ich einen klaren Kopf, vielleicht ist das meine einzige bedeutende Eigenschaft.«

Ein Stündchen der Selbstkritik, sagte sie sich. Was für eine unglaubliche Heuchelei.

»Sie haben doch einen Sohn«, sagte sie.

»Ich habe einen Sohn«, wiederholte er. »Aber er interessiert sich nicht für Politik.«

»Was macht er?«

»Er arbeitet im Auftrag des Senats für die Partei. Eine echte Pfründe. Aber reden wir von etwas anderem. Sie sind eine bemerkenswerte Frau. Ihre Meinung interessiert mich. Was würden Sie davon halten, etwas über die Vierzigjährigen in der Partei zu schreiben, wie sie denken, wie sie die neuen Strömungen einschätzen?«

»Über das, was die Jüngeren von Ihnen halten?«

Er lächelte.

»Nicht nur das, auch wenn das natürlich wichtig ist.«

»Wie weit müsste ich gehen, um zu erfahren, was sie wirklich von Ihnen und Ihrer Politik halten?«, sagte sie, indem sie ein wenig von ihm abrückte und ihn durchdringend ansah.

»Sie sind zu intelligent, als dass man Ihnen Grenzen setzen könnte«, sagte er und strich ihr mit dem Zeigefinger über die Lippen.

»Und zweimal in der Woche müsste ich Ihnen berichten, oder einmal pro Woche?«

»Warum nicht jeden Tag?«

Er streichelte weiter ihre Lippen, aber diesmal ersetzte er den Zeigefinger durch sein Glied.

Er verlangt von mir, seine engsten Mitarbeiter auszuspionieren! Dieser alte Mistkerl. Er verliert nie die Orientierung. Er war ihrem Vater doch sehr ähnlich. Von wie vielen anderen Frauen hatte er dasselbe verlangt? Was würde Francis sagen, wenn sie ihm erzählte, was sein angebeteter Chef von ihr wollte, und unter welchen Umständen ... Was würde er tun? Er war naiv, leichtgläubig, verliebt, aber nicht dumm. Wie konnte man auf seinen Posten gelangen und so wenig von der gewöhnlichen Schlechtigkeit der Menschen wissen?

Sie hatte keine Ahnung, was ein Verrat von solchem Ausmaß bei ihm auslösen würde. Verblüffung? Tödlichen Wahnsinn? Selbstzerstörung? Sie zitterte. Alles war noch besser als Selbstmord, denn das war der einzige Weg, auf dem es keine Umkehr gab, und das würde sie für immer zerstören. Aber zuerst musste der Mann, den sie gerade gewissenhaft lutschte, sie reichlich belohnt haben.

Kapitel 20

Samstagmorgen

Francis war schon gegangen, nachdem er ihr die Morgenzeitungen hingelegt hatte.

Sie trank ihren Kaffee aus, saß auf einem der hohen Barhocker aus Leder und Stahl am Küchentresen, als sie am Anfang der Kleinanzeigen im *Figaro* einen kleinen gerahmten Text sah, der ihre Aufmerksamkeit weckte.

»Personen, die mit einem Privatdetektiv namens Julien Duperrier beruflich oder privat in Beziehung standen, werden dringend gebeten, sofort folgende Nummer anzurufen. Es ist von größter Wichtigkeit und eine Frage von Leben und Tod.«

Ihr blieb die Luft weg, sie bekam einen Hustenanfall, ihr wurde schwindlig. Sie rannte ins Badezimmer und erbrach ihren Kaffee mit Galle vermischt.

Sie las den Text im *Figaro* erneut und suchte in den übrigen Zeitungen, ob der Artikel auch woanders erschienen war. Sie fand ihn im *France Soir* und im *Parisien*. Zahllose Gedanken schossen ihr wild durch den Kopf. Sie konnte kaum Ordnung hineinbringen. Wie ... Eine unkontrollierbare Angst hinderte sie daran, klar zu denken. Sie musste sich wieder fangen. Sie tastete auf dem Tresen nach einer Gabel und stach sich damit in die Innenseite ihres Schenkels, bis Blut austrat. Der Schmerz war kaum zu ertragen, aber sie hielt den Druck fast eine Minute lang aufrecht. Als sie die Gabel ins Spülbecken warf, hatte sie ihre Ruhe wiedergefunden.

Ihre ganze Strategie beruhte darauf, dass niemand einen Zusammenhang zwischen den fünf Morden herstellen konnte. Und doch war es jemandem gelungen. Aber wie? Und seit wann? Sie war sich sicher, nicht den kleinsten Fehler begangen zu haben. Sie hatte es geschafft, keinerlei Hinweise auf die letzten Mandanten des Detektivs zu hinterlassen. Wo hatte sie einen Fehler gemacht?

Unwillkürlich streckte sie die Hand nach dem Telefon aus. Dann schimpfte sie mit sich selbst und schleuderte das Handy wütend durch den Raum. Schon wieder verlor sie die Kontrolle. Das hatte gerade noch gefehlt.

Sie zog einen Jogginganzug an, steckte ein paar Sachen ein und verließ die Wohnung.

Jeannette war früh ins Büro gekommen, um sicherzugehen, dass die Nummer funktionierte. Sie konnten es sich nicht erlauben, auch nur einen Anruf zu verpassen. Das ganze Wochenende musste jemand rund um die Uhr am Telefon sein. Sie, Olivier, Landowski und andere Ermittler, die sie für diesen Fall hinzugezogen hatten, würden sich abwechseln. Sie saß am Schreibtisch, vor sich die Zeitungen, aufgeschlagen an der Stelle mit dem Text, und trank in kleinen Schlucken ihren lauwarmen Kaffee. Erst am späten Vormittag rechnete sie mit einem Anruf, aber man konnte nie wissen. Sie hatte gerade mit ihrer Mutter telefoniert und Zoé im Hintergrund schreien hören. Sie hatte offenbar einen Wutanfall gehabt, und ihre Großmutter hatte sie bestraft. Früher hatte die Kleine sich nie so aufgeführt. Jeannette fühlte sich schuldig. Das Leben mit ihrem Mann war eigentlich gar nicht so schrecklich gewesen, es war routiniert, ohne besondere Perspektiven, eine gute Kameradschaft mit ein paar wenigen glücklichen Momenten, ohne besondere Nähe, aber es war nicht sonderlich dramatisch gewesen. Wenn sich beide Mühe gaben, konnte es vielleicht anders werden ... Wäre es nicht für Zoé besser, wenn sie sich wieder versöhnten? Sollte sie den ersten Schritt tun?

Sich zu demütigen war nicht so schlimm, wenn das der Preis dafür war, dass Zoé glücklich wurde. War seine Geschichte mit einer Kollegin ernst, oder war es nur eine kurze Liaison? Sie war nicht eifersüchtig, überhaupt nicht, und dieser Mangel an Gefühl überraschte sie ein wenig. Irgendetwas hatte das zu bedeuten. Die Liebe zwischen ihnen war zu Ende. Aber war Liebe wirklich notwendig? War sie nicht manchmal eher eine Belastung?

Sie rief erneut ihre Mutter an. Zoé hatte sich beruhigt und spielte. Jeannette war so erleichtert, dass sie gar nicht reagierte, als ihre Mutter die Situation ausnutzte, um ihr ein paar Erziehungsprinzipien zu erläutern. Als die Ratschläge sich dann ständig wiederholten, unterbrach Jeannette sie.

»Entschuldige, Mama, aber ich habe einen Anruf auf dem Handy. Ich rufe später wieder an.«

Sie legte auf und stieß einen Seufzer der Erleichterung aus. Auch das gehörte zu den negativen Seiten ihrer Trennung. Doch im Grunde stimmte das nicht. Ihre Mutter hatte sie schon immer mit Ratschlägen traktiert. Aber jetzt musste Jeannette sie sich viel öfter anhören, als ihr lieb war.

Magdalena lief an einem Spielwarenladen vorbei und kaufte für neun Euro einen *voice scrambler*, ein elektronisches Spielzeug, mit dem man seine Stimme verzerren kann. Dann ging sie fünf Kilometer in schnellem Schritt und machte an einer Telefonzelle halt.

Eine Frau nahm den Hörer ab, stellte sich als Polizistin vor und fragte, was sie wolle.

»Ich rufe wegen der Anzeige im *Figaro* an«, sagte sie durch das Gerät.

»Danke für den Anruf. Würde es Sie stören, mir Ihren Namen zu nennen? Sie müssen es nicht unbedingt.«

»Eliane Rosier«, sagte sie schnell. »Können Sie mir erklären, worum es geht?«

»Madame Rosier, haben Sie mit Duperrier zu tun gehabt?«

»Hm ... Ja ...«

»Madame Rosier, was ich Ihnen sagen muss, ist von größter Wichtigkeit. Wir glauben, dass Sie vielleicht in Gefahr sind.«

»In Gefahr? Warum?«

»Wir müssen uns sehen, Madame Rosier. Können wir uns irgendwo treffen? Was ich Ihnen zu sagen habe, ist vertraulich. Monsieur Duperrier ist verstorben.«

«Wie? Was ist denn passiert?«

»Das möchten wir auch gern wissen. Die Ermittlungen laufen. Aber wir wollen uns nicht in Ihr Privatleben einmischen, sondern Sie schützen.«

»Sehr gut, ich komme in einer halben Stunde vorbei«, sagte sie.

»Warten Sie, Madame ...«

Sie hatte schon aufgelegt und verließ schnell, aber ohne zu rennen, die Telefonzelle. Die Bullen. Sie wussten es. Das hätte sie an der Anzeige schon erkennen können, aber wenn ein Polizist so etwas sagte, dann war das etwas anderes. Wörter und Gedanken wirbelten in ihrem Kopf durcheinander. Sie wussten es. Wie war das möglich? Natürlich wussten sie nicht, wer auf der Liste stand, sonst hätten sie keine Annonce veröffentlicht. Sie wussten also nicht viel, aber sie hatten einen Zusammenhang zwischen Duperrier und den vier anderen Toten hergestellt. Aber wie? Sie ging noch einmal der Reihe nach durch, was sie getan hatte, um zu begreifen, an welcher Stelle ihr dieser fatale Fehler unterlaufen war.

Und warum der Name Eliane Rosier? Wo hatte sie den bloß her? Aus welcher Tiefe ihres Gedächtnisses kam er? Sie hasste es, wenn sie unkontrollierte Äußerungen machte. Das war wie ein Spalt, durch den ein Feind zu ihr vordringen konnte. Zu spät. Das Malheur war geschehen. Sie redete leise mit sich selbst und schüttelte den Kopf.

Sie merkte, dass sie auffallen würde, wenn jemand sah, dass sie weder Handy noch Kopfhörer bei sich hatte. Sie riss sich zusammen und lief in kleinen Schritten davon.

Jeannette zögerte, bevor sie auflegte, als könne sie so den Kontakt zu der Unbekannten verlängern.

Sie hatte leichte Panik aus der Stimme der Frau herausgehört. Vielleicht würde sie noch einmal anrufen. Eine etwas näselnde Stimme mit einem leichten ausländischen, undefinierbaren Akzent.

Sie hörte das Gespräch mit geschlossenen Augen noch einmal ab. Nein, das war es nicht, es war etwas anderes … Aber was? Sie kam nicht darauf. Sie suchte im Telefonbuch nach Eliane Rosier. Es gab sie weder in Paris noch in den angrenzenden Departements. Eine Geheimnummer? Ein falscher Name?

Olivier kam herein. Sie spielte ihm das Gespräch vor.

»Der redet durch einen akustischen Sprachverzerrer«, sagte er auf Anhieb. »Ein elektronisches Gerät, das den Tonfall verändert. Damit kann man seine Stimme verstellen. Es funktioniert im Bereich der Zwischenfrequenzen.«

Jeannette zitterte.

»Warum sagst du ›er‹? Ich habe eher an eine Frau gedacht. Sie hat auch einen Frauennamen genannt.«

»Er oder sie, das kann man bei diesem Ding nicht sagen. Warum siehst du mich so an?«

»Warum benutzt diese Person bloß ein solches Gerät?«

»Ach verdammt, kapierst du das nicht? Das ist der Mörder.«

Jeannette spürte, wie sich die Härchen auf ihren Armen aufrichteten. Olivier hatte recht. Sie identifizierte die Nummer des Anrufers, eine Telefonzelle im 5. Arrondissement an der Ecke Boulevard Saint-Germain/Rue Monge.

Landowski kam, und Jeannette berichtete ihr.

Olivier ließ die Telefonzelle vom Kommissariat des Viertels überwachen. Ein paar Leute von der Spurensicherung fuhren hin, um Fingerabdrücke zu nehmen, aus reiner Routine.

Landowski hörte sich das Gespräch wieder und wieder an.

»Ich neige auch dazu zu glauben, dass es eine Frau ist«, sagte sie.

»Vielleicht will er, dass wir das denken«, sagte Olivier. »Eliane Rosier. Wenn es wirklich eine Frau wäre, hätte sie sich einen Männernamen ausgesucht.«

»Oder sie denkt, wir denken, dass sie uns das glauben machen will«, sagte Landowski. »So können wir ewig weitermachen.«

»Auf jeden Fall muss die Kriminaltechnik das Band analysieren«, sagte Jeannette.

Landowski stellte das Gespräch noch einmal an.

»Auf jeden Fall weiß er oder sie jetzt, dass wir die Morde miteinander in Verbindung gebracht haben«, sagte sie.

»Das war unser Risiko, aber es hat sich gelohnt«, sagte Jeannette. »Sie wird nachdenklich werden, und wenn damit ein Leben gerettet werden kann ...«

Samstagmorgen

Martin hatte schlecht geschlafen. Er hatte sich mit Marion gestritten, aber erinnerte sich nicht, womit der Streit angefangen hatte. Doch, er hatte am Abend vorher vergessen, ihr zu sagen, dass er spät nach Hause kommen würde, und sie hatte sich Sorgen gemacht. »Am schlimmsten finde ich, dass du mich zu etwas machst, was ich am meisten hasse, zu einer Hausfrau, die zu Hause sitzt und wartet, dass ihr Typ endlich kommt.«

Sie hatte recht, und er hatte sich schnell entschuldigt.

»Glaub nicht, dass du mit einer Entschuldigung davonkommst. Die Leute entschuldigen sich heutzutage andauernd, als ob das genügt, damit man ihnen verzeiht. Und danach fangen sie wieder an, als sei nichts gewesen. Du kannst dir deine Entschuldigung sonst wohin stecken.«

Dann hatte sie ihm den Rücken zugekehrt. Er hatte sich an sie geschmiegt und sie umarmt. Aber heute Morgen war sie ihm immer noch böse. Er war nicht aufmerksam genug, das gab er gerne zu. Seine Depression war vorüber, aber er verkroch sich in der egoistischen Einsamkeit des reifen Mannes. Vielleicht waren Männer über vierzig deprimiert oder einfach nicht dazu geschaffen, in einer Partnerschaft zu leben? Sich verlieben, schöne Abenteuer erleben, warum nicht? Aber eine neue Beziehung und jeden Tag dieselbe Intimität ... Dabei liebte er Marion.

Er wusste nicht, was sie an ihm fand. Und das war keine falsche Bescheidenheit. Sie begegnete täglich jüngeren, besser aussehenden, reicheren Männern als ihm. Er war intelligent, aber er war kein brillanter Gesprächspartner. Sein Beruf ... Marion war Journalistin und hatte nie die Illusion gehabt, dass der Beruf des Polizisten etwas Romantisches hatte.

Wenn er sich Mühe gab, konnte er die Frauen lieben. Vielleicht war es das, was sie an ihm schätzten. Nach all diesen Jahren war er immer noch genauso überrascht wie am ersten Tag von den Reaktionen seiner Freundinnen, Mitarbeiterinnen und von ihrer Art zu denken, die so anders war als die seine. Er langweilte sich nie mit Frauen, jedenfalls viel weniger als mit Männern. Und doch beklagten sie sich furchtbar gern, und das war oft ermüdend.

Im Gegensatz zu vielen anderen Männern zog er keinen bestimmten Frauentyp vor.

Marion war das Gegenteil von Myriam. Was ihn schon immer bei den Frauen angezogen hatte, war ihre Verschiedenheit. Außer seinem Beruf hatte er keine Leidenschaft und kein Hobby. Er angelte nicht, war auch kein Sonntagsmaler und konnte seine ganze Freizeit damit verbringen, Frauen zu beobachten. Er mochte ihre Art, sich ihren Emotionen zu überlassen, wenn es sein musste, selbst wenn das auf seine Kosten ging, doch er hatte es nicht geschafft, Myriam für immer an sich zu binden. Und an Tagen wie diesem fragte er sich, wie lange er es schaffen würde, Marion zu halten.

Er rief das Krankenhaus an. Laurette lag immer noch auf der Intensivstation, und ihr Zustand hatte sich nicht gebessert.

Martin kannte einen Schlüsselspezialisten, in den er große Hoffnungen setzte. Entweder er fragte ihn oder das LIPS und Bélier. Er schätzte ihre Fähigkeiten, aber er wollte sie nicht mehr als notwendig in seine geheimen Nachforschungen einbeziehen.

Bei Jeannette war das etwas anderes. Sie beide verband etwas, das weit über berufliches Einvernehmen hinausging. Er konnte in jeder Situation auf sie zählen. Und umgekehrt. Besonders seit dem vergangenen Sommer, als sie beinahe das letzte Opfer des Armbrustmörders geworden wäre. Obwohl sie sich fast nie außerhalb der Arbeit sahen, war sie die Einzige, der er sich in aller Offenheit anvertrauen konnte. Im Moment war sie etwas missmutig ihm gegenüber, aber vielleicht hatte er diesen Eindruck nur, weil er sich noch nicht ganz von seinen Depressionen erholt hatte.

Der Schlüsselexperte war ein pensionierter Banker. Martin hatte ihn vor fünfzehn Jahren kennengelernt. Er lebte allein in einer riesigen labyrinthartigen Wohnung im 9. Arrondissement, umgeben von unzähligen Büchern und einer beeindruckenden Sammlung von Schlüsseln und Schlössern von der Antike bis in die Gegenwart. Er sah schon selbst fast wie ein Schlüssel aus. Er war einen halben Kopf größer als Martin, hatte eine schlanke Figur und einen runden grauhaarigen Kopf auf schmalen Schultern.

Er bot Martin einen Kaffee an und untersuchte dann den Schlüssel.

»Es ist der Schlüssel zu einem Bankschließfach«, sagte der Spezialist sofort. »Das Standardmodell von vor zehn Jahren, wenn ich mich nicht täusche. Dieser hier wurde nicht in Frankreich hergestellt.«

Martin sah seine Hoffnung schwinden. Ein Schließfach im Ausland, das hatte gerade noch gefehlt.

Der Banker sah in einem dicken Nachschlagewerk nach und suchte dann noch ein paar Informationen im Internet zusammen. In der Viertelstunde, die er dafür brauchte, trank Martin langsam seinen Kaffee und sah sich das große Wohnzimmer an. Schlüssel und Schlösser überall. In Glasvitrinen, an den Wänden, auf Kommoden mit geschlossenen Schubladen (wahrscheinlich voller Schlüssel). Nicht das geringste Anzeichen dafür, dass hier eine Frau lebte. Merkwürdige Form der Sublimierung, sagte er sich, diese Obsession für Schlüssel und Schlösser. Das hätte Laurette gefallen.

Er durfte nicht in der Vergangenheitsform an sie denken. Sie war schließlich nicht tot.

»Man nennt es Safe, aber im Grunde ist es nur eine kleine Stahlkiste mit einem Schloss ohne Kombination.«

»In welchem Land könnte dieser Safe sein?«, fragte Martin.

»In welchem Land? Wahrscheinlich in Frankreich, wieso?«

»Aber haben Sie nicht gesagt, dass ...«

»... dass der Schlüssel im Ausland hergestellt wurde. Natürlich, aber das will nichts heißen. Die Deutschen und Italiener stellen hervorragende Tresore und Schlüssel her. Das macht uns die Suche einfacher. Wenn unser Schlüssel einer von zwölftausend wäre, den die Filialen der Société Générale bestellt haben, dann kämen wir nicht so schnell weiter.«

»Ich verstehe«, sagte Martin. »Und hier ...?«

»Das habe ich versucht, im Internet herauszufinden. Ich glaube, Ihr Schlüssel gehört zum Tresor einer italienischen Bank. Eine Bank, die fünf Filialen hat, eine in Paris in der Avenue Paul-Doumer und vier andere in Lyon, Marseille, Toulouse und Menton.«

Martin erinnerte sich, dass einer der Ex-Männer von Laurette Italiener gewesen war. Im Grunde liebte sie alles Italienische. Vielleicht hatte sie noch eine Bindung zu diesem Land.

»Ich danke Ihnen«, sagte er. »Ich komme jetzt allein zurecht.«

Er streckte die Hand aus, um den Schlüssel an sich zu nehmen, aber der Bankier behielt ihn in der Hand und lächelte abweisend.

»Und Sie glauben, dass Sie ohne Weiteres an diesen Safe herankommen?«

»Warum nicht? Ich bin Polizist und führe Ermittlungen durch.«

»Was ich herausgefunden habe, dafür hätte Ihr Labor kaum länger gebraucht. Aber Sie haben mich gefragt, weil es eine inoffizielle Ermittlung ist.«

»Das stimmt. Ich kann keinen Durchsuchungsbefehl vorweisen, aber ich könnte in derselben Bank ein Schließfach mieten, und dann käme ich ...«

»Tun Sie doch nicht naiver, als Sie sind. Eine ausländische Handelsbank vergibt Safes nur an ihre eigenen Kunden. Und angenommen, Sie könnten einen mieten, was würden Sie tun, wenn ein Bankangestellter mit Ihnen im Tresorraum bleibt? Und wenn man einen zweiten Schlüssel oder eine Zahlenkombination braucht?«

Er hatte recht. Das waren schlechte Aussichten.

»Wenn Sie mir Ihre Geschichte erzählen und sie mir legitim erscheint, dann gibt es eine geringe Chance, dass es mir gelingt, den Bevollmächtigten der Banco Ambrosiana zu überzeugen, Ihnen Zugang zum Tresor zu gewähren.«

»Einfach so, ohne offizielles Dokument?«, fragte Martin überrascht.

»Wir Banker sind die letzten großen Romantiker. Immer bereit, sich auf Abenteuer einzulassen. Wir glauben gern an schöne Geschichten. Deswegen werden wir auch so leicht beraubt.«

Samstag, am späten Vormittag

Der Bankangestellte wirkte gänzlich unromantisch und schien noch weniger zu Abenteuern aufgelegt. Oder aber er wusste es gut zu verbergen. Er schwitzte in seinem Hermès-Jogginganzug, und die über seinen gebräunten Schädel gekämmten Haare standen an den Seiten ab wie Pinsel.

Aber er war mit Martin im Tresorraum, den er speziell für ihn geöffnet hatte, und dieser fragte sich, welches Argument der ehemalige Bankier und Schlüsselspezialist wohl vorgebracht hatte, dass er so weit gekommen war. Er würde es wahrscheinlich nie erfahren.

Als er die Bank betrat, hatte Martin ein seltsames Gefühl gehabt, bei dem ihm eine ferne Erinnerung in den Sinn kam. Er war elf Jahre alt, seine Mutter war gerade gestorben, seine

Tante war bei ihm zu Hause und kümmerte sich um alles, bestimmte alles, als könne sie seine Mutter ersetzen. Aber sie wusste nicht alles. Zum Beispiel wusste sie nicht, dass Martin nicht in das verbotene Zimmer, das Büro seines Vaters, hineindurfte. Sie wusste auch nicht, dass Martin den Ort kannte, an dem der Schlüssel zu dem verbotenen Zimmer versteckt war. Und während die Freunde, Verwandten, Bekannten und Nachbarn im Zimmer seiner Mutter von ihr Abschied nahmen, hatte Martin sich den Schlüssel geholt und war in das Büro gegangen. In diesem Zimmer roch es nach Staub, hier waren viele Kassenbücher, dunkle Holzmöbel und seltsame Gegenstände, von denen er später erfuhr, dass sie aus Afrika stammten. Er erinnerte sich, als sei es gestern gewesen, an das erhebende Gefühl, vermischt mit Reue und Schuldgefühlen, das Verbot der Mutter übertreten zu haben, die ihm nun nichts mehr verbieten konnte.

Saß der Respekt vor dem Gesetz bei ihm so tief, dass die jetzige Übertretung seine Kindheitserinnerung wieder aktiviert hatte?

In dem kleinen marmorgefliesten Raum hallte es wie in einer Grotte. An einer der Wände des Parallelepipeds von vier mal sechs Metern standen die Schließfächer, je zwölf in fünf Reihen, von 1 bis 60 durchnummeriert und an der linken Seite mit einem winzigen Loch versehen. Sie erinnerten sehr an die Schließfächer in den Bahnhöfen, die in Frankreich seit den Terror-Attentaten der neunziger Jahre verschwunden, aber aus edlerem und viel soliderem Material gewesen waren.

Nach Anweisung des Bankers steckte Martin den Schlüssel in das Schloss 55, drehte einmal gegen den Uhrzeigersinn und zog die Tür zu sich heran.

In dem Fach befand sich ein länglicher Metallbehälter mit einem verschiebbaren Deckel und elektronischem Schloss.

Der Bankier nahm ihn und legte ihn auf den dafür vorgesehenen Tisch.

Martin wandte sich zu dem Bankier, der ihn verständnislos ansah.

»Vielleicht sollten Sie beim Öffnen nicht dabei sein. Ich sage das in Ihrem eigenen Interesse, damit Sie für die Sache nicht verantwortlich sind.«

Der Banker schien zu verstehen, was Martin ihm vermitteln wollte – obwohl Martin sich selbst nicht sicher war –, und zog sich bis zum Fuß der Treppe zurück.

Martin hatte mit allem gerechnet, nur damit nicht. Der Behälter war bis zum Rand mit Bündeln von Euroscheinen gefüllt, Zweihunderter, Hunderter, Fünfziger. Martin nahm die Scheine heraus und steckte sie in eine Reisetasche. Dabei ließ er sich nicht von der negativen Ausstrahlung des Bankers ablenken, die immer stärker wurde.

Auf den ersten Blick waren es mehrere Hunderttausend Euro. Er hätte eine viel größere Tasche mitbringen sollen. Wo und wie war Laurette an eine solche Summe gekommen?

Die Fragen würde er später stellen. Jetzt musste er aus dieser Bank heraus.

Der Banker konnte nicht umhin, neugierig auf die berstend volle Reisetasche zu blicken.

»Möchten Sie eine Quittung?«, fragte Martin liebenswürdig.

Der Mann machte eine heftige ablehnende Geste.

»Ich kenne Sie nicht und habe Sie nie gesehen. Wenn Sie je das Gegenteil behaupten, werde ich Sie als Lügner bezeichnen.«

»Machen Sie sich keine Sorgen«, sagte Martin. »Ich bin auf der Seite des Gesetzes. Sie werden keinerlei Schwierigkeiten haben.«

»Gehen Sie schnell. Ich muss schließen. Gehen Sie. Das ist das Einzige, worum ich Sie bitte.«

Kapitel 21

Samstagnachmittag

Sébastien Grossard, Rue de l'Université 227, 75007 Paris
Julie Rodez, Rue Anatole-France 22, 92700 Colombes
Stéphane Holliez, Rue Chaligny 15, 75012 Paris
Aymeric Tanguy-Frost, Rue Hallé 21, 75014 Paris
Georges Forrier, Impasse de la Gaîté 8, 75014 Paris
Alain Karief, Villa Monet 19, 75019 Paris
Catherine Amard-Fusin, Rue de la Croix-Nivert 82, 75015 Paris
Eloi Wilkiewitz, Rue des Rosiers 12, 75004 Paris
Valdek Mirmans, Rue Raynouard 12, 75019 Paris
Stéphanie Mallory, Allée des Rois 1, 78100 Saint-Germain-en-Laye
Jacques Faiglioli, Place de l'Horloge 33, 69000 Lyon

Sie starrte auf die Liste, zutiefst frustriert. Wenn die Polizei schon beim dritten Mord begriffen hatte, was der gemeinsame Nenner war, dann war nicht ausgeschlossen, dass sie noch mehr wusste. Nur eines war sicher. Sie besaßen die Liste nicht und hatten auch keine Möglichkeit, sie sich zu beschaffen, sonst hätten sie nicht den Zeugenaufruf veröffentlicht.

Allerdings konnte einer der acht Überlebenden auf der Liste die Polizei anrufen, und in diesem Fall würde die Falle zuschnappen. Sie musste nachdenken, aber alles war so verworren. Wenn die Person, die den Auftrag erteilt hatte, sie zu beschatten, die Polizei anrief, der … Ihr wurde ganz übel, doch sie überwand das unangenehme Gefühl.

Sie starrte unentwegt auf die Liste. Der dritte Name, das vage Gefühl, ihn irgendwoher zu kennen …

Sie musste schnellstens nachdenken und eine Lösung finden oder alles hinter sich lassen. Sich von Francis trennen? Ihr bequemes Leben und den angenehmen sozialen Status aufgeben? Sie war reich genug, um für immer in Australien, Brasilien oder anderswo unterzukommen, auch wenn Argentinien und die USA verbotene Zonen für sie waren. Aber sie hatte keinerlei Lust dazu. Geld war nicht alles. Hier in Paris hatte sie eine Heimat gefunden.

Sie liebte diese Stadt, hier konnte sie wirklich existieren, trieb nicht nur ein Spiel mit Kreditkarten und mehr oder weniger falschen Papieren. Sie lebte mit einem Mann, den sie liebte und er sie, was sie vor nicht allzu langer Zeit für ganz unmöglich gehalten hatte. Und sie war heute ganz nah an der Macht. Sie wollte nicht weg.

Sie hatte keine Wahl, musste einen Ausweg finden, und dazu musste sie erst mehr erfahren.

»Was machst du heute Nachmittag?«, fragte Francis, während er sein perfekt gebügeltes weißes Hemd zuknöpfte.

Die Art, wie er diese Frage stellte, erregte bei ihr keinerlei Verdacht. Ein Mann, der eine Frage an die Frau richtet, die er liebt.

»Ich gehe einkaufen und mache etwas Sport. Dann sehe ich mir eine oder zwei Ausstellungen an und gehe vielleicht ins Kino.«

»Du hast Glück.«

Er fuhr mit seinem Chef nach Brüssel zu einem Gipfeltreffen mit europäischen Parteivorsitzenden, von denen drei auch Regierungschefs waren.

Sie half ihm, seine Krawatte zu binden. Sie suchte ihm die Krawatten immer aus und freute sich insgeheim, dass er sie trug. Sie hatte gelesen, dass die Ritter im Mittelalter in Europa an ihre Lanze oder ihren Helm Tücher mit den Farben der jungen Adelsfräulein banden, denen sie Treue geschworen hatten. Francis war ihr Ritter, auch wenn sie nur wenig mit einem keuschen adligen Mädchen gemein hatte.

»Warum lächelst du?«, fragte er.

Sie küsste ihn sanft auf den Mund, dann gab sie ihm einen langen, innigen Kuss.

»Weil ich dich liebe. Und das macht mich froh.«

Die Antwort schien ihm zu genügen.

»Wann kommst du nach Hause?«, fragte sie.

»Heute Abend, nicht zu spät. Der Vorsitzende ist nicht mehr der Jüngste, und bei dem Leben, das er führt ...«

Sie nickte und sagte nichts weiter. Sie wusste, was sie wissen wollte. Am frühen Abend würde der König der Raben sie anrufen.

»Mach dir meinetwegen keinen Stress, meine Freundin Lucy ist gerade aus New York gekommen. Ich gehe heute Abend mit ihr essen, sie hat Geburtstag.«

Es hatte tatsächlich eine Lucy in ihrer Vergangenheit gegeben. Sie war eine Kupplerin gewesen und endete mit durchgeschnittener Kehle.

»Gut, ich gehe in den Club. Ich war lange nicht mehr trainieren.«

Francis war Schützenmeister gewesen. Wäre er aus einem einfacheren Milieu gekommen, hätte er Scharfschütze bei der Polizei oder Gendarmerie werden können oder Auftragskiller. Aber in seinen Kreisen war so ein Talent bestenfalls ein Hobby.

Sie bewunderte ihn. Sie erfand diese Lucy aus New York, und er hegte nicht den geringsten Zweifel oder Verdacht. Er respektierte ihre Freiheit. Manchmal war dieser völlige Mangel an Eifersucht fast frustrierend. Sie hatte noch nie einen Mann getroffen, der so wenig machohaft war. Oder so selbstbewusst.

Wie konnte jemand, der so aufrichtig und rein war, einem Menschen wie dem König der Raben zu Diensten sein, ihn schätzen und bewundern?

Wenn er je eine andere lieben würde … Sie spürte einen kalten Schauer am ganzen Körper. Wut und Verlangen. Das Verlangen, diese Kreatur, die es gar nicht gab, zu quälen und zu töten.

Er sah ihr in die Augen.

»Manchmal … Manchmal habe ich fast Angst vor dir«, sagte er. »Du hast einen Blick …«

»Was ist mit meinem Blick?«

»Er wird so … seltsam.«

»Ich habe gerade gedacht, wenn du mich nicht mehr lieben würdest, wäre ich zu allem fähig, ich würde die Frau umbringen, die meinen Platz in deinem Herzen eingenommen hat.«

»Sag so etwas nicht, mein Schatz, nicht mal im Scherz.«

»Du hast recht, das ist kein Spaß. Und es wird auch nie geschehen.«

»Nie«, sagte er und sah weg.

Es war das erste Mal, dass er so den Blick abwandte. Ein furchtbarer Zweifel ließ ihr das Blut gefrieren.

Als er wieder zu Hause war, öffnete Martin die Reisetasche und legte das Geld in Stapeln auf seinen Schreibtisch.

Marion überraschte ihn dabei, und ihr fielen fast die Augen aus dem Kopf, aber ihr Humor bekam gleich wieder die Oberhand.

»Ich wusste, dass du eines Tages damit anfangen würdest«, sagte sie.

»Bullen sind die besten Verbrecher«, gab Martin zurück. »Sie kennen alle Tricks.«

Marion berührte die Scheine mit einem Finger.

»Wie viel ist es?«

»Das möchte ich auch gern wissen. Besser, du hinterlässt keine Fingerabdrücke«, fügte er hinzu.

»Willst du damit sagen, dass du sie wirklich gestohlen hast?«

»Ich will damit sagen, dass ich nicht möchte, dass die Spurensicherung bei der Untersuchung des Geldes deine Fingerabdrücke darauf findet.«

»Das finde ich gar nicht komisch«, seufzte Marion. »Wir hätten uns ein Schloss am Meer kaufen können.«

In dem Moment kam Isa nach Hause. Ihr Gruß verwandelte sich in ein Stammeln. Hinter ihr erschien François, ihr neuer Liebhaber. Er trug zwei Einkaufstaschen, die ihm aus der Hand glitten und mit einem dumpfen Geräusch und nichts Gutes verheißendem Geklirr zu Boden fielen.

Martin seufzte. Es fehlten nur noch die Hausmeisterin und einer oder zwei Nachbarn. Er zeigte auf die Tüte mit den Plastikhandschuhen.

»Also gut, wo ihr schon mal da seid, zieht die Handschuhe an und helft mir zählen.«

»Können wir ein bisschen was davon behalten?«, fragte Isa.

Im Gegensatz zu Marion meinte sie es ernst.

»Nein«, sagte Martin, »das kommt nicht in Frage. Entweder sind es gefälschte Scheine, oder sie stammen aus einem Einbruch und die Nummern sind registriert. Oder mit unsichtbarer Tinte markiert. Also hört auf zu träumen. Stellt euch einfach vor, es wäre kein Geld, sondern nur buntes Papier.«

»Erzähl mal, wo es herkommt«, sagte Marion.

»Das ist eine lange Geschichte«, sagte Martin. »Erst zählen wir, dann erzähle ich.«

Jeannette hoffte den ganzen Tag, dass noch ein anderer Mandant – oder besser gesagt, ein echter Klient des ermordeten

Detektivs auf der Nummer anrufen würde. Aber das Telefon blieb stumm. Die Anzeige sollte die ganze Woche hindurch erscheinen, aber Jeannette zweifelte daran, dass sie ihren Zweck erfüllen würde. Niemand gibt gern zu, dass er seine Frau beobachten lässt, dass er seinen Schwiegersohn des Diebstahls verdächtigt und seine Freundin der Untreue …

Vielleicht müsste man die Anzeige ändern, sich deutlicher ausdrücken. Mit dem Risiko, Dutzende, Hunderte Anrufe von Verrückten zu erhalten und nicht mehr zur eigentlichen Arbeit zu kommen.

Olivier, Landowski und sie sahen sich die Berichte über die Toten der letzten Nacht genau an und achteten besonders auf Herzkreislaufversagen.

Sie riefen in Krankenhäusern an, sprachen kürzer oder länger mit überlasteten und genervten Ärzten, die ihre Fragen nicht verstanden.

Nichts kam ihnen verdächtig vor. Entweder dem Mörder fehlte es an Inspiration, oder sein letzter Mord war noch nicht entdeckt worden.

Sie organisierten den Telefondienst neu. Jeannettes Mutter konnte Zoé nicht das ganze Wochenende bei sich behalten. So war das immer. Wenn sie Jeannette half, dann jeweils nur für kurze Zeit. Und die andere Großmutter – die Mutter ihres Ex-Mannes – lebte in Provins, zu weit entfernt, um mal eben auf das Kind aufzupassen. Aber Jeannette vertraute ihr sowieso nicht, das konnte sie sich heute eingestehen.

Auf was hatte sich Martin da bloß eingelassen? Einerseits konnte sie verstehen, dass er es tun musste, weil Fournier ihn erpresste … Aber es schien ihm auch gut zu passen. Sie hatte bei ihm heimliche Freude gespürt. Was hatte er wirklich gesucht, als er diese inoffizielle Ermittlung übernahm, die andere Polizisten in Schwierigkeiten bringen konnte? Wollte er sich nur schützen? Oder entdeckte er gerade seinen Sinn für Manipulation und Macht, der ihm bisher gefehlt hatte? Schon wieder war sie erstaunt über die Veränderungen, die sie an ihm feststellte.

Samstag, früher Abend

Martin und Fournier hatten sich im hinteren Raum der Bar an der Place de la Bastille verabredet, auf der Seite des Boulevard Henri IV. Eine angenehme Bar, geräumig und, oh Wunder!, nicht zu laut. Alle Plätze auf der Terrasse waren von nach neuester Mode gekleideten jungen Leuten besetzt, aber dort, wo sie saßen, hinter einer dicken viereckigen Säule, war es halbdunkel und still. Martin war schon seit zehn Minuten da, aber noch hatte niemand eine Bestellung aufgenommen. Die Ober konzentrierten sich auf die Terrasse.

Martin sah von Weitem Fournier näher kommen. Es machte ihm Spaß zu sehen, wie der Polizist ihn suchte und dabei verächtlich die jungen Leute an den Tischen musterte.

Er setzte sich ihm gegenüber, schnaufte und sah ostentativ auf seine große Edelstahluhr mit verschiedenen Zifferblättern.

»Samstags gehe ich mit meiner Frau einkaufen, besuche meine Tochter und Enkelin, danach gehe ich nach Hause, trinke einen Whisky mit wenig Mineralwasser und seh mir im Fernsehen idiotische amerikanische Serien an«, sagte er. »Und ich mag das. Es ist etwas anderes als der Schrott, den wir die ganze Woche auf der Arbeit erleben. Und was machst du hier, kannst du mir das erklären?«

»Du hast mich gebeten, im Fall Laurette Weizman zu recherchieren. Erinnerst du dich?«

»Nicht am Samstag.«

Martin wollte nicht weiter streiten. Er legte die Liste mit Laurettes Patienten auf den kleinen runden Tisch.

»Ich möchte wissen, wer von diesen Jungs an Ermittlungen über einen Einbruch teilgenommen hat. Einen dicken Einbruch, eine knappe Million Euro.«

Fournier sah sich angewidert die Liste an.

Irgendetwas stimmte nicht, bei Martin gingen die Alarmglocken an.

»Darf man wissen, warum?«

»Noch nicht sofort«, sagte Martin. »Lass mir ein bisschen Zeit.«

»Zuallererst«, sagte Fournier, der Martins Frage nicht spontan beantworten konnte, »möchte ich mal wissen, warum du heute Morgen mit einer leeren Tasche in eine italienische Bank gegangen bist und zehn Minuten später mit der prall gefüllten Tasche wieder herauskamst.«

»Lässt du mich beschatten?«

»Was glaubst denn du? Tu nicht so unschuldig. Du weißt doch, wie das läuft, ich muss mich selbst schützen.«

Er hatte recht. Martin erinnerte sich an das merkwürdige Gefühl, das er hatte, als er die Bank betrat. Doch selbst wenn er gewusst hätte, dass er beschattet wurde, hätte er es für nutzlos gehalten, sich dem Verfolger zu entziehen.

»Wenn ich mir etwas vorzuwerfen hätte, dann hätte ich zuallererst deinen Typen abgeschüttelt.«

»Weißt du, wie du bist? Du drehst immer alles zu deinen Gunsten um. Wie soll ich dir da trauen?«

Martin tippte auf die Liste.

»Kannst du bitte der Sache nachgehen?«

»Kann man das nicht telefonisch machen?«

»Nein«, sagte Martin. »Du lässt mich beobachten. Wie kann ich sicher sein, dass mein oder dein Telefon nicht abgehört wird?«

Er hatte den Eindruck, dass Fournier blass wurde. Aber vielleicht war es nur ein Lichtstrahl.

»Ach du Scheiße«, sagte er, »meinst du das ernst?«

Martin nickte.

Fournier sah sich um, jetzt war er wirklich beunruhigt. Er fragte sich, ob ihm jemand folgte. Der gejagte Jäger. Jeder konnte dieses Spiel spielen. Fournier hatte etwas erwähnt, das alle Polizisten fürchten: eine interne Untersuchung. Die Jagd auf einen Mann, bei der die Beute ebenso durchtrieben war wie der Jäger. Bulle gegen Bullen. Und er fühlte sich der Sache nicht gewachsen. Er war labil, und Martin hatte schon Angst, dass er zu Roussel oder einem anderen gehen und ihm alles erzählen würde. Er musste ihn noch ein paar Tage lang unterstützen. Danach, so hoffte Martin, war das nicht mehr wichtig.

»Ich bin auf deiner Seite, Fournier. Auch ich schütze dich, indem ich meine Arbeit mache. Und ich schütze unsere Ermittlungen. Finde die Antwort auf meine Frage, und dann sind wir einen großen Schritt weiter. Du solltest jetzt gehen, deine Serie fängt gleich an. Ich bleibe noch ein bisschen, ich bin kein Fernsehfreak.«

»Wenn ich dich frage, was in der Tasche war ...«

»Warum fragst du mich Dinge, die du nicht wissen willst?«

Fournier nickte kurz und ging.

Martin lehnte sich in seinem Clubsessel zurück. Er fühlte sich wohl und hatte keine Lust, nach Hause zu gehen.

Er nahm sein Handy und rief zu Hause an.

Marion ging ran.

»Ich bin in einer netten Bar«, sagte er. »Hier machen sie schönen Salat und Ravioli quattro formaggi. Hast du Lust?«

Nach kurzem Schweigen sagte sie:

»Ich komme, wo ist es?«

»An der Bastille, nimm ein Taxi.«

»Meinst du, ich kann ein Glas Champagner trinken?«

»Zwei, wenn du willst.«

»Nein, man soll nicht übertreiben. Für das Baby ist das zu viel. Wir müssen übrigens noch über das Kinderzimmer reden. Ich hab da ein paar Sachen gesehen … Stört es dich, wenn ich den Habitat-Katalog mitbringe?«

»Kein bisschen«, log Martin.

»Gut, gib mir eine halbe Stunde Zeit.«

»Ich küsse dich«, sagte Martin

»Ich küsse dich«, sagte sie und legte auf.

Martin seufzte. Der Habitat-Katalog … Eine intelligente Journalistin, stark und unabhängig, mitten in der Nestbauphase.

Kapitel 22

Samstagabend

Der König der Raben war müde. Seine Haut war grau, er hatte Ringe unter den Augen, sein Blick war unstet. Er war ein verbrauchter Mann, an dem das Alter zu nagen begann.

Die Adern an seinen Händen traten hervor, und der Puls an seinem Hals pochte schwer. Bestimmt hat er Viagra genommen, dachte sie. Wie dumm die Männer doch sind.

Er streichelte ihr Gesicht mit den Fingerspitzen, und sie kniete sich brav hin, doch er hob sie auf und setzte sich neben sie aufs Sofa.

»Ich bewundere Ihren Mann«, sagte er und seufzte.

Er wiederholte sich.

»Früher war ich wie er. Frisch wie der junge Morgen. Wissen Sie, dass alle Frauen verrückt nach ihm sind?«

Sie hätte ihn gern geschlagen. Aber sie lächelte ihn an.

»Ich weiß. Er ist intelligent, schön, reich, jung und nett. So eine Mischung gibt es nur selten.«

Sein Gesicht veränderte sich, er wirkte unwirsch, verbittert.

»Ich bin alt, müde, nicht nett, und du betrügst ihn mit mir«, sagte er. »Warum? Wegen meiner Macht? Was findest du an mir?«

»Etwas, was mir nie ein anderer gegeben hat«, sagte sie aufrichtig.

Das machte ihn nachdenklich.

Er begann, im Zimmer auf und ab zu gehen.

»Du bist die Witwe eines kalifornischen Schuhfabrikanten, sonst weiß niemand etwas über deine Herkunft.«

»Hast du Nachforschungen über mich anstellen lassen?«

Sie wusste, dass das unvermeidlich war, hatte aber Vor- und Nachteile gegeneinander abgewogen und war zu dem Schluss gekommen, dass es die Sache wert war. Bei einer Routineüberprüfung würde niemand auf ihre Vergangenheit stoßen. Um sie zu vernichten, müssten Ermittler nach Nord- und Südamerika geschickt werden, sie müssten Dokumente vergleichen und an Informationen gelangen, die niemand auf der Welt bisher miteinander in Zusammenhang gebracht hatte. Vielleicht mit Ausnahme der Person, die den Detektiv engagiert hatte …

Hatte der Parteivorsitzende Duperrier über einen Strohmann mit Nachforschungen beauftragt? Nein. Er hatte genug Regierungsstellen und andere Einrichtungen zur Verfügung.

Als sie ihn ebenfalls geduzt hatte, war er leicht zusammengezuckt, aber er schien gedankenverloren und antwortete nicht auf ihre Frage.

»Ich weiß, dass du etwas ganz anderes bist als die dumme Frau eines Politikneulings. Ich spüre solche Dinge. Aber was ich nicht herausfinden kann, ist, ob du eine Gefahr für mich bist. Haben dich vielleicht meine Gegner auf mich angesetzt?«

Sie antwortete nicht.

»Nein«, sagte er, »das glaube ich nicht. Wann bist du geboren, ich meine den Tag, nicht das Jahr.«

Wenn er sie hätte ausspionieren lassen, dann müsste er das wissen. Oder er traute den Informationen, die er über sie erhalten hatte, nicht. Vielleicht spürte er tatsächlich etwas.

»Am 15. November.«

»Skorpion. Und der Aszendent?«

»Ebenfalls Skorpion.«

»Ich habe mich mit Skorpionen immer gut verstanden. Aber doppelte Skorpione stechen sich selbst, wusstest du das?«

»Ich glaube nicht an Sternzeichen«, sagte sie. »Das ist etwas für Schwächlinge und Dummköpfe.«

Er lächelte.

»Ich bin weder schwach noch dumm, aber ich glaube daran. Bevor ich jemanden einstelle, lasse ich von meinem Astrologen immer sein Horoskop erstellen.«

»Und wenn das jemand herausfindet?«

»Das ist bekannt. Die akkreditierten Journalisten in Frankreich gehen sehr höflich mit den Politikern um. Solche Sachen verbreiten sie nicht, sonst würden sie ihre Akkreditierung verlieren, und dann wäre es vorbei mit den feinen Restaurants auf Kosten des Steuerzahlers und dem Gefühl, zur Elite zu gehören. Ich bin im Übrigen nicht der Einzige, der Hellseher oder Astrologen konsultiert. Es ist eher die Regel als die Ausnahme. Was kannst du noch, außer wunderbar blasen?«

»Viele Dinge«, sagte sie. »Ich musste mir alles selbst beibringen, und ich bin begabt.«

Er setzte sich wieder neben sie und nahm ihr Gesicht in die Hände. Sie spürte, wie sie zitterte. Sie gab ihrem Verlangen nach, legte den Kopf auf seine Schenkel und schloss die Augen.

Es waren die Hände. Er hatte die gleichen Hände, die furchtbaren Hände, die straften und liebkosten. Sie war nicht mehr zart und klein, sie war kein Opfer mehr. Sie hätte nur ein Verlangen haben dürfen, nämlich diese Hände abzuhacken und in ungelöschtem Kalk zu vernichten, anstatt unter ihrem immer stärker werdenden Druck zu stöhnen. Tränen stiegen ihr in die Augen. Sie gab sich ihm hin.

»Ich habe eine Leidenschaft«, sagte sie später. »Und Sie könnten mir helfen, sie zu befriedigen.«

»Eine Leidenschaft?«, fragte er. »Welche Art Leidenschaft?«

Wie konnte eine Frau sich für etwas anderes begeistern als die Liebe? Das war der Sinn seiner Frage, eine solche Idee schien ihm abwegig. Plötzlich begriff sie, dass er wirklich einem anderen Zeitalter angehörte. Er war ein Dinosaurier. Liberal oder nicht, er hatte allen Grund, sich Sorgen über die Meinung der Vierzigjährigen in seiner Partei zu machen.

»Mein erster Mann interessierte sich fürs Kino. Ich habe gute Verbindungen zu Produzenten in Hollywood. Ich habe Geld, das ich gerne in Krimidrehbücher investieren würde. Ein gut dokumentiertes Krimidrehbuch, das in Paris im Glamour-Milieu spielt.«

Er lachte herablassend.

»Die Amerikaner lieben Filme, die in Paris spielen, wenn ein Amerikaner der Held ist. Das ist ein künstliches Paris, das nur in den fünf ersten Arrondissements spielt.«

»Genau. Aber wir leben im einundzwanzigsten Jahrhundert. Ich möchte, dass es glaubwürdig ist. Ich möchte, dass wir einen Film auf der Grundlage einer echten Geschichte machen, der auf Ermittlungen der französischen Polizei basiert. Schließlich ist sie eine der besten der Welt.«

Er war zweimal Innenminister gewesen, und ein bisschen Schmeichelei konnte nicht schaden.

»Willst du, dass ich dich mit Polizisten zusammenbringe?«

»Ja. Oder zumindest mit einem leitenden Polizisten, der mich beraten kann ...«

»Seltsame Idee. Aber ich glaube, ich habe, was du brauchst. Der jetzige Polizeipräsident war früher mein persönlicher Referent. Sicher hat er amüsante Geschichten für dich. Ich gebe dir seine Adresse. Ich rufe ihn morgen an und bitte ihn, sich dir zur Verfügung zu stellen.«

Martin hatte das Geld im Keller einer Nachbarin versteckt. Er traute Fournier nicht. Angst ist ein schlechter Ratgeber. Er konnte Martin jederzeit verhaften und zum eigenen Schutz seine Wohnung durchsuchen lassen.

Er sah auf den Wecker. Es war halb vier Uhr morgens. Wenn es dazu käme, würden Fourniers Leute nicht vor sechs Uhr kommen, so stand es in den Vorschriften.

Marion hatte er eine mögliche Durchsuchung angekündigt. Sie hatte sich darüber amüsiert und fürchtete sich nicht davor. Sie schlief friedlich mit gekreuzten Armen und vorspringendem Bauch.

Isa war mit François wieder gegangen, denn sie hatte wenig Lust, sich von einer Schar Polizisten aus dem Bett zerren zu lassen.

Marion hörte einen Moment auf zu atmen, hatte einen Schluckauf und atmete leise aus. Offenbar hatte sich das Kind gerührt. Martin streichelte den Bauch unter der Decke und spürte durch die pralle Haut die wellenartigen Bewegungen.

Sonntagmorgen

Er stand früh am Morgen lautlos auf, frühstückte in aller Ruhe und stellte dann das Radio an.

Sie hatten seine Wohnung am Ende doch nicht durchsucht.

Die Sportberichte gingen ihm auf die Nerven, und er schaltete leise einen Musiksender ein. Sie spielten gerade ein Lied von William Sheller.

»Langsam, ganz sachte gehe ich unter wie ein Schiff... Ich bin ein schlechter Kapitän, ein Typ, der nur rumhängt...«

Genau das war er. Besser hätte man ihn nicht beschreiben können. Nein. Er war nicht allein. Er war vielleicht ein schlechter Kerl, aber niemand kehrte ihm den Rücken … Sein Selbstmitleid hatte Grenzen.

Er wusch sich, nahm seine Sportsachen und steckte sie in den alten Rucksack. Sein Muskelkater hatte aufgehört, und er sagte sich, es sei besser, einen neuen Versuch zu starten als zu vergreisen, als er durch die kalte Wintersonne ins Fitness-Center fuhr.

Während er mit der Hantel arbeitete, sagte er sich, dass er das gefundene Geld nicht endlos lange verstecken konnte. Er musste Fournier früher oder später ins Vertrauen ziehen.

Aber erst, wenn er eine gute Erklärung für ihn hätte, und erst, nachdem Fournier ihm die gewünschten Auskünfte gegeben hatte.

Der Raum war eisig, und seine Muskeln waren kalt. Bei diesem Wetter konnte man sich leicht einen Muskelfaserriss zuziehen. Aber die Stange von zwanzig Kilo erschien ihm leicht wie eine Feder. Das war ein gutes Zeichen.

Er wärmte sich auf, um einer Verletzung vorzubeugen, ruhte sich aus. Belud die Hantelstange, begann mit seinen Stemmübungen und erhöhte das Gewicht so lange, bis seine Schultern zu zittern begannen.

Als er mit dem Krafttraining fertig war, hätte er noch Stretching machen sollen, aber er war zu müde und wollte nur eines, raus aus diesem Raum und wieder zu Marion, die sicher noch schlief.

Aber er hatte erst eine knappe halbe Stunde trainiert und durfte jetzt nicht aufhören. Das wäre noch schlimmer, als wenn er gar nicht gekommen wäre.

Laurette hatte ihm einmal gesagt, dass er sich selbst unter starken Druck setze. Eine Verpflichtung komme zur nächsten, und er sei nie mit sich zufrieden. Das sei seine Rüstung, mit der er im Leben weiterkäme, aber sie würde auch zum Tod führen.

Mit Hilfe des Sports konnte er auch Abstand nehmen, wegen dieser Maschinen, die so wenig mit dem wahren Leben zu tun hatten, und wegen der großen Anstrengung, die bis zum Äußersten ging. Wurde dieser Geisteszustand durch Endorphine hervorgerufen, oder kam das durch das Training? Schwer zu sagen, aber in diesem Raum verbesserte sich seine depressive Verstimmung deutlich.

Er durfte nicht gehen, ohne die Beine trainiert zu haben. Eigentlich hätte er damit anfangen sollen, weil man es immer so machen sollte, erst später die oberen Muskeln. Er benahm sich wie ein blutiger Anfänger.

Martin sah sich das Laufband mit einer Mischung aus Hass und Resignation an. Nach den langen Monaten des Nichtstuns würde jetzt die richtige Quälerei beginnen.

Da brummte sein Handy, und seine erste Reaktion, bevor er sich fragte, woher der Anruf kam, war ein feiges Gefühl der Erleichterung.

Sonntagmorgen

Jeannette ließ den Tag langsam angehen. Das war das erste Mal seit ihrer Rückkehr aus dem Krankenhaus vor drei Monaten. Sie hatte es sich abgewöhnt zu faulenzen, deshalb kam sie sich unnütz vor und hatte ein schlechtes Gewissen, wenn sie nicht arbeitete oder sich nicht um Zoé kümmerte. Sie war aufgestanden, um sich Tee und zwei Zwieback mit Butter zu machen, die sie dann ins Bett mitgenommen hatte. Sie trank in kleinen Schlucken, mit Gedanken an die Leere in ihrem Privatleben und der Frustration in ihrem Beruf beschäftigt. Hinzu kam hier und da das Bild von Martin, der weder mit dem einen noch dem anderen zu tun hatte, obwohl er am Vorabend vorbeigekommen war.

Sie schüttelte sich. Sie wollte nicht wieder mit diesen Spielchen anfangen, Martin war nicht für sie bestimmt, und das war gut so. Was sie suchte, war Ruhe und Zufriedenheit über erfüllte Pflichten. Sonst nichts.

Sie konzentrierte sich auf die Geschichte, die ihr Martin erzählt hatte. Ein Safeschlüssel, das bedeutete wahrscheinlich Geld. Oder Schmuck. Oder geheime Dokumente. Jedenfalls etwas Wertvolles. Das man verstecken musste. Das war es, Laurette besaß einen Safe. Und diesen Safe suchte der Täter. Das war das Wahrscheinlichste. Sie zögerte, die Hand schon am Telefon. War das ein ausreichender Grund, ihn anzurufen? Das hatte er sich alles schon selbst gesagt. Er hatte es sicher schon überprüft.

Als sie sich aufrichtete, kippte sie die Tasse um, und der Inhalt sickerte in Decke und Matratze. Die einzigen Flecken in ihrem Bett waren Teeflecken. Ihr Ex-Mann würde lachen, wenn er das sähe.

Sie stellte die leere Tasse auf das Nachttischchen und griff zum Telefon.

Er ging gleich nach dem ersten Klingeln ran, und sie hörte sofort die rhythmische Musik im Hintergrund.

»Hallo, Jeannette«, sagte er außer Atem.

»Störe ich dich?«

»Natürlich nicht, du rettest mir das Leben. Ich bin im Fitness-Studio und wünsche mir nur eines: hier abzuhauen.«

»Ich habe nochmal über die Geschichte mit dem Schlüssel nachgedacht.«

»Ach ja, mein Hausschlüssel. Alles in Ordnung, Marion hatte ihn verloren, hat ihn aber wiedergefunden.«

»Ach so, na, dann ist es ja gut.«

Sie spürte, wie sie rot wurde. Sie hätte daran denken sollen. Martin glaubte, dass er abgehört wurde. Vielleicht wurde er sogar verfolgt.

»Und sonst alles okay?«, fragte sie naiv.

»Ja, ja. Ich gehe nach Hause, lass uns bald mal telefonieren.«

»Ja natürlich, schönen Sonntag.«

Sie legte auf, ihre Wangen waren feuerrot. Was sollte er jetzt von ihr denken?

Sie hatte keine Zeit, der Frage weiter nachzugehen. Zwei Minuten später klingelte das Telefon.

»Ich rufe aus einer Telefonzelle an«, sagte Martin, »tut mir leid wegen vorhin.«

»Nein, ich hätte es wissen müssen. Ist es nicht gefährlich, mich anzurufen, vielleicht hören sie mich auch ab?«

»Das würde mich wundern.«

Oft wurden die Maßnahmen nicht voll ausgeschöpft, weil die Mittel fehlten. Selbst wenn Fournier Martin beschatten und abhören ließ, hatte er sicher nicht die Möglichkeit, seine ganze Familie und alle Mitarbeiter auszuspionieren. Martin war schließlich nicht der Staatsfeind Nummer eins.

Er erzählte ihr von dem Besuch in der Bank und dass er das Geld entdeckt hatte. Jeannette stockte der Atem. Siebenhunderttausend Euro! Sie rechnete die Summe in Francs um, wie immer, wenn eine Summe sehr hoch war. Viereinhalb Millionen Franc ungefähr. Das war viel. Mindestens fünfzehn Jahre Gehalt.

»Hat sich aus der Liste von Laurettes Patienten etwas ergeben?«

»Ich habe Fournier um Informationen gebeten. Ich warte darauf.«

»Hast du ihm von der Kohle erzählt?«

»Nein, weder von der Kohle noch von dem Schlüssel, nichts. Ich habe ihn nur gefragt, ob gegen einen von Laurettes Patienten in einem schweren Raub ermittelt wurde.«

»Er könnte etwas ahnen.«

»Ist mir egal. Wolltest du mir noch etwas sagen?«

»Nein«, sagte sie, »schönen Sonntag.«

»Für dich auch.«

Er unterbrach die Verbindung.

Verdammt, ich bin ja richtig abhängig von ihm, sagte sie sich und legte auch auf. Ich muss ihn aus dem Kopf kriegen, sofort.

Sie rief ihre Mutter an. Sie redeten lange über Zoé und ihren Ex-Mann. Ihre Mutter griff ihn so heftig an, dass sie sich verpflichtet fühlte, ihn zu verteidigen.

Sie überschüttete sie auch mit guten Ratschlägen. Jeannette bemühte sich, zuzuhören, ohne zu widersprechen, und nach einiger Zeit ging ihr das so auf die Nerven, dass sie Martin vergaß.

Sonntagnachmittag

Der König der Raben hatte ihr eine Festnetz- und eine Handynummer des Polizeipräsidenten gegeben. Vielleicht würde er es unangemessen finden, dass sie ihn so schnell anrief. Die Franzosen waren sehr förmlich, und einen Polizeipräsidenten am Sonntagnachmittag zu Hause anzurufen war nicht die beste Art, seine Sympathie zu gewinnen. Aber mit der Empfehlung des Parteivorsitzenden spielte das keine so große Rolle, und sie brauchte die Informationen so schnell wie möglich.

Er antwortete beim ersten Klingeln. Sie stellte sich vor und entschuldigte sich.

»Der Parteivorsitzende hat mich informiert«, sagte er. »Ich stehe Ihnen zur Verfügung.«

Er hatte eine eher junge und wohlklingende Stimme.

»Was brauchen Sie genau?«

»Einen ungewöhnlichen Fall, mit viel Blut, aber er muss vor allem rätselhaft sein«, fügte sie hinzu. »Eine Mordserie, bei der man nicht weiß, wie die einzelnen Morde zusammenhängen …«

Genauer konnte sie es nicht ausdrücken. Hatte sie vielleicht zu viel gesagt? Nein, es war genau das Richtige.

»Ich verstehe. Ich informiere mich und rufe Sie zurück.«

Francis kam von einem Besuch bei seinen Eltern zurück. Sie nahm ihn in die Arme und drängte ihren Körper gegen seinen. Sie glaubte, ein wenig Zurückhaltung in der Art, wie er ihre Umarmung erwiderte, festzustellen, und ihr Verdacht vom Vortag flammte wieder auf. Sie bemühte sich, ihn anzulächeln, obwohl sich ihre Gesichtsmuskeln unwillkürlich anspannten.

»Geht es deinen Eltern gut?«

»Es geht so, sie werden nicht jünger.«

»Haben sie sich gefreut, dich zu sehen?«

»Natürlich.«

»Worüber habt ihr gesprochen?«

»Ach, weißt du, immer dasselbe. Ihre Gesundheitsprobleme, die Grundsteuern, Familiengeschichten … Es gibt immer weniger Themen. Seit seiner Pensionierung hat mein Vater sehr nachgelassen. Zum Glück bist du nicht mitgekommen, du hättest dich tödlich gelangweilt.«

Bei der Rückkehr von seinem letzten Besuch hatte er dasselbe gesagt.

»Wir hätten uns unter dem Tisch streicheln oder auf der Toilette miteinander schlafen können oder im Pavillon am Ende des Parks.«

Er wurde rot.

»Das stimmt … Aber mit den Kindern meiner Vettern, die überall herumliefen, wäre das schwierig geworden.«

»Was für Vettern, väterlicherseits oder von deiner Mutter?«

Er zögerte für den Bruchteil einer Sekunde. Sie wusste, dass er von Anfang an gelogen hatte, und spürte, dass sich unter ihren Füßen die Hölle zu öffnen begann.

Der Präfekt rief sie am späten Nachmittag zurück.

Er lud sie für den nächsten Tag zum Mittagessen in ein Restaurant in der Nähe der Präfektur ein und sagte ihr in charmantem Ton, dass er eine Überraschung für sie habe.

Sie verzichtete darauf, ihm zu sagen, dass sie Überraschungen nicht mochte. Sie dankte ihm in herzlichem, leicht herablassendem Tonfall. Immerhin war sie die Mätresse des allmächtigen Königs der Raben.

Kapitel 23

Sonntagabend

Fournier rief Martin an, als er gerade den Salat wusch, seinen einzigen Beitrag zum Abendessen.

»Erinnerst du dich noch an die Stelle, an der du Ruggiero festgenommen hast?«

»Ja, sehr gut.«

»In einer halben Stunde«, sagte Fournier.

Martin ließ den Salat liegen und zog seinen Mantel an.

»Ich muss eine kleine Besorgung machen.«

»Es ist furchtbar für mich, das zu fragen, aber bist du zum Essen wieder da?«, fragte Marion.

»Wenn du eine Stunde warten kannst.«

Fournier wartete im Rendez-vous des Auteurs in der Rue Ledru-Rollin auf ihn. Martin war nicht mehr hier gewesen, seit er vor acht Jahren den Gewalttäter Ruggiero festgenommen hatte. Die Polizei wusste damals genau, dass Ruggiero und seine Komplizen sich in der Rue de Charonne treffen würden. Ruggiero hatte einen Unterschlupf in einem kleinen dreistöckigen Gebäude mit seiner Frau und seinem neun Monate alten Sohn. Die Verhaftung war genau vorbereitet worden, im letzten Moment hatten sie die Straßen gesperrt. Aber irgendetwas war schiefgegangen, Ruggiero war über das Hausdach abgehauen, wurde aber auf der Straße erkannt. Er floh ins Rendez-vous des Auteurs an der Ecke

Boulevard Ledru Rollin/Rue de Charonne. Es war ein Bistro ohne Hinterausgang, er hätte sich nichts Ungünstigeres aussuchen können. Er hatte sich hinter der halbkreisförmigen Bar versteckt, die die ganze Länge des Lokals einnahm, außer ihm waren drei Besucher und der Barmann da. Auf der Straße hatten sich Dutzende Polizisten hinter ihren Autos versteckt.

Martin redete, während Fournier Kontakt zur Staatsanwaltschaft herstellte. Die Verhandlungen dauerten zwölf Stunden, bis sich Ruggiero endlich ergab.

»Ich habe deinen Mann«, sagte Fournier, während er sich ihm gegenübersetzte.

»Ein eskortierter Geldtransport im Mai 2002 in La Ciotat, bei dem etwas schiefging. Man hatte immer einen der Begleiter oder einen Bankangestellten in Verdacht gehabt, ohne es beweisen zu können. Sie haben siebenhundertfünfzigtausend Euro mitgenommen.«

Bei der Summe, die Martin mitgenommen hatte, fehlten fünfzigtausend Euro. Wenn das Geld aus diesem Raub stammte, dann bedeutete dies, dass sich jemand unterwegs bedient hatte.

»Es gab zwei Tote, ein Mann von der Eskorte und einer der Räuber, und zwei Schwerverletzte, zwei Gendarmen. Ein Täter ist entkommen und wurde nicht identifiziert.«

»Und hat man das Geld gefunden?«

»Seltsam, dass du das fragst. Nein, es wurde nicht gefunden. Die gesamte Polizei von Marseille war dahinterher. Nach diesem Gemetzel bekam der Adjutant des Chefs, der für die Ermittlungen zuständig war, Depressionen. Er hat um seine Versetzung gebeten und bei Laurette Weizman eine Psychotherapie gemacht.«

»Wie heißt er?«

Fournier schob ihm ein Papier hin, auf dem in Großbuchstaben ein Name stand. Er nahm seine Liste und ging sie durch. Der Name stand drauf, aber er kannte den Mann nicht.

»Seine Frau hat ihn kurz nach dem Drama verlassen.«

»Gab es eine interne Untersuchung?«

Fournier zögerte.

»Nein.«

»Siebenhundertfünfzigtausend Euro werden gestohlen, und es gibt keine Nachforschungen? Haben Versicherungen und Banken sich damit zufriedengegeben, einfach so?«

»Es passierte ja in Marseille«, sagte Fournier, als erkläre das alles.

»Man sollte lieber sagen, dass die Verwaltung vermutete, dass ein Polizist die Hände im Spiel hatte, und dann alle die Sache lieber auf sich beruhen lassen wollten.«

»Es war vor den Parlamentswahlen 2002, der Euro war gerade eingeführt worden ...«

Das Geld war vermutlich für jemanden bestimmt, dessen Namen niemand nennen wollte. Und so schien es besser, die siebenhundertfünfzigtausend Euro abzuschreiben. Woher hatten die Einbrecher von dem Geldtransport erfahren? War das Geld für den Wahlkampf bestimmt gewesen?

Weder er noch Fournier würden es je erfahren. Fournier hatte ihm einen Namen genannt. Das war schon viel. Viel mehr, als er vor vierundzwanzig Stunden gehofft hatte.

»Was wirst du jetzt machen?«, fragte Fournier.

Sein Ton war ausgesprochen servil. Er merkte, dass ihm die Situation entglitten war.

Martin sah ihm in die Augen.

»Wenn du willst, übergebe ich dir das Ganze jetzt mit allen Einzelheiten. Oder du lässt mir noch ein wenig Spielraum. Das musst du entscheiden.«

Er spürte, dass Fournier zögerte und Vorteile und Risiken gegeneinander abwog.

»Mach weiter«, sagte er schließlich, was Martin nicht im Geringsten wunderte.

»Ich gebe dir fünf Tage … Danach wird der Druck zu stark, und ich muss mich zu allem äußern.«

»Wirf ihnen einen Knochen vor. Sag ihnen, dass du in einem Einbruch ermittelst, der schiefgegangen ist, dass irgendwelche Gauner bei der Psychologin Drogen gesucht haben … Nenn irgendwelche Namen.«

Fournier lächelte und nickte zustimmend.

»Ein Gerücht, das könnte klappen. Und das würde auch unseren Mann beruhigen. Er ist der Täter … Aber ich glaube nicht daran, ich kenne den Kerl. Ich kann mir einfach nicht vorstellen, dass er zu so etwas fähig ist.«

»Man kann es immer kaum glauben, wenn es einer von uns ist«, sagte Martin trocken.

Es folgte ein langes Schweigen. Martin ließ Fournier grübeln. Sicher war er überzeugt davon, dass Martin auf der Bank das Geld gefunden hatte, und fragte sich, ob er darüber offen reden sollte oder nicht. Schließlich schüttelte er den Kopf, als wolle er sich von einer schweren Last befreien. Er stand auf und gab Martin unsicher die Hand.

»Ich vertraue dir«, sagte er. »Er ist zu Hause. Im Vorruhestand. Halt mich auf dem Laufenden.«

Dann ging er, ohne sich noch einmal umzudrehen.

Fournier war mutiger, als Martin erwartet hatte. Er blickte auf den Zettel und las noch einmal den Namen, der darauf stand.

Noch gelang es ihm nicht, echte Wut auf Laurettes Angreifer zu entwickeln. Er wollte zuerst begreifen, was geschehen war.

Er sah auf die Uhr. Warum sollte er den Bullen nicht besuchen? Er rief Marion an und sagte ihr, er könne nicht zum Abendessen kommen. Da knallte sie den Hörer auf.

Magdalena saß im Schneidersitz zu seinen Füßen und sah Francis an, der auf dem Sofa lag, die Hände hinter dem Kopf, die Beine übereinandergeschlagen, sein Gesicht vom Fernseher angestrahlt. Er hatte die Augen halb geschlossen. Er schien glücklich und entspannt. Auf seinen Lippen lag ein Lächeln. Wem galt dieses Lächeln? Nie hatte er so gut ausgesehen. Großartig. Und er hatte sie verraten. Allein bei dem Gedanken, dass eine andere Haut als ihre ihren Mann berührt hatte, hatte sie den Eindruck, dass ihr Herz und Bauch wie von Stacheldraht gepeinigt würden.

»Was hast du«, sagte er leise, als strenge es ihn zu sehr an, normal zu reden. »Du bist so still heute Abend.«

»Ich sehe dich an«, sagte sie. »Du siehst müde aus.«

Sie streichelte ihm die Fußgelenke und fuhr unter dem Morgenrock an seinen nackten Beinen entlang. Sie schloss die Augen. Sie hätte am liebsten geschrien und ihm die Haut mit ihren Nägeln zerfetzt, ihn in ihren Armen erstickt, sich rittlings auf seine Brust gesetzt und ihm langsam eine Klinge unterhalb der linken Brust hineingeschoben und ihm dabei Worte der Liebe ins Ohr geflüstert. Die Hündin, die versuchte, ihn ihr wegzunehmen, würde etwas erleben, sie würde leiden, aber wie!

Kapitel 24

Sonntagabend, 20.30 Uhr

Es ist am besten, ihn direkt anzugehen, sagte sich Martin immer wieder, auch wenn dies eher ein Mantra war als ein echter Gedanke.

Er klingelte an einer Wohnungstür ganz in der Nähe der Buttes-Chaumont, in der dreizehnten Etage eines Gebäudes aus den siebziger Jahren.

Er hörte schleppende Schritte näher kommen. Er ging von der Tür weg und presste sich gegen die Wand auf der Seite der Türangeln. Leute mit schlechtem Gewissen reagierten manchmal brutal auf späte unangemeldete Besuche.

Die Tür ging einen Spaltbreit auf, eine Stahlkette lag davor, dicker, als man sie normalerweise im Baumarkt findet. Ein faltiges, graues, müdes Gesicht erschien im Türspalt.

»Monsieur Perron?«

Der Mann nickte.

»Kommissar Martin. Ich würde gern mit Ihnen reden.«

Die Tür wurde geschlossen und dann ganz geöffnet.

Der Mann ihm gegenüber trug einen abgetragenen Morgenrock mit Schottenmuster, Pantoffeln an den Füßen und einen Zehn-Tage-Bart. Seine hellen Augen waren blutunterlaufen. Er roch nach Zigarettenrauch und Alkohol.

Er schien sehr müde zu sein, und doch war in seinem Gesichtsausdruck etwas Sanftes, fast Kindliches.

Die Wohnung war eingestaubt, aber ansonsten nicht weiter auffällig. Im Wohnzimmer standen ein kleiner Kühlschrank und eine Mikrowelle, überall lagen wahllos Ordner, Bücher und Zeitschriften verstreut. Martins Blick blieb gleich auf einem schwarzen Trommelrevolver mit braunem Holzgriff hängen, der auf einem Papierstapel vor einem angestellten Laptop lag. Es war eine Smith & Wesson .38 mit kurzem Lauf, die klassische Waffe amerikanischer Polizisten.

Perron folgte Martins Blick.

»Im Moment lasse ich sie da noch liegen. Es reift ganz allmählich, heute Abend passiert es noch nicht. Vielleicht am Ende der Woche.«

Martin war verblüfft. War das Prahlerei oder eine einfache Feststellung? Er konnte sich noch keine Meinung bilden.

»Wenn Sie um diese Zeit kommen, dann bestimmt nicht, um mich zu verhaften.«

»Nein«, sagte Martin. »Jedenfalls nicht gleich.«

Der Bildschirm wurde schwarz und dann wieder hell. Das Gesicht einer schlafenden Frau wurde sichtbar, dann dasselbe Gesicht aus einem anderen Blickwinkel. Er ging näher an den Bildschirm heran und sah die vorbeiziehenden Fotos. Immer dieselbe Frau, immer schlafend. Eine schöne Frau an die vierzig, mit etwas harten Zügen, langen Wimpern und aufgeworfenen Lippen, ihre rotblonden Haare waren im Nacken zu einem Pferdeschwanz gebunden. Jedes Detail dieses Gesichts war zu erkennen, der kleine Spalt am linken Ohrläppchen, die Spuren von Mascara auf den geschlossenen Lidern, der feine Flaum auf den Wangen.

Der Mann sah ihn lächelnd an.

»Sie ist schön, nicht?«, sagte er. »Das ist meine Frau. Sie ist mit einem Gauner abgehauen. Sie hat alles geplant. Das Einzige, was sie nicht vorhergesehen hat, war, dass ich vor ihnen an die Kohle herankommen würde. Aber vielleicht hat sie sie am Ende doch gefunden.«

»Nein.«

»Sie oder Jankelevic müssen Doktor Weizman überfallen haben. Sie müssen mir gefolgt sein, weil sie ahnten, dass ich ihr den Schotter anvertraut hatte.«

»Josic Jankelevic?«

Perron nickte.

»Kennen Sie ihn?«

»Ich hatte mal mit ihm zu tun«, sagte Martin. »Indirekt. Vor langer Zeit. Sie glauben also, dass er Ihnen bis zu Ihrer Psychotherapeutin gefolgt ist.«

»Das ist wahrscheinlich«, sagte Perron. »Ich wüsste keine andere Erklärung.«

»Erzählen Sie mir das alles bitte genauer.«

»Ich habe Zeit genug«, sagte der Mann.

Er zeigte auf den Computer.

»Es sei denn, Sie möchten die ganze Geschichte schwarz auf weiß lesen. Sie ist besser als ein Roman. Ich schreibe jeden Tag ein Stück weiter ... Aber bald fällt mir nichts Neues mehr ein.«

Er zeigte auf den Revolver, der ihm vorübergehend als Papierbeschwerer diente.

»Aber das Wort ›Ende‹ kann ich noch nicht eintippen.«

Sonntag um Mitternacht

Als Martin nach Hause kam, schlief Marion fest. Er sah im Ofen nach, aber sie hatte nichts für ihn übrig gelassen.

Er aß einen Apfel und ein Joghurt und zog sich in seinem Arbeitszimmer aus, um sie nicht zu wecken.

Als er ins Bett ging, wachte sie nicht auf. Er legte sich neben sie, stellte den Wecker auf sieben Uhr und dachte einige

Augenblicke an den Mann, den er gerade verlassen hatte. Er sah die schlafende Marion im Profil an. Er hätte ihr gern von seinem Abend erzählt. Dann schloss er die Augen und schlief ein.

Montag, 8.00 Uhr

Jeannette fuhr im Auto durch den Montagmorgenstau und dachte an ihre kleine Zoé, die jetzt ohne sie in den Kindergarten gehen würde. Das Wochenende allein, ohne dass je das Telefon klingelte, war nicht sehr aufbauend gewesen, aber sie hatte sich immerhin die Zeit genommen, über sich selbst nachzudenken, selbst wenn das zu keiner weiteren Entscheidung geführt hatte.

Ihr Handy klingelte, und sie steckte sich den Kopfhörer ins Ohr. Landowski war schon im Büro.

Sie sagte Jeannette, sie habe eine erneute genaue Analyse aller Details, die mit dem Mord an Duperrier zu tun hätten, angeordnet, seiner Anrufe, per Handy oder Festnetz, all seiner Ausgaben, Schecks, Überweisungen, um irgendeinen Hinweis zu finden.

Jeannette sagte ihr, dass der Detektiv leider keine genaue Buchführung gehabt habe. Offenbar habe er die Schecks seiner Kunden immer erst recht spät eingelöst, denn seine Bank habe seit zwei Monaten keine Einnahmen mehr feststellen können. Der Mörder habe alle Unterlagen verschwinden lassen.

»Ich habe noch an etwas anderes gedacht«, entgegnete Landowski. »Man findet Detektive eigentlich nicht über Kleinanzeigen. Meistens läuft das über persönliche Empfehlungen.«

»Das ist möglich«, sagte Jeannette, während ein Autofahrer hupte, damit sie in der Schlange drei Meter nach vorn fuhr.

»Es ist sogar sicher. Ich habe eine Liste früherer Mandanten von Duperrier, vor den letzten zwei Monaten – die, deren Schecks auf der Bank eingegangen sind. Ich habe mir gedacht, dass es logisch wäre, wenn manche von ihnen in ihrer Umgebung über den Detektiv gesprochen haben, und es durchaus sein kann, dass einer oder zwei der früheren Mandanten zu einem führen könnten, der auf der Liste des Mörders steht. Was halten Sie davon?«

»Das ist clever«, sagte Jeannette anerkennend, »auch wenn es viele Unsicherheitsfaktoren gibt.«

»Ich weiß«, sagte Landowski, »aber wir haben sonst nichts.«

Es war sogar sehr clever, sagte sich Jeannette. Martin hatte recht, Landowski war eine gute Polizistin. Sie verstand es, die nicht erkundeten Pfade bei schwierigen Ermittlungen zu finden.

»Wir müssen also nur noch an die Arbeit gehen«, sagte Landowski in freudigem Ton, »wenn wir nicht zu weit nach hinten zurückgehen, haben wir etwa dreißig Leute zu befragen.«

»Wer macht dann den Telefondienst?«, fragte Jeannette.

»Ich nehme dafür zwei Praktikanten. Roussel ist einverstanden.«

Sie war immer pünktlich.

Am Montag um 13.00 Uhr betrat sie das Restaurant, das ihr der Polizeipräfekt genannt hatte.

Ein Angestellter nahm ihr den Mantel ab, und der Geschäftsführer brachte sie eilig ans Ende des langen schmalen Raumes bis zu einem dahinter gelegenen Zimmer. Hier war es düster, die meisten Gäste waren Herren in dunklem Anzug und Krawatte, die leise redeten, den Kopf nach vorn gebeugt. Eine Atmosphäre von Macht und geheimen Gesprächen. Die meisten Männer schenkten ihr keine Aufmerksamkeit, aber die wenigen anwesenden Frauen hatten sie bemerkt.

Der Präfekt tauchte vor ihr auf, hinter dem Geschäftsführer. Er entschuldigte sich zerknirscht für seine fünfminütige Verspätung.

Er war etwa zehn Jahre älter als Francis, Haar und Haut waren dunkler, er war kleiner und sah weniger gut aus, aber sein Unterkiefer und die Form seiner Lippen hatten eine Festigkeit, die ihrem Mann fehlte. Feine Falten umgaben seinen Mund wie zwei Klammern, er hatte offenbar viel geraucht, aber seine Zähne waren weiß. Er trug eine Brille aus einem kaum sichtbaren grauen Titangestell und keinen Ehering. Um das rechte Handgelenk hatte er eine Rolex aus Edelstahl. Sie misstraute Linkshändern. Dieser Mann schien ihr gegenüber grundsätzlich aufgeschlossen, aber wie ein Hampelmann, der jeden Befehl ausführt, wirkte er nicht.

»Der Vorsitzende hat mir in groben Zügen erklärt, was Sie suchen«, sagte er mit der gedämpften Stimme eines hohen Verwaltungsbeamten. »Ich habe schon ein wenig für Sie vorgearbeitet.«

»Ein Polizeipräfekt, der für mich arbeitet. Ich kann es kaum glauben. Was hat Ihnen der König der Raben genau gesagt?«

Der Präfekt musste lachen. Ein kurzes, aber ehrliches Lachen, überrascht und amüsiert.

»Der König der Raben«, wiederholte er.

Sie wusste nicht, warum sie das gesagt hatte, und bedauerte es sofort. Das war unpassend. Und trotzdem, er sah sie jetzt anders an, mit mehr Neugier und Sympathie, als ändere sich der Eindruck, den er zuerst von ihr gehabt hatte.

»Das passt gut zu ihm«, sagte er. »Wussten Sie, dass Raben in einer streng hierarchisch autoritären Gesellschaft leben, mit Kasten und Privilegien? Manche gelten sogar als Parias, und niemand spricht mit ihnen oder kommt ihnen nahe. Als Kind habe ich mich sehr für Tiere interessiert. Wenn mich meine Eltern nicht gezwungen hätten, die ENA zu besuchen, würde ich heute wahrscheinlich im subtropischen Urwald Insekten sammeln.«

Sie lächelten einander an.

»Ich habe genug von mir geredet. Ich kenne Ihren Mann, auch wenn acht Jahre zwischen uns liegen. Er ist ein brillanter junger Mann. Kann er immer noch so gut schießen?«

»Ich glaube schon.«

Sie zog ein wenig die Nase kraus.

»Ich muss zugeben, dass ich mich nicht allzu sehr für Feuerwaffen interessiere. Ich habe Angst vor ihnen und finde sie irgendwie widerwärtig.«

»Und doch produzieren Sie Kriminalfilme.«

»Aber natürlich«, sagte sie, »ich versuche es jedenfalls. Aber was mich interessiert, ist vor allem die Psychologie, das Menschliche. Weniger die Stunts mit brennenden Autos und die ständigen Explosionen. Ich suche nach modernen Themen, mit unvorhersehbaren Entwicklungen, unverständlichen Mordtaten, perversen Mördern …«

»Aha, Perversionen … Das fasziniert alle Leute, nicht wahr?«

Sie tauschten einen Blick. War das ein Flirt? Sie verzog keine Miene.

»In den letzten Jahren gab es mehrere Geschichten, die in aller Munde waren.«

»Ich hätte gerne eine neue Sache, von der noch nicht oder kaum die Rede war.«

»Einen aktuellen Fall? Da habe ich vielleicht etwas für Sie. Die Kriminalpolizei ermittelt gerade in einer Sache, die noch geheim ist, aber von einem auf den anderen Tag kann es zum Knall kommen. Es ist eine höchst spannende Geschichte.«

»Könnte ich mir die Akten vielleicht mal ansehen?«

»Bei laufenden Ermittlungen, weiß ich nicht, ob ich … Das ist eine heikle Sache.«

»Haben Sie Angst, dass die Informationen bei mir in falsche Hände geraten könnten?«

»Natürlich nicht! Aber das gehört nun mal zu den Grundregeln der Polizeiarbeit.«

»Natürlich, das kann ich verstehen«, sagte sie trocken.

»Hören Sie, ich werde sehen, was ich tun kann … ich rede mit meinem Büroleiter darüber … Und morgen oder vielleicht übermorgen …«

Sie machte das Beste aus der Situation und begann ihn anzubaggern, und zwar nach allen Regeln der Kunst. Sie erzählte ihm Geschichten aus ihrem angeblichen Heimatland, das sie besser kannte als das echte, und erreichte damit, dass er ganz vergaß, welchen Druck sie ausgeübt hatte.

Der Ober kam und nahm die Bestellung auf. Sie nahm das erstbeste Gericht. Sie war schließlich nicht zum Essen hier.

Kapitel 25

Montagmorgen

Als Martin aufwachte, lag Marion nicht mehr im Bett. Sie war weder in der Küche noch im Badezimmer. Martin suchte nach einem Zeichen, einem Zettel. In der Nacht war sie nicht an ihn herangerutscht, hatte ihn nicht berührt.

Hatte sie einen Termin beim Frauenarzt? Nein, sie hatte einen Koffer und Kleider mitgenommen.

Sie war anscheinend wirklich böse auf ihn.

Er rief sie an, aber es meldete sich nur der Anrufbeantworter. Er entschuldigte sich wegen des gestrigen Abends, erklärte ihr, dass seine Ermittlungen ein entscheidendes Stadium erreicht hätten, dass es ihm leid täte, nicht für sie da gewesen zu sein. Er legte mit dem Gefühl auf, nicht zu wissen, was er tun konnte, um die Dinge wieder ins Lot zu bringen.

Sie hatte ihn ertragen, als er kraftlos und deprimiert gewesen war. Sie ertrug ihn nicht, seit er sein Leben als Polizist wieder aufgenommen hatte. Er brauchte sie. Die kleine Stimme, die ihm sagte, dass das nicht stimmte, brachte er zum Schweigen.

Vielleicht war sie zu ihrer Mutter gefahren.

Er zögerte und wählte dann die Nummer.

Martin hatte Marions Mutter erst zweimal gesehen. Er fragte sie, ob Marion bei ihr sei. Sie sagte Nein, Marion sei nicht da, und Martin glaubte ihr. Er dankte ihr, sagte, es habe ein Missverständnis gegeben, für das allein er verantwortlich sei, ohne sich genauer über das Missverständnis zu äußern, und als er sich verabschiedete, bat er sie, so nett zu sein, ihm Bescheid zu sagen, wenn sie etwas Neues höre.

Dann rief er Marions Frauenarzt an. Er war unterwegs zu einer Geburt, und seine Assistentin sagte, ihres Wissens sei Marion nicht im Krankenhaus.

Er rief Isabelle an. Sie ging nicht ans Telefon. Er hinterließ eine Nachricht und rief eine Viertelstunde später wieder an. Diesmal nahm sie ab.

Er sagte ihr, dass er Marion suche.

»Habt ihr euch gestritten?«, fragte sie.

Martin seufzte.

»Ja, ist sie bei dir?«

»Ich weiß nicht, ich höre sie reden, warte mal, ich hole sie«, sagte sie, erst jetzt richtig wach.

Martin vernahm mehrere seltsame Geräusche und dann eine ganze Weile nichts.

»Sie ist hier«, hörte er Isabelle schließlich sagen. »Ich weiß nicht, was du gemacht hast, aber sie ist wirklich sauer.«

»Und sonst, geht es ihr gut?«, fragte Martin.

»Keine Ahnung, ich bin nicht ihr Arzt«, sagte Isa, die kein Interesse daran hatte, ihn zu beruhigen. »Sie wirkt auf jeden Fall eher wütend als krank. Warum rufst du sie nicht direkt an?«

»Sie hat ihr Telefon ausgeschaltet.«

»Soll ich sie dir auf meinem geben, oder hast du eine Nachricht wie ›Ich liebe dich, mein Schatz‹ für sie?«

»Ist schon gut«, sagte Martin, »sag ihr einfach, dass, nein, sag ihr nichts. Ich komme, sobald ich kann. Sag ihr das auch nicht.«

»Okay. Kannst du mir mein rotes Kleid mitbringen?«, fragte Isabelle. »Das lange mit den Trägern. Ich habe nichts mehr anzuziehen. Und auch ein bisschen Unterwäsche. Küsschen, lieber Papa.«

Montagnachmittag

Kommissarin Landowski hatte die Situation richtig eingeschätzt.

Sie ließ sich ihren Triumph nicht anmerken, aber ihre Augen glänzten vor Zufriedenheit, und die war durchaus berechtigt. Das musste Jeannette anerkennen.

Ein früherer Mandant von Duperrier hatte den Detektiv tatsächlich einem der Ermordeten empfohlen, nämlich Stéphane Holliez, dem Chef der Druckerei mit den pädophilen Neigungen. Leider hatte Holliez bereits Besuch vom Mörder gehabt, doch derjenige, der ihm den Detektiv genannt und dabei ungewollt seinen Tod verursacht hatte, hatte Duperrier noch mindestens zehn weiteren Leuten empfohlen. Er hatte bereitwillig eine Liste aufgestellt und sie den Polizisten gegeben.

Bei den anderen Mandanten war die Suche nicht so ergiebig gewesen, aber am Ende des Tages hatten Olivier, Jeannette und Landowski eine Liste von etwa vierzig Personen erstellt, die betroffen sein konnten.

Das war nur der Anfang eines Baumes mit vielen Ästen, dachte Jeannette. Denn diese vierzig konnten ja auch wieder bei anderen die Fähigkeiten des Detektivs gelobt haben, und auch die musste man finden und befragen.

Ihnen blieb nichts anderes übrig, als sich an die Arbeit zu machen und diese Leute nacheinander aufzusuchen, um sich zu vergewissern, ob jemand von ihnen Duperrier beauftragt hatte, und wenn es so war, ihn zu überwachen und zu schützen. Und dann mussten sie noch herausfinden, aus welchem Grund sie den Detektiv engagiert hatten.

Alles führte immer wieder zu diesem Punkt: Einer der letzten Auftraggeber Duperriers hatte vermutlich eine Ermittlung über den Mörder in Auftrag gegeben.

Theoretisch waren sie gut weitergekommen, aber praktisch nicht. Jeannette sah mit Bedauern auf die Liste. Sie nahm ihr Telefon und begann beim ersten Namen. Sie musste heute früher nach Hause, um ihre Tochter abzuholen, und später am Abend würde sie von dort aus weitertelefonieren, vermutlich mit besseren Ergebnissen als am Tag.

Ein Anrufer aus der Polizeidirektion – weiter oben in der Hierarchie als Roussel – hatte von ihr verlangt, so schnell wie möglich Kopien von allen die Ermittlungen betreffenden Ergebnissen weiterzugeben. Berichte, Mitschriften von Vernehmungen, Schlussfolgerungen der Gerichtsmediziner und sogar die Notizen der Ermittler.

Landowski war über diese Anweisung alles andere als begeistert gewesen.

»Sie bauen eine Parallelstruktur auf«, sagte sie bitter. »Und dann nehmen sie uns den Fall weg.«

Jeannette war sich da nicht so sicher. Manchmal hatten die da oben unerklärliche, verrückte Ideen. Vielleicht wollten sie einem Psychologen oder einer ausländischen Polizei, die mit einer ähnlichen Mordserie zu tun hatte, Material geben …

Landowski wirkte danach ein wenig aufgemuntert.

Aber für Jeannette war die Sache fragwürdig. Sie mochte grundsätzlich keine Befehle ohne explizite Begründung. Martin hätte versucht herauszufinden, für wen diese Kopien bestimmt waren, bevor er sie verschickt hätte, aber Landowski hatte sich nicht getraut. Sie fühlte sich zu schwach.

Montagabend

Als er inmitten der Pendler, die auf dem Weg in ihr Nest waren, Richtung Rambouillet fuhr, dachte Martin an seine Begegnung mit Perron. Sein Leben ließ sich mit einem Wort zusammenfassen: Pech. Er hatte nicht die richtige Frau geheiratet, befand sich nicht zur richtigen Zeit am richtigen Ort, und seine Pechsträhne ging noch weiter. Es sei denn, er gäbe sich die Kugel aus der 38er Spezial, die bei seinem Computer lag.

Martin war nicht autorisiert, ihm die Waffe wegzunehmen, hatte ihm aber geraten abzuwarten, wie sich die Dinge entwickelten, bevor er zur Tat schritt.

Neugier kann ein Gegengift für Selbstmord sein, und Perrons Blick verriet ihm, dass er noch etwas vom Leben erwartete, trotz aller Enttäuschungen.

Jocelyne Perrons Liebhaber war ein bekannter Krimineller, ein gewisser Josic Jankelevic. Martin kannte den Namen gut, auch wenn er mit dem Mann selbst nie etwas zu tun gehabt hatte.

Jocelyne war bis zu dem Überfall bei ihrem Mann geblieben, damit sie ihrem Liebhaber alle notwendigen Informationen für den Überfall auf den Geldtransporter und die anschließende Flucht liefern konnte.

Damals hatte Perron schon vermutet, dass seine Frau ihm untreu war, aber nicht in diesem Ausmaß.

Zum Nachteil des Gaunerpärchens waren die planerischen und taktischen Fähigkeiten von Jankelevic bei Weitem nicht so gut wie die als Liebhaber. Der Überfall wurde zur Katastrophe, und Perron, der ein guter Polizist war, hatte zu früh begriffen, worum es ging.

Er hatte den ersten Sack voller Euro gefunden, den die Räuber im letzten Moment unter einem Kanaldeckel versteckt hatten.

Da er nicht wusste, was er mit dem Geld machen sollte, und es nicht zurückgeben wollte, um sich nicht den Fragen aussetzen zu müssen, die man ihm unweigerlich stellen würde, von einer Anklage wegen Mittäterschaft ganz abgesehen, hatte er es seiner Therapeutin Laurette Weizman anvertraut. Das bereute er jetzt bitter.

»Nicht nur ich habe Pech, sondern ich ziehe auch noch andere mit rein. Madame Weizman, und selbst diesen Idioten von Jankelevic und Jocelyne. Passen Sie auf, kommen Sie mir nicht zu nahe!«

Martin hatte in der Tasche das Geständnis, am Computer ausgedruckt und von Perron unterschrieben. Er wollte es nicht Fournier geben, denn wenn etwas Unvorhergesehenes geschah, war es eine gute Rückversicherung. Als Versöhnungsgeschenk wollte er es Marion zu lesen geben, vorausgesetzt, sie verwendete es nicht gegen den Betroffenen. Er war allerdings nicht sicher, dass dieses Geschenk ausreichen würde, um sie zu versöhnen.

Jetzt musste er noch Jocelyne und Josic zu fassen kriegen. Allein konnte er nicht viel tun. Es war Zeit, Fournier und den Verwaltungsapparat mit einzubeziehen. Er hatte noch eine geringe Chance, Josic zu fassen.

Josic Jankelevic war Zuhälter. Und ein Zuhälter auf der Flucht bleibt ein Zuhälter. Um an Geld zu kommen, wendete er mit Sicherheit die vertraute Methode an. Er ließ Mädchen für sich arbeiten. Und Mädchen reden. Mit Spitzeln und Bullen.

Martin fragte sich, ob Josic auch Madame Perron auf den Strich schickte. Oder hatte er sie sich schon vom Hals geschafft?

Martin hatte den größten Teil des Tages damit verbracht, einen gemeinsamen Bekannten von Jankelevic und ihm zu finden. Die Adresse, die er schließlich erhalten hatte, war laut seinem letzten Informanten, dem Besitzer einer Schwulenbar, zu sechzig Prozent vielversprechend. Er musste auf den nächsten Morgen warten, um sicher zu sein, denn sein Kunde/Kontaktmann arbeitete nachts. So hatte Martin gerade Zeit, sich mit Marion zu versöhnen.

Der Präfekt rief Magdalena gegen Mittag an.

Sie trafen sich in der Bar eines Hotels in der Rue du Bac. Er trug ein Köfferchen bei sich.

»Ich habe Ihnen Material mitgebracht, Aufzeichnungen von Verhören, Berichte unserer Ermittler, erste Schlussfolgerungen etc. Ich musste alle Eigennamen schwärzen lassen, die der befragten Personen ebenso wie die der Opfer und der Ermittler. Das ist Pflicht. Ich bitte Sie trotzdem, all das für sich zu behalten.«

Sie öffnete den Ordner und begann, darin zu blättern. Alle Namen waren mit schwarzem Marker durchgestrichen.

»Ihr Vertrauen ehrt mich. Darf ich den Ordner meinen Drehbuchautoren zu lesen geben?«

»Selbstverständlich. Sie sollen es als Ausgangsmaterial benutzen. Aber das muss vertraulich bleiben.«

»Keine Sorge. Wenn die Geschichte vielversprechend ist, haben wir kein Interesse daran, sie vorher zu publizieren. Können Sie mir noch etwas mehr darüber erzählen, bevor ich mit der Lektüre beginne?«

»Es ist eine der blutigsten und unbegreiflichsten Geschichten der letzten zehn Jahre.«

»Ein neuer Serienmörder?«

Er lächelte.

»Nach Aussagen eines unserer Ermittler handelt es sich um einen recht ungewöhnlichen Serienmörder … Es kann kein Psychopath sein. Und manche glauben, es sei eine Frau.«

Ein eisiger Ring legte sich um ihr Herz. Wie waren sie darauf gekommen? Durch ihren Telefonanruf? Aber ihre Stimme war doch verstellt gewesen, geschlechtslos und unmöglich zu identifizieren. Sie versuchte, sich ihre Bestürzung nicht anmerken zu lassen.

»Ich sehe, Sie sind schockiert. Es ist hart, sich eine Frau vorzustellen, die solche unmenschlichen Taten begeht ... Ich glaube, es ist besser, wenn Sie manche Berichte des Gerichtsmediziners nicht lesen ... Die Fotos habe ich vorsichtshalber nicht dazugelegt. Selbst mir fiel es schwer, sie anzusehen. Wenn Sie möchten, bringe ich Sie mit einem hervorragenden Jungen zusammen, der Kriminologie unterrichtet und an Ermittlungen teilnimmt. Er hat ein Buch über Serienmörderinnen geschrieben.«

»Das ist sicher interessant«, sagte sie. »Aber ich glaube nicht an Theorien.«

Sie versuchte, die Härte ihrer Aussage durch ein Lächeln abzumildern. Er lächelte ebenfalls, aber sein Blick war nicht der eines Mannes, der sich verführen lässt. Sie hatte bemerkt, dass er nicht ein einziges Mal auf ihr diskretes Dekolleté geblickt hatte. Er fand sie nicht attraktiv. Das kam vor, es war selten, aber es kam eben vor. Die Sympathie, die sie gespürt hatte, als sie vom König der Raben sprach, war dahin. Was hatte sie gesagt, dass er sich in sein Schneckenhaus zurückzog? War er homosexuell? Schwer zu sagen. Er war vor allem misstrauisch. Sie kam auf Empfehlung des Königs der Raben, und das war eine zwiespältige Empfehlung. Suchte sie wirklich, was sie zu suchen vorgab? Das Gehirn des hohen Beamten war offenbar dabei, in schwindelerregender Eile ein ganzes Feld von Vermutungen zu überprüfen. Er war in so etwas geübt. Man wird nicht durch Zufall Polizeipräfekt. Aber solange er an eine politische Intrige glaubte, die sich gegen ihn richten könnte, konnte sie ruhig schlafen.

»Möchten Sie die Ermittler treffen? Ich glaube sehr an menschliche Begegnungen. Das ist oft aufschlussreicher als ein Bericht, so vollständig er auch sein mag.«

»Das ist eine sehr gute Idee. Ich verlasse mich vollkommen auf Sie.«

Der tiefschwarze Blick blieb kalt und umsichtig. Dann lächelte der Mann ihr zu und hob sein Glas:

»Auf Ihre Gesundheit, auf Ihren Film, auf den König der Raben.«

Sie hatte die Selbstbeherrschung verloren, war zu aufdringlich gewesen. Sie hatte unter dem Einfluss eines unüberlegten, fast selbstmörderischen Impulses gehandelt. Ihr Gegenüber würde jetzt intensiv Nachforschungen über sie anstellen und vielleicht etwas finden … Aber was? Es gab nichts zu finden, außer dass in ihrer Umgebung oft Menschen starben, allerdings meistens durch Unfälle.

Sie besaß jetzt eine wichtige Information, die allein für sich genommen schon die ganze Mühe und das Risiko, die sie eingegangen war, lohnten: Die Polizei suchte nach einer Frau.

Sie konnte die Sache noch zurechtbiegen. Ihr nächstes Opfer musste auf jeden Fall von einem Mann ermordet werden.

Sobald sie nach Hause kam, setzte sie sich an den Computer und ging mit einem Gefühl unendlichen Ekels die Liste durch:

Sébastien Grossard, Rue de l'Université 227,
75007 Paris
Julie Rodez, Rue Anatole-France 22, 92700 Colombes
Stéphane Holliez, Rue Chaligny 15, 75012 Paris
Aymeric Tanguy-Frost, Rue Hallé 21, 75014 Paris

Georges Forrier, Impasse de la Gaîté 8, 75014 Paris
Alain Karief, Villa Monet 19, 75019 Paris
Catherine Amard-Fusin, Rue de la Croix-Nivert 82, 75015 Paris
Eloi Wilkiewitz, Rue des Rosiers 12, 75004 Paris
Valdek Mirmans, Rue Raynouard 12, 75019 Paris
Stéphanie Mallory, Allée des Rois 1, 78100 Saint-Germain-en-Laye
Jacques Faiglioli, Place de l'Horloge 33, 69000 Lyon

Der Polizeibericht, den sie gerade gelesen hatte, jagte ihr einen kalten Schauer über den Rücken. Die Worte tanzten noch vor ihren Augen, die Spur einer Schuhsohle der Größe 38 im Sand. Wie hatte ihr das passieren können? Das war unbegreiflich. Sie hatte den Boden doch Zentimeter um Zentimeter abgesucht.

Aber das war noch nicht alles. Schon bei dem zweiten Mord war alles schiefgegangen. Sie hatte sich im Opfer geirrt!

Aber schaden konnte es ihr nicht. Der Bericht des Polizisten, der Julie Rodez befragt hatte, erklärte, warum sie den Detektiv beauftragt hatte, es war die dumme Geschichte einer verliebten alten Jungfer, die mit ihr nicht das Geringste zu tun hatte. Und dass es statt ihrer die Schwester erwischt hatte, änderte nichts daran.

Doch von Anfang an war ihre Suche eine Katastrophe gewesen. Sie war immer wieder ein enormes Risiko eingegangen, ohne dass dabei viel herausgekommen war. Und sie sah kein Anzeichen, dass diese Pechsträhne aufhörte. Es war, als ob ein unsichtbarer Dämon sich über sie lustig machte. Wollte er sie ins Verderben führen?

Es war besser, Julie Rodez, die ihr wie durch ein Wunder entkommen war, zu vergessen. Sie jetzt zu töten war unwichtig. Aber die sieben anderen musste sie sich unbedingt vom Halse schaffen, selbst wenn das noch riskanter war als vorher. Bevor die verdammten Polizisten sie fanden und befragten, bevor sie selbst es tun konnte.

Auch wenn alle Polizeien der Welt dumm und übervorsichtig waren, das Sammeln von Indizien, selbst wenn sie für sich genommen kaum von Bedeutung waren, würde irgendwann Früchte tragen. Sie hatte sich selbst eine Falle gestellt.

Schon die seltsame Überzeugung einer Ermittlerin und der Chefin der Spurensicherung, dass der Mörder eine Frau war … Zwar war da der Schuhabdruck, aber das genügte nicht. Es gab gar nicht so wenige Männer mit Schuhgröße 38.

Aus den Aufzeichnungen ging nicht hervor, worauf sich ihre Annahme stützte, und das störte und ängstigte sie. Es bedeutete, dass sie Taten beging, deren tieferer Sinn ihr nicht klar war, während völlig Fremde in der Lage waren, sie zu entziffern. Sie verriet sich selbst. Sie dachte an die Ohnmacht, in die sie fiel, wenn der König der Raben sie nahm. Auch da verlor sie jede Kontrolle. Dabei hatte beides miteinander nichts zu tun. Oder vielleicht doch? Ihr Herz raste … Ihr Vater. War er dabei, sich in Gestalt des Königs der Raben zu rächen?

Nein, sie musste damit aufhören, ihr Vater war tot. Der König der Raben war nichts als ein alternder Politiker.

Sie ging ins Badezimmer, nahm eine Klinge und schob sie sich in die Leiste, langsam, bis sie wieder zur Vernunft kam.

Als sie wieder Herrin ihrer selbst war, sah sie sich die geschwärzten Namen der Unterzeichner in den Polizeiberichten an. Sie waren nicht zu erkennen, aber sie sollte sie vielleicht finden und umbringen. Vielleicht nicht jetzt, aber später.

Auf ihrer eigenen Liste rahmte sie, ohne sich dessen bewusst zu sein, mit Bleistift den Namen von Aymeric Tanguy-Frost ein.

Er war vielleicht aus dem Ausland zurückgekehrt. Es war wichtig, ja wesentlich, die Reihenfolge in der Liste zu beachten. Sie hatte gegen das Prinzip verstoßen, und das konnte sie teuer zu stehen kommen. Es war der einzige Weg, dem widrigen Schicksal entgegenzutreten, der einzige Weg, ihr Leben wieder in den Griff zu bekommen. Wenn es ihr gelang, das Geheimnis dieses Mannes zu erfahren und ihn zu töten, würde alles wieder seine Ordnung haben. Nein, solange sie nicht wusste, mit wem ihr Mann sie betrog, würde gar nichts mehr seine Ordnung haben.

Dieser Gedanke lastete schwer und ständig auf ihr, aber sie musste ihre Traurigkeit beiseiteschieben und das Gefühl des Erstickens unterdrücken, das sie jedes Mal überkam, wenn sie sich zu genau Szenen vorstellte. Sie musste eine Trennlinie ziehen zwischen Francis' Verrat, der weder ihr Leben noch ihre Zukunft gefährdete, und ihrer Suche, die ihr Freiheit garantierte.

Das sagte ihr der Verstand. Aber das Bedürfnis, Bescheid zu wissen, war unwiderstehlich. Sie konnte nicht warten. Das war zu viel verlangt.

Francis war mit seinem Chef im Senat. Sie hatte Zeit genug, seine Sachen zu durchsuchen. Seine Anzugstaschen, seine Schreibtischschubladen. Seine Akten. Die Festplatte seines PC, dessen Passwort sie seit Langem kannte. Im Gegensatz zu dem, was sie bei ihren Opfern tat, durfte sie keinerlei Spuren hinterlassen. Alles musste wieder an seinem Platz sein wie vorher.

Sie brauchte fast zwei Stunden für ihre Durchsuchung und ließ dabei nichts aus. Nur sein elektronischer Terminkalender fehlte, aber von dem trennte er sich nie.

Sie fand nichts Verdächtiges. Wenn es etwas zu finden gab, musste es in seinem Büro bei der Partei oder dem Senat oder bei seinen Eltern sein. Oder anderswo. Verstecke gab es genug. Sie hatte sich immer dazu beglückwünscht, dass es ihr gelungen war, drei Viertel ihres Lebens vor jeder Kontrolle geheim zu halten, auch der ihres Mannes, und jetzt merkte sie, dass es umgekehrt genauso war: Drei Viertel des Lebens ihres Mannes blieben ihr verborgen.

Kapitel 26

Montagabend

Martin wusste nicht, wann genau er Marion gegenüber einen Fehler begangen hatte. Er war bereit, sein Unrecht einzugestehen, und wartete nur, dass sie ihm erklärte, was er denn so Schreckliches getan hatte. Das bedeutete, reif zu werden, sagte er sich. Als bei Myriam vor vielen Jahren die ersten Anzeichen von Überdruss spürbar geworden waren, hatte er sich in Schweigen gehüllt und sich eingemauert. Er war unfähig gewesen, über alles zu reden.

Vielleicht war es schon zu spät, vielleicht hatte Marion genug von ihm. In diesem Fall konnte er nicht viel tun.

François, Isas Freund, wohnte in einem großen Haus inmitten eines Parks. Park und Haus, die er geerbt hatte, waren verwahrlost, wie es oft mit schönen und kostbaren Dingen geschieht, die den Besitzer nichts gekostet haben. Im geräumigen Erdgeschoss des Hauses lag sein Bildhaueratelier, die wenig komfortablen Wohnräume waren in der zweiten und dritten Etage.

Das Eingangstor stand offen, und als er über die holprige Allee fuhr, die zum Haus führte, fragte sich Martin zum hundertsten Mal, ob es richtig gewesen war, herzukommen.

Er stellte seinen Wagen neben einen alten Volvo Variant, und als er aus dem Auto stieg, blickte er an dem hohen Gebäude hinauf. Nur die Fenster im obersten Stock waren erleuchtet, die großen Scheiben im Erdgeschoss waren schwarz.

Er klopfte erst gar nicht, denn oben hätte ihn sowieso niemand gehört. Die Eingangstür war nicht abgeschlossen.

Das einsame Haus im Park ... Toreinfahrt offen, Eingangstür offen, zugänglich für jeden Dieb. Jedermann konnte hier hinein, genau wie er. Er würde zwei wehrlose schwangere Frauen vorfinden und einen netten sympathischen jungen Mann, der wahrscheinlich unfähig war, sie bei einem Überfall zu schützen. Martin sagte sich, dass er wohl schon unter einer beruflichen Deformation litt, wenn ihm solche Gedanken kamen, aber gefallen tat es ihm trotzdem nicht.

Auf einem Garderobenständer bemerkte er eine dicke Schaffelljacke, die Isa gehörte, und sah sich etwas genauer um. Die Skulpturen von François hatten im Dunkeln etwas Beunruhigendes und waren, wie er fand, interessanter als bei Tage. Die Luft war eiskalt.

Er ging leise die Treppen hinauf, blieb in der verwaisten ersten Etage einen Augenblick stehen. Das Innere war nicht restauriert worden, die Wände der Treppe im Licht der nackten Glühbirnen, die an gedrehten Kabeln hingen, waren voller Risse und grauer Feuchtigkeitsflecken. Die angefangenen Skulpturen und Formen, die überall am Boden oder irgendwo in Regalen lagen, unterstrichen noch die Atmosphäre der Verwahrlosung, die die Umgebung ausstrahlte.

In der zweiten Etage ging er durch einen langen Flur und blieb bei der ersten offenen Tür stehen, aus der ein Lichtschein drang.

Marion, Isa und François saßen in dem überheizten Raum auf Kissen und tranken Pfefferminztee. Dazu hörten sie indische Musik. Sie rauchten nicht, aber ein starker Haschischgeruch lag in der Luft des Zimmers. Sie wandten ihm alle drei den Kopf zu, ohne besonders überrascht zu wirken. Isa war die Einzige, die ihm zulächelte.

Die Mädchen müssten nur geblümte Kleider tragen und François einen Bart, dachte Martin. Die sechziger Jahre kehrten mit aller Macht zurück. Schwangere Frauen, die Haschisch rauchten. Für ihn war es das Letzte, aber für eine solche Bemerkung war es gerade nicht der richtige Moment.

François grüßte ihn mit einem Kopfnicken und wies auf ein leeres Kissen, Marion sagte nichts und zeigte keinerlei Regung.

Isa hatte Mitleid mit ihm. Sie stand trotz ihres dicken Bauches behände auf und nahm ihm die Tasche mit ihrem Kleid und der Unterwäsche aus der Hand.

»Danke, dass du dran gedacht hast«, sagte sie und umarmte ihn.

Er kam sich linkisch und deplatziert vor. Ein alter Onkel, der zu Besuch kam.

»Ich glaube nicht, dass du gekommen bist, um mich zu besuchen«, sagte Isabelle mit einem Augenzwinkern. »Ich gehe ins Bett. Wer mich liebt, kommt mit.«

François begriff die Botschaft. Er stand auch auf, sagte unwirsch gute Nacht und schloss die Tür halb hinter sich.

»Es ist irre heiß in diesem Zimmer«, sagte Martin.

»Bist du siebzig Kilometer im Stau gefahren, um mir das zu sagen?«

»Ich bin gekommen, damit du mir sagst, was ich verbrochen habe.«

»Ich könnte dir vieles sagen, aber es läuft auf ein und dasselbe hinaus. Ich glaube, du kannst nichts dafür. Es ist eben so. Du bist so. Schade, dass ich es erst jetzt merke.«

»Dass du was merkst?«

»Dass du mich nicht mehr liebst. Und mich wahrscheinlich nie geliebt hast. Du hast immer nur so getan als ob. Warum? Um mich zu verführen, mich nicht zu enttäuschen …

Ganz egal. Dass du mich angelogen hast, ist im Grunde nicht so schlimm. Hab ich halt Pech gehabt. Aber hör auf, dir selber was vorzumachen. Es ist hart, Martin, ich hätte fast lieber … nichts gemerkt und weiter so gelebt, wenigstens ein paar Jahre. Viele Frauen geben sich mit so was zufrieden. Es ist nicht so schwierig, mit dir zu leben. Wenn du darauf achtest, bist du ein guter Liebhaber. Du interessierst dich sogar für mich. Wenn du daran denkst. Aber ich kann so nicht leben. Ich bin nicht so. Ich kann nicht mit jemandem leben, der mich nicht wirklich liebt. Ich muss so geliebt werden, wie ich selbst liebe.«

Er ging zu ihr hin und nahm sie in die Arme. Sie ließ es geschehen, wandte aber den Kopf ab. Ihr lief eine Träne herunter.

»Wir bekommen ein Kind«, sagte er und wischte die Träne mit einem Finger ab.

»Ich bekomme ein Kind«, sagte sie barsch. »Ich werde dich nicht daran hindern, es anzuerkennen, wenn du das willst, aber ich werde es nicht mit einem Mann erziehen, der mich nicht liebt. Vielleicht liebst du mich, so viel du kannst, das heißt, wenig. Mir reicht das aber nicht, für mich ist es so, als liebtest du mich gar nicht. Ich habe gewartet … Und ich bin es leid zu warten. Ich brauche etwas anderes. Ich brauche mehr. Das ist vielleicht egoistisch, aber so ist es eben.«

»Ich liebe dich.«

Er nahm sie wieder in den Arm, und diesmal lehnte sie den Kopf an seine Schulter. Dann stieß sie ihn sanft, aber mit Entschiedenheit zurück.

»Tut mir sehr leid, dass du so viele Kilometer umsonst gefahren bist«, sagte sie, »aber du hättest anrufen können, und ich hätte dir gesagt, dass du es dir sparen kannst. Ich möchte, dass du gehst. Wir können später darüber reden, aber nicht jetzt, ich muss allein sein.«

»Wie du willst. Ich rufe morgen an.«

Sie zuckte mit den Schultern.

»Wenn du willst.«

Er küsste sie auf die Stirn. Sie zeigte ein mechanisches, unpersönliches Lächeln, das ihn mehr verletzte als eine Ohrfeige.

Kapitel 27

Dienstagmorgen

Sie stand vor Francis auf und sah sich seinen elektronischen Terminkalender an. Heute gab es keinerlei Luft zwischen seinen Terminen. Sie blätterte zurück. Nichts Verdächtiges, kein unpassendes Rendezvous. Dann sah sie sich die Termine für die nächsten zwei Monate an. Da waren noch viele Fragezeichen. Francis' Terminkalender richtete sich in erster Linie nach seinem Chef, und die Verpflichtungen eines Politikers können sich durch aktuelle Ereignisse ändern.

Alles schien in Ordnung zu sein. Von den Leuten, mit denen er verabredet war, hatte er ihr erzählt, wenn sie sie nicht schon selbst bei Einladungen getroffen hatte. Es waren fast nur Männer. Das hatte natürlich nichts zu bedeuten. Jeder von ihnen konnte Francis als Alibi dienen.

Der König der Raben wusste die Wahrheit, da war sie sich sicher. Er hatte es ihr angedeutet. Francis war der Liebling der Frauen. Jung, schön, reich, charmant, also war es kein Wunder. Der Parteichef amüsierte sich bestimmt köstlich darüber. Er spielte mit ihr. Sie spürte Wut in sich aufsteigen. Auf keinen Fall nachgeben. Sie brauchte ihn. Er war ihr Garant für Straffreiheit.

Sie ging ins Schlafzimmer und beobachtete Francis. Er war fast völlig nackt und schlief in einer entspannten Lage, einen Arm an seinem Körper, den anderen über dem Kopf halb angewinkelt, die Finger gebeugt.

Sie sah ihn lange an, ihr Herz klopfte heftig, und sie suchte nach einer Spur, die eine Frau an diesem nahezu perfekten Körper hätte hinterlassen können. Sie schnupperte an der Haut seines Halses, seiner unbehaarten Brust, den schmalen Hüften, bevor sie weiter nach unten glitt. Nichts, und doch war da irgendetwas, ein Geruch, den sie nicht kannte ... Es war kein Körpergeruch ... Es war auch kein Parfum oder Eau de Toilette ... Nein, es war eher eine Seife mit Mandel- oder Bittermandelgeruch. So etwas hatten sie in ihren beiden Badezimmern nicht. Er hatte sich anderswo gewaschen. Wo?

Sie küsste ihn auf die Seite seines Körpers, setzte ihre Küsse fort, bis sie zu der doppelten Beuge zwischen dem flachen Bauch und der Leiste kam. Das Glied ihres Mannes bewegte sich und schwoll an, als sei es lebendig. Es rollte sich nach oben auf. In einer Vene, die von unten nach oben reichte, klopfte es. Sie küsste es von unten beginnend, entlang der Ader und nahm es dann in den Mund. Er brummte, stöhnte, streichelte ihr ungeschickt den Kopf. Sie hörte auf und sah ihn an. Er schlief immer noch. Er tat nicht so als ob. Sie begann von Neuem mit ihren Küssen. Unmittelbar vor seinem Orgasmus tat sie, was sie geplant hatte, und ging leise wieder. Kaum eine Minute später klingelte der Wecker.

Dienstagmorgen

Der Verwalter im Haus Nr. 8 der Impasse de la Gaîté ärgerte sich über seine Mieter. Eine Bande von Pseudokünstlern, unfähig zu respektieren, was allen gehörte. Der Schlimmste von allen war Georges Forrier, ein Paparazzo (oder hieß es Paparazzi, das war egal), laut, grob. Er warf Whisky- und Bierflaschen in den Müll, ohne sich an die Mülltrennung zu halten, die jeder Bürger, dem die Zukunft des Planeten am Herzen lag, vornehmen sollte.

Der Hausmeister war einer der Miteigentümer, den die anderen gewählt hatten, und er hatte das Pech, genau über Forrier zu wohnen.

Jede Woche brachte er irgendwelche Mädchen mit, meist hübsch, aber in jedem Fall jung. Diese schamlosen Dinger hatten keinerlei Hemmung, wenn sie sich mit dem Fotografen paarten, ihr Vergnügen laut herauszuschreien und das genau über seinem keuschen Bett, das seine Frau vor fünfzehn Jahren verlassen hatte. Wie kam es, dass ein so abstoßender Kerl wie Forrier es schaffte, solche Kreaturen zu verführen? Wo fand er die bloß?

Die ungewohnte Ruhe, die seit letztem Freitag über seiner Wohnung herrschte, missfiel dem Verwalter keineswegs. Forrier war offenbar gerade hinter einem seiner drittrangigen Stars irgendwo am Rande Frankreichs oder Europas her, und der Verwalter wünschte sich nur eines: dass er nicht wiederkam.

Als er dann einen merkwürdigen Wasserfleck in seiner Küche bemerkte, änderte er seine Meinung. Das Wasser von oben zerstörte den lachsfarbenen Lack, mit dem er gerade erst die Decke gestrichen hatte. Er rannte in die obere Etage und klopfte gegen Forriers Tür. Vergeblich.

Typisch. Forrier fuhr weg und ließ den Hahn offen. Der Verwalter hatte keinen Zweitschlüssel. Er klopfte erneut, immer noch keine Antwort. Als er sein Ohr an die Tür hielt – das war auch typisch Forrier, einfach nicht zu antworten, wenn man an seine Tür klopfte –, roch Letel plötzlich einen süßlichen, ekelerregenden Geruch. Forrier war auch noch dreckig. Seine Wohnung musste ein Schweinestall sein. Bevor er weggegangen war, hatte er offenbar nicht mal den Mülleimer geleert.

Er räusperte sich.

»Monsieur Forrier«, sagte er und kam sich dabei vor wie ein Idiot, »hier ist Monsieur Letel, Ihr Verwalter. Wir haben ein Problem mit einem Wasseraustritt. Ein schlimmes Problem. Wenn Sie da sind, wäre ich Ihnen dankbar, wenn Sie öffnen würden. Monsieur Forrier, sind Sie da?«

Er unternahm noch einige Versuche und gab dann auf.

Er hatte keine Wahl. Er suchte im Branchenbuch und rief einen Schlosser an. Dazu war er als Miteigentümer berechtigt.

Während er auf den Schlosser wartete, ging er ins Erdgeschoss. Im Eingangsflur quoll Forriers Briefkasten von Werbung über. Hier hätte er zuerst nachsehen sollen. Forrier war wirklich nicht da.

Der graue Yamaha Scooter des Fotografen war an dem üblichen Platz angeschlossen. Wenn Forrier für mehrere Tage verreiste, stellte er das Fahrzeug in die Garage. Irgendetwas war merkwürdig und widersprüchlich. Letel sah zu den Fenstern der zweiten Etage hoch. In einer halben Stunde habe ich die Sache vom Hals, sagte er sich, ohne zu ahnen, welcher Anblick ihn erwartete und bis ans Ende seiner Tage verfolgen würde.

Dienstagmorgen

Martin wartete in einer kleinen Straße des 10. Arrondissements und spürte weder Hände noch Füße, so kalt war es in seinem Wagen.

Er hatte eine schlimme Nacht hinter sich. Er warf sich vor, bei Marion zu schnell aufgegeben zu haben. Er hatte sich zu früh damit abgefunden, wieder zu fahren. War das der Beweis, dass Marion recht hatte? Dass er sie nicht mehr liebte? Heute Morgen wuchs sein Unbehagen noch mehr. Er ging im Geist noch einmal die letzte Woche durch. Außer seinem depressiven Zustand, der Marion aus dem Gleichgewicht gebracht hatte, hatte er wieder mit seiner Arbeit begonnen, mit der gewohnten Unabhängigkeit und Verschwiegenheit, ohne auf sie Rücksicht zu nehmen.

Ihm kam ein Sprichwort, das seine Tante oft verwendete, in den Sinn: Männer liebt man für das, was sie tun, Frauen für das, was sie sind.

Er hatte sich im Leben eines alten Paares eingerichtet, in dem seine Freundin fast keinen Platz mehr hatte, und sie hatte ihr ganzes Leben für ihn geändert. Marion war ein Mensch, den man ernst nehmen musste. Er verstand, dass sie ihn nicht mehr ertrug. Aber liebte er sie genug, um seine Lebensweise radikal zu ändern, um mit ihr zu leben und ihr den Stellenwert einzuräumen, den sie verlangte? Diese Frage hatte sie ihm gestellt, und nun musste er sie sich auch stellen.

War er ihr nicht böse, dass sie ihn mit über fünfundvierzig zu einem Familienleben mit Kind zwang? Ein Kind, das fünfzehn sein würde, wenn er schon über sechzig wäre, und zwanzig, wenn er fünfundsechzig war.

Das Telefon klingelte, er nahm ab, erleichtert, diese Rechnungen nicht fortsetzen zu müssen.

Es war Landowski.

Sie bat ihn um einen Gefallen und erzählte ihm, dass eine Filmproduzentin, die der Polizeipräfekt schickte, sie treffen wollte, um für einen Film mehr über die Ermittlungen zu erfahren.

Sie hatte sich gesagt, dass Martin, der den Fall ebenso gut kannte wie sie oder Jeannette, mit dieser Person reden könnte. Das hätte den doppelten Vorteil, dass sie keine Zeit verloren und damit die Chefs nicht verärgerten.

»So was höre ich zum ersten Mal«, sagte Martin. »Seit wann wird während laufender Ermittlungen mit irgendjemandem darüber geredet?«

»Sie kam auf einen Anruf des Polizeipräfekten und einen zweiten von Roussel hierher. Nach dem, was er sagt, sollten wir uns höflich benehmen. Es kommt von oben, von ganz oben.«

»Und wenn morgen alles, was wir ihr sagen, in der Presse steht und der Wiederholungstäter dann der Justiz entkommt?«

»Glauben Sie, das habe ich mich nicht auch schon gefragt?«, gab Landowski zur Antwort. »Das ist es ja gerade, Sie können uns von ihr befreien und die Sache im Keim ersticken. Im Übrigen soll sie sehr gut aussehen.«

»Das ist genau das Argument, das einen so blöden Idioten von Polizisten wie mich überzeugen kann.«

»Das wollte ich damit nicht sagen«, meinte Landowski entschuldigend. »Es sollte Sie nur dazu bringen, es zu machen. Es würde mir wirklich helfen, wenn sie mir nicht mehr in die Quere käme.«

»Okay«, sagte Martin.

Er legte auf. Er war jetzt der Mülleimer der Polizei, sein neuer Beruf. Verdeckt über Kollegen ermitteln. Mit geheimnisvollen Figuren spazieren gehen, die von den höchsten Kreisen geschickt worden waren. Und in dieser Zeit haute ihm seine Freundin ab.

Zum ersten Mal seit seinem Unfall erwog Martin ernsthaft zu kündigen.

Aber jetzt war nicht der richtige Moment. Wenn er zu früh in Rente ging, konnte er davon nicht leben. Und er hatte keine Lust, als Chef eines Sicherheitsdienstes zu arbeiten oder ein Detektivbüro aufzumachen.

Er kannte ehemalige Polizisten, die Drehbücher für Krimis schrieben und damit ganz gut zurechtkamen, aber er hatte kein besonderes Talent zum Schreiben. Als Kind hatte er immer Gießer werden wollen. Er liebte Bronze. Es war ein edles und antikes Material. Manche Bronzefiguren faszinierten ihn, aber er hatte nie genug Geld verdient, um sich welche zu kaufen. Außerdem hatte er keinerlei Sammlerinstinkt. Er hätte gern welche hergestellt. Myriam hatte ihm vor Jahren eine kleine Frauenskulptur geschenkt, einen dunkelgrünen Körper mit rauer Oberfläche, die von einem Maillol-Schüler stammen sollte. Das war sein einziges Sammlerstück. War es zu spät, um den Beruf noch zu erlernen? Er hatte gehört, dass es immer weniger Gießer gab und ein guter Handwerker jede Arbeit finden konnte, die er wollte. Aber konnte man mit fünfundvierzig einen neuen Beruf anfangen?

Während er über seine beruflichen Aussichten und seine schwierige Beziehung zu Marion nachdachte und sich fragte, wer diese Frau war, die von ganz oben geschickt worden war, um sich über die Ermittlungen zu informieren, beobachtete er eine schmale Metalltür zwischen dem Fenster eines Waschsalons und einer Schusterwerkstatt.

Es war Viertel nach acht. Die Geschäfte waren noch geschlossen, es war noch nicht ganz hell. Am Ende der Straße versperrte ein Lieferwagen den Weg vor einem Supermarkt mit geöffnetem Rollladen. Man hatte sich nicht mal die Mühe gegeben, den Dieselmotor abzustellen, und Wolken der giftigen Abgase stiegen in die kalte Luft. Weiße Neonröhren blitzten auf. Wütendes Hupen der Autofahrer, die gelben Blinklichter der Müllautos. Auf den Bürgersteigen und Fußgängerüberwegen waren Kinder und Jugendliche in grellbunten Daunenjacken auf dem Weg zur Schule.

Er erkannte die schmale Gestalt sofort, als sie um die Ecke bog und in langen Schritten auf ihn zukam. Er blieb sitzen, ließ ihn die Metalltür mit einem Schlüssel öffnen und in dem Gebäude verschwinden. Er sprang aus dem Wagen und erreichte die Tür gerade noch, bevor sie zufiel.

Der lange Flur des Gebäudes war schon leer. Er hörte die hohen Absätze in der Ferne auf den Steinstufen klacken.

Er lief leise hinterher, mehrere Stufen auf einmal nehmend, bis in die dritte Etage. Er erwischte die Gestalt in dem Moment, als sie die Schwelle ihrer Wohnung überschritt, und bevor sie Zeit hatte, sich umzudrehen, gab er ihr einen Stoß zwischen die Schultern, trat hinter ihr in die Wohnung und schlug die Tür zu.

Der Mann wäre beinahe gestürzt. Er schwankte und hielt sich am Türrahmen fest, das Gesicht blass und erschrocken unter einer dicken rothaarigen Perücke. Er hob seine lange manikürte Hand zur Brust.

»Sie sind wohl verrückt«, sagte er. »Ich hab noch nie im Leben einen solchen Schreck gekriegt.«

»Tut mir leid, Julien«, sagte Martin, »aber wenn ich geklingelt hätte, dann hättest du mir vermutlich nicht aufgemacht.«

»Natürlich nicht«, sagte der Mann, nahm die Perücke ab und ging in das enge mit Nippsachen vollgestellte Wohnzimmer. Mit einem Fingerschnipsen zündete er die Birnen an seinem Spiegel an und setzte sich dann mit einem müden Seufzer hin. Er versuchte, Haltung zu bewahren, indem er so tat, als sei Martin nicht da. Drei andere Perücken standen auf Gestellen aus Polystyrol, er stellte die rote daneben, knipste den elektrischen Heizofen an, legte die Hände über sein Gesicht und hinterließ Spuren auf der dicken Make-up-Schicht.

Er hatte sehr kurzes Haar, große, stark geschminkte Augen, einen breiten geschwungenen Mund. Seltsamerweise wirkten seine Züge weiblicher, wenn er keine Perücke trug, stellte Martin fest. Er nahm einen Wattebausch mit Make-up-Entferner und begann, sich das Gesicht zu reinigen.

»Wollen Sie uns keinen Kaffee machen? Sonst schlafe ich auf der Stelle ein. Es war hart gestern Abend. Außerdem hat mich, als ich aus der Kneipe kam, ein Typ überfallen. Ich musste ihn mit dem Schuh verprügeln, um ihn loszuwerden. Dieser Idiot.«

Er beugte sich vor und zog seine hochhackigen Schuhe aus. Auch wenn er noch so weiblich aussah, seine Füße waren eindeutig Männerfüße, trotz der lackierten Nägel.

Er warf die Schuhe in die Zimmerecke in einen Korb, der bis zum Rand voll mit den verrücktesten Schuhen war.

Dann zog er seine Bluse und den BH aus. Seine Brüste waren ebenso voll und schön wie die einer Striptease-Tänzerin, was er ja schließlich auch war.

»Ich habe keine Lust auf so was«, sagte Martin, »zieh dir was an, sonst holst du dir den Tod.«

Mit einem kleinen Seufzer schlüpfte Julien in einen japanischen Morgenrock und band den Gürtel zu. Er drehte seinen Drehstuhl um und schlug vor Martin langsam die Beine übereinander.

»Ich habe mich diesen Sommer operieren lassen«, sagte er. »Wollen Sie mal sehen? Es sieht gut aus.«

»Julien«, sagte Martin und reichte ihm seinen Kaffee. »Wir sind hier nicht im Kino. Wir sind immer gut miteinander ausgekommen, und ich habe dich mindestens zweimal vor der Verhaftung bewahrt. Glaub nicht, dass ich einer deiner Freier bin, oder du kriegst Ärger.«

»Ist ja gut«, seufzte Julien und nahm sofort eine normalere Haltung an. »Was wollen Sie von mir?«

»Josic.«

»Reden Sie nicht von diesem gemeinen Idioten. Ich versuche ihn seit zehn Jahren zu vergessen.«

»Ich suche ihn ja nicht, um ihm einen Gefallen zu tun«, sagte Martin.

»Das ist mir wurscht. Ich weiß nicht, wo er ist, ich weiß nicht, was er macht, und ich will es auch nicht wissen.«

Martin konnte ihn verstehen. Mit achtzehn hatte Julien für zwei Jahre mit Josic die Zelle geteilt. Der Zuhälter hatte ihn nicht nur jeden Tag gevögelt, sondern seine Dienste auch anderen Schwerkriminellen angepriesen. Julien hatte zwei Selbstmordversuche unternommen, und als er aus der Krankenabteilung entlassen wurde, steckte man ihn wieder in dieselbe Zelle. Er hatte Josic nie angezeigt.

Martin, der damals einer Strafvollzugsreform-Kommission angehörte, hatte über einen anderen Häftling, dessen Identität er nicht verriet, von den Vorgängen erfahren. Er hatte darauf bestanden, dass Julien in eine andere Anstalt verlegt wurde, und gedroht, diesen leider banalen Skandal an die Presse weiterzugeben, wenn man seiner Bitte nicht Folge leisten würde. Sie wurde erfüllt, aber bald darauf flog er aus der Kommission.

»Josic ist auf der Flucht«, sagte Martin »Er wird verdächtigt, bei einem Raubüberfall mehrere Menschen umgebracht zu haben, auch einen Bullen. Er hat auch eine Freundin von mir überfallen, die in Lebensgefahr schwebt.«

»Das ist traurig«, sagte Julien, »aber was kann ich daran ändern?«

»Er braucht Geld«, sagte Martin. »Und er ist nicht allein. Er ist mit einer gut aussehenden Vierzigjährigen zusammen. Die Frau eines Polizisten. Er hat die Sache gemeinsam mit ihr gemacht.«

»Warum erzählen Sie mir das alles?«, fragte Julien und gähnte. »Ich habe die ganze Nacht gearbeitet, ich bin tot. Ich gehe jetzt schlafen.«

So merkwürdig es schien, selbst nachdem Julien in ein anderes Gefängnis verlegt worden war, hatte er geschwiegen und Josic gedeckt. Martin hatte am Ende begriffen, dass er hoffnungslos in seinen Peiniger verliebt war.

Julien stand auf und ging zu dem schmalen Bett im hinteren Teil des Zimmers. Er hob die Zudecke hoch und legte sich hin. Den Kopf auf dem Kissen, wandte er Martin den Rücken zu.

»Bitte machen Sie das Licht aus, und ziehen Sie die Tür hinter sich zu«, sagte er müde.

»Hör gut zu, Julien«, sagte Martin. »Ich will dieses Miststück und werde alles tun, um ihn zu kriegen. Im Moment ist es noch inoffiziell. Aber wenn du nicht mitmachst, wird es so offiziell, wie es besser nicht mehr geht. Dann rede ich über dich, und der Tanz kann losgehen.«

»Ich tue nichts Illegales. Keiner kann mir was«, sagte Julien, ohne die Augen zu öffnen. »Lassen Sie mich in Ruhe. Außerdem heiße ich nicht mehr Julien, sondern Julie. Ich bekomme bald offizielle Papiere.«

»Nein, die kriegst du nicht. Und das Gefängnis, in das du kommst, ist kein Frauenknast. Willst du noch mehr hören?«

»Das dürfen Sie nicht tun.«

»Ich nicht, aber meine Nachfolger. Sie kennen deine kleinen Gaunereien, sie lassen die Dinge laufen, weil sie wissen, dass ich dich schütze. Aber wenn ich mal wegsehe, haben sie genug, um dich für ein paar Monate aus dem Verkehr zu ziehen. Ein Bulle ist tot, Julien, da wirst du nicht verschont.«

»Das können Sie nicht machen«, sagte er wieder und wandte sich plötzlich zu Martin um. »Das dürfen Sie nicht.« Zwei Tränen rannen an seinen Wimpern entlang und liefen über seine zu dünnen Wangen.

»Wenn ich Josic verhafte, hat er die Chance, am Leben zu bleiben. Du tust ihm einen Gefallen. Und dann stellt er keine öffentliche Gefahr mehr da.«

Diese Idee schien endlich auf fruchtbaren Boden zu fallen.

»Da ist ein Mädchen, Cristelle.«

»Eines von seinen Pferdchen?«

»Ja. Oder besser gesagt eine von früher. Sie geht nicht mehr auf den Strich. Sie hat in letzter Zeit im Fil gearbeitet. In der Bar, wo auch ich arbeite. Wir verstehen uns gut. Ich habe begriffen, dass sie für Josic gearbeitet hat. Sie hat ein paar Andeutungen gemacht, die nicht jeder verstehen konnte, aber ich habe es gecheckt.«

»Ist sie heute Abend da?«

»Nein. Das ist es ja gerade. Wir haben sie seit zwei Wochen nicht gesehen.«

»Ist sie weggeblieben, ohne jemandem Bescheid zu sagen?«

»Sie ist einfach nicht mehr gekommen, das ist alles.«

»Glaubst du, dass sie wieder auf den Strich geht?«

»Wenn Josic Knete brauchte, hat er sie vielleicht geholt und wieder auf die Straße geschickt. Oder sie ist abgehauen.«

Martin sah Julien an. Der Junge schien erschöpft und voller Angst.

»Wenn du noch etwas weißt, rate ich dir dringend, es mir jetzt zu sagen«, sagte Martin. »Danach ist es zu spät.«

»Sonst weiß ich nichts«, sagte Julien mit weit aufgerissenen Augen, also wolle er damit seine Glaubwürdigkeit beweisen. »Ich schwöre es.«

Als Martin nach draußen ging, sah er zum bleischweren Himmel. Das rettete ihn. Die Eisenstange hätte ihm das Genick brechen sollen, aber sie traf den Schädel an einer Stelle, wo er viele Haare hatte, und so ging ein beträchtlicher Teil der Bewegungsenergie verloren.

Er fiel nach vorn und stieß gegen seine Wagentür, bevor er zu Boden glitt, in den Rinnstein zwischen Bürgersteig und Wagenboden, wo ihn die Passanten nicht sehen konnten.

In dem Augenblick, in dem an der Ecke der Straße ein städtischer Angestellter einen Hahn öffnete. Das eiskalte Wasser strömte hervor, floss durch den Rinnstein und spülte die Abfälle weg, erreichte Martin, rauschte über seinen Kopf, bedeckte seinen Nacken und sein Gesicht, bevor es seine Kleider durchnässte. Plastiktüten, Hundekot, leere Bierdosen und anderer Müll türmten sich auf ihm.

Kapitel 28

Dienstag, 13.00 Uhr

Sein erster Gedanke, als er aufwachte, war, dass er seit dem Ende des Sommers das Krankenhaus nicht verlassen hatte. Alles andere, seine Entlassung, das Zusammenziehen mit Marion, die Sache mit dem Serienmörder, seine Beurlaubung, alles, was er seither erlebt hatte, war nichts als ein Traum – ein Traum, mit Albträumen vermischt. Er öffnete die Augen.

Drei rosa Würste und ein Blumenstrauß bewegten sich vor seinem Gesicht. Und ständig hörte er eine schneidende Stimme. Wie-vie-le-Fin-ger. Wie-vie-le-Fin-ger? Im Hintergrund sah er ovale rosafarbene Formen, die sich im Halbdunkel bewegten, Mortadellascheiben vielleicht?

Um sich von dem Metzgeralbtraum zu befreien, schloss Martin die Augen wieder. Aber die Stimme fuhr fort. Wie-vie-le-Fin-ger?

Er wurde etwas gefragt! Da sagte er leise: »Drei.«

Das Mantra verschwand sofort, und er war so erleichtert, dass ihm Tränen in die Augen traten. Aber schon ging es weiter.

»Wie heißen Sie? Wie heißen Sie? …«

Er musste wieder seine ganze Energie zusammennehmen.

»Martin«, murmelte er.

Die Stimme schwieg, die rosa Ovale schwebten nicht mehr durch die Luft, sondern verbanden sich nun mit mehr oder weniger farbigen Dingen – Kleider, ja es waren Kleider – und wurden zu Gesichtern. Ein unbekanntes Gesicht … Und ein anderes, das er erkennen konnte. Das von Fournier.

Martin merkte jetzt, dass er im Hinterkopf starke Schmerzen hatte. Er versuchte, die Hand zu heben, um seinen Nacken anzufassen, aber er stöhnte auf vor Schmerz. Jemand machte sich neben ihm zu schaffen und spritzte etwas in den Schlauch mit destilliertem Wasser, der über ihm hing.

Der Schmerz ließ nach, verschwand aber nicht ganz. Etwas Geräuschvolles geschah vor ihm. Er verstand den Sinn nicht, hörte aber, dass es einen Streit gab. Am Ende begriff er, dass Fournier mit ihm sprechen wollte. Der Arzt war dagegen. Der klassische Fall. Er hob die linke Hand. Die Stimmen hörten auf. Die Gesichter beugten sich zu ihm herunter.

»Ich weiß nicht, wer«, sagte Martin.

»Wie?«, fragte Fournier.

Martin fragte sich, was nicht stimmte. Er hatte sich doch klar ausgedrückt. Wieder nahm er alle Kräfte zusammen.

»Ich weiß nicht, wer das getan hat«, wiederholte er.

Der Arzt redete, und diesmal begriff Martin, was los war.

»Lassen Sie ihn jetzt in Ruhe, er muss sich erholen.«

Martin schloss die Augen und ließ sich treiben. Ein paar Augenblicke später öffnete er sie wieder. Die Fenster waren dunkel, es war Nacht. Er könnte sich sogar daran gewöhnen. Er hob vorsichtig den linken Arm und bog ihn nach hinten, um seinen Schädel zu betasten. Er hatte einen Verband um den Kopf. Er tastete ein bisschen weiter und war erstaunt, dass er auf marmorglatte Haut stieß. Man hatte ihm den Schädel rasiert.

Plötzlich konnte er klar sehen. Rechts von ihm stand ein Telefon. Er streckte den Arm nach dem Hörer aus, um ihn zu sich heranzuziehen.

Aber er entglitt ihm, fiel zu Boden, zerbrach, und die Batterien sprangen heraus.

Martin fand zwischen verschiedenen verdrehten Kabeln den Knopf, um die Schwester zu rufen.

Ein weißer Kittel kam herein, warf einen Blick auf die Monitore, folgte Martins Blick, bückte sich und hob die Teile des Telefonhörers auf.

»Ich muss meiner Familie Bescheid geben«, sagte Martin.

»Ich glaube, sie wissen es schon«, sagte der Mann, »aber ich sehe mal nach, wenn Sie wollen. Bis dahin nicht bewegen.«

»Was habe ich?«, fragte Martin.

»Eine beginnende Hirnblutung. Zwar ist die Blutung zum Stillstand gekommen, wir haben jedoch trotzdem eine Ventrikelentlastung vorgenommen, damit der Druck im Gehirn nicht ansteigt. Dadurch konnte eine Quetschung des Hirnstamms und die damit einhergehende Störung der Atmung verhindert werden.« Martin versuchte, sich an den Worten festzuhalten, die in seinem Kopf tanzten. Stillstand der Blutung, Ventrikelentlastung?

»Habe ich deshalb Kopfschmerzen?«

»Wahrscheinlich«, sagte der Mann. »Aber sie werden nachlassen. Wegen der Derivation.«

»Was ist eine Derivation?«

»Ein Loch.«

»Habe ich ein Loch im Kopf?«, fragte Martin.

»Nein«, sagte der Mann. »Zwei. Aber sie sind sehr klein. Sie werden sich schnell wieder schließen. Sie haben großes Glück gehabt.«

»Aha«, sagte Martin, »weil man mir zwei Löcher gebohrt hat?«

»Nein«, sagte der Mann, »weil das eiskalte Wasser Ihnen wahrscheinlich das Leben gerettet hat.«

»Welches kalte Wasser?«, fragte Martin. Der Mann zuckte mit den Schultern.

»Das Wasser im Rinnstein. Aus dem die Feuerwehrleute Sie aufgelesen haben.«

Nun war alles mit einem Schlag wieder da. Julien. Er war bei Julien aus dem Haus gekommen. Er war hingegangen, um ihn zu befragen. Er suchte Josic. Und wahrscheinlich hatte Josic ihn zuerst gefunden. Nein ... Josic suchte nicht ihn, er war wegen Julien gekommen.

»Ich muss die Polizei benachrichtigen«, sagte Martin, »Kommissar Fournier. Er war vorhin da.«

»Sie müssen sich ausruhen«, sagte der Mann. »Sie hatten eine Operation.«

»Ich muss mit Fournier sprechen. Es geht um Leben und Tod.«

Der Arzt seufzte.

»Ich erkundige mich«, sagte er. »Bewegen Sie sich nicht.«

Dienstagabend

Olivier erklärte Jeannette und Landowski, dass Martin im Krankenhaus sei. Er sprach von einem Schädelbruch, hatte aber noch keine Zeit gehabt, nachzuprüfen, ob das stimmte.

Zum Glück saß Jeannette gerade, sonst wäre sie vor Erschütterung sicher umgefallen.

Sie nahm ihre Handtasche, rannte die Treppe hinunter und lief zu ihrem Auto.

Mit quietschenden Reifen fuhr sie los und kämpfte gleichzeitig mit dem Gashebel, dem automatischen Fensterheber und dem magnetischen Blaulicht.

»Es wird schon gut gehen«, sagte sie und beschleunigte auf der Busspur der Rue de Rivoli, »er ist in guten Händen. Er wird es schaffen, wie sonst auch immer.«

An der Ecke der Rue Rambuteau hätte sie fast ein Fahrrad umgefahren, rammte ein Taxi und fuhr zwischen zwei Lastwagen hindurch, wobei die Farbe ihres Rückspiegels eine Spur auf der Seite des LKW hinterließ.

Martin war nicht mehr auf der Intensivstation. Er war auf die »Allgemeine Neurochirurgie, Abteilung Gehirn- und Gefäßchirurgie« verlegt worden. Man konnte ihn besuchen.

Sie hatte nicht die Geduld, auf den Aufzug zu warten, und rannte die Treppe, mehrere Stufen auf einmal nehmend, hinauf. Außer Atem blieb sie vor der Tür stehen.

Dann klopfte sie leise und ging hinein.

Sie brauchte eine Weile, bis sie ihn wiedererkannte. Die Augen waren so blutunterlaufen, dass das Weiße rot war. Seine Stirn, sein rasierter Schädel und beide Ohren waren mit Betadin eingestrichen und waren ockerfarben, ein starker Kontrast zu seinem bleichen Gesicht. Hinten am Kopf hatte er ein dickes Gazestück, das an den Schläfen festgeklebt war.

Er bekam Infusionen und hing an elektrischen Schläuchen, die sich an verschiedenen Stellen seines Körpers festgesaugt hatten.

Seine aufgesprungenen Lippen verzogen sich zu einem Willkommenslächeln. Und Jeannette tat etwas, was sie sich geschworen hatte, nicht zu tun: Sie brach in Tränen aus.

Martin gab ihr ein Zeichen, sich auf den Sessel neben dem Bett zu setzen, und zeigte auf eine Kleenex-Schachtel. Sie putzte sich die Nase und trocknete sich die Augen, wütend über ihre Schwäche.

»Entschuldigung«, sagte sie, »Entschuldigung.«

»Warum?«, sagte er. »Es kommt nicht alle Tage vor, dass eine Frau, die mich sieht, weint.«

Das war nicht komisch, aber sie lächelte durch ihre Tränen hindurch.

»Ich würde gern sehen, warum du so reagiert hast. Ist ein Spiegel in deiner Tasche?«

»Ich weiß nicht, ob das eine gute Idee ist«, sagte sie.

Er streckte die Hand aus. Ohne zu widersprechen, holte sie einen kleinen runden Spiegel aus ihrer Tasche und gab ihm ihn in die Hand. Martin sah sich aus verschiedenen Blickwinkeln an und seufzte.

»Jetzt könnte ich auch losheulen«, sagte er und verzog das Gesicht. »Dieser Barthès-Schnitt steht mir nicht besonders. Vor allem in Farbe. Ich glaube, ich setze mir eine Matrosenmütze auf, bis es wieder nachwächst.«

»Ich schenk dir eine. Was ist passiert?«

»Ich war bei einem Informanten. Jemand hat mir von hinten eins übergezogen. Mir ist davor nichts aufgefallen.«

»Hast du eine Ahnung, wer es war?«

»Ja, aber sicher bin ich nicht. Ein Zuhälter. Josic Jankelevic. Er hat vermutlich Laurette Weizman überfallen.«

»Hat dich dein Informant auf Jankelevic gebracht?«

»Nein, er hatte keine Zeit. Und ich glaube auch nicht, dass er mir was gesagt hätte. Ach Scheiße«, sagte er. »Ich glaube, ich habe wirklich was abgekriegt. Kannst du mir einen Gefallen tun?«

»Was?«

»Ruf sofort den Kommissar vom Zehnten an. Frag, wie es in der Rue de Lancry in der dritten Etage links aussieht.«

»Glaubst du, dein Informant ist überfallen worden?«

»Wenn Josic mir den Kopf eingeschlagen hat, dann sieht alles danach aus. Er war nicht meinetwegen, sondern wegen ihm gekommen. Und wenn er gesehen hat, dass ich bei Julien war, kann er das nicht toll gefunden haben ...«

Jeannette hob die Hand, um ihm zu zeigen, dass der Kollege am Telefon war.

»... dritte Etage links.«

»Warte«, sagte Martin, »sag bloß, die sind nicht hingegangen!«

»Es gab keinen Anruf, der mit dieser Adresse zu tun hatte«, sagte sie, nachdem sie ein paar Minuten schweigend zugehört hatte.

»Verflucht nochmal, ich habe alles dem Arzt erklärt. Er sollte Fournier Bescheid sagen ...«

»Reg dich nicht auf«, sagte Jeannette.

»Sag ihnen, sie sollen sich beeilen. Da ist nur eine Tür«, erklärte Martin.

»Da ist nur eine Tür«, wiederholte sie ihrem Gesprächspartner gegenüber ... »Sehr gut, halten Sie mich auf dem Laufenden.«

Sie legte auf.

»Sie schicken ein paar Leute hin«, sagte sie. »Wir werden bald von ihnen hören. Hast du deiner Familie Bescheid gesagt?«

»Mit dem Handy komm ich nicht durch«, sagte Martin. »Vielleicht ist es besser so. Es lohnt sich nicht, dass sich zwei Schwangere aufregen. Ich habe es ja geschafft. Ich hab offenbar Glück gehabt.«

Jeannette brach in helles Lachen aus.

»Das haben sie mir auch gesagt, als du mich vor drei Monaten halbtot entdeckt hast«, sagte sie. »Ich frage mich, wann das Pech anfängt.«

»Wenn man tot ist«, sagte Martin.

Kapitel 29

Dienstagabend

Sébastien Grossard, Rue de l'Université 227, 75007 Paris
Julie Rodez, Rue Anatole-France 22, 92700 Colombes
Stéphane Holliez, Rue Chaligny 15, 75012 Paris
Aymeric Tanguy-Frost, Rue Hallé 21, 75014 Paris
Georges Forrier, Impasse de la Gaîté 8, 75014 Paris
Alain Karief, Villa Monet 19, 75019 Paris
Catherine Amard-Fusin, Rue de la Croix-Nivert 82, 75015 Paris
Eloi Wilkiewitz, Rue des Rosiers 12, 75004 Paris
Valdek Mirmans, Rue Raynouard 12, 75019 Paris
Stéphanie Mallory, Allée des Rois 1, 78100 Saint-Germain-en-Laye
Jacques Faiglioli, Place de l'Horloge 33, 69000 Lyon

Sie sah die Liste mit einem Gefühl aufsteigender Wut und Frustration an. Der vierte Name auf der Liste, Aymeric Tanguy-Frost, war immer noch nicht durchgestrichen. Sie hatte versucht, ihn zu erreichen, aber niemand wusste genau, ob oder wann er von seiner Reise zurückkommen würde. Dieser Mann war ein Geheimnis, und sie hatte das Gefühl, dass dieses Geheimnis etwas mit ihrem zu tun hatte oder besser gesagt, mit dem des Unbekannten, der den Detektiv auf sie angesetzt hatte. Es gab keinen vernünftigen Grund für dieses absurde Gefühl. Aber sie hatte gelernt, sich auf ihre Intuition zu verlassen,

Sie musste eine Entscheidung treffen. Wenn der Mann nicht da war, würde sie in seine Wohnung eindringen und dort so lange suchen, bis sie herausgefunden hatte, wer er war und ob die Chance bestand, dass er der Gesuchte war. Sie drückte auf eine Taste, und die Liste verschwand vom Bildschirm.

In diesem Augenblick spürte sie auf der Haut am Unterleib ein unerträgliches Brennen. Sie zog vor dem Spiegel ihre Kleider nach unten und sah die Bläschen zwischen dem dunklen Schamhaar. Eine Traube kleiner rötlicher Pickel. Noch nie hatte sie so bald nach der Ausheilung einen solchen Schub gehabt. Vor einer Stunde war da noch nichts gewesen, sie war sich ganz sicher.

Wie konnte ihr Körper sie auf so gemeine Art verraten?

Sie nahm zwei Tabletten und trug Creme auf die Bläschen auf. Sie hasste ihre Krankheit. Sie war ein Zeichen von Schwäche, das Symbol all dessen, was sie nicht beherrschte. Sie hätte ohne Zögern und ohne Rücksicht auf den Schmerz ein Bläschen nach dem anderen mit einer Messerspitze entfernt, wenn sie sich damit hätte heilen können. Mit ihrem Körper war schon Schlimmeres geschehen, viel Schlimmeres.

Aymeric Tanguy-Frost, Rue Hallé 21, Paris, 14. Arrondissement

Die Nummer 21 in der Rue Hallé war ein schmales hohes Gebäude. Sie hob den Blick bis zur sechsten Etage. Von den Eingängen und der Anordnung des Gebäudes her zu urteilen, befand sich in jeder Etage nur eine Wohnung. Es waren aber immer noch sechs. Sie konnte nicht in alle einbrechen.

Auf der Liste der Hausbewohner gab es keinen Tanguy-Frost, stellte sie in der engen Eingangshalle im Erdgeschoss fest. Sie hatte es betreten, nachdem sie gewartet hatte, bis jemand die Tür öffnete.

Diese Person wurde immer geheimnisvoller. Sie machte sich zum Vorwurf, nicht auf die Idee gekommen zu sein, die Adresse eher überprüft zu haben. Trotz der Antivirencreme spürte sie wieder ein heftiges Brennen und fluchte leise.

Er teilte sich eine Wohnung oder war Untermieter. Aber welche war es?

Sie sah sich die Namen auf den Briefkästen an.

Dann suchte sie die Telefonnummern der sechs Leute im Internet, wartete siebeneinhalb Stunden, die Zeit, in der die meisten von ihnen zu Hause sein würden, und rief einen nach dem anderen aus einer öffentlichen Zelle an.

Fünf Leute gingen ran, aber keiner von ihnen hatte je von Aymeric Tanguy-Frost gehört. Der Letzte hatte eine Geheimnummer, die sie nicht bekommen hatte. Einen Moment überlegte sie, ob sie ihre neuen Beziehungen zur Polizei ausnutzen sollte, aber das war zu gefährlich.

Sie legte den Verzerrer auf den Hörer und rief die Dienstnummer von Tanguy-Frost an, auf der sich wieder die abweisende Sekretärin meldete. Nein, Monsieur Tanguy-Frost sei immer noch nicht von seiner Reise zurück. Nein, sie wisse nicht, wann er wiederkäme. Eine Weile herrschte Schweigen, und sie glaubte schon, die Sekretärin werde den Hörer auflegen. Da fragte diese sie, ob sie dieselbe Person sei, die vor fünf Tagen versucht habe, Tanguy-Frost zu erreichen. In ihrem Kopf ging eine Alarmglocke an, doch dann sagte sie sich, dass die Gefahr gering sei. Im Moment konnte man sie nicht finden und nicht identifizieren.

»Warum?«, fragte sie.

»Wenn Sie dieselbe sind, dann habe ich Anweisung, Ihnen eine Telefonnummer zu geben, unter der Sie ihn erreichen können.«

»Ja, ich bin es«, sagte sie. »Ich bin Anwältin. Ich arbeite in einer internationalen Sozietät ...«

»Ja, ich erinnere mich«, sagte die Sekretärin. »Haben Sie etwas zu schreiben?«

Sie schrieb die Nummer in ihr elektronisches Adressbuch und verließ die Kabine eilig, jedoch ohne zu rennen. Die Sekretärin hatte nicht versucht, sie länger aufzuhalten, und das Gespräch hatte nur fünfundzwanzig Sekunden gedauert, aber gerade wegen solcher Vorsichtsmaßnahmen war sie noch frei und am Leben.

Es war eine Festnetznummer, die mit 014 begann. Eine Nummer in Paris oder der näheren Umgebung.

Als sie wieder zu Hause war, versuchte sie, mehr über die Nummer herauszufinden, doch sie war geschützt. Sie wählte sie nicht direkt.

Zuerst die ersten acht Ziffern und dann zwei Nullen. In vielen Unternehmen endete so die Nummer der Telefonzentrale. Vielleicht konnte sie herausfinden, wo sie anrief. Aber eine Computerstimme sagte ihr, dass es einen Teilnehmer mit dieser Nummer nicht gäbe.

Sie legte auf und ersetzte nun die vier letzten Ziffern durch 1234, auch das konnte eine Telefonzentrale sein. Dieses Mal läutete es, und jemand nahm am anderen Ende der Leitung ab.

»Union für den Fortschritt, guten Tag«, sagte eine Stimme. »Mit wem möchten Sie sprechen?«

»Monsieur Aymeric Tanguy-Frost.«

»Haben Sie seine Durchwahl?«

Sie zögerte einen Moment, dann nannte sie die beiden letzten Ziffern der Nummer, die sie von der Sekretärin bekommen hatte.

Es klingelte viele Male. Sie wollte schon auflegen, da hörte sie ein Klicken und ein anderes Läuten. Der Anruf war auf eine andere Leitung weitergeschaltet worden. Diesmal wurde schnell abgenommen.

»Ja bitte?«, sagte eine sanfte, wohlerzogene Baritonstimme.

Sie legte sofort auf, das Herz schlug ihr bis zum Hals. Sie kannte die Stimme, kannte sie besser als irgendwer sonst.

Es war die Stimme von Francis.

Kapitel 30

Dienstagabend

Der Polizist, der Juliens Leiche gefunden hatte, besuchte Martin im Krankenhaus. Er war jung, hatte den Grad eines Majors und den harten Blick des erfahrenen Polizisten.

Er hatte Julien auf dem Bett gefunden, den Kopf zerschlagen wie eine Eierschale, mit Blut und Hirnflüssigkeit vermischte Gewebepartikel und Nervenstränge waren auf der Decke und an der Wand hinter dem Bett verspritzt.

Die Schläge waren, so berichtete der Polizist, unglaublich kraftvoll gewesen. Das Schlaginstrument musste extrem schwer gewesen sein, wie ein Bleiknüppel. Im Labor würden sie noch Genaueres herausfinden.

Martin riet ihm, den Chirurgen aufzusuchen, der ihn operiert hatte. Vielleicht habe er auch in seinem Gehirn Rückstände gefunden. Es sei wahrscheinlich dieselbe Waffe.

Als der Polizist das Zimmer verlassen hatte, stimmte er dem Stationsarzt fast zu: Er hatte Glück, dass er noch am Leben war.

Josic mordete weiter. Diesmal nicht mit dem Schlagring, nun trug das Verbrechen seine Unterschrift. Warum hatte er Julien getötet? Was hatte er bei ihm gewollt? Geld? Offenbar brauchte er dringend etwas. Dann hatte er gesehen, wie Martin herauskam, und vermutet, dass Julien geredet hatte. Aber Julien wusste nichts!

Nachdem der Polizist gegangen war, kam eine Schwester herein und spritzte etwas in den Infusionsbeutel.

Martin stürzte ins Nichts.

Dienstagabend

Aymeric Tanguy-Frost. Francis.

Jetzt wusste sie Bescheid. Sie erinnerte sich wieder, warum ihr der Name bekannt vorgekommen war. Der Eindruck eines Déjà-vu, keine eingebildete Erinnerung.

Das persönliche Archiv von Francis lag auf dem obersten Regal eines Schranks in einem Dutzend beschrifteter roter Kartons. Alben, Diplome, Schießmedaillen, Krankenscheine, Steuerunterlagen, all die Papiere, die man von der Geburt bis zum Tod mit sich herumschleppt.

Sie und Francis hatten Stunden damit zugebracht, Familienfotos anzuschauen. Sie wollte alles über ihn wissen. Sie war fasziniert von seiner privilegierten Kindheit, von den immer lächelnden Gesichtern vor prächtigen Villen, in baumbestandenen Parks und auf schneebedeckten Bergen.

Sie hatte auch jede Seite der großen grünen ledergebundenen Bände angesehen, die aus Francis' Eliteschule in der Normandie stammten.

Francis zwischen elf und siebzehn Jahren in einem nachtblauen Blazer und einer grauen Hose, eine gestreifte Krawatte um den Hals, die Haare sorgfältig gescheitelt. Francis in Sportkleidung. Rasenhockey, Rudern, Reiten, Bogenschießen. Francis mit seinen Mitschülern, fünfzehn Jungen, meistens dieselben, Abkömmlinge von ebenso privilegierten Familien wie der seinen, bekannt in der Welt der Politik, der Industrie und Finanzen. Kinder, die zugleich verwöhnt, aber auch von überbeschäftigten und gleichgültigen Eltern im Stich gelassen wurden.

Tanguy-Frost, ein blasser, dicklicher Junge, bildete eine Ausnahme. Er war nur kurz in dieser Schule gewesen, nur ein paar Monate. Er war schüchtern und arrogant, hatte eine hohe Stimme, stotterte und war von Anfang an von seinen Kameraden gehasst worden. Er war reicher als die meisten von ihnen, aber für Jugendliche gibt es nichts Banaleres als Reichtum.

Er war ständig wegen tausender Dinge gehänselt und beleidigt worden und hatte sich mehr und mehr in seine Einsamkeit zurückgezogen. Man dichtete ihm die schlimmsten Fehler, die groteskesten Makel an. Über ihn machten zweideutige Geschichten die Runde. Einmal war seine Mutter gekommen, um ihn abzuholen. Niemand hatte sie gesehen, aber alle behaupteten, sie sei unglaublich schön. Sie sei eine ausländische Hure. Die Kleider des Jungen und all seine Sachen wurden ihm gestohlen oder kaputtgemacht. Niemand wollte neben ihm sitzen, weder im Klassenzimmer noch beim Essen. Selbst die Lehrer und Aufseher zeigten ihm unverhohlen ihre Abneigung. Er beklagte sich nie. Nach den Osterferien kam er nicht wieder. Später erfuhr Francis, dass er sich in einem Haus in Royan erhängt hatte, in das seine Eltern ihn in den Ferien geschickt hatten.

Tanguy-Frost. Die Fragen überstürzten sich, warum dieses Pseudonym? Entsprach dieser Name einer besonderen Aufgabe von Francis, über die sie nichts wusste? Wie war dieser Name auf die Liste des Detektivs gekommen?

Warum hatte Francis sie beobachten lassen?

Was suchte er? Was wusste er? Die Situation war so absurd, dass sie beinahe lächelte. Sie hatte diese Morde begangen, um ihn nicht aufgeben zu müssen. Anstatt noch einmal zu verschwinden und Land und Identität zu wechseln, war sie ein hohes Risiko eingegangen. Seinetwegen.

Sie spürte, wie sie ein Schauer überlief. Ihre Liebe. Sie hasste ihn, wie sie nie jemanden gehasst hatte. Francis hatte sich über sie lustig gemacht, und sie hatte es nicht kommen sehen. Ein solcher Verrat war durch nichts wiedergutzumachen.

Mittwochmorgen

Als Martin aufwachte, war es schon hell. Er konnte wieder klar denken, doch der Kopf tat ihm noch weh.

Er erstickte beinahe in diesem Zimmer. Er hielt es nicht mehr aus, liegen zu bleiben. Schwankend stand er auf und nahm seine Sachen aus dem Schrank.

Er hoffte, dass ihn niemand bemerkte, doch in dem Moment kam eine Schwester herein. Sie wollte ihn mit ihrer ganzen Autorität daran hindern, aber für Martin gab es nichts zu diskutieren, selbst wenn seine Beine zitterten.

Die Schwester und der herbeigerufene diensthabende Arzt bedrohten ihn beinahe, um ihn am Gehen zu hindern, aber er gab nicht nach.

Er lehnte es ab, seine Familie zu informieren, wollte nicht mit dem Krankenwagen nach Hause gebracht werden. Er unterschrieb einen Wisch, mit dem er die Verantwortung übernahm und das Krankenhaus von der Verantwortung entlastete, und machte sich mit einem Rezept und einem Köfferchen voller Medikamente auf den Weg.

Auf der Straße blies ihm ein eisiger Wind ins Gesicht, und er spürte, wie seine Lebensgeister erwachten. Die Passanten, die ihm begegneten, wichen ihm aus, aber das war ihm gleichgültig. Er war allein und frei, und er war am Leben.

Er kam an einem Secondhand-Laden vorbei, in dem er sich eine Mütze kaufte. Er ließ das Wechselgeld von zwanzig Euro liegen und zog sich die Mütze bis zu den Augen herunter, ohne das Etikett zu entfernen, das ihm mit gut sichtbarem Barcode im Nacken baumelte.

Er hatte einen Feind zu bekämpfen, einen Feind, der jetzt ein Gesicht und einen Namen hatte: Josic Jankelevic, Zuhälter und Mörder.

Sein Auto stand noch vor Juliens Haus. Er hatte kein Knöllchen, obwohl der Wagen dort schon seit über vierundzwanzig Stunden stand. Das Leben war schön.

Als er nach Hause kam, pfiff er im Treppenhaus. Er hatte ein Ziel.

Er öffnete die Tür, ohne zu merken, dass er den Schlüssel nicht zweimal herumdrehen musste. Der Riegel war nicht vorgeschoben.

Als er ins Wohnzimmer kam, hörte er Frauenstimmen. Die Mädchen waren wieder da.

In Flur und Wohnzimmer standen Unmengen Koffer und Kartons. Marion wollte ihn also tatsächlich verlassen. Er hörte auf zu pfeifen. Das war jetzt aber nicht sein Hauptproblem, sondern der Feind, den er schlagen musste. Marion war etwas anderes. Ein Problem der Vergangenheit und der Zukunft, kein Problem der Gegenwart.

Sie kam gerade aus der Küche, eine Schüssel in der Hand. Als sie Martin sah, öffnete sie den Mund, brachte keinen Ton hervor und ließ die Schüssel fallen, die am Boden zerschellte.

Isa folgte dicht hinter ihr. Sie starrte ihren Vater fassungslos an.

»Tut mir leid, Mädchen, das Krankenhaus wollte euch Bescheid sagen, aber anscheinend hat das nicht geklappt.«

»Was ... was ist mit dir passiert?«, fragte Isa stotternd.

»Nichts Schlimmes, ein Arbeitsunfall, wenn man so will.«

Er sah zwei Tränen über Marions Wangen laufen.

Er wollte sie beruhigen und lächelte.

»Mir geht es sehr gut«, sagte er. »Es ist vorbei. Macht euch keine Sorgen. Ich komme sowieso nur kurz vorbei und gehe gleich wieder.«

Die beiden Mädchen schauten sich an. Sie sahen merkwürdig aus.

Er ließ sie stehen und ging in sein Zimmer. Er zog die Jacke aus, legte ein altes Schulterhalfter aus schwarzem Leder an und schob den Colt .45, Modell 1911 hinein, nachdem er das Magazin und die Sicherung überprüft hatte. Er nahm auch eine kleine Automatik .22, die er einmal einem Dealer abgenommen hatte, überprüfte sie ebenfalls und steckte sie in das Halfter an seinem Gürtel im Rücken.

Für den Colt nahm er zwei Magazine mit.

Jetzt war er ausgerüstet.

Die beiden Mädchen stellten sich ihm in den Weg,

»Papa«, sagte Isa. »Du kannst nicht weggehen. Du musst dich ausruhen.«

»Mir geht es sehr gut«, wiederholte er und schob Isa mit dem Handrücken beiseite.

Marion hielt ihn am Ärmel fest.

»Wir beide müssen reden, es ist wichtig.«

»Später«, sagte er.

Er öffnete die Tür und ging. Auf der Treppe zog er sich die Mütze über.

Er ging in den Keller und von da in den Keller des Nachbarhauses, eines Rohbaus, der im vergangenen Jahr gestoppt worden war, und kam dort im Hof wieder nach draußen.

Dann holte er die mit Euros vollgestopfte Tasche aus dem Stapel hart gewordener Zementplatten, wo er sie versteckt hatte.

Perron machte ihm beim ersten Klingeln auf. Er schien von Martins Anblick kaum überrascht.

»Haben Sie Jankelevic getroffen?«, fragte er.

»Er hat mich getroffen«, sagte Martin. »Ich hatte keine Zeit, ihn mir anzuschauen.«

»Sie sehen schlimm aus«, sagte Perron. »Sie wären wohl besser im Krankenhaus geblieben.«

Martin antwortete nicht. Er stellte die Tasche auf den Tisch und öffnete sie.

»All das hierfür …«, sagte Perron und nahm ein Bündel Scheine. »Wie haben Sie es angestellt, alles wiederzubekommen?«

»Das ist eine lange Geschichte«, antwortete Martin.

»Was machen Sie jetzt damit?«

»Ich benutze es, um Jankelevic zu kriegen.«

»Sie benutzen es als Köder?«

»Eher als Belohnung für die Person, die ihn verrät.«

Perron lächelte.

»Das ist zwar schlau, aber es wird nicht klappen. Am besten bringen Sie das Geld Ihren Vorgesetzten. Wenn man es bei Ihnen findet …«

»Jankelevic hat heute Nacht meinen Informanten umgebracht. Einen Jungen von achtundzwanzig, der nie einer Fliege etwas zuleide getan hat. Sie müssen doch Freunde von Josic kennen, die für hunderttausend Euro den Mund aufmachen.«

»Hier nicht, mit Ausnahme meiner Frau.«

Er lächelte, aber sein Lächeln erlosch, als er Martins Blick sah.

»In Marseille würde ich für diesen Preis mühelos Leute finden. Hier nicht. Ich frage mich im Übrigen …«

»Was?«, fragte Martin aufmunternd.

»Was er hier macht. Er müsste in Marseille sein. Paris ist Ausland für ihn. In Marseille kennt er jeden.«

»Und jeder kennt ihn. Vielleicht will er dem ausweichen.«

»Ja, aber trotzdem … Verbrecher sind dumm und außerdem Herdentiere. Er würde sich bei ihnen viel sicherer fühlen.«

»Ihre Frau kann ihm helfen.«

»Aber auch sie kennt die Umgebung von Paris nicht besonders gut.«

»Wie lange waren Sie verheiratet?«, fragte Martin.

»Vierzehn Jahre.«

»In vierzehn Jahren haben Sie viel über sie gelernt. Wissen Sie nicht einen Ort, an dem sie sich verstecken könnten?«

»Glauben Sie, daran hätte ich nicht schon gedacht? Dass ich nicht rauf und runter überlegt habe?«, sagte Perron, der zum ersten Mal verärgert schien.

Seine gerötete Haut und die Ringe unter den Augen sprachen eine deutliche Sprache.

Perron hatte schon, bevor seine Frau ihn verließ, angefangen zu trinken.

»Also«, sagte Perron. »Ich arbeitete und trank, sie trieb sich herum. Das tut einer Ehe nicht gerade gut.«

Er sah Martin an, als erwarte er eine Bemerkung, doch der sagte nichts.

»Jocelyne hat keine Beziehungen zu anderen, außer zu dem Kerl, mit dem sie gerade das Bett teilt. Sie können überall sein ... In einem kleinen Hotel in einer Vorstadt wahrscheinlich ...«

Martin gähnte. Die Erregung, die er beim Verlassen des Krankenhauses empfunden hatte, ließ allmählich nach, seine Beschwerden kehrten zurück. Die Kopfschmerzen waren wieder sehr stark. Er konnte sich kaum auf den Beinen halten. Er sah sich seine Medikamente an. Es waren Antibiotika, aber auch Beruhigungs- und Schmerzmittel. Schlafen ... Das konnte er im Augenblick am wenigsten gebrauchen.

»Haben Sie nicht etwas, das mich auf den Beinen hält?«, fragte er.

Perron ging ins Badezimmer und kam mit einem Röhrchen Guronsan zurück.

»Was Besseres habe ich nicht«, sagte er. »Nicht mehr als zwei auf einmal. Das gibt Ihnen einen kleinen Kick. Aber ein Ersatz für eine Schlafkur und vierzehn Tage in den Bergen ist es nicht.«

Martin sah die Tabletten misstrauisch an. Er nahm trotzdem zwei und steckte den Rest in die Tasche zu den Kugeln.

»Hat Ihre Frau nicht irgendeinen Unterschlupf, eine alte Mutter, eine kleine Schwester, bei der sie unterkommen könnte?«

»Sie hat keine Verwandten, ich habe es Ihnen doch gesagt. Ihre Mutter ist tot, sie war Einzelkind von geschiedenen Eltern. Soweit ich weiß, hat sie ihren Vater nicht mehr gesehen, seit sie zwei Jahre alt ist. Sie würde im Übrigen an keinen Ort gehen, von dem sie sich denken könnte, dass ich sie dort suche.«

»Können Sie nicht versuchen, ab und zu etwas positiver zu sein?«

Perron schüttelte den Kopf.

»Ich würde gerne, kann es aber nicht.«

Die beiden Männer schwiegen eine Weile. Martin sah sich nach einem Stuhl um, überlegte es sich jedoch anders. Wenn er sich jetzt setzte, würde er nicht mehr aufstehen.

»Gut, sie würde nirgendwohin gehen, wo Sie sie suchen könnten. Aber was wäre der letzte Ort, an dem Sie sie suchen würden?«

Perron sah ihn mit leerem Blick an und fragte sich vielleicht, ob das ein Witz sein sollte. Dann aber hellte sich sein Blick auf.

»Verflucht«, sagte er, »verflucht, das wird sie doch wohl nicht gemacht haben.«

Martin hätte Perron am liebsten mit aller ihm verbliebenen Kraft geschüttelt, aber er wartete, ohne seine Ungeduld zu zeigen.

»Das würde sie sich nicht trauen.«

»Was trauen?«

»Zu meiner Mutter zu gehen«, sagte Perron.

»Lebt Ihre Mutter allein?«

»Ja, hundert Kilometer westlich von Paris. Sie ist zweiundneunzig. Ihr Haus ist abgelegen. Nichts wäre einfacher, als sie gefangen zu halten.«

»Besuchen Sie sie oft?«

»Alle zwei, drei Monate einmal. Aber ich habe mich besser mit meinem Vater verstanden«, sagte er, als wolle er sich rechtfertigen.

»Wann waren Sie zum letzten Mal dort?«

»Ungefähr vor vierzehn Tagen ...«

»Weiß Ihre Frau, wie oft Sie Ihre Mutter besuchen?«

»Ja.«

Perron sah in seinem Kalender nach.

»Also erst in gut sechs Wochen wieder ein Besuch.«

Es war eine rein rhetorische Frage.

»Wie versteht sich Ihre Mutter mit Ihrer Frau?«

»Sie hassen sich.«

Kapitel 31

Mittwochmorgen

Dass Martin das Krankenhaus verlassen hatte, erfuhr Jeannette erst, als sie dort anrief, um sich nach ihm zu erkundigen. Der verärgerte Arzt sagte ihr gleich, dass Martin unbedingt in sein Krankenzimmer zurückkommen müsste, und Jeannette hatte daraufhin gedacht, Martin irre mit zwei oder drei Löchern im Kopf durch die Straßen und befinde sich in Lebensgefahr.

Sie war genauso aufgebracht wie der Arzt. Was war nur mit Martin los? Am liebsten hätte sie bei ihm zu Hause angerufen, sagte sich dann aber, wenn er das Krankenhaus verlassen hatte, dann sicher nicht, um sich in seine Wohnung zu flüchten.

Landowski und Olivier waren auch nicht in bester Stimmung. Nach der ersten Begeisterung hatten sie bald gemerkt, dass sie wenig Chancen hatten, die Liste von Duperriers Mandanten zu erweitern, trotz der brillanten Idee der Kommissarin.

»Ich muss immer wieder an etwas Furchtbares denken«, sagte Landowski. »Ich wünsche mir fast einen weiteren Mord. Und ich kann es nicht ertragen, darauf zu warten.«

»So was denkt man automatisch«, sagte Jeannette. »Das ist nichts Schlimmes. Wir wissen, dass ein weiterer Mord geschehen wird. Besser er passiert bald, damit wir etwas tun können.«

Olivier nickte nachdenklich.

»Oder hat der Mörder seine Tour beendet? Aber das werden wir noch lange nicht wissen. Und wir kriegen ihn sowieso nie.«

»Also, an die Arbeit, keine Spekulationen«, sagte Landowski.

Sie streckte die Hand zum Telefon aus, und gerade in dem Moment klingelte es.

Bevor sie abnahm, wechselte sie einen Blick mit Jeannette. Es war fast ein verzweifelter Blick.

Jeannette und Olivier sahen, wie sie mehrmals nickte und sich eilig Notizen machte, aber sie gab keinen Ton von sich.

Schließlich legte sie auf und schloss kurz die Augen.

»Da haben wir's«, sagte sie mit gedämpfter Stimme und warf einen Blick auf die Notizen. »Es geht wieder los. Ein Fotograf. Ein Paparazzo. Die Leiche wurde gestern gefunden, aber er ist seit etwa einer Woche tot, und die Autopsie wurde schon vorgenommen.«

»Wie ist er gestorben?«, fragte Olivier.

»Durch Gift.«

»Gift?«, sagte Jeannette erstaunt. »Seltsam, oder?«

»Bélier hat das Gefühl, es sei derselbe Mörder, wenn man die Wohnung und die Vorgehensweise sieht. Die Vermutung, dass es sich um eine Frau handelt, bestätigt sich immer mehr.«

»Wie hat sie es diesmal gemacht?«, fragte Olivier.

»Sie hat ihm Barbiturate in die Leiste gespritzt.«

»In die Leiste?«, fragte Jeannette erstaunt.

»Bélier hat eine Theorie«, sagte Landowski. »Um die Ader genau zu treffen, musste er nackt sein. Sie hat so getan, als ob sie ihm einen blasen wollte, da hat er die Hosen runtergelassen, und sie hat ihn gestochen.«

»Clever«, sagte Olivier. »Aber das beweist nicht, dass der Mörder eine Frau ist. Er könnte doch auch schwul sein?«

»Nein, der Nachbar von unten sagt, dass er immer nur Frauen mit nach Hause brachte.«

»Barbiturate sind doch nicht zum Töten da«, sagte Jeannette.

»Nach der Blutuntersuchung und wenn er keine Behandlung bekam oder Barbiturate nicht als Drogen benutzte, hat sie ihm Penthotal oder Phenobarbital gespritzt. Aber er war dagegen allergisch. Bélier meint, er sei schnell gestorben, noch bevor sie ihn zum Sprechen bringen konnte.«

»Sie hat versucht, ihn mit Wahrheitsserum zum Sprechen zu bringen, wie im Roman«, sagte Jeannette.

»Ja, aber er bekam einen anaphylaktischen Schock mit nachfolgendem Herzstillstand.«

»Ich erinnere mich an einen Film, in dem es super lief mit dem Wahrheitsserum«, sagte Olivier.

Landowski und Jeannette erwiderten nichts.

»He, ich mache doch nur Spaß!«, sagte er daraufhin beleidigt. »Warum nicht mit der guten alten Folter? Normalerweise macht so etwas unserer Freundin doch nichts aus.«

»Vielleicht hatte sie Angst vor dem Lärm«, sagte Jeannette. »Offenbar war sie tagsüber da. Man müsste sich mal anschauen, wie das Gebäude aussieht.«

»Wir haben Arbeit«, sagte Landowski und stand auf. »Wir fangen mit der Wohnung des Opfers an. Wir versuchen etwas über seine Persönlichkeit zu erfahren, über die Nachbarn. Vielleicht hat jemand sie gesehen. Die letzten Recherchen des Paparazzo. Seine Auftraggeber. Alles, was wir über den Typ herausfinden können. Los, fangt schon mal ohne mich an, ich gehe zum Gerichtsmediziner. Er hat uns bestimmt auch etwas zu erzählen.«

Perron kannte den Weg gut. Er bot Martin deshalb an zu fahren. Er schien ruhiger und konzentrierter, es tat ihm offenbar gut, aktiv zu werden.

Er hatte die Smith & Wesson und seine Pumpgun in eine Decke eingerollt auf den Hintersitz gelegt, dazu eine Schachtel Munition.

Wir sind vielleicht eine tolle Mannschaft, dachte Martin, als das Auto sich in den Verkehr einfädelte. Ein vom Dienst suspendierter Bulle, depressiv und Alkoholiker, und ein weiterer Bulle, fast genauso depressiv, vorübergehend ausgemustert und mit zwei Löchern im Kopf.

»Wenn unsere Vorgesetzten uns sähen«, sagte Perron.

»Roussel bekäme einen Herzinfarkt«, sagte Martin.

Dann schwiegen sie wieder. Martin stellte das Radio an und machte es gleich wieder aus. Sie mussten sich jetzt konzentrieren. Im Vergleich zu dem, was sie erwartete, erschien alles andere völlig uninteressant. Ihr Unternehmen auf eigene Faust war ein Verstoß gegen die Dienstvorschriften und konnte das Ende ihrer Karriere bedeuten, und wenn es ganz schlimm kam, konnten sie dafür sogar juristisch belangt werden. Das Geld war im Kofferraum des Wagens. Wenn sie angehalten würden, wäre das für die Generalinspektion ein gefundenes Fressen.

Sie hätten Fournier berichten und ihn aktiv werden lassen sollen. Perron hatte eine gute Entschuldigung, seine Frau und vielleicht auch seine Mutter hatten mit der Sache zu tun. Martin aber hatte keine.

Sein Status als inoffizieller Ermittler war so unklar, dass niemand sagen konnte, was bei einem Disziplinarverfahren herauskommen würde. Wenn Fournier, der es für sinnvoll gehalten hatte, Martin im Geheimen agieren zu lassen, ihn jetzt sehen würde, träfe ihn der Schlag.

»Damit eines klar ist«, sagte Martin. »Das ist kein privater Racheakt. Wir tun unser Möglichstes, um Jankelevic lebend zu erwischen.«

»Das sehe ich auch so«, sagte Perron. »Ich möchte dieses Schwein von Jankelevic im Gefängnis krepieren sehen. Durch eine Kugel zu sterben wäre zu einfach für ihn.«

»Für Ihre Frau gilt dasselbe«, sagte Martin.

»Das Gefängnis wird auch ihr guttun. Ich bringe ihr dann Apfelsinen.«

Perron hielt vor einer Drogerie, bevor sie die äußeren Boulevards erreichten. Er kam mit einer vollen Plastiktüte wieder heraus.

Er warf sie Martin hin, der den Inhalt untersuchte, während Perron das Auto wieder auf den inneren Boulevard Périphérique lenkte. Eine Maglite-Taschenlampe, Batterien, zwei große Rollen braunen Klebebands, ein Knäuel Nylonfaden und eine Flasche Öl.

Nach der Autobahn fuhren sie über eine wenig befahrene Nationalstraße und eine fast autofreie Landstraße. Paris war nur vierzig Kilometer entfernt. Perron fuhr schnell und sicher.

»Wenn ich Ihnen sagen würde, dass ich meine Frau noch liebe«, sagte er und brach damit das Schweigen.

Martin wusste nicht, was er antworten sollte.

»Wissen Sie, was Lieben bedeutet?«

»Ich glaube, ja«, sagte Martin. »Aber meine Freundin verlässt mich gerade.«

»Hat sie etwas Besseres gefunden als einen Bullen?«

Ach, auf diese Idee bin ich ja noch gar nicht gekommen, sagte sich Martin.

»Können Sie nicht irgendetwas anders machen?«

»Was, das Leben, den Beruf? Dazu ist es zu spät.«

»So müssen Sie es wenigstens nicht versuchen«, sagte Perron.

»Sie können mich mal.«

Zehn Minuten lang schwiegen sie wieder. Perron brach erneut das Schweigen mit leiser Stimme, ohne den Blick von der Straße zu wenden.

»Wenn sie zurückkäme, würde ich sie trotz allem, was sie mir angetan hat, wieder aufnehmen.«

Martin sagte nichts. Aber ihn überkam ein Gefühl von Liebe und Sehnsucht.

»Es ist nicht mehr weit«, sagte Perron und zeigte auf ein Dorf am Waldrand.

Er bog mit dem Wagen in einen Weg ein, der in den Wald hineinführte. Gras und Sträucher schlugen gegen die Bodenplatte des Wagens. Nach einigen Metern blieb er vor einem alten, an einen Baum genagelten Briefkasten stehen. Er holte einen Stapel Briefe und Prospekte heraus, die durch die Feuchtigkeit aufgequollen waren.

Schnell sah er die Post durch und blickte prüfend auf die Poststempel.

»Seit vierzehn Tagen hat sie den Kasten nicht mehr geleert. Normalerweise geht sie mindestens zweimal in der Woche zum Briefkasten. Das ist kein gutes Zeichen. Sie sind wirklich blöd, dass sie nicht an die Post gedacht haben.«

Er nahm die Pumpgun, lud sie und steckte sich die Pistole in den Gürtel. Martin nahm die Tasche mit den Euroscheinen. Perron sagte dazu nichts.

»Das Haus ist fünfhundert Meter entfernt. Es wäre nicht klug, noch näher heranzufahren. Wenn Sie noch eine Taschenlampe im Handschuhfach haben, nehmen Sie sie mit. Ich habe vergessen, Ihnen eine zu kaufen.«

Es gab viele unnütze Dinge in Martins Handschuhfach, darunter eine Taschenlampe mit leeren Batterien.

Sie stiegen aus dem Wagen und schlossen die Türen geräuschlos.

»Alles okay? Sind wir so weit?«

Martin nickte.

Perron betrat den Weg, und Martin folgte ihm. Sehr schnell waren ihre Schuhe und Hosenbeine nass. Zu beiden Seiten des Weges stand ein bewirtschafteter Wald. Aus dem Unterholz stieg säuerlicher Geruch auf, und in der Ferne hörte man ein dumpfes Geräusch.

»In Luftlinie sind wir nur zwei Kilometer von der A6 entfernt, das ist der Autobahnlärm.«

Nirgendwo war ein Spaziergänger zu sehen.

»Es ist ein altes Forsthaus«, fügte er leise hinzu. »Das Haus meines Großvaters.«

»Kommt nie jemand Ihre Mutter besuchen?«

»Niemand. Sie hat einen miesen Charakter. Sie hat sich mit dem ganzen Dorf verkracht und kauft mit ihrem alten R4 im zehn Kilometer entfernten Carrefour-Supermarkt ein. Wenn sie verschwindet, wird sich ein halbes Jahr lang niemand irgendwelche Gedanken machen.«

Martin rieb sich die Nase, um ein Niesen zu unterdrücken. Das Guronsan oder vielleicht auch Adrenalin gab ihm ein Gefühl der Leichtigkeit. Seinen Kopf spürte er nicht.

Sie erreichten eine zwei Meter hohe Hecke, die so dicht war, dass man nicht hindurchschauen konnte.

»Das Haus ist auf der anderen Seite«, flüsterte Perron.

In diesem Moment wusste Martin, was ihn seit einigen Sekunden störte.

»Hier stinkt es«, sagte er.

»Ach verdammt«, sagte Perron, »ich hatte es vergessen. Der Hund, ein alter Labrador. Sie haben ihn offenbar getötet und wegen des Gestanks nach draußen geschafft.«

Sie gingen um die Hecke herum und standen nun vor der Rückseite des Hauses. Die Wand war ohne Fenster.

Perron deutete mit dem Gewehrlauf auf eine grasbewachsene Stelle unterhalb der Mauer.

»Wir müssen graben«, sagte er und kniete sich hin.

Martin tat es ihm nach, ohne zu begreifen. Sie rissen mit bloßen Händen die feuchten Grassoden heraus und kratzten, bis sie die feuchte Oberfläche eines Holzbretts spürten. Nach ein paar Minuten hatten sie eine zweiflügelige Falltür freigelegt.

Perron benutzte den Gewehrlauf als Hebel, um einen Flügel hochzuziehen. Ein schwarzes Loch tauchte auf, und der Geruch von Schimmel und Kohlenstaub drang ihnen in die Nase. Der Eingang für den Kohlelieferanten. Innen waren die beiden von Rost zerfressenen Griffe mit einer Kette verbunden, aber sie brauchten sich kaum anzustrengen, um sie zu knacken.

Eine moosige Steintreppe führte ins Dunkel.

»Nach Ihnen«, sagte Martin.

Er hielt den Flügel hoch, während Perron gebückt unter der Erde verschwand. Martin folgte ihm und schloss die Falltür hinter sich. Perron beleuchtete mit seiner Lampe ein Kellergewölbe mit geweißten Wänden, Kästen, Flaschen, zumeist leer und verstaubt und in den Ecken aufgestapelt. Den Kohleberg, der einmal durch die Öffnung in den Keller geschüttet worden war, gab es schon lange nicht mehr.

»Sie haben sie nicht im Keller eingesperrt, das ist schon mal klar«, sagte Perron. »Sie haben sich sicher gesagt, dass sie sie brauchen können, falls jemand vorbeikommt.«

Perron richtete den Strahl seiner Lampe tiefer in den Keller und leuchtete auf eine Treppe, die bis zu einer Holztür führte. Das Schloss war ein einfacher Riegel.

Perron sprach jetzt in fast normaler Lautstärke.

»Wir sind unter dem Wohnzimmer. Machen Sie sich keine Gedanken, die Tür ist fünf Zentimeter dick. Man könnte hier Trompete spielen, und sie würden es nicht hören«, fuhr er fort. »Um diese Zeit, da wette ich um alles, schlafen sie tief und fest.«

Er stieg die acht Stufen hoch und spritzte Öl aus dem Ölkännchen auf die Türangeln und den Riegel.

Dann setzte er sich auf die Stufen, wischte sich die Hände ab und wartete, dass das Öl in die Zwischenräume lief.

Martin lauschte. Es herrschte absolute Stille.

Perron stand mit einem kleinen Seufzer auf.

»Ich glaube, es ist so weit.«

Er hob den Riegel vorsichtig an und zog behutsam die Tür auf.

Sie betraten eine kleine geflieste Diele, an deren Ende eine Treppe in die erste Etage führte. Auf jeder Seite ging eine Tür zu einem Zimmer von etwa gleicher Größe ab, dessen Fensterläden geschlossen waren. Links die Küche, rechts das kleine Wohn-Esszimmer.

Es roch nach kaltem Tabak, Schmutz und verdorbenem Essen. In dem kleinen Wohnzimmer standen alte Möbel ohne besonderen Stil. Ein riesiger Sack voller Müll stand mitten in der Küche, Spülbecken und Tisch quollen über von dreckigem Geschirr. Auf dem verschmutzten Boden lagen überall leere Bierdosen herum.

Im Halbdunkel sah Martin am Fußboden eine lange braune Spur, die er Perron zeigte. Der Hund?

Der Wohnzimmertisch war mit schmutzigen Tellern und überfüllten Aschenbechern vollgestellt. Frauen- und Männerkleider lagen auf dem Boden.

Perron blieb nachdenklich vor einem durchsichtigen rosa String vor einem Sessel stehen.

»Wir können nicht nach oben gehen«, flüsterte er, »die Treppe knarrt sehr laut. Sie würden uns hören und abknallen wie die Hasen. Ich nehme an, sie haben das Zimmer rechts genommen, das von meiner Mutter; es ist das größte und schönste.«

»Was machen wir jetzt?«, fragte Martin.

»Wir warten hier ruhig, bis sie aufwachen«, sagte Perron leise. »Wir müssen behutsam vorgehen. Meine Mutter ist sicher oben in dem anderen Zimmer gefesselt.«

Sie setzten sich in zwei Sessel und begannen zu warten.

Kapitel 32

Mittwochmittag

Auch wenn sich Francis nicht für das Vermischte in den Zeitungen interessierte – allerdings wusste sie bei ihm ja gar nicht mehr, mit wem sie es wirklich zu tun hatte –, er musste erfahren haben, dass der Detektiv Duperrier ermordet worden war. Ob er sie verdächtigte? Hatte er sie beobachten lassen? Warum? Aus Eifersucht? Aus purer Neugier? Und hatte diese Spioniererei mit dem Tod des Detektivs aufgehört, oder hatte er einen anderen engagiert, den sie nicht bemerkt hatte?

Seit Duperriers Tod hatte sie nie mehr das Gefühl gehabt, dass sie jemand beobachtete, aber ihr Instinkt hatte schon früher Schwächen gezeigt und sie hatte sich mehr als einmal geirrt.

Vielleicht sollte sie ihn jetzt sofort verlassen, ohne zu versuchen, zu verstehen oder sich zu rächen. Allein die Idee, einfach zu fliehen, war unerträglich für sie, aber vielleicht hatte sie keine andere Wahl mehr.

Vielleicht unterzeichnete gerade schon ein Richter einen Haftbefehl gegen sie.

Nein, wenn Francis sie wirklich verdächtigt hätte, die Person zu sein, die sie war, hätte er nicht mehr friedlich neben ihr schlafen können. Sie hatte in seinem Verhalten ihr gegenüber keinerlei Angst oder Unruhe gespürt. War er zu solch einer Verstellung fähig? Nein, kein Mann schaffte das.

Es nützte nichts, Spekulationen anzustellen. Sie hatte viel zu wenig Hinweise. Sie konnte Francis zwingen, ihr alles zu gestehen, aber danach … Sie würde schneller fliehen müssen, als sie je geflohen war.

Und der König der Raben? Sie konnte nicht fliehen, ohne Bescheid zu wissen, ohne ihn wiedergesehen zu haben … Sonst würde sie früher oder später zurückkommen müssen.

Sie hatte sich in den zwei letzten Jahren entspannt, sich in einem trügerischen Gefühl der Sicherheit gewiegt. Sie hatte an das Glück, an Ruhe geglaubt, ihre Wünsche für Wirklichkeit gehalten.

Jetzt holte sie das wahre Leben ein. Oder dachte sie sich nur imaginäre Gefahren aus? Nein, jemand hatte sie von einem Detektiv beschatten lassen, und dieser Jemand war ihr Mann. Außerdem schlief er mit einer anderen. Den Francis, den sie kannte, gab es nur in ihrer Fantasie, er war eine Illusion. Sie sagte sich erneut, dass nichts so war, wie es schien. Er war für sie ein Unbekannter.

Da hörte sie, wie die Wohnungstür aufging. Um diese Zeit konnte es nicht die Putzfrau sein. Sie spürte plötzlich, dass ihr Herz wie wild schlug und die Haut an ihrem Unterleib sich spannte.

Es war er. Er kam nie mitten am Tag nach Hause.

Er umarmte sie wie immer und streichelte ihr sanft den Rücken und die Hüften, mit zärtlicher Verliebtheit, an der nichts gespielt war. Er schien besorgt. Er goss sich einen Whisky ein, bevor er sich neben sie setzte. Er trank um diese Zeit nie Whisky – jedenfalls nicht, wenn sie zusammen waren.

Sie fuhr ihm mit der Hand durchs Haar.

»Du machst ein komisches Gesicht«, sagte sie. »Hast du Probleme im Job?«

»Ich stelle gerade fest, dass die Partei ein Vipernnest ist«, sagte er.

Das merkst du erst jetzt, dachte sie. Bald wirst du auch noch erkennen, dass dein lieber Chef ein Mistkerl ist ... Und du willst Politiker sein?

»Eine politische Partei, und sei sie noch so demokratisch, ist immer eine Schlangengrube, oder du bist zu anständig, das ist alles.«

»Anständig vielleicht, aber nicht total blöd. Natürlich gibt es Ehrgeiz und Rivalität, alles ist möglich ... Aber was jetzt passiert, das ist wie im Bolschewismus. Ausspioniererei, üble Nachrede ... Wenn das herauskäme ...«

»Was genau ist passiert?«, fragte sie sanft. »Kannst du mit mir darüber sprechen?«

Er kam auf das Sofa zurück. Sie schmiegte sich an ihn und legte ihm sanft die Hand auf die Brust. In diesem gesegneten Moment gehörte er ihr, da gab es keinen Betrug. Sie war bereit, alles zu vergessen ... Und hätte beinahe die Lüge in seiner Stimme nicht bemerkt.

»Wir haben herausgefunden, dass es in der Partei eine Art Geheimdienst gibt ... Alle Mitarbeiter werden ausspioniert, sobald sie verantwortungsvolle Posten haben. Was ich dir sage, darf diesen Raum nicht verlassen.«

»Willst du mich beleidigen?«

»Entschuldige, Liebling.«

Sie fragte sich flüchtig, während er sie auf Lippen und Stirn küsste, ob das häufige »Liebling« und »mein Schatz« nicht ein Mittel war, die Vornamen nicht aus Versehen zu vertauschen.

Sie hatte sich wieder getäuscht, blind vor Liebe zu ihm. Sie konnte nichts vergessen. Bei allem, was er jetzt sagte, würde sie vorsichtig sein. Ihr Vertrauen war dahin.

»... und sie spionieren nicht nur die Parteimitglieder aus, sondern auch deren Frauen, Freundinnen, Kinder. Es gibt Akten, Listen, Aufzeichnungen, und das ist vollkommen illegal.«

Er blickte mit gerunzelter Stirn ins Leere.

»Was wollt ihr jetzt tun?«

»Dem allen ein Ende setzen«, sagte er. »Aber das ist sehr schwierig. Kürzlich wurde ein Detektiv, ein gewisser Duperrier, den der Geheimdienst ab und zu beschäftigt hat, umgebracht. Vielleicht hast du darüber in der Zeitung gelesen. Selbst wenn das Verbrechen zufällig geschah, sobald die Presse das erfährt, wird das weitere Kreise ziehen. Da kann man sich gleich das Schlimmste ausmalen, zum Beispiel, dass ihn jemand aus der Partei getötet hat ... Kannst du dir den Skandal vorstellen?«

»Und wie denkt dein verehrter Vorsitzender darüber?«

Er sah sie mit einem Ausdruck kaum verborgenen Vorwurfs an.

»Ich möchte nicht, dass du in diesem Ton von ihm sprichst. Er ist ein beachtlicher Mann. Ich verdanke ihm unendlich viel.«

»Entschuldigung, das ist mir so rausgerutscht«, sagte sie mit schuldbewusster Miene.

Ich werde nie vergessen, wie sehr du ihn achtest, wenn ich seinen dicken Schwanz lutsche, fügte sie im Geiste hinzu.

»Vielleicht erinnerst du dich an den Namen Aymeric Tanguy-Frost, einen Klassenkameraden, von dem ich dir früher mal erzählt habe. Es war der Junge, der sich mit dreizehn Jahren umgebracht hat.«

»Ja, ich erinnere mich vage. Aber was hat der mit eurem Problem zu tun?«

»Unter diesem Namen hat der Leiter der internen Spionageorganisation seine Informationen gesammelt. Seine Informanten kennen nur diesen Namen. Man hat herausgefunden, wer dieses Schwein war, und ihn gezwungen zurückzutreten. Er bekam natürlich eine dicke Abfindung. Mit moralischer Genugtuung hat das nichts zu tun, aber es war der einzige Weg, ihn ohne größeres Aufsehen loszuwerden.«

»Wie habt ihr ihn enttarnt?«

»Das ist ja das Besondere. Der Name sagte den Leuten, die der Chef mit der Enttarnung des Mannes beauftragt hatte, nichts. Mich hatten sie nicht ins Vertrauen gezogen, die Sache wurde natürlich geheim gehalten. Dann aber ging, ich weiß nicht, wie, das Gerücht um, dass ein gewisser Tanguy-Frost in der Partei Zwietracht säen würde. Ich war der Einzige, dem dieser Name etwas sagte. Ich habe selbst auch recherchiert. Derjenige, der den Namen dieses Jungen benutzte, musste ihm ungefähr zur selben Zeit begegnet sein wie ich. Tanguy-Frost war noch in anderen Schulen als meiner gewesen. Ich habe die Archive dieser Schulen durchforstet, habe ein paar Schlüsse gezogen und ihn schnell identifiziert.«

»Sehr gut, bravo, gute Polizeiarbeit.«

»Das war pures Glück.«

»Und wusste derjenige nicht, dass du mit Aymeric Tanguy-Frost in einer Klasse gewesen warst?«

»Nein, mein Name ist so wenig spektakulär ...«

»Aber warum hat er den Namen Tanguy-Frost gewählt?«

»Ich weiß es nicht ... Vielleicht weil ihn das tragische Schicksal des Jungen berührt hat wie alle Jugendlichen damals, die ihn kannten.«

»Und? Was passiert jetzt?«

»Jetzt landet alles auf meinem Schreibtisch, auf meiner Nummer. Sie haben beschlossen, sie aufrechtzuerhalten, um herauszufinden, wie weit dieses Krebsgeschwür schon gewuchert ist ... Wenn jemand anruft, versuche ich mehr darüber zu erfahren, aber normalerweise legen sie sofort wieder auf.«

»Du musst noch einige Fortschritte machen, wenn du ein guter Spion werden willst.«

»Ich habe echten Horror davor.«

»Warum machst du es dann?«

»Der Chef hat mich darum gebeten. Da ich das Zentrum des Wespennests entdeckt habe, glaubt er, ich hätte Sinn für Intrigen. Und … Es ist schlimm zu sagen, aber ich glaube, ich bin der Einzige, dem er vertraut.«

»Und wo sind alle diese Informationen, die bisher gesammelt wurden? Du musst sie sicherstellen.«

»Das ist leider unmöglich.«

»Warum unmöglich?«

»Er hat sie versteckt, sie sind unerreichbar.«

»Man kann für diese Art Arbeit immer Leute finden. Man muss ihnen nur die Vollmacht dazu erteilen.«

»Wir leben in Frankreich, mein Schatz. In einer Demokratie.«

»Warum hast du mir das alles erzählt?«

»Ich habe gezögert … Aber ich wollte diese Last mit dir teilen. Und … Der Chef hat mir erlaubt, es dir zu sagen. Ich weiß nicht, worüber ihr neulich im Meurice gesprochen habt, aber er scheint viel von deinem Urteil und deiner Diskretion zu halten.«

Das war es also. Francis wurde vom König der Raben ferngesteuert. Nach dem letzten Gespräch mit dem Parteivorsitzenden musste sie das nicht überraschen. Dieses Gespräch war eine Art Einführung in die Materie gewesen.

»Sag mir den Namen des Mannes, der euch so schaden könnte«, sagte sie.

»Ich darf ihn nicht weitergeben.«

»Sag mir sofort den Namen dieses Mannes«, sagte sie trocken. »Gib mir den verdammten Namen. Kapierst du nicht, dass dein Chef genau das will?«

»Dupuis … Gérard Dupuis.«

Er hatte die Worte gegen seinen Willen ausgesprochen, sie waren ihm einfach entschlüpft. Er schien verärgert, fast empört, dass er sich so hatte herumkriegen lassen.

Sie gab ihm einen Kuss auf den Mund. Er reagierte nicht.

»Siehst du, es war doch gar nicht schwer«, sagte sie.

Er schaute sie an, als sähe er sie zum ersten Mal. Sie tätschelte seine Wange.

»Ja, ich kann auch so sein. Und ich kann auch Dinge tun, die du dir in deinen schlimmsten Albträumen nicht vorstellen kannst, mein Liebling.«

Er wich zurück, als habe sie sich in ein giftiges Insekt verwandelt.

»Was bist du nur für eine Frau?«, sagte er schließlich, eine direkte Konfrontation vermeidend.

»Aber ich bin doch deine Frau, mein Schatz. Deine Frau, die dich liebt, nicht mehr und nicht weniger.«

Kapitel 33

Mittwoch, 14.00 Uhr

Martin sah Perron an. Langsam formte sich eine Idee in seinem Hirn. Zuerst war es nur ein kleiner Funke, doch dann begriff er, dass es die Wahrheit war.

»Weder deine Frau noch Jankelevic haben Laurette Weizman überfallen. Du warst es.«

Perron sah ihn an und nickte nach ein paar Augenblicken.

»Ich wollte ihr nichts Böses«, sagte er. »Ich wollte nur an das Geld ran.«

»Und was wolltest du damit?«

»Ich weiß es nicht. Wegfahren. Weit weg, so weit wie möglich. Mit Jocelyne. Sie wäre mitgekommen, wenn ich das Geld gehabt hätte. Jedenfalls habe ich das angenommen.«

»Hattest du Doktor Weizman vorher schon einmal überfallen?«

»Nein.«

Martin glaubte ihm. Der erste Überfall auf Laurette, bei dem sie »misshandelt« worden war, hatte mit dem von Perron nichts gemein.

»Es tut mir leid«, sagte Perron. »Es tut mir sehr leid. Es ist mit mir durchgegangen.«

»Wollte Doktor Weizman dir kein Geld geben, war es deshalb?«

»Ja. Sie sagte, dass ich es nie schaffen würde, wenn ich zum Gangster werde. Das Einzige, wodurch ich mich stabil halten könnte, sei meine Ehrlichkeit. Sie sagte auch, Jocelyne würde nie mehr zurückkehren. Oder wieder gehen, sobald das Geld aufgebraucht wäre. Ich wusste, dass sie recht hatte, aber ich konnte es nicht ertragen. An dem Abend bin ich zurückgekommen, und den Rest kennst du.«

Martin sah ihn an, es gelang ihm nicht, Hass oder Mitleid zu zeigen.

»Sobald wir die beiden haben«, sagte Perron und zeigte Richtung Decke, »gehöre ich dir. Mein Ehrenwort. Lass sie mich mit dir zusammen verhaften. Das ist mein einziger Wunsch.«

Dann herrschte wieder Schweigen.

Als später das lärmende Geräusch einer Radiosendung die Stille unterbrach, fuhr Martin hoch.

Perron hatte sich nicht gerührt.

»Das ist der Radiowecker, den ich meiner Mutter zu Weihnachten geschenkt habe«, sagte er leise. »Sie haben ihn auf 14.00 Uhr gestellt. Ich frage mich, warum.«

Über ihnen knarrte ein Bett, und es waren schwere Schritte zu hören. Die Geräusche hörten so abrupt auf, wie sie begonnen hatten.

Ein tiefer Seufzer. Perrons Mutter? Perron hatte recht, sie hatte vielleicht Glück gehabt, und sie hatten sie nicht umgebracht.

Die beiden Polizisten standen mit größter Vorsicht auf und stellten sich dicht an die Wand, die der Treppe am nächsten war.

Perron riskierte einen Blick, durchquerte die Diele mit zwei Schritten und versteckte sich in der Küche. Die beiden Männer standen einander gegenüber, in symmetrischer Position außer Sichtweite von der Treppe, die Waffen in der Hand. Martin fragte sich, ob er seinem Kollegen vertrauen konnte. Ein Fehlschuss ließ sich immer leicht rechtfertigen. Perron grinste.

»Ich habe dir mein Wort gegeben«, sagte er leise.

Für jede andere Lösung war es sowieso zu spät.

Die obersten Stufen der Treppe knarrten. Die Person, die herunterkam, gähnte laut und seufzte. Es war eindeutig der Seufzer einer Frau.

Perron legte die Pistole zwischen zwei Konservendosen und machte eine Bewegung, als knebele er jemanden.

Martin steckte die Waffe in seine Tasche und breitete die Arme aus, bereit, den Gegner zu packen.

Sie tauchte plötzlich auf, mit gesenktem Kopf, nur mit einem zu kurzen T-Shirt bekleidet.

Martin packte sie, während Perron ihr den Mund zuhielt. Sie schüttelte verzweifelt den Kopf, und ihre blonden Haare fielen den beiden Männern ins Gesicht.

Martin spürte, dass er gleich fallen würde, und versuchte, den Sturz aufzuhalten, ohne die Frau loszulassen, schaffte es aber nicht. Er fiel unter Perron und Jocelyne, die er mit umgerissen hatte. Dann war kurz ein Geräusch zu hören, ein erstickter Schrei von Perron, ein gedämpfter Laut, und Jocelynes Körper wurde ganz schlaff.

Martin machte sich frei, so gut er konnte, während Perron sich die rechte Hand hielt, an der ein blutiger Biss zu sehen war.

Martin betrachtete ihre Beute. Jocelyne war in Ohnmacht gefallen, und an ihrem Kinn wurde schon ein Bluterguss sichtbar. Er hob ihr Lid hoch, das Auge bewegte sich. Die Pupille verkleinerte sich im Licht. Sie würde nur ein paar Minuten bewusstlos sein.

Sie war etwa vierzig, gut proportioniert, mit etwas zu viel Fett an den Hüften, stellte Martin fest. Ihr Aussehen war vernachlässigt, sie hatte die Beine lange nicht mehr enthaart, das Rot ihrer Fuß- und Fingernägel war abgeblättert.

Auf der Flucht zu sein verträgt sich schlecht mit Schönheitspflege. Das Gesicht war das, das er auf dem Bildschirm gesehen hatte, aber es wirkte ein wenig aufgedunsen und müde.

Ihr kleiner Kampf hatte keinerlei Reaktion auf der oberen Etage zur Folge. Wenn sie Glück hatten, schlief Jankelevic noch. Martin blieb dennoch vorsichtig und zückte seine Waffe, während Perron hinter ihm beschäftigt war.

Mit dem Klebeband fesselte er seiner Frau die Handgelenke auf dem Rücken und dann ihre Fußgelenke, bevor er die Beine nach hinten bog und Hand- und Fußgelenke mit Nylonfaden zusammenzurrte.

Beim Aufwachen gab sie ein grunzendes Geräusch von sich. Perron legte ihr die gesunde Hand auf den Mund.

»Wenn du schreist oder beißt, schlage ich erneut zu«, sagte er. »Ist er oben?«

Sie sah ihn unbeweglich an, die Augen traten vor ohnmächtiger Wut aus den Höhlen, und sie zerrte an ihren Fesseln.

»Gut, er ist oben«, sagte Perron. »Danke, meine Liebe. Streng dich nicht an, du tust dir nur weh.«

»Es ist zu eng«, jammerte sie.

Er tätschelte ihr die Wange.

»Das soll es ja gerade. Mach bitte den Mund auf.«

Sie machte sich steif und biss die Zähne aufeinander.

»Na gut«, sagte Perron und suchte etwas in seiner Tasche. »Ich hätte gern darauf verzichtet.«

Martin sah ihn besorgt an. Perron zog eine Spritze hervor.

»Nein, bitte nicht«, sagte Jocelyne, »nicht das!«

Er wartete, und sie öffnete den Mund. Er schob eine Socke hinein, bevor er ihr einen Streifen Klebeband auf die Lippen drückte. Sie würgte, und ihre Augen füllten sich mit Tränen.

»Atmen Sie durch die Nase«, sagte Martin.

Perron achtete darauf, dass sie nicht erstickte. Martin nahm einen Bezug vom Sessel und deckte ihren Unterleib zu.

»Wenn du brav bist, wird es nicht lange dauern«, sagte Perron seiner Frau leise ins Ohr. »Ich rate dir, dich nicht zu bewegen, und alles wird gut.«

Er zog Schuhe und Strümpfe aus und nahm die Pistole in die Hand.

Das Geschehen hatte ihn verändert, er wirkte jetzt entspannt und selbstsicher.

»Ich gehe leise die Treppe hoch, als wäre ich sie auf dem Rückweg vom Klo«, sagte er. »Wenn ich oben bin, stelle ich mich hinter seine Zimmertür und gebe Ihnen ein Zeichen über das Geländer, und Sie kommen nach. Wenn er aufwacht und eine Dummheit macht, schieße ich auf ihn.«

Der Plan war einfach, und Martin fand ihn gut durchdacht. Also stimmte er zu.

Perron verließ das kleine Wohnzimmer und begab sich zur Toilette.

Er zog die Spülung, ging durch die Diele bis zur Treppe und stieg langsam, fast zögernd hinauf, die Pistole nach oben gerichtet. Die Pumpgun hatte er in der Küche gelassen.

Als er auf dem ersten Treppenabsatz war, richtete Perron den Blick auf den oberen Teil der Treppe. In diesem Moment wurde sein Gesicht von einer furchtbaren Explosion zerfetzt. Martin warf sich reflexartig nach vorn, den Kopf zwischen den Schultern.

Der Tote fiel schwerfällig die Treppe herunter und blieb auf den Fliesen in der Diele liegen.

Er hatte kein Gesicht und fast keinen Kopf mehr. Blut rann in kleinen Blasen aus der Masse zersplitterter Knochen und zerfetzten Fleisches, die vorher ein menschliches Gesicht gewesen war.

Um diesen Anblick nicht ertragen zu müssen, schloss Jocelyne fest die Augen, ihr Gesicht war schmerzverzerrt.

Es roch nach Pulver und Blut.

»Schlampe!«, brüllte eine Männerstimme mit einem starken jugoslawischen und leicht südfranzösischen Akzent. »Du hast mich verraten. Ich wusste es, du Schlampe, du elende Schlampe! Jetzt kannst auch du deinen Arsch nicht mehr retten.«

Krampfhaft und mit aller Kraft versuchte Jocelyne, irgendwelche Töne von sich zu geben. Ihr Gesicht wurde violett.

Martin rollte zu ihr hin, riss ihr das Klebeband ab und zog die Socke heraus, die sie am Atmen hinderte. Sie hustete, spuckte, heulte.

»Nein! Nein!«

»Schlampe!«, brüllte Jankelevic wieder. »Ich komme und bringe dich um. Ich bringe dich um!«

Martin blieb auf dem Boden des kleinen Wohnzimmers liegen, stützte sich auf die Ellbogen und hob seine Waffe, bemüht, weiter zu atmen. Er zielte auf die linke Seite der Tür, durch die der Mann eintreten musste.

Schwere Schritte kamen krachend eine Stufe nach der anderen herunter. 13–12–11–10–9–8 ... Oder 7? Martin wusste nicht mehr, ob er am Anfang richtig gezählt hatte.

»Nein, komm nicht runter! Bitte! Nein!«, schluchzte Jocelyne. »Da ist noch einer, der bringt dich um, er bringt dich um!«

Die Schritte stoppten.

»Du lügst, du Schlampe«, rief der Mann in zögerndem Ton. »Wenn da noch einer wäre, hätte er auf mich geschossen.«

Der Mann holte Luft und lachte böse.

»Du Miststück. Fast hättest du mich reingelegt. Und er hat dir natürlich den Knebel rausgezogen, damit du mir so was erzählst.«

Wieder Schritte: 7–6–5–4–3–2–1 – die Fliesen.

Martin hatte richtig gezählt. Der Mann erschien in der Türöffnung, die Pistole mit einem langen Lauf aus Nickel im 45-Grad-Winkel auf den Boden gerichtet.

Eine Sekunde lang war er so überrascht, dass er mit offenem Mund dastand.

Er war ein dunkler fülliger Mann mit vorstehendem Unterkiefer und einer niedrigen Stirn, mit blauen, dicht beieinander stehenden Augen. An Armen und Beinen hatte er dichtes schwarzes Haar. Es erinnerte Martin an ein Wildschwein. Der Bauch des Mannes wölbte sich unter dem schwarzen T-Shirt. Auch er trug keine Unterhose, und Martin sah, wie sein Glied durch die Angst schrumpfte. Seine nackten Füße standen in Perrons Blut, aber er merkte es nicht.

Er hob die Waffe um ein paar Zentimeter.

»Nein«, sagte Martin, »mach keinen Unsinn.«

Martin hatte keine Lust, den dickleibigen Verbrecher zu töten. Früher hätte er ihn voller Sarkasmus gezwungen, die Waffe zu heben, um einen Grund zu haben, ihn zu erschießen. Heute widerte ihn der Gedanke zu töten an. Perron und Julien waren zwei Tote zu viel, und nichts konnte das wiedergutmachen.

»Du hast eine Sekunde, um die Waffe hinzuwerfen, wenn du am Leben bleiben willst, Jankelevic.«

»Hör nicht auf ihn, er will uns für immer in den Knast schicken«, jammerte Jocelyne in seinem Rücken.

Der lange Lauf der .44er zitterte. Jankelevic wusste nicht, was er tun sollte.

»Siehst du nicht, dass es gut für sie ist, wenn du jetzt abkratzt? Sie kann immer behaupten, du hättest sie entführt.«

»Sie sind widerwärtig, seien Sie still«, sagte Jocelyne. »Hör nicht auf ihn, Liebling, ich flehe dich an.«

»Du willst doch nicht so enden wie er, oder?«, fragte Martin in ebenso suggestivem Ton.

Der Mann warf einen kurzen Blick nach unten und sah, was von Perron übrig war.

Die Haare an seinen Schenkeln richteten sich auf. Nicht aus Sympathie für sein Opfer. Er hatte sich für den Bruchteil einer Sekunde tot gesehen, und das hatte ihm nicht gefallen.

»Lass die Waffe fallen, Dummkopf«, sagte Martin fast freundlich. »Lass die Waffe fallen!«

Die Zeit schien stehen zu bleiben.

Martin zielte genau auf den Solarplexus des Zuhälters. Er wollte Jankelevic nicht töten, das stand fest, wenn er ihn aber hinrichtete, würde ihn das nicht mehr als eine oder zwei schaflose Nächte kosten. Er brauchte nur ganz leicht mit dem Zeigefinger zu drücken, damit der Bolzen den Hammer treffen würde, der wiederum die Hülse durchbohren und die kleine Bleikugel in so kurzer Zeit in den dicken Körper jagen würde, dass der Knall der Explosion Jankelevics Gehirn gar nicht mehr erreichte.

Ein Schweißtropfen lief dem Kriminellen über die Stirn, rollte zwischen den Augenbrauen nach unten und dann die Nase entlang. Jankelevic besaß keine sehr ausgeprägte Fantasie, wusste aber aus Erfahrung, welche Wirkung das langsame Geschoss des 11.44 haben würde. Sie würde ihm das Brustbein zertrümmern und dann das Herz zerfetzen, danach die Wirbel und dazu Gewebe, Haut, Fleisch und Knochen. Im Leichenschauhaus würde der Gerichtsmediziner feststellen, dass das Einschussloch den Durchmesser der Kugel hatte, wenn er aber die Leiche umdrehte, würde er ein Loch sehen, das mindestens sechs Zentimeter groß wäre.

Er begann am ganzen Leib zu zittern. Er hatte solche Angst, dass er zu allem fähig war.

»Lass sie fallen!«, brüllte Martin.

»Ich kann nicht«, sagte der Ganove, und ein Strom gelber Pisse spritzte unter dem T-Shirt hervor und lief ihm an den Beinen hinunter.

»Los, einen Finger nach dem anderen. Fang damit an, den Zeigefinger vom Abzugsbügel zu nehmen.«

»Du bringst mich um.«

»Wenn ich das wollte, hätte ich es längst getan. Konzentrier dich auf deinen Zeigefinger.«

Der Verbrecher gehorchte und nahm den Zeigefinger von dem Stahlbügel.

»Okay, und jetzt den Mittelfinger. Streck ihn aus.«

Der Mittelfinger löste sich vom Lauf und reckte sich. Nun hielt er die schwere Pistole nur noch mit Daumen und Ringfinger.

»Perfekt. Jetzt lässt du die beiden letzten Finger los.«

Die Waffe fiel zu Boden und schlug mit einem dumpfen Laut auf.

»Leg dich auf den Bauch«, sagte Martin, während Jocelyne hinter ihm schluchzte.

Auf dem Gesicht des Zuhälters war eine Spur Erleichterung zu sehen. Es war vorbei. Die blutige Jagd hatte ein Ende. Er konnte sich ausruhen, bedauern würde er das später. Er ließ sich in das mit Urin vermischte Blut fallen und legte die Hände in den Nacken, ohne dass Martin ihn dazu aufgefordert hatte. Martin stand auf, richtete die Waffe aber weiter auf ihn. Mit dem Fuß schob er die Magnum weg, bevor er dem Verbrecher im Rücken Handschellen anlegte.

Kapitel 34

Mittwoch, 15.00 Uhr

Perrons Mutter war an das Pfostenbett des kleinen Schlafzimmers gefesselt. Es schien ihr nicht allzu schlecht zu gehen. Martin band sie los und gab ihr zu trinken, dann massierte er ihr Hand- und Fußgelenke.

»Mein Sohn ist tot«, sagte sie mit leiser, aber fester Stimme.

Er nickte.

»Ich habe ihn nicht oft gesehen«, sagte sie.

Martin wusste nicht, was er der Alten sagen sollte. Jedenfalls nicht, dass ihr Sohn Selbstmord begangen hatte. Das hatte er begriffen, als er entdeckte, dass auf der ersten Etage gegenüber der Tür des Zimmers, in dem Jankelevic geschlafen hatte, ein großer Spiegel angebracht war. Dieser hatte vom Bett aus Perron hochkommen sehen. Er brauchte ihm nur noch die .44er Kugel zwischen die Augen zu jagen.

Eine Stunde später waren viele Leute in dem kleinen Forsthaus, Krankenwagen, Polizisten aus Paris, darunter Fournier und Roussel, Gendarmen, die sich die Voruntersuchungen nicht aus der Hand nehmen lassen wollten, und sogar ein Staatsanwalt.

Zuerst war Fournier entsetzt über diesen Ausgang der Dinge, der ihn teuer zu stehen kommen konnte, aber nach und nach hatte er wieder Mut gefasst, als Martin ihm seine Version der Geschichte erzählt hatte.

Martin hatte für alles die Verantwortung übernommen. Laurette Weizman sei seine Freundin, er habe zufällig erfahren, dass sie Perron behandelt habe, er sei daraufhin zu Perron gegangen, der ihm sein Leben erzählt habe ... Perron sei auch einverstanden gewesen, dass Martin ihn auf seinem Rachefeldzug begleitete. Martin habe den Vorgesetzten nicht Bescheid sagen können, da er nicht gewusst habe, wohin Perron fuhr.

Der Staatsanwalt hegte größte Zweifel an dieser Geschichte. Er konnte nicht begreifen, wie zwei Polizisten, von denen einer im Zwangsruhestand und der andere suspendiert war, es geschafft hatten, diesen Fall so gut zu lösen, oder besser gesagt, annähernd gut, wenn man Perrons tragischen Tod in Rechnung stellte. Zugleich hatte Martins Geschichte den Vorteil, die Wogen zu glätten, denn die Polizei kam aus der Sache gut heraus ... Perron war ein depressiver, aber ehrenwerter Mann. Er war bei einem Einsatz gestorben und verdiente jegliche Anerkennung.

Die letzten Zweifel des Staatsanwalts waren beseitigt, als er die Tasche mit den siebenhunderttausend Euro sah.

»Ich weiß nicht, wie du das gedreht hast, aber wir stehen ganz gut da«, sagte Fournier, als er mit Martin allein war. »Ich würde nur gerne wissen, wie das Geld hier hat landen können. Warum sind sie denn hiergeblieben, wenn sie es hatten?«

»Keine Ahnung«, sagte Martin.

»Jocelyne und Jankelevic sind am Leben. Was passiert, wenn sie auspacken?«

»Wer würde ihnen je glauben, dass Perron und ich das Geld hierhergebracht haben?«

»Ja, klar, immerhin. Aber war es unbedingt notwendig, dass Jankelevic überlebt?«, fragte Fournier unvermittelt.

»Hätte Jankelevic eine Hose getragen, hätte er sich nicht so minderwertig gefühlt und wäre sicher aufs Ganze gegangen, weil er so ein idiotischer Obermacho ist. Seine Nacktheit hat ihm das Leben gerettet.«

»Nach dem, was er mit Perron gemacht hat, hätte keiner etwas dagegen gehabt, wenn sie seine Leiche vorgefunden hätten.«

»Ich weiß, aber ich finde, es war besser, ihn am Leben zu lassen. Die Presse kann jetzt nicht behaupten, wir hätten jemanden zum Schweigen gebracht, der vielleicht einen Bullen hätte belasten können. Jetzt werden sie sich alle auf das Gaunerpärchen des Jahres stürzen. Das ist eine viel saftigere Geschichte als die eines korrupten Polizisten. Und Jocelyne ist sehr fotogen.«

»Diese Nutte«, sagte Fournier und nahm damit vorweg, was in den nächsten Wochen alle Leute sagen würden.

Martin schloss die Augen, und Fournier brauchte eine Weile, bis er begriff, dass er vor Erschöpfung eingeschlafen war.

Er wurde in die nächste Klinik gebracht und dann am Abend in sein Pariser Krankenhaus im 10. Arrondissement.

Francis betrog sie vielleicht – nein, er tat es mit Sicherheit –, aber er hatte sie wahrscheinlich nicht angelogen, als er diese Geschichte erzählte. Francis als Ermittler … Allein der Gedanke war lächerlich. Das war die beste Möglichkeit, die der König der Raben gefunden hatte, damit die Untersuchung so schnell wie möglich in einer Sackgasse endete. Aber er hatte ein anderes Motiv, Francis da hineinzuziehen. Er wollte sie damit treffen.

Seine Anspielungen, die nur halb formulierten Fragen … All das bekam einen Sinn. Francis war nur der Bote gewesen, so unschuldig wie ein neugeborenes Kind.

Der König der Raben hatte ein feines Gespür für Menschen und hatte bald gemerkt, dass sie Fähigkeiten besaß, die ihm nützlich sein konnten. Doch er wusste vielleicht viel mehr über sie, als er gesagt hatte. Leute in seiner Umgebung hatten vielleicht einige Schlüsse gezogen, die zu ziehen bisher keinem Polizisten gelungen war, und Schritt für Schritt ihren blutigen Weg nachverfolgt. Er wollte sie benutzen, und er hatte keine Angst vor ihr. Mit seinen Beziehungen war sie ihm ausgeliefert.

Sie nahm ihr Mobiltelefon und rief die Geheimnummer an, die ihr der Parteivorsitzende gegeben hatte. Sie hörte eine Stimme auf der Mailbox und sprach ein paar Sekunden ins Leere, bevor sie die Verbindung unterbrach.

Kaum eine Minute danach klingelte ihr Telefon.

»Ich würde Sie auch gerne sehen, meine Liebe«, sagte er, ohne seinen Namen zu nennen. »Wann haben Sie Zeit?«

»Heute Abend?«

»Um elf Uhr. Tausend Küsse.«

Dann war die Leitung tot.

Sie zitterte vor Erregung.

Als ihr Vater starb, war sie sechzehn. Ein Nachbar, Oswaldo Lerner, ein Freund ihres Vaters und ein Enkel deutscher Einwanderer, reicher Grundbesitzer, der vierzig Jahre älter war als sie, wurde ihr Vormund und heiratete sie zwei Jahre später, um an das Geld, das sie geerbt hatte, heranzukommen. Der Notar der Familie half ihm dabei.

Lerner hatte vier Söhne, die sich alle in sie verliebten. Nach ihrer Hochzeit wurde Pablo, der älteste Sohn, ihr Liebhaber. Er starb sechs Monate später bei einem Reitunfall, genau wie ihr Vater.

Der erste Teil ihres Plans war perfekt gelungen. Aber sie konnte nicht ewig dasselbe Szenario wiederholen, das wäre zu auffällig.

Ramon, der zweite Sohn, verschwand spurlos mit einem Haufen Geld. Er hatte gedacht, dass sie mit ihm fliehen würde, aber sie hatte andere Pläne. Er starb an einem Schlangenbiss und wurde in der Wüste begraben.

Jesus, der Jüngste, ertrank in dem Fluss, der durch das Anwesen floss.

Tomaso, der dritte, brach sich das Genick, als er eines Tages sturzbetrunken aus der dritten Etage eines Hotels in Buenos Aires stürzte. Vier Tote in vier Jahren. Und ihr alter Ehemann hatte nur noch einen Erben, nämlich sie.

Sie hatte die Liebesbriefe der Jungen aufgehoben und besaß Pornofotos, die sie beim Liebesakt mit Tomaso und Jesus zeigten.

Einen Monat nach dem Tod des letzten Sohnes zeigte sie ihrem Mann die Briefe und die Bilder. Mit siebzig war Don Oswaldo noch ein gut aussehender Mann, aber der Tod seiner Söhne hatte ihn stark geschwächt. Die Fotos und die Briefe gaben ihm den Rest. Er erlitt einen Schlaganfall, nach dem er nicht mehr gehen und nicht mehr sprechen konnte.

Mit Hilfe des Notars, der ebenfalls ihr Liebhaber wurde, transferierte sie den größten Teil von Oswaldos Vermögen auf ein Konto in der Karibik. Der Notar folgte ihr, nachdem er die Bankkonten einiger seiner reichen Mandanten angezapft hatte.

Eine Woche später ertrank er, als er ein Korallenriff erkundete – seine Sauerstoffflasche war leer. Sie emigrierte mit einem beträchtlichen Vermögen, das auf verschiedenen Konten in drei Kontinenten deponiert war, an die Westküste der USA. Sie hatte sich immerhin die Zeit genommen, einen kleinen Umweg über die Ranch zu machen, auf der sie dem körperlichen und seelischen Leiden ihres behinderten Mannes ein Ende bereitet hatte.

Sie ging nach Los Angeles und heiratete einen Geschäftsmann, dem die drittgrößte Schuhfabrik des Landes gehörte. Nach drei Jahren starb er an einem Herzinfarkt, für den sie nicht verantwortlich war. Er war sehr gut zu ihr, und sie war ihm dankbar gewesen. Drei Jahre lang hatte sie niemanden umgebracht.

Später dann war sie trotz ihres Vermögens erneut gezwungen gewesen, ein paar Störenfriede zu eliminieren. Sie tötete immer nur für sich. Um sich zu schützen. Um ihre Freiheit zu erlangen. Für jemand anderen zu töten war eine neue Erfahrung.

Sie würde einen Vertrag erfüllen. Wenn sie Gérard Dupuis, den Spion und Erpresser der Partei, umbrachte, würde sie dem König der Raben einen Dienst erweisen. Er konnte nicht ahnen, dass sie an diesem Mord ein höchst persönliches Interesse hatte. Gott allein wusste, was der politische Erpresser an Informationen über sie zusammengetragen hatte. Kannte der Parteivorsitzende einen Teil ihrer Biografie aus seinen Akten? Sie musste sie unbedingt vor allen anderen finden.

Sie erledigte die schmutzigen Geschäfte der wichtigsten Partei des Landes und würde dadurch unantastbar werden. Vor allem dann, wenn sie das Archiv von Gérard Dupuis alias Aymeric Tanguy-Frost in der Hand hätte. Ihr Schicksal nahm eine Wendung zum Guten. So viel hatte sie sich nie erhofft. Eine gute Nachricht kommt nie allein. Ihr Herpesausschlag ließ nach, es waren nur noch kleine rote Krusten vorhanden, die mit Hilfe der Salbe bald ganz verschwinden würden.

Der Verrat von Francis aber ließ ihr keine Ruhe. Die Vorstellung, dass ihr Mann in den Armen einer anderen Frau lag, dass dieser Körper, der ihr gehörte, sich von einer dummen Sau streicheln ließ ... Sie schwitzte vor Zorn. Wie hatte er es wagen können?

Aber sie durfte sich jetzt nicht ablenken lassen.

Sie musste zuerst in Erfahrung bringen, was die Bullen herausgefunden hatten. Um Francis würde sie sich später kümmern.

Kapitel 35

Mittwochabend

Der Arzt im Krankenhaus musste zugeben, dass die Folgen von Martins Abenteuer nicht katastrophal waren. Er schloss allerdings Spätfolgen nicht aus, denn er konnte nicht zulassen, dass Martin so einfach davonkam.

Das war sein gutes Recht. Martin dachte an Perrons Tod und die Festnahme von Jankelevic. Perron hatte den Tod gewählt, und das war traurig, aber bei dem Gedanken, dass er den dickleibigen Verbrecher nicht getötet hatte, empfand Martin so etwas wie Erfüllung, fast Glück. Da hatte er dem Schicksal ein schönes Schnippchen geschlagen.

Wie Jankelevic festgenommen worden war, würde bald auf den Gefängnishöfen die Runde machen, dafür würde Martin schon sorgen, und genauso schnell würde man sich die unglaublichsten Dinge darüber erzählen, wie der Zuhälter aufgegeben hatte. Nie wieder würde Jankelevic als Bandenchef anerkannt werden.

Isabelle erschien, als die Besuchszeit schon fast zu Ende war. Sie war allein und wütend auf ihn, aber sie ließ sich schnell beruhigen. Sie rollte den Wagen mit dem Abendessen beiseite, das Martin kaum angerührt hatte: Hähnchenkeule, Kartoffeln, grüne Bohnen, Ziegenkäse und Apfelkompott.

»Hm, das sieht gut aus, darf ich? Ich habe dauernd Hunger.«

Sie aß die Keuel, die Kartoffeln und das Kompott und wischte den Rand des Tellers mit dem Finger sauber.

»Das war gut«, sagte sie und leckte sich die Finger ab. »Du siehst noch schlimmer aus als heute Morgen. Was hast du den ganzen Tag gemacht?«

»Erzähl ich dir später. Es geht mir übrigens besser, als ich aussehe. Und das Baby?«

»Ganz gut, außer dass es strampelt wie verrückt. Ich gehe morgen zur Routineuntersuchung, und François begleitet mich.«

»Er ist ein netter Junge«, sagte Martin. »Bist du verliebt?«

»Ja, findest du das lächerlich?«

»Nein. Es ist doch nicht lächerlich, sich zu verlieben.«

»Also wirklich. Eine schwangere Frau, die sich in einen Jungen verliebt, den sie gar nicht kennt.«

Er nahm ihre Hand und drückte sie. So verharrten sie eine Weile, ohne zu sprechen.

»Und Marion?«, fragte er schließlich.

»Sie ist bei uns ausgezogen oder besser gesagt: bei dir. Ich soll fragen, wie es dir geht, aber sie will dich nicht sehen. Myriam hat angerufen«, fügte sie hinzu. »Sie wollte auch wissen, wie's dir geht.«

»Woher weiß sie davon?«

»In der Zeitung war ein kleiner Artikel. ›Ein Polizeikommissar namens Martin wurde auf der Straße Opfer eines Überfalls‹, irgend so was … Ich habe ihr gesagt, dass du wieder auf den Beinen bist. Heute Morgen stimmte das ja auch, und ich habe ihr nicht gesagt, dass du mit der Miene eines Wahnsinnigen aufgetaucht bist, deine Waffen genommen hast und dein Grinsen Marion und mich so erschreckt hat, dass wir fast auf der Stelle niedergekommen wären.«

»Tut mir leid«, sagte Martin »Das soll keine billige Entschuldigung sein, aber ich war nicht in meiner normalen Verfassung.«

Isabelle lachte.

»Wann warst du zuletzt überhaupt mal in einer normalen Verfassung?«

Jeannette hatte eine wahnsinnige Wut auf Martin. Er hatte sie außen vor gelassen. Er hatte sein Leben riskiert, ohne sie um Hilfe zu bitten.

Das bewies nur eines, aber das hätte sie längst schon merken können: Sie war für ihn einfach nicht wichtig.

Sie hatte vor, ihm das und noch einiges andere zu sagen. Verantwortungslosigkeit. Angeborene Dummheit. Eine groteske Form von Machotum. Die Wörter kamen ihr mühelos in den Sinn. Sollte er dabei ruhig im Krankenbett liegen, so schwach, dass er nicht einmal antworten konnte. Er wäre jedenfalls gezwungen, ihr zuzuhören.

Während sie auf den Aufzug wartete, zitterte sie vor lauter Ungeduld, ihm endlich ihre Meinung sagen zu können.

Die Aufzugstür öffnete sich.

»Jeannette?«

Isabelle stand ihr gegenüber, eine schöne junge Frau mit einem Bauch so rund wie ein Globus.

Die beiden Frauen umarmten sich.

»Er schläft«, sagte Isa. »Er ist mitten im Reden eingeschlafen. Die Krankenschwester sagte, das sei normal. Er ist völlig erschöpft.«

»Ich wollte gerade nach ihm sehen. Geht es ihm einigermaßen?«

»Ja, er hat kein Fieber, alles scheint gut zu laufen, behaupten sie jedenfalls. Er ist dabei, sich zu erholen.«

»Soll ich dich nach Hause fahren?«

»Nein, danke, ich habe sein Auto.«

Jeannette begleitete Isabelle bis zu Martins Auto, sah ihr nach, während sie davonfuhr, und betrat wieder das Krankenhaus, als sie verschwunden war.

Sie ging auf Zehenspitzen ins Zimmer, setzte sich und betrachtete Martin im Schlaf. In seiner geschlossenen Hand konnte sie ein Stück Papier erkennen. Sie zog es vorsichtig heraus und las es, bevor sie es wieder zurückschob.

Ich bin lächerlich. Ich stelle mir alles Mögliche vor und rege mich über ihn auf, weil meine Träume mit der Wirklichkeit nichts zu tun haben. Komm in die Hufe, Mädchen. Dieser Kerl ist nichts für dich, er war es nie und wird es auch nie sein. Er ist zu alt, zu schwierig, zu egoistisch. Ich habe mein Leben, meine Tochter, meinen Beruf. Das ist wichtig und nichts anderes.

Sie ging zum Bett und küsste Martin sachte auf die Stirn.

»Gute Nacht, Martin«, murmelte sie. »Und viel Glück.«

Das Zimmer lag im Halbdunkel, nur eine kleine Lampe brannte. Er suchte Isa mit den Augen. Sie war nicht mehr da. Hatte er es vielleicht nur geträumt, oder war sie wirklich gekommen? Was hatte sie gesagt? Irgendetwas über seinen Zustand ... Sie hatte auch sein Essen aufgegessen. Er seufzte. Sie hätte ihm wenigstens auf Wiedersehen sagen können.

Er sah nach der Uhr. Mitternacht. Seit dem Besuch seiner Tochter waren vier Stunden vergangen. Da fühlte er das Stück Papier in seiner Hand und hielt es sich unter die Augen, eine aus einem Heft herausgerissene Seite mit der Schrift, die er so gut kannte, in Bleistift geschrieben: »Papa, ich liebe dich.«

Mittwochabend

Etwas in dem Liebesnest im 3. Arrondissement war anders. Sie wusste nicht sofort, was es war, aber die Art, wie sie der Parteichef empfing, hatte sich verändert. Es lag Wachsamkeit in seinem Blick, fast etwas Gezwungenes. Er hatte offenbar versucht, Erkundigungen über sie einzuziehen. Was hatte er wohl herausgefunden?

In einer Phase ihres Lebens waren viele Menschen in ihrer Umgebung gestorben, aber das war lange her, und bis auf eine oder zwei Ausnahmen war es unmöglich, sie damit in Verbindung zu bringen. Oder …

Der letzte Mensch in ihrem Umfeld, der umgekommen war, war die Verlobte von Francis gewesen. Es hatte keine richtige Untersuchung gegeben, und die Polizei war von einem simplen Autounfall ausgegangen. Im Übrigen wusste niemand, dass sie die junge Frau gekannt hatte.

In den USA, als sie langsam Richtung Osten zog, von Los Angeles über Chicago nach New York, war sie sehr vorsichtig gewesen. Nach dem Tod ihres ersten Mannes hatte sie mit unabhängigen Produzenten in Hollywood und Leuten aus der Theaterwelt Kontakt aufgenommen. Sie hatte den König der Raben nicht angelogen. Man hatte ihr sogar eine kleine Rolle in einer TV-Serie angeboten, die sie abgelehnt hatte. Sie hatte mit vielen Leuten geschlafen, aber nach den dort gültigen Regeln hatte sie einen vorbildlichen Lebenswandel geführt.

Dann hatte sie eines Tages jemand im Palace in Las Vegas erkannt. Ein Freund des ältesten Sohnes von Oswaldo. An seinem Blick hatte sie gespürt, dass er ihr Probleme machen würde. Er war mit seiner Frau auf Reisen, was das Ganze noch zusätzlich erschwerte.

Es war wieder mal an der Zeit, ihr Leben zu ändern. Aber sie durfte keine Spuren hinterlassen. Niemand sollte sich Fragen stellen.

Sie war gezwungen, zu handeln und Los Angeles zu verlassen.

Auch hier hatte sie alles so eingerichtet, dass niemand einen Verdacht schöpfte. Schürze und Häubchen sahen genauso aus wie die der Zimmermädchen des Hotels, und die kleine Ruger 22 hatte sie bei einem Geldverleiher gekauft. Eine Kugel in den Kopf des Mannes, als er die Tür seiner Suite öffnete, eine Kugel in den Kopf der Frau, als sie sich unter der Dusche die Haare wusch. Die Ruger 22 legte sie dem Mann in die Hand und schoss eine dritte Kugel in die Wand, wegen des Paraffintests.

Das Hotel war schallgedämmt, und die Schüsse waren nicht lauter gewesen als das Zuschlagen von Türen. Sie hatte das Hotel so diskret verlassen, wie sie hineingekommen war, die Kluft des Zimmermädchens war unter ihrem Regenmantel verborgen.

In der Zeitung hatte sie am nächsten Tag gelesen, dass das Paar vor der Scheidung gestanden hatte. Dass sie sich auf dieser Reise hatten versöhnen wollen. Der Doppelmord wurde als Verbrechen aus Leidenschaft mit anschließendem Selbstmord deklariert, und die Ermittlungen wurden eingestellt.

Damals konnte sie noch gut improvisieren. Es war, als würde der Zufall ihr das Leben leichter machen, seit sie mit sechzehn ihr Schicksal selbst in die Hand genommen hatte.

Ein paar Monate später war in New York noch einmal etwas geschehen, das sie in Verlegenheit gebracht hatte. Diesmal waren die Opfer Amerikaner aus besseren Kreisen. Es war mühsamer, hinterher aufzuräumen, und zwei Polizisten waren gekommen, um ihr Fragen zu stellen. Zwar führte die Befragung zu nichts, aber das war schon zu viel. Gleich danach ließ sie sich in Paris nieder.

Nach Amerika wollte sie nicht zurück, und mit Asien hatte sie wenig im Sinn. Ihr Platz war hier, in Europa, in Frankreich, in Paris.

Sie küsste den König der Raben ausgiebig auf seinen fast schmallippigen Mund. Sie schmiegte sich an ihn, öffnete seinen Gürtel, glitt auf die Knie und zog sein noch weiches

Glied aus der Unterhose. Er ließ es geschehen, ohne sich zu rühren. Was war nur los? Hatte er sie schon durch eine andere ersetzt?

»Stehen Sie auf«, sagte er dann. »Ich hätte Sie nicht herbitten sollen. Ich glaube, es ist besser, wir sehen uns nicht mehr.«

»Warum?«, fragte sie, dabei erriet sie die Antwort schon.

Er trat einen Schritt zurück, rückte seine Hose zurecht und antwortete nicht sofort.

»Nennen wir es Schuldgefühl, wenn Sie wollen«, sagte er schließlich.

Sie traute ihren Ohren nicht.

»Schuldgefühl, weswegen?«

»Ich empfinde große Zuneigung zu Ihrem Mann«, sagte er in ernstem, fast gequältem Ton. »Und trotz aller Wertschätzung für Sie schäme ich mich wegen meines Verhaltens.«

Sie baute sich vor ihm auf.

»Warum sagen Sie nicht einfach die Wahrheit?«

Er sah sie an, als habe sie eine Dummheit gesagt.

»Es gibt keine andere Wahrheit«, sagte er entschieden.

Sie fühlte sich verloren. Er hatte kein Recht, sie zu verstoßen, nicht so.

Sie fiel auf die Knie und umfasste seine Schenkel.

»Ich liebe Sie«, sagte sie und drückte den Kopf gegen ihn. »Verlassen Sie mich nicht.«

Er antwortete nicht, aber er schob sie mit seinen großen Händen weg.

Sie ließ sich zu Boden fallen und begann zu schluchzen.

Als sie sich etwas beruhigt hatte, ordnete sie ihre Kleider und sah, dass er gegangen war.

Es hatte keinen Sinn, weiter in ihn zu dringen. Sie wollte das stumme Einvernehmen, das sie mit dem Vorsitzenden verband, nicht aufs Spiel setzen. Sie hatte zu viel zu verlieren. Er hatte sie auf ihren Platz verwiesen wie eine Bedienstete.

Die Demütigung war fast unerträglich, aber sie musste sie hinnehmen.

Deshalb nahm sie ihren Mantel und ging.

Was war geschehen? Er wollte keine Mörderin als Geliebte. Er wollte nicht, dass man sie mit ihm in Verbindung brachte.

Auf der Straße stellten sich ihr zwei Männer in den Weg. Sie hatte sie schon gespürt, bevor sie sie sah. Sie drehte sich um, und hinter ihr waren zwei weitere Männer, ebenfalls in unauffälliger dunkler Kleidung. Polizisten in Zivil oder Handlanger. Sie hatte keine Waffe bei sich, und gegen vier trainierte Männer konnte sie nichts ausrichten. Sie gab sich Mühe, sich zu entspannen. Einer der Männer vor ihr schob die Hand in die Innentasche seines Sakkos und holte ein Klappetui heraus, das er mit einem Schlenker seines Handgelenks öffnete, und präsentierte ihr seine Karte mit der Trikolore.

»Polizei«, sagte er. »Folgen Sie uns bitte. Personenkontrolle.«

In diesem Moment bekam sie wirklich Angst.

Kapitel 36

Mittwoch/Donnerstag

Sie wurde auf das örtliche Polizeirevier gebracht. Nach einer kurzen Besprechung mit dem wachhabenden Polizisten brachten sie sie durch einen langen, dunklen, schmutzigen Gang bis zu einem kleinen, überheizten, fensterlosen Raum.

Sie schlossen die Tür ab.

»Ziehen Sie sich bitte aus«, sagte einer der beiden Männer, während der andere ihre Handtasche auf einen kleinen, am Boden festgeschraubten Metalltisch entleerte.

Sie legte ihren Mantel ab und zog ihr Kleid über den Kopf.

»Ziehen Sie auch den Rest aus, bitte. Auch die Strümpfe.«

Sie gehorchte und blieb stehen, mit den bloßen Füßen auf dem Boden.

Er trug seine Dienstwaffe auf der linken Hüfte, mit dem Griff nach vorn, jederzeit griffbereit. Man konnte den roten Punkt des Sicherungshebels sehen. Die Information setzte sich irgendwo in ihrem Gehirn fest. Vielleicht würde sie sie irgendwann einmal brauchen.

Währenddessen öffnete der andere Mann ihr Schminketui, schraubte den Lippenstift auf, blätterte in ihrem Terminkalender und sah sich jeden Gegenstand genauestens an. Mehrere Minuten lang beschäftigte er sich mit ihrem Pass, überprüfte Seite um Seite.

Derjenige, der ihr befohlen hatte, sich auszuziehen, verfuhr ebenso mit ihren Kleidern und der Unterwäsche. Er sah sich sogar das Innere ihrer Sandaletten genau an und untersuchte die Sohle, dann inspizierte er sie am ganzen Körper, ohne sie zu berühren. Er zog PVC-Handschuhe an, fasste in ihr Haar und tastete die Kopfhaut ab.

»Machen Sie bitte den Mund auf.«

Sie gehorchte, und er leuchtete mit einer kleinen Lampe auf ihren Gaumen. Er schob zwei Finger in ihren Mund und tastete das Innere ihrer Wangen ab.

»Drehen Sie sich bitte um, und stützen Sie sich mit den Händen auf dem Tisch auf. Treten Sie zurück, und spreizen Sie die Beine.«

Sie gehorchte. Eine solche Untersuchung war illegal. Sie hätte von einer Frau durchgeführt werden müssen. Aber jeder Versuch, zu diskutieren oder sich zu wehren, hätte ihnen nur Vergnügen bereitet.

Der Polizist untersuchte mit einem Finger grob das Innere der Vagina und des Anus. Als er fertig war, ließ er sie fünfzehn Sekunden in dieser demütigenden Haltung stehen, bevor er ihr sagte, sie könne sich wieder anziehen.

Sie zog sich ohne Eile an, ihr Blick war leer.

Die beiden Polizisten schienen enttäuscht. Weil sie keine Reaktionen gezeigt hatte oder weil sie bei ihr nichts gefunden hatten.

»Können Sie sich vorstellen, weshalb Sie hier sind?«, fragte der Mann, der sie durchsucht hatte, während er seine Handschuhe auszog, wendete und in seine Manteltasche steckte.

Sie antwortete nicht.

»Wir können Sie achtundvierzig Stunden hierbehalten, bis Sie antworten.«

Sie gähnte hinter der Hand.

Dem Polizisten stieg die Röte ins Gesicht.

»Wir haben die ganze Nacht«, sagte er.

»Ist gut«, sagte der andere.

»Sie verhalten sich am besten ruhig«, sagte der erste.

Er öffnete die Tür wieder und gab seinem Kollegen ein Zeichen. Sie gingen hinaus und ließen die Tür offen.

Sie hörte, wie ihre Schritte verhallten.

Dann wartete sie ein paar Sekunden und verließ ebenfalls den Raum. Der Flur war leer. Hinter der schmalen Theke am Eingang saß der wachhabende Beamte und wandte ihr den Rücken zu. Er war damit beschäftigt, Zettel an einer Tafel zu verschieben. Sie ging an ihm vorbei zum Ausgang, niemand versuchte sie aufzuhalten.

Die Straße war leer, die vier Männer waren verschwunden.

Sie schnaufte erleichtert durch. Diese Machtdemonstration hatte nichts mit den Morden zu tun, sondern mit dem König der Raben.

Er hatte ihr eine Lektion erteilen wollen. Wenn aber dem König der Raben daran lag, ihr zu beweisen, dass sie nicht von Bedeutung war und auf ein Wort ihres mächtigen Beschützers hin zu einem Nichts werden konnte, dann deshalb, weil er sie fürchtete. Diese Durchsuchung hatte sie nicht nur demütigen sollen, sondern auch dazu bringen, den ihr zugewiesenen Platz nicht zu verlassen. Man hatte Angst vor ihr. Sie lächelte. »Man« hatte allen Grund, Angst zu haben.

Die Handlanger hatten nichts Verdächtiges bei ihr gefunden, aber es war nicht ausgeschlossen, dass sie ihre Wohnung und sogar ihren PC durchsuchten. Ihre Festplatte war zwar verschlüsselt, aber sie würden wahrscheinlich nur einen guten Informatiker und das richtige Programm brauchen …

Vielleicht hatte man sie aus diesem Grund so lange auf der Polizeistation hier im Viertel aufgehalten.

Sie beschleunigte ihren Schritt.

Francis schlief auf dem Wohnzimmersofa in Hemd und Socken. Zu seinen Füßen lag eine fast leere Flasche Absolut.

Sie sah sich schnell im Zimmer um. Nichts hatte sich verändert. Sie ging rasch ins Schlafzimmer und in ihren kleinen Arbeitsraum. Alles schien unberührt.

Sie löschte alles im Computer, auch die Liste, die sie inzwischen auswendig kannte. Sie sammelte alle Papiere ein, die sie kompromittieren konnten, legte sie in das Spülbecken in der Küche und goss Alkohol darüber.

Dann schaltete sie den Dunstabzug über dem Herd ein und zündete ein Streichholz an. Das Papier ging in Flammen auf.

»Was machst du denn da?«, fragte Francis, der plötzlich hinter ihr stand.

Seine Augen waren blutunterlaufen, er war unrasiert. Sie hatte ihn noch nie in einem solchen Zustand gesehen.

Sie öffnete den Wasserhahn, und das Wasser spülte die Asche weg, die wirbelnd im Abfluss verschwand.

Er packte sie am Ellbogen und zwang sie, sich zu ihm umzudrehen.

»Wo bist du gewesen?«, fragte er und hauchte sie mit einer Alkoholfahne an.

»Sei lieb«, sagte sie und wandte den Kopf ab, »ich habe eine anstrengende Nacht hinter mir.«

Er packte sie fester am Ellbogen.

Da quetschte sie ihm die Hoden. Er schrie auf und wich, sich vor Schmerzen krümmend, zurück.

Sie schlug ihm mit der flachen Hand auf die Nase. Er wich nach hinten aus, die Augen voller Tränen. Sie schlug ihm mit dem Absatz ihrer Pantoletten unter das Knie. Er brach zusammen.

»Ich hatte dich gebeten, mich loszulassen«, sagte sie.

Dann stieg sie über ihn hinweg und verließ die Küche.

Donnerstag im Morgengrauen

Im Wohnzimmer schwankte sie, sie hatte das Gefühl, alles verloren zu haben. Alles, was sie sich aufgebaut hatte, brach in sich zusammen. Ihr Mann war nicht das, was er zu sein schien. Er war ein Fremder. Ein Feind. Er hatte sie verraten. Es gab keinen Weg zurück. Dieser Hass, diese Missachtung, die sie in seinem Blick gelesen hatte. Was hatte man ihm über sie gesagt, und wie konnte er es wagen? Nach allem, was sie für ihn getan hatte.

Sie ging wie wild im Zimmer auf und ab, stieß mit Füßen und Fäusten gegen Wände und Möbel. Sie hyperventilierte. Sie musste sich beruhigen.

Sie kniete sich auf den Boden, legte die Stirn auf den Teppichboden und breitete die Arme aus, damit ihr Brustkorb sich weiten konnte. Sie legte die Arme wieder übereinander und breitete sie dann von Neuem aus, mehrmals hintereinander. Ihr Atem wurde ruhiger, ihr Herzschlag fast wieder normal.

Sie fühlte sich wieder in der Lage nachzudenken. Francis hatte sie natürlich betrogen, und sie würde sich rächen, aber das konnte warten. Sie hatte andere, wichtigere Aufgaben zu erledigen, bevor sie ihn zur Rechenschaft zog.

Sie richtete sich auf.

Nein. Sie konnte nichts Konstruktives tun, solange sie nicht Bescheid wusste. Es konnte sie plötzlich Wut überkommen, in einem Augenblick, in dem sie am wenigsten damit rechnete, und dann würde sie nicht mehr denken können und in Gefahr geraten. Sie musste es wissen, sie musste ihn bestrafen, und zwar auf der Stelle.

So ging sie wieder in die Küche. Francis versuchte sich aufzurichten. Als sie sich ihm näherte, hob er die Hand in einer lächerlichen Geste der Verteidigung. Sie schlug ihn unter das Knie, an dieselbe Stelle wie beim letzten Mal. Er schrie auf vor Schmerz. Sie ließ sich rittlings auf ihn fallen, setzte sich auf ihn und drückte ihre beiden Daumen auf seine beiden Halsschlagadern. Ein paar Sekunden später verlor er das Bewusstsein.

Sie fesselte ihm die Hände auf dem Rücken und band ihn mit Isolierband an ein Tischbein. Mit den Fußgelenken machte sie dasselbe, dann ohrfeigte sie ihn, bis er wach wurde. Er öffnete die Augen nach zwei Minuten und sah um sich, den Blick noch verschleiert, bevor er merkte, dass seine Gliedmaßen gefesselt waren und er nicht aufstehen konnte.

»Du bist ja völlig verrückt! Binde mich sofort los!«

Sie wandte sich ihm zu.

»Du hast fünf Sekunden Zeit, um mir zu sagen, mit welcher Schlampe du schläfst«, sagte sie.

»Aber niemals …«

Sie stülpte ihm eine durchsichtige Plastiktüte über den Kopf und zog sie an seinem Hals zu. Er schüttelte den Kopf und versuchte zu schreien, als er kaum noch Luft bekam. Er schlug seinen Kopf auf den Fliesenboden. Sie ließ nicht locker. Sie setzte sich auf seinen Brustkorb, damit er schneller erstickte. Francis' Bewegungen wurden krampfartig, die Innenseite der Tüte war voll Speichel und Schleim. Das Weiß seiner hervorquellenden Augen war schon voller roter Äderchen.

Sie wartete noch ein paar Sekunden, dann nahm sie ihm die Tüte ab, Francis stöhnte halb ohnmächtig.

»Den Namen«, sagte sie.

Sie fühlte seinen Puls. Sein Herz schlug hundertsiebzigmal pro Minute. Er öffnete den Mund, als versuche er, mit einem Zug die gesamte Luft im Zimmer einzuatmen.

»Den Namen«, wiederholte sie.

Er gab einen unverständlichen Laut von sich, und sie stülpte ihm wieder die Tüte über. Daraufhin machte er eine so heftige Bewegung, dass er fast den Tisch umgestoßen und sie abgeworfen hätte. Doch sie blieb fest auf ihm sitzen. Sie wartete zehn Sekunden, bevor sie die Plastiktüte wegzog. Er bewegte den Kopf von einer Seite zur anderen, langsam, dem Koma nahe. Sie stach ihn mit einem kleinen, spitzen Messer an verschiedenen Stellen, ohne dass er zu bluten begann, so lange in den Leib, bis er reagierte. Die Plastiktüte war geplatzt. Sie nahm eine neue und wollte sie ihm überziehen. Da öffnete er die Augen, und seine Lippen bewegten sich.

»Lauter«, sagte sie.

Er sagte ihr den Namen.

Um sicher zu sein, ließ sie ihn wiederholen, schüttelte ihn, bis seine blauen Lippen die beiden Silben deutlich aussprachen.

»Ich liebe dich«, sagte sie ihm ins Ohr. »Und ich tue alles für dich. Erinnerst du dich noch an deine Verlobte? Ich habe sie getötet. Aus Liebe zu dir. Dein Parteivorsitzender. Ich hätte mit ihm alles machen können. Für dich. Und jetzt ist es zu spät.«

Seine Lippen zitterten, als wolle er noch etwas sagen, aber sie verschloss ihm den Mund mit einer Hand und drückte mit der anderen seine Nase zu. Er wollte sich freimachen, doch er war zu schwach, um sich lange zu wehren. Seine unkoordinierten Bewegungen ließen schnell nach, und sein Herz hörte zu schlagen auf.

Sie richtete sich auf. Ihr Kopf war leer, keinerlei Begierde, keinerlei Gedanken mehr.

Sie spritzte sich Wasser ins Gesicht, denn sie musste aus ihrer Lethargie herauskommen. Die Nacht hatte für sie gerade erst begonnen.

Sie begann zu schluchzen und konnte nicht aufhören. Sie fiel auf die Knie und nahm Francis' Kopf in ihre Arme, küsste ihn auf die Stirn, die Augen, die Lippen, den Hals, die Brust, sie wurde vom Liebeswahn geschüttelt. Sie zog ihn ganz aus und betrachtete ihn, berührte ab und zu mit der Hand seine noch lauwarme Haut. Er hatte sie verraten, aber er war schwach, es war nicht seine Schuld.

Sie hätte wachsamer sein, ihn vor sich selbst schützen müssen, vor dem schrecklichen Schmutz, der überall herrschte.

Sie reinigte ihm sorgfältig das Gesicht und löste seine Fesseln. Dann schloss sie ihm die Augen. Er sah aus, als schliefe er. Nie war er so schön gewesen. Sie zog ihn wieder an. Sie versprach sich selbst, nie wieder jemanden zu lieben. Niemals.

Kapitel 37

Donnerstagmorgen

Martin wachte in halbwegs guter Verfassung auf. Sein Kopf tat kaum noch weh. Aber er hatte Albträume gehabt. All das Blut. Perron war tot. Das war kein Albtraum. Das war wirklich passiert.

Martin spürte in der Nase den unerträglichen Geruch von Pulver und Blut. Er stand auf, unfähig noch eine Sekunde länger zu liegen, und ging ans Fenster, das er weit aufriss, trotz der eisigen Kälte, die in das zu stark geheizte Krankenzimmer drang.

Zwei Stunden später war er auf der Straße, diesmal mit dem Segen des Krankenhauspersonals, mit einer langen Liste Medikamente, die er nehmen sollte, und einer Reihe von Terminen für die Kontrolluntersuchungen.

Die Wohnung war leer und kalt. Er fand den Autoschlüssel auf seinem Schreibtisch und den Wohnungsschlüssel, den er Marion gegeben hatte, auf dem Kaminsims. Er suchte nach einem Wort, einem Zeichen. Er hörte den Anrufbeantworter ab. Nichts.

Er würde sich wieder an die Einsamkeit gewöhnen müssen, nach diesem kurzen Zwischenspiel, bei dem er fast ein Patriarch gewesen war.

Er lud sein Handy auf und stellte es an. Sobald er die Codenummer eingegeben hatte, klingelte es. Er hatte fünf Nachrichten.

Isa machte sich Sorgen, weil sie ihn im Krankenhaus nicht angetroffen hatte. Außerdem eine Nachricht von Landowski, die mit ihm sprechen wollte: »Aber es ist nicht eilig, ruhen Sie sich gut aus.« Fournier bat ihn vorbeizukommen, sobald er könne, um seine Aussage zu machen. Dann eine stumme Botschaft von einer privaten Nummer. Eine weitere stumme Nachricht. War es derselbe Anrufer? Aber nichts von Marion. Es sei denn, sie versteckte sich hinter einer anderen Nummer. Oder von Myriam. Oder der Polizeiinspektion oder von irgendwem sonst.

Er rief seine Tochter an, aber da war nur der Anrufbeantworter. Er sagte ihr, der Arzt sei einverstanden gewesen, dass er nach Hause gehe, er sei wieder in der Wohnung und es gehe ihm gut. Er würde sich ausruhen und darauf warten, dass seine Haare wieder wuchsen.

Sie hatten ihm den Verband abgenommen. Er versuchte mit zwei Spiegeln seinen Hinterkopf zu sehen. Die beiden Löcher waren kaum zu erkennen und viel kleiner, als er sich vorgestellt hatte, zwei mehr oder weniger runde und fast schwarze Punkte. Das Hämatom allerdings war fast so groß wie seine Handfläche. Seine Haare hätten genug Zeit, wieder zu wachsen, bevor der dunkelrote Fleck ganz verschwunden wäre.

Er tastete den Bereich vorsichtig ab, ohne etwas anderes zu spüren als einen Schmerz beim Berühren der Haut. Sein Kopf tat ihm nicht mehr weh, und er beschloss, die ihm verschriebenen Beruhigungsmittel nicht mehr zu nehmen.

Sein Handy klingelte. Eine unterdrückte Nummer.

Eine weibliche, leicht gedämpfte Stimme mit einem ganz leichten ausländischen Akzent wollte mit Kommissar Martin sprechen.

»Guten Tag, Kommissar. Ich rufe im Namen des Polizeipräfekten an. Ich heiße Magdalena Petit und sammele Informationen für das Drehbuch eines Kriminalfilms, der in Frankreich spielt, in Paris. Die Polizei war so freundlich, mir die Ermittlungsunterlagen zur Verfügung zu stellen, ich brauche aber noch den Blick eines Profis, eines Experten, um zu begreifen, wie solche Ermittlungen laufen … Könnten wir uns treffen?«

»Ja, wann möchten Sie?«

»So schnell wie möglich. Heute, wenn es Ihnen passt. Ich kenne im 7. Arrondissement einen Salon de Thé, der zugleich ein Restaurant ist. Man kann dort sehr gut essen. Rue de l'Université 186. Würde Ihnen das passen?«

»Wenn Sie wollen«, sagte Martin. »Sagen wir 13.00 Uhr. Sie werden mich leicht erkennen. Ich habe einen rasierten Schädel, mehr oder weniger gelb angemalt.«

Am anderen Ende der Leitung herrschte Stille.

»Nicht, um gut auszusehen«, sagte Martin, »wegen eines Unfalls.«

Donnerstag, 13.00 Uhr

Martin kannte den Salon de Thé in der Rue de l'Université sehr gut. Früher war er hier gern mit Myriam und Isa zum Mittagessen gegangen. Sein letzter Besuch war allerdings Jahre her.

Die Inneneinrichtung hatte sich kaum verändert, und Martin überkam plötzlich Nostalgie und Bedauern, dass die Zeit so schnell verging.

Er erkannte die Frau sofort. Sie saß in der hintersten Ecke des kleinen Raumes gegenüber der Tür. Sie war dunkelhaarig, die Haut gebräunt, eine Frau von diskreter Eleganz, schwarz gekleidet. Die Stimme am Telefon passte genau zu ihrem Aussehen. Er ging zu ihr hin, und sie stand auf, lächelte ihm zu und reichte ihm die Hand. Er hatte das Gefühl, sie schon einmal gesehen zu haben, und auch sie schaute ihn an, als ob er kein Unbekannter sei. Sie hatte eine kleine, feste, warme Hand. Sie roch nach einem schweren Parfum, das Martin als unangenehm empfand.

Sein Eindruck, sie schon gesehen zu haben, kam daher, dass die junge Frau ihn an Myriam erinnerte, an die er gerade gedacht hatte. Sie war mittelgroß, gut gebaut, hatte breite Schultern und sprühte von Energie. Sonst sahen sich die beiden Frauen nicht ähnlich. Als er sich der Dame gegenübersetzte, stellte er fest, dass er noch nie so tiefschwarze Augen gesehen hatte. Es war fast unmöglich, Pupille und Iris zu unterscheiden. Das gab ihr einen besonderen Blick. Sie war verführerisch und wusste es. Er versuchte, sich auf diese Verführung nicht einzulassen, und fragte sich, aus welchem Land sie wohl kam. Aus Südamerika?

»Venezuela«, sagte sie. »Ist das die Frage, die Sie sich gerade stellten? Ich komme von dort.«

Martin lächelte.

»Ich habe aber vor allem in den USA und Europa gelebt. Und nun lebe ich seit gut zwei Jahren in Frankreich. Mein Mann ist Franzose.«

»Ich wollte Sie nicht nach Ihren Papieren fragen«, sagte Martin.

Sie lächelte.

»Das sollten Sie vielleicht tun. Wenn ich eine Kriminelle wäre?«

»Dann wären Ihre Empfehlungsschreiben und falschen Papiere so exzellent, dass ich sowieso nichts erkennen könnte.«

Sie lachte.

»Können Sie mir sagen, was Ihnen zugestoßen ist, oder ist das vertraulich?«

»Mich hat ein Krimineller auf der Straße zusammengeschlagen.«

»Kein Schädelbruch?«

»Nein, aber ein innerer Bluterguss.«

»Müssten Sie nicht noch im Krankenhaus sein?«

»Sie haben mich entlassen, das Hämatom geht zurück.«

»Sie müssen einen soliden Schädel haben.«

»Jetzt nicht mehr. Immer wenn ich den Kopf bewege, habe ich das Gefühl, er springt in Stücke.«

Eine Kellnerin kam, um die Bestellung aufzunehmen.

»Ich möchte gleich klarstellen, dass ich Sie einlade«, sagte die junge Frau. »Das ist ein Arbeitsessen.«

Sie zog die lederne Aktentasche hervor, die ihr die Polizei gegeben hatte.

Dabei wurden Teile ihres rechten Arms sichtbar, und Martin entdeckte dünne weiße Linien auf der dunklen Haut und kleine helle Kreise mit unregelmäßigen Rändern.

Sie bemerkte seinen Blick und lächelte.

»Als kleines Mädchen war ich ein halber Junge. Ich bin voller Narben ... Von Kopf bis Fuß.«

Sie lächelte wieder und ließ ihn nicht aus den Augen. Martin durchfuhr es wie ein leichter Stromstoß. Diese Frau machte Eindruck auf ihn. Zu viel, aber an ihr war noch etwas anderes. Etwas beinahe Abstoßendes. Er verscheuchte den Gedanken. Das war absurd.

Er nahm die Papiere und erkannte verblüfft die Fotokopien von Geständnissen und Berichten des Gerichtsmediziners. Alles war da. Die Namen waren zwar geschwärzt worden, doch Martin war entsetzt, dass man dieser Unbekannten so vertrauliche Dokumente überlassen hatte.

Er ließ sich nichts anmerken, aber die junge Frau spürte seine Anspannung.

»Sie denken sicher, dass ich nicht im Besitz solcher Unterlagen sein sollte«, sagte sie.

»Ich denke, wenn Sie eine Journalistin wären, die verdeckte Recherchen macht, könnten Sie den Ermittlungen sehr schaden. In diesen Akten stehen Informationen, die nur der Polizei bekannt sind. Man darf nicht vergessen, dass der Mörder auch Zeitung liest. Wenn er zum Beispiel erfährt, dass er die Schwester der Frau erwischt hat, die er eigentlich töten wollte, würde das die Frau in Gefahr bringen.«

»Ich verstehe«, sagte sie. »Ich habe mehrmals festgestellt, dass die Ermittler und sogar die Person, die die Berichte des Erkennungsdienstes unterschreibt, glauben, dass es sich um eine Täterin handelt. Ohne dass diese Überzeugung durch Fakten untermauert wäre. Haben Sie eine Idee, was sie so sicher macht?«

»Beim ersten Mord gab es die Spur einer Schuhsohle Größe 38.«

»Ja, das habe ich gesehen. Aber es ist nur ein winziges Indiz. Erscheint Ihnen das ausreichend?«

»Nein, natürlich nicht. Es gibt auch Männer mit kleinen Füßen.«

»Und der Mörder könnte diese Spur hinterlassen haben, um die Ermittler zu täuschen.«

»Wollen Sie damit sagen, dass er extra mit einem Schuh der Größe 38 vorbeigekommen ist, um eine Spur zu legen? Das hieße ja, dass der Ort des Mordes vorher ausgewählt worden wäre.«

»Warum nicht?«

»Sie haben recht, warum nicht, aber ich glaube, dass es ein Fehler der Mörderin war oder eine Provokation. Sie ist sich sicher, dass niemand sie erwischen kann.«

»Sie haben offenbar viel über den Fall nachgedacht«, sagte sie.

Plötzlich spürte er so etwas wie Aggressivität, beinahe Feindseligkeit in der Art, wie sie diese Frage stellte. Warum reagierte sie so?

»Allerdings«, antwortete er. »Aber ich bin dafür nicht mehr zuständig.«

»Weil es nicht schnell genug voranging?«

»Es gab einen anderen Grund.«

Sie hakte an diesem Punkt nicht weiter nach.

»Wie würden Sie jetzt anstelle Ihrer Nachfolger weiter vorgehen?«

Er hatte nicht die geringste Lust, ihr noch mehr Informationen zu geben. Er wusste nicht, wer sie war und in welcher Weise das, was er ihr erzählte, die Ermittlungen beeinträchtigen konnte. Es erschien ihm wider die Natur, mit dieser Unbekannten, und wenn sie noch so gute Empfehlungen hatte, in einem so komplexen Fall über laufende Ermittlungen zu sprechen.

»Ich kann Ihnen absolut nicht sagen, was ich tun würde. Dazu müsste ich wissen, wie weit sie sind, welchen Spuren sie nachgegangen, in welche Sackgassen sie geraten sind.«

»Sie könnten sich natürlich erkundigen.«

»Das könnte ich, aber ich werde es nicht tun.«

Sie lächelte strahlend, aber er sah, dass oben an den Backenknochen zwei rote Flecken sichtbar wurden.

»Ich dachte, ich könnte auf Ihre Hilfe zählen«, sagte sie. »Ich habe exzellente Empfehlungen, und die Leute, die mich empfohlen haben, sind ... sehr wichtig.«

Lag in der Art, wie sie diesen Satz ausgesprochen hatte, eine Drohung? Er beschloss, dem weiter keine Beachtung zu schenken.

»Da wir schon davon reden: Ich würde gern wissen, wer Sie eigentlich sind, und auch Ihre Empfehlungen sehen. Haben Sie Dokumente, die beweisen, dass Sie Produzentin sind?«

Die junge Frau lächelte noch strahlender und zeigte ihre schön geformten Zähne.

Dann nahm sie einen Pass und eine Brieftasche aus ihrer Handtasche.

»Hier sind mein Führerschein, mein Personalausweis und mein amerikanischer Pass. Ich besitze seit meiner Heirat mit einem französischen Bürger, Francis Petit, die doppelte Staatsbürgerschaft. Er ist Mitarbeiter des Vorsitzenden der Union für den Fortschritt.«

Sie gab ihm die drei Dokumente.

»Über meine Arbeit als Produzentin schicke ich Ihnen morgen die entsprechenden Unterlagen. Sind Sie jetzt bereit, mir zu helfen?«

Martin gab ihr die Papiere wieder.

»Sie könnten die Frau des Präsidenten der Republik sein, und ich würde Ihnen dieselbe Antwort geben. Die Ermittlungen laufen noch, und es hat schon viele Tote gegeben. Es könnten noch mehr werden. Ich habe nicht das Recht, irgendetwas zu tun oder zu sagen, das die Untersuchungen gefährden könnte. Die wichtigen Personen, auf die Sie sich beziehen, hätten Ihnen das erklären müssen. Und Ihnen schon gar nicht so vertrauliche Dokumente geben dürfen.«

Das Lächeln der Frau war zur Grimasse geworden.

»Wollen Sie damit sagen, dass sie mir zu Unrecht vertraut haben?«

»Ich bin sicher, dass jeder Polizist genauso reagieren würde, in den USA wie in Venezuela«, sagte Martin.

Sie holte geräuschvoll Luft.

»Ich sehe, wir vergeuden unsere Zeit«, sagte sie.

»Wenn Sie wollen, erzähle ich Ihnen von den Polizeimethoden, die man in solchen Fällen anwendet«, sagte er. »Ich kann Ihnen zum Beispiel von meiner letzten Mordserie erzählen.«

»Nein, Ihre Vorgesetzten haben von diesem Fall gesprochen, und nur der interessiert mich.«

»Warum?«

Sie steckte ihre Papiere ein und schloss die Handtasche, bevor sie antwortete.

»Ich bitte Sie, mich zu entschuldigen«, sagte sie, »ich bin in Erregung geraten, wie dumm von mir. Manchmal halte ich meine Wünsche für die Wirklichkeit ... Ein Fehler, den verwöhnte Kinder haben.«

»Ist schon vergessen«, sagte Martin mit ebenso scheinheiliger Aufrichtigkeit.

»Dieser Fall interessiert mich, weil in ihm lauter Elemente einer großartigen Geschichte stecken. Und wenn der Mörder eine Frau ist, dann umso vielversprechender. Deshalb habe ich Sie gefragt, ob Sie sich sicher sind.«

»Ich verstehe«, sagte Martin, »ich stehe Ihnen zur Verfügung, sobald die Morde aufgeklärt sind und der Mörder verhaftet ist. Ob Mann oder Frau.«

Sie stand auf und gab ihm die Hand.

»Auf Wiedersehen. Es hat mich gefreut, Ihre Bekanntschaft zu machen.«

Sie verschwand in einer Parfumwolke, ihr Seidenkleid raschelte.

Im Gegensatz zu ihrer Ankündigung hatte sie die Rechnung nicht bezahlt, wie Martin bedauernd feststellte. Allerdings hatte er ihr für ihr Geld auch nicht viel geliefert.

Er aß seinen Teller leer und bestellte einen Kaffee, dann dachte er über die merkwürdige Begegnung nach.

Auf der Straße blieb sie nach ein paar hundert Metern stehen, sie konnte vor Aufregung kaum atmen. Sie war wütend auf sich selbst. Die Nacht hatte sie sehr angestrengt. Und aus Müdigkeit hatte sie einen riesengroßen Fehler begangen. Sie hätte diesen Kommissar nie treffen dürfen. Sie hatte vergessen, dass nicht alle Männer so waren wie die Vasallen des Vorsitzenden.

Dieser Polizist war anders. Er war kein Salonpolitiker, sondern ein Mann, der das wirkliche Leben kannte. Er wusste, was Gewalt war, hatte sie in all ihren Formen kennengelernt, er hatte sie ausgeübt und erlitten und wirkte so, als sei ihm nichts unwichtiger als seine Karriere.

Der Blick, den er auf sie gerichtet hatte, gefiel ihr gar nicht. Zuerst aufmerksam, verführt, fast freundschaftlich. Er hatte die Frau in ihr gesehen, und sie hatte ihm gefallen. Aber durch ihre aufdringliche Art und ihre Ungeschicklichkeit hatte sich sein Gesichtsausdruck verändert. Sein Blick war der eines Polizisten geworden, der einen Verdächtigen einzuschätzen sucht. Nur ein Schritt, und sein Misstrauen hätte zu den verschiedensten Fragen geführt.

Und wenn er erst begann, sich die Antworten vorzustellen … Er hatte die Möglichkeit, sich über sie zu erkundigen, sie in Gefahr zu bringen. Die Dokumente, die sie letzte Nacht gefunden hatte, schützten sie vor Leuten wie dem König der Raben, aber nicht vor einem Kommissar Martin. Das konnte sie nicht dulden. Martin war eine Bedrohung für sie, und sie konnte ihn nicht am Leben lassen. Sie musste handeln, und zwar schnell. Deshalb machte sie kehrt.

Kapitel 38

Donnerstag, 13.00 Uhr

Während Martin Magdalena Petit in dem eleganten kleinen Restaurant im 7. Arrondissement traf, wurde Gérard Dupuis, achtundfünfzig Jahre, Junggeselle, ehemaliger Revierleiter, ehemaliges Mitglied des Geheimdienstes, ehemaliger Firmenchef eines Gartenbaubetriebs, ehemaliger Schatzmeister einer Rechtspartei, ehemaliges Vorstandsmitglied der Union für den Frieden und ehemaliger Erpresser im Namen des Vorsitzenden der Union, aber vor allem in seinem eigenen Namen unter dem Pseudonym Aymeric Tanguy-Frost, von seiner Sekretärin entdeckt. Er war völlig nackt und tot, seine Arme und Beine waren gefesselt, er lag in seinem Blut auf dem Marmorboden seines Wohnzimmers in seiner Privatvilla in der westlichen Vorstadt von Paris.

Nach den ersten Untersuchungen hieß es, der Tod sei ungefähr zwölf Stunden vorher eingetreten.

Bevor er starb, war er gefoltert worden. Sein Körper war mit zahlreichen, zumeist oberflächlichen Wunden übersät. Mit Schnitten jedweder Form, Arabesken, Segmenten, Kurven, Einstichen, kreuzförmig und sogar kreisförmig. Eine Symphonie aus der Folterkammer. Da er robust gewesen war, hatte er zwei Drittel seines Bluts verloren, bevor sein Herz aufgab.

Auf Gesicht und Brust war Sperma verteilt. Die ersten Untersuchungen ergaben, dass Mund und Anus von Sperma frei waren. Der Mörder hatte einfach nur auf ihn ejakuliert.

Bélier ließ die Fotos, die ihre Mitarbeiter gemacht hatten, vergrößern und hängte sie an der Wand auf, ein makabres Mosaik von der Leiche des Opfers.

Dann holte sie aus den Akten die Fotos vom gepeinigten Körper der Schwester von Julie Rodez hervor und heftete sie auf den freien Platz an der Wand. Es waren weniger Fotos, aber auch weniger Verletzungen. Das Ergebnis entsprach trotzdem ihren Erwartungen.

Sie rief Landowski an.

Landowski und Jeannette betrachteten Béliers Werk.

»Es sind die gleichen Verletzungen an beiden Opfern. Wollten Sie uns das zeigen?«, fragte Landowski.

»Es ist nicht nur dieselbe Art, manche sehen genau gleich aus«, sagte Jeannette.

»Aber wieder andere sind sehr verschieden«, sagte Landowski. »Ist das Zufall oder nicht?«

»Eigentlich nicht«, sagte Bélier. »Sehen Sie sich die Wunden auf der linken Hüfte an. Ich habe die Bilder gleich vergrößern lassen. Sie passen genau übereinander. Dasselbe bei den Wunden an der Brust und den beiden anderen auf der Vorderseite der Schenkel. Wunden, die so ähnlich sind wie Buchstaben, die von ein und derselben Person geschrieben wurden. Mit einem Messer statt einem Stift.«

»Dann war es unsere Mörderin«, sagte Landowski.

»Wir haben Sperma auf dem Gesicht des Opfers gefunden«, sagte Bélier.

Landowski und Jeannette sahen einander an.

»Das stellt alles in Frage«, sagte Landowski. »Also suchen wir am Ende doch nach einem Mann. Oder die Täterin hat einen Komplizen. Haben Sie schon eine Genanalyse gemacht?«

»Wir sind dabei«, sagte Bélier. »Es gibt genug, um die nukleare DNA zu bestimmen. Wir warten auf die Ergebnisse.«

»Und wenn es eine Tarnung wäre?«, sagte Jeannette.

Bélier sah sie mit einem kleinen Lächeln an.

»Ich sehe schon, Sie haben eine verdorbene Fantasie.«

»Würden Sie mir das bitte erklären?«, fragte Landowski.

»Eine Frau hat verschiedene Möglichkeiten, an das Sperma eines Mannes heranzukommen, ohne dass er es merkt«, erklärte Bélier. »Und es später zu verwenden. Man kann Sperma sehr gut im Tiefkühlfach aufbewahren.«

»Das ist eine Vermutung«, sagte Landowski. »Aber ich finde sie ein bisschen an den Haaren herbeigezogen. Wir müssen auch weiterhin nach einem Mann suchen. Warten wir mal die Ergebnisse der Genanalyse ab.«

»Eine Sekunde«, sagte Jeannette. »Angenommen, es handelt sich um eine Frau ...«

Bélier und Landowski wandten sich ihr zu und warteten, wie es weitergehen würde.

»Entschuldigung. Ich habe nichts gesagt.«

Die winzige Idee, die sie hatte, würde von Landowski nicht gut aufgenommen werden. Sie musste noch nachdenken, bevor sie sie aussprach. Aber wenn sie recht hatte, dann öffneten sich völlig neue Perspektiven und die Ermittlungen würden in eine ganz andere Richtung gehen.

Donnerstagnachmittag

Martin ging zu Fuß, ohne zu ahnen, dass ihm jemand folgte.

Sie kam nie mehr als hundert Meter an ihn heran. Sie wollte nicht das kleinste Risiko eingehen, dass er sie entdeckte. Wenn sie ihn aus den Augen verlöre, würde sie auf einem anderen Weg herausbekommen, wo er wohnte.

Sie überquerten die Seine über den Pont Neuf. Es war immer noch kalt und trocken, die vielen Passanten drängten sich dicht auf den Bürgersteigen. Viele waren dunkel gekleidet, und so konnte sie, in der Menge verborgen, näher an Martin heran. Er sah sich nicht ein einziges Mal um.

Er blieb vor einem Gebäude stehen und gab eine Nummer ein, schob die Tür auf und ging hinein. Sie schritt gerade auf die Tür zu, als diese sich wieder öffnete und Martin wieder herauskam. Sie war nur zwanzig Meter von ihm entfernt und erstarrte. Hätte er den Kopf nur um ein paar Millimeter auf sie zu bewegt, dann hätte er sie sofort gesehen und wiedererkannt, aber er ging entschlossenen Schrittes in die andere Richtung.

Es war zu wenig Zeit verstrichen, als dass er einen Anruf hätte erhalten können. Eine SMS?

Sie folgte ihm weiter, beschleunigte ihren Schritt.

Er blieb an einer Bushaltestelle stehen, las die Abfahrtszeiten, zögerte ein paar Sekunden und lief dann weiter.

Er ging nun in Richtung Marais. Die erste Adresse hatte sie sich notiert. Das war vermutlich seine eigene. Was hatte er vergessen? Warum hatte er sich so plötzlich anders entschieden?

Er überquerte die Rue de Rivoli und bog in eine kleine Straße, die zu den Quais führte. Sie hatte hier ein paar Monate gewohnt, bevor sie Francis kennenlernte. Enge Straßen mit Gebäuden aus dem 18. Jahrhundert. Die Straße war fast menschenleer; wenn er sich umdrehte, würde er sie unweigerlich erkennen. Er wandte sich jedoch nicht ein einziges Mal um, bog in die Rue Charles V ein, eine noch engere und verlassenere Straße als die vorherige, und blieb vor einem großen genagelten Eingangstor stehen. Er gab die Codenummer ein und ging hinein. Das Tor schloss sich hinter ihm mit einem Klicken.

Sie wartete ein paar Minuten und ging wieder, denn sie hatte noch viel zu tun. Sie fuhr nach Hause und holte sich den Allrad-Geländewagen von Francis. Sie fuhr in einen Supermarkt in der Vorstadt, kaufte einen großen Aluminiumkoffer, den man seitlich öffnen konnte, und einen kleinen auf Rollen stehenden Hubwagen, der Lasten von bis zu drei Zentnern um einen Meter anheben konnte. Zu Hause transportierte sie das Ganze durch den Lastenaufzug nach oben, ohne jemandem zu begegnen. Der Parkplatz ihres Hauses war mit Überwachungskameras ausgestattet, doch die auf ihrem Stockwerk funktionierte nicht. Dafür hatte sie gesorgt.

Als Martin zu Hause die Treppe hochstieg, klingelte sein Telefon. Es war keine Nachricht hinterlassen worden, aber er hoffte, dass es Marion gewesen war. Falsch verbunden, oder vielleicht nicht? Er musste es wissen. Er lief die Stufen wieder hinunter und ging nach draußen. Kein Taxi. Kein Bus. Aber zu Fuß würde er genauso schnell sein.

In der Rue Charles V durchquerte er den Wirrwarr der verschiedenen kleinen gepflasterten Höfe und lief zwei Stufen auf einmal nehmend die Treppe des mit wildem Wein bewachsenen Gebäudes hinauf. Sein Herz klopfte. Er hatte das Gefühl, wieder in der Pubertät zu sein. Er wollte seine Liebste zurückerobern.

Sie war vielleicht nicht zu Hause. Und sie wollte sowieso nichts mehr von ihm wissen. Er klingelte zweimal an der lackierten Tür. Er hatte noch immer den Schlüssel, zögerte aber, ihn zu benutzen. Sie war nicht da. Es war dumm von ihm, das Gegenteil zu erwarten. Als er sich gerade abwenden wollte, hörte er ein Klicken, und die Tür ging auf.

Sie stand im Türrahmen, mit wirrem Haar, barfuß in einem Baumwoll-Nachthemd, darüber ein riesiger Pullover. Noch nie hatte er sie so schön gefunden. Sie schien nicht besonders überrascht. Sie sahen sich eine Weile an, ohne zu sprechen.

»Ich halte es nicht mehr aus, dich nicht zu sehen«, sagte er. »Du fehlst mir so sehr.«

»Willst du da stehen bleiben?«, fragte Marion. »Es ist kalt draußen.«

Jeannette brauchte jemanden, dem sie ihre Idee darlegen konnte.

Weder Landowski noch Olivier schienen ihr die geeigneten Gesprächspartner zu sein. Aber wer sonst konnte ihr zuhören, ohne sie für verrückt zu halten?

Es gab nur einen, nämlich Martin. Er musste ihr zuhören und ihr dann sagen, ob ihre Idee glaubwürdig war oder ob sie sich völlig vergaloppiert hatte.

Martin vertraute ihr, wie sie ihm vertraute. Und das hatte nichts mit romantischen Gefühlen zu tun. Es war gegenseitige Wertschätzung und berufliches Einvernehmen. Ihre sinnlichen Träume waren verschwunden. Jedenfalls am Tag. Für die Träume in der Nacht war sie niemandem Rechenschaft schuldig.

Noch am Nachmittag waren die Untersuchungsergebnisse für das auf dem Opfer gefundene Sperma gekommen. Man hatte sie mit der DNA-Datei abgeglichen, aber noch keine Übereinstimmung festgestellt. Wenn es überhaupt eine geben würde.

Es war noch etwas passiert. In einem Haus nur wenige Kilometer von Gérard Dupuis hatte es ein Feuer gegeben. Marcel Rémoré, ein früherer Schutzmann, und seine Frau hatte man verkohlt in ihren Betten gefunden. Zuerst hatte man auf ein Unglück aus Fahrlässigkeit getippt, die Feuerwehrleute hegten aber Zweifel, und sehr bald vermutete man einen kriminellen Hintergrund und ließ die Spurensicherung kommen.

Der Staatsanwalt hatte mit ungewohnter Schnelligkeit reagiert, und auf Béliers Rat hin wurden Landowski und ihre Leute an den Tatort gerufen.

Jeannette und Landowski blieben im Stau stecken, erst auf der Autobahn A13, dann auf der A12, danach auf der Nationalstraße 12. Landowski telefonierte unterdessen mit dem Staatsanwalt, mit Bélier und schließlich mit Olivier, der im Büro geblieben war. Jeannette hörte zerstreut zu.

»Ja, es gibt ein Gesetz der Serie«, hörte sie Landowski sagen. »Das kennen wir alle. Aber Bélier hat uns nicht zufällig alarmiert. Es gibt zwei Koinzidenzen, zum einen wurden Dupuis und das Ehepaar Rémoré in derselben Nacht ermordet und sind fast Nachbarn. Außerdem war Rémoré wie Dupuis ein ehemaliger Polizist. Olivier, konzentrieren Sie sich darauf. Kannten die beiden Männer sich, haben sie zusammengearbeitet etc.«

Nach den dienstlichen Telefonaten sprach Landowski mit ihrem Sohn und ihrer Tochter. Jeannette versuchte, nicht zuzuhören, aber in dem engen Wagen war das schwierig, und ihre Chefin gab sich keinerlei Mühe, diskret zu sein.

Offenbar fand irgendwo ein Fest statt, eine Art Raver-Party. Die siebzehnjährige Tochter wollte hingehen, aber ihre Mutter war dagegen und versuchte, den älteren Sohn auf ihre Seite zu bringen.

Landowski legte abrupt auf, und Jeannette sah, dass sie Tränen in den Augen hatte. Einen Moment lang starrte sie auf die Straße.

»Ich weiß nicht, was ich machen soll«, sagte sie leise. »Sie wirft mir vor, ich hätte sie im Stich gelassen, als sie klein war.«

Jeannette sagte nichts dazu. Sie suchte in dieser unbekannten Gegend, in der es weder Straßennamen noch Schilder gab, nach dem Weg und brauchte dafür ihre ganze Konzentration.

»Das Schlimme ist, dass sie weitgehend recht hat. Ihrer Meinung nach habe ich das Recht verloren, mich in ihr Leben einzumischen«, fügte Landowski hinzu.

Jeannette wurde wieder zuversichtlich. Sie merkte, dass sie in der richtigen Richtung fuhr.

»Ich habe in Ihren Akten gesehen, dass Sie auch eine Tochter haben«, sagte Landowski.

»Ja, aber sie ist noch nicht im Ausgeh-Alter«, sagte Jeannette.

»Wenn ich mir erlauben darf, Ihnen einen Rat zu geben ... Opfern Sie Ihr Kind nicht Ihrer Arbeit. Niemand dankt es Ihnen, und Sie verpfuschen damit Ihr Leben.«

»Es ist vielleicht nicht ganz so simpel. Sprechen Sie von Erziehungsproblemen mit dem Vater Ihrer Kinder?«

»Wir haben seit fünf Jahren nicht mehr miteinander gesprochen. Und er ist ein Idiot.«

»Das macht es nicht besser.«

»Und Sie?«

»Wir sind seit einiger Zeit getrennt, aber wir reden miteinander«, sagte sie.

Landowskis Telefon klingelte. Jeannette fuhr langsamer, als sie an einem Wegweiser vorbeikamen. Offenbar war sie falsch abgebogen. Sie fuhren erneut in Richtung Paris. Sie fluchte leise. Wieso hatte sie sich bloß wieder vertan?

Landowski brach die Verbindung ab, nachdem sie nur zwei oder drei Mal Aha gesagt hatte.

»Olivier hat herausgefunden, dass Rémoré vor fünfzehn Jahren Dupuis' Chauffeur war.«

»Also handelt es sich um dreifachen Mord«, sagte Jeannette.

»Ja, der mit den anderen Morden unserer Täterin zu tun hat, wenn Bélier sich nicht täuscht. Alle diese Morde haben mit Politik zu tun«, sagte Landowski. »Was Schlimmeres könnte man sich nicht ausdenken.«

Dann schwieg sie.

»Ist es noch weit?«, fragte sie nach ein paar Minuten.

Jeannette hielt am Straßenrand.

»Ich habe keine Ahnung mehr, wo wir sind«, gab sie zu.

Landowski lachte.

»Ich werde Geld für ein GPS-System beantragen.«

»Klar, mit etwas Glück haben wir es dann in zwei Jahren.«

Als sie ankamen, war es schon lange dunkel.

Sie hielten ein paar Schritte vor dem rauchgeschwärzten Gebäude, das nur ein Polizist bewachte.

Der Adjutant der Feuerwehr, die bei der Katastrophe eingegriffen hatte, kam wenig später.

»Ich habe die Brandursache noch nicht gefunden, aber das Feuer ist an zwei Stellen ausgebrochen, im Schlafzimmer in der ersten Etage und in der Waschküche hinter der Garage. Es hat auf jeden Fall einen kriminellen Hintergrund.«

»Können wir rein?«, fragte Landowski.

»Wenn Ihnen danach ist.«

Er holte zwei rote Bauarbeiterhelme aus seinem roten Clio und hielt sie ihnen hin.

»Setzen Sie die besser auf«, sagte er. »Es kann Imponderabilien geben.«

Jeannette sah ihn an. Imponderabilien? Er war ein gut aussehender Mann, kaum älter als sie, braungebrannt, mit leuchtend blauen Augen. Er war einen guten Kopf größer als sie und breit wie ein Schrank.

Er lächelte sie an.

»Der Helm steht Ihnen sehr gut«, sagte er.

Landowski verzog das Gesicht hinter seinem Rücken und verdrehte die Augen gen Himmel. Jeannette wäre beinahe herausgeplatzt vor Lachen, und in diesem Augenblick verschwanden all ihre Vorbehalte gegenüber Landowski.

In dem Haus roch es nach Ruß und verbranntem Plastik vermischt mit dem Geruch von gegrilltem Fleisch. Jeannette spürte Galle in ihrer Speiseröhre. Landowski schien auch nicht besser in Form.

»Das stinkt ganz schön, was?«, sagte der Feuerwehrmann. »Ich glaube, ich werde mich nie daran gewöhnen. Atmen Sie durch den Mund.«

»Was ist das?«, fragte Landowski und zeigte auf eine kleine von der Hitze der Glut verbogene Stahltür hinter dem, was früher die Küche gewesen war.

»Die Tür zur Waschküche«, sagte der Feuerwehrmann. »Wahrscheinlich hatten sie all ihre Ersparnisse da drin.«

Jeannette untersuchte das Schloss. Es war ein modernes Sicherheitsschloss. Offenbar waren weder das Schloss noch die Türangeln aufgebrochen worden. Der Türriegel steckte im Schloss.

Die Tür war also nicht verschlossen gewesen, als das Feuer ausbrach.

Sie ging in den kleinen fensterlosen Raum, dessen Wände vom Rauch geschwärzt waren.

»Wäre es möglich, ein kleines Loch in diese Wand zu bohren?«, fragte sie den Feuerwehrmann.

Landowski schien irritiert, sagte aber nichts.

Der Feuerwehrmann verschwand und kehrte ein paar Augenblicke später mit einer spitzen Eisenstange zurück.

»Wo soll das Loch hin?«

»Hier.«

Er zog seine Jacke aus und schlug mit der Spitze der Stange genau auf die von Jeannette bezeichnete Stelle.

Es bildete sich ein Loch, und man hörte einen hellen metallischen Klang.

»Offenbar gibt es Stahl hinter dieser Wand«, sagte der Feuerwehrmann. »Weiter komme ich nicht, seltsame Waschküche. Es ist ein Tresorraum.«

Er legte die Stange hin und warf einen Blick auf den kahlen Raum.

»Was war wohl da drin?«, fragte er, ohne eine Antwort zu erwarten.

»Ich glaube, wir haben genug gesehen. Wir können wieder fahren.«

»Dupuis war ein hoher Mitarbeiter bei der Union für den Fortschritt«, sagte Landowski, während sie Richtung Paris fuhren, »er wurde vor Kurzem gefeuert. Nach dem, was ich gehört habe, ein etwas schräger Typ, selbst als er noch Polizist war. Er führte Akten über jedermann, und im Verhör muss er gestanden haben, dass sie bei Rémoré im Tresor waren.«

»Das bedeutet, dass unsere Mörderin diese Papiere jetzt hat«, sagte Jeannette. »Vielleicht war es das, was sie von Anfang an gesucht hat. All diese Toten ...«

»Ich vermute, dass sie uns den Fall bald entziehen werden«, sagte Landowski hellseherisch.

»Wenn sie das machen, rede ich mit der Presse, meine Karriere ist mir egal«, sagte Jeannette.

»Denken Sie gut nach«, sagte Landowski. »Das wäre das Ende Ihrer Laufbahn bei der Kriminalpolizei, und trotzdem würde dadurch nichts besser. Außerdem brächten Sie Ihre Tochter und sich in Gefahr. Es hat schon so viele Tote gegeben, und einer mehr oder weniger ...«

Jeannette wurde innerlich eiskalt, sie sah ihre Chefin an. Vielleicht konnte sie ihr jetzt ihre Idee mitteilen. Landowski schien reif genug, um ihr zu glauben.

«Warum entdeckt man eigentlich erst jetzt Sperma?«, sagte sie. »Bisher wies doch alles darauf hin, dass es sich um eine Täterin handelt.«

»Die Indizien waren allerdings schwach.«

»Aber sie wiesen in dieselbe Richtung. Bis auf Dupuis. Als ob ...«

»Als ob was?«

»Als ob die Täterin herausgefunden hätte, dass wir eine Frau suchen, und die Ermittlungen auf einen Mann lenken wollte.«

»Wie hätte sie das herausfinden können? In der Presse war vom Geschlecht des Täters nie die Rede.«

»Eben. Das würde heißen, dass sie eine andere Quelle hat.«

»Vielleicht wollte sie nur die Spuren verwischen.«

»Aber warum erst jetzt?«

»Was wollen Sie damit sagen?«

»Wir haben einen politischen Zusammenhang entdeckt. Und Politiker haben oft Beziehungen zur Polizei.«

Landowski schwieg. Ihr Gesicht wirkte plötzlich verschlossen.

»Eine Quelle bei der Polizei, die der Mörderin Informationen gibt. Sie haben gerade etwas Furchtbares gesagt«, fügte sie hinzu.

»Glauben Sie, dass ich mich irre?«

»Nein, ich glaube, dass Sie recht haben könnten, und das finde ich abscheulich. Wir schwimmen in einer Kloake.«

Sie schwieg, immer noch in Gedanken.

»Die Fotokopien«, sagte sie. »Alle Dokumente des Falls sind kopiert worden. Ich würde gern wissen, was sie mit den Kopien gemacht haben und wer sie gelesen hat.«

Kapitel 39

Donnerstagabend

Martins Adresse überprüfte sie auf die einfachste Weise der Welt, sie sah im Internet-Telefonbuch nach. Die Adresse stimmte mit dem Gebäude überein, in dem Martin verschwunden war, bevor er wenige Sekunden später wieder herauskam.

Sie zog sich von Kopf bis Fuß schwarz an. In der Tasche, die an ihrem Gürtel befestigt war, hatte sie ein Skalpell und zwei Ersatzklingen, verschiedene Medikamente und zwei Spritzen, ein wenig Öl, eine Nachtsichtbrille und ihr Einbrecherwerkzeug. In ihren weichen Stiefel schob sie noch ein Stahlstilett, kaum dicker als eine Stricknadel, aber sehr spitz. In ein winziges Halfter an ihrem Gürtel steckte sie eine kleine 25-Millimeter-Pistole mit einem Griff aus Perlmutt sowie zwei Kugeln. Sie war über einen Meter fünfzig hinaus nicht treffsicher, aber aus nächster Nähe sehr effektiv.

Sie ging in das Untergeschoss ihres Gebäudes, lief durch verschiedene Gänge und Türen, von denen einige nur mit einem Generalschlüssel aufgingen, den sie hatte machen lassen, und gelangte dann durch ein Nachbarhaus ins Freie.

Sie nahm einen halben Kilometer weiter ein Taxi und ließ sich an eine Stelle bringen, die zweihundert Meter von Martins Adresse entfernt war.

Das kodierte Schloss am Eingang hielt sie nicht lange auf. Sie hatte vor langer Zeit einem Postangestellten einen Generalschlüssel gestohlen.

Martin wohnte in der dritten Etage. Auf dem Briefkasten standen noch zwei weitere Namen.

Das Treppenhaus war geräumig und still. Es war ein großes Gebäude von Haussmann, die Wohnungen mussten teuer sein. Sie vermutete, dass das Gehalt eines Polizisten nicht hoch sein konnte, selbst wenn er einen höheren Rang bekleidete. Ihre Zielperson musste andere Einkommensquellen oder die Wohnung geerbt haben.

In der dritten Etage gab es nur zwei große doppelflügelige Türen mit Spionen. Die von Martin lag auf der linken Seite. Sie kniete sich hin und untersuchte das Schloss. Es war ein altes, aber solides Modell. Außerdem war da noch ein anderes Schloss weiter unten, mit dem zwei Querstangen in den Türrahmen geschoben wurden. Niemand benutzte so ein zweites Schloss – mit Ausnahme alter Leute.

Sie schob eine gut zwei Zentimeter lange, hauchdünne und federleichte Titanklinge, die sie vorher geölt hatte, zwischen die beiden Türflügel in das obere Schloss. Sie arbeitete sich langsam voran, und mit jedem Stoß drang die Klinge ein paar Millimeter tiefer zwischen den Türrahmen und die Tür. Bald spürte sie, wie die Schließzunge unter dem Druck nachgab.

Dann schlich sie in die Wohnung und schloss leise die Tür, nachdem sie das Öl abgewischt hatte. Sie blieb reglos im Eingang stehen, bemüht, in dem Dunkel möglichst leise zu atmen.

Schlief Martin? War er ausgegangen? Sie liebte solche Augenblicke der Ungewissheit. Wenn er da war, würde er sterben. Wenn er nicht da war, würde er ebenfalls sterben, nur etwas später. Sie setzte ihre Nachtsichtbrille auf, zog das Stilett aus dem Stiefel und hielt es vor sich, das Ende des Griffs an ihrer Brust, den Arm bereit, zuzustechen.

So bewaffnet ging sie mit leichtem Schritt vorwärts und achtete auf mögliche Hindernisse.

Nirgendwo brannte Licht. Sie sah sich das Wohnzimmer und das kleine Esszimmer an, das als Büro diente, dann die Küche, bevor sie in einen Flur trat, an dem ein Zimmer voller Kartons, alter Möbel und Kisten sowie zwei Schlafzimmer und ein Badezimmer lagen. Die Betten waren gemacht.

Sie überlegte, ob sie warten oder später wiederkommen sollte. Es war nach Mitternacht. Wenn er bei einer Frau war, würde er heute Nacht vielleicht nicht zurückkehren. Sie beschloss, die Wohnung genau zu durchsuchen. Wer seinen Feind kennt, hat den Sieg schon in der Tasche.

Freitag

Martin wachte kurz nach Mitternacht auf. Marion schlief fest und atmete regelmäßig. Er sah auf ihr Profil, das sich vor der hellen Wand abzeichnete, und streichelte ihr sanft mit den Fingerspitzen über das Gesicht. Sie seufzte und sank noch tiefer in Schlaf.

Zum ersten Mal seit Langem empfand er ein Gefühl der Ruhe. Sie hatten miteinander geschlafen und sich dann unterhalten. Marion hatte zur Bedingung für ihre Rückkehr gemacht, dass sie in eine andere Wohnung zogen.

Sie konnten in ihrer kleinen Drei-Zimmer-Wohnung gut mit einem Kind leben, aber sie wollte nicht mehr bei Martin wohnen.

»Wir haben zwei Gehälter, wir schaffen das schon«, hatte Marion gesagt. »Wenn es sein muss, verlange ich eine Gehaltserhöhung.«

Martin hatte versucht, dem entgegenzuhalten, dass er so etwas wie seine Fünf-Zimmer-Wohnung kaum zu einer vernünftigen Miete finden würde und dass die Suche lange dauern würde. Ein großer Teil des Betrages ginge dafür drauf, einen Kredit mit einer Laufzeit von zwanzig Jahren abzulösen, der bis 2010 lief.

»Das ist kein guter Grund«, sagte Marion. »Du kannst sie doch vermieten. Verstehst du nicht, warum ich will, dass wir umziehen?«

»Eigentlich nicht«, gab Martin zu.

»Ich erzähl dir mal ein kleines Beispiel. Als sie dreizehn war, hat Isa dich und deine Ex gesehen, wie ihr es mitten in der Nacht stehend in der Küche getrieben habt.«

»Das hat sie uns schon erzählt«, gab Martin ungeschickt zurück.

»Wundert dich das? Im Übrigen glaube ich kaum, dass es sie traumatisiert hat. Was ich sagen will, ist, dass ich viele Details über euer früheres Leben mit Isa und deiner Ex in der Wohnung weiß, die ich gar nicht kennen möchte. Egal was passiert, ich bin bei dir nur ein Eindringling. Kannst du das verstehen?«

»Eigentlich nicht«, sagte Martin. »Myriam und ich haben uns vor langer Zeit getrennt, lange bevor ich dir begegnet bin.«

»Sag das nochmal.«

»Natürlich sehen wir uns ab und zu, wir sind ja nicht verkracht.«

»Hör auf, mich für blöd zu halten. Ich gehe jede Wette ein, dass ihr weiter miteinander geschlafen habt, noch Jahre nach eurer Trennung, selbst nachdem wir uns kennengelernt haben. Nein, sag jetzt nichts, ich will es nicht wissen.«

Das war Martin nur recht. Er hätte ihr sowieso nicht die Wahrheit gesagt, aber sich eine Lüge zu sparen, fand er nicht schlecht.

»Also«, sagte Marion, »wir brauchen keine fünf Zimmer für uns beide und ein Baby.«

»Und wenn Isa bei uns wohnen will?«, fragte Martin.

Sie rückte von ihm ab, als hätte sie sich verbrannt.

»Was hast du gesagt?«

»Wenn Isa mit uns leben will«, wiederholte er, in die Enge getrieben.

»Glaubst du, dass ein Mädchen von dreiundzwanzig, kurz bevor sie Mutter wird, bei ihrem Vater wohnen muss?«

»Du kennst doch Isabelle«, sagte Martin, »bei ihr dauert es mit den Kerlen nie lange, und sie hat keine feste Stelle. Sie bekommt ein Kind, und ich hatte den Eindruck, ihr kommt gut miteinander aus.«

»Tu nicht so, als ob du mich nicht verstehst. Ich mag deine Tochter, und wir verstehen uns tatsächlich gut. Aber ich habe weder Lust noch die Absicht, mit ihr zusammenzuleben. Sie ist erwachsen und kein kleines Mädchen mehr.«

»Sie hat immer auf dich gezählt«, sagte Martin.

»Vielleicht ist das das Problem«, sagte Marion. »Ich verlange ja auch nicht von dir, dass du dich nicht um sie kümmern sollst, ich will nur nicht mit ihr leben, das ist alles. Und wenn du das nicht kapierst, brauche ich es dir erst gar nicht zu erklären.«

Auch dieses Mal sagte Martin nichts.

Im Grunde hat sie recht, dachte er. Aber war es notwendig, dass sie sich so viel Mühe gab, um ihn zu behalten? Sie wollte neuen Wein in alte Schläuche gießen. Die Wohnung zu wechseln und ihn für sich allein zu haben würde wahrscheinlich nicht genügen, um aus Martin einen neuen Menschen zu machen. Mit siebenundvierzig ändert man sich nicht mehr. Der Kampf war von vornherein verloren. Doch er bewunderte sie dafür, dass sie es versuchen wollte, auch wenn er sie naiv fand.

Er nahm ihre Hand und drückte sie sanft. Sie reagierte ihrerseits mit leichtem Druck. Bald darauf schlief er ein.

Unweit vom Bett blinkte kurz sein Handy auf, das er auf lautlos gestellt hatte, und erleuchtete ein Stück Wand und Decke. Zum achten Mal an diesem Abend hatte er eine Nachricht bekommen.

Nach zwei Stunden Suche wusste Magdalena, dass der Mann mit zwei jungen Frauen lebte oder bis vor Kurzem gelebt hatte. Einmal war er mit einer Frau verheiratet gewesen, die an einem Autounfall gestorben war. Außer den Haaren in der Bürste, Pflegeprodukten und einer Creme gegen Schwangerschaftsstreifen waren kaum Hinweise auf seine jetzige Freundin vorhanden. Auch Fotos gab es nicht.

In Martins Büro hatte er Alben mit Fotos von einem kleinen Mädchen, das heranwuchs. Eine junge Frau mit sanftem Blick verschwand irgendwann, und an ihre Stelle trat ein paar Jahre später eine andere sehr schöne Brünette, die einen athletischen Körper besaß und zärtlich die Arme um die Schultern einer Jugendlichen legte.

Sie begann plötzlich, dieses junge Mädchen zu beneiden und zu hassen; es hatte zwar seine Mutter verloren, aber sonst eine friedliche Kindheit gehabt, eine richtige Kindheit.

Schule, Gymnasium ... Sie wusste nicht, was das bedeutet. Alles, was sie gelernt hatte, hatte sie sich selbst beigebracht, auch das Lesen und Schreiben. Alles, was sie wusste, verdankte sie nur sich selbst, ihrem wilden Verlangen, sich alles anzueignen, was ihr beim Überleben helfen konnte. Nie hatte ihr jemand geholfen.

Sie hatte Tausende Stunden in öffentlichen Bibliotheken verbracht und Tausende Seiten gelesen, ohne deren Sinn zu verstehen, bis sie endlich begriff. Sie hatte sich wie eine Diebin in Eliteuniversitäten eingeschlichen und sich Vorlesungen angehört, ohne etwas zu verstehen, und gespürt, wie Wut und Frustration in ihr hochstiegen.

Wie alle Autodidakten hatte sie große Kenntnislücken, ohne sich dessen bewusst zu sein, aber es gab auch Gebiete, auf denen sie mit den besten Spezialisten mithalten konnte.

Dann kam das Wunder Internet. Sie hatte diese fantastische Möglichkeit sofort genutzt: Suchmaschinen führten sie zu fast jeder Quelle. Und sie konnte in nahezu jedem Teil der Welt alles kaufen.

Auf Martins Konten floss außer seinem Gehalt nichts. Er besaß eine Karte für ein Fitness-Studio, daran musste sie denken, wenn sie ihm gegenüberstand.

Seine Wohnung gehörte ihm, und er musste für sie monatlich 1250 Euro an Zins und Tilgung bezahlen.

Seine medizinischen Unterlagen waren umfangreich, Röntgenaufnahmen, Ultraschallbilder, EKGs, MRTs, verschiedene Arztbriefe lagen in einer Schublade zusammen mit unausgefüllten Anträgen zur Kostenerstattung an die Krankenkasse herum.

Ihre medizinischen Kenntnisse waren beachtlich. Vor allem was Verletzungen betraf. Martin war offenbar mehrmals verletzt worden, und die vorletzte Verwundung hätte ihn fast getötet. Zeitungsausschnitte berichteten über den Fall, den er ihr gegenüber kurz erwähnt hatte. Er war verletzt worden, als er versucht hatte, einen Serienmörder zu fassen; aber es war ihm gelungen, den Täter, der für den Tod mehrerer Frauen verantwortlich war, zu töten.

Martin durfte man als Gegner nicht unterschätzen. Doch das wusste sie ja schon.

Über den Mann, den Martin getötet hatte, gab es nur wenige Informationen. Sie suchte mit den Augen nach einem Computer, aber da war keiner. Nur eine alte mechanische

Schreibmaschine, vierzig Jahre alt, stand auf einer Kommode in der Nähe des Schreibtischs. Dieser Polizist hatte nicht mal Internet.

In der Kommode lagen zwei Faustwaffen, alt, aber gut gepflegt, und auch etwas Munition. Wenn sie Glück hatte, bedeutete das, dass er keine Waffe bei sich trug; doch sie wollte sich nicht auf das Glück verlassen. Sie ließ alles an Ort und Stelle.

Die Bücherregale in Büro und Wohnzimmer waren voller immer wieder gelesener Bücher. Für einen Mann und besonders einen Polizisten las er viel. Weniger Romane als soziologische Zeitschriften, Abhandlungen über Kriminalität und historische Werke.

Seine Garderobe war eher spartanisch. Er war weit davon entfernt, ein Dandy zu sein. In einer Schachtel sammelte er merkwürdige Gegenstände, die sie für Erinnerungsstücke an bestimmte Fälle hielt: eine Pistolenkugel unbekannten Kalibers, einen Armbrustpfeil, den Abdruck einer Frauenhand, ein billiges Schmuckstück, amerikanische und niederländische Geldscheine, die falsch aussahen, ein paar Dankesbriefe von Opfern und eine ganze Reihe Nippsachen verschiedenster Art.

Sie gab sich Mühe, alles wieder so genau wie möglich an seinen Platz zu räumen.

Sie saß in einem Sessel mit zerbrochenen Sprungfedern im Wohnzimmer gegenüber dem abgeschalteten Fernseher und ließ die Atmosphäre der Wohnung auf sich wirken. Sie war nicht einheitlich möbliert, aber offenbar mit einem gewissen System. Es war eine im Grunde männliche Wohnung mit vielen weiblichen Elementen. Obwohl es keine wertvollen Möbelstücke gab, war anscheinend nichts dem Zufall überlassen worden, es war eine Mischung aus Funktionalität und Durcheinander. Die Kleider waren ohne jede Sorgfalt in die Schränke geräumt. Die Schriftstücke waren dagegen sorgfältig geordnet. Er wollte offenbar nicht im Papierkram ersticken.

Es gab nur wenige Nippsachen, aber ein paar Wertgegenstände, von denen der kostbarste eine kleine Frauenstatue aus Bronze war, mit vollen Formen, aber doch graziös. Das Werk eines bekannten Bildhauers, vermutlich einiges wert. War es ein Erbstück, ein Geschenk? Mit einem Beamtengehalt, selbst dem eines Kommissars, konnte man sich eine solche Kostbarkeit nicht leisten. Die kleine Statue stand auf dem Schreibtisch neben einem Stapel Papiere. Martin hatte sie immer vor Augen, wenn er zu Hause war.

Sie setzte sich an den Schreibtisch, knipste eine kleine Lampe an und schob die Brille auf die Stirn.

Das Telefon klingelte, und sie fuhr hoch. Nach dreimaligem Läuten hörte es auf. Sie schloss daraus, dass es einen Anrufbeantworter gab. In einer Schublade fand sie die Gebrauchsanweisung für das Gerät. Sie gab die Nummer ein, die sie darin fand: 3103.

Eine Frauenstimme, die ihr nicht unbekannt war, erklang im Zimmer:

»Martin, ruf mich an, wenn du diese Nachricht hörst. Es ist wichtig. Ich glaube, wir haben etwas entdeckt.«

Im Ton der Stimme war eine Dringlichkeit, die sie erschauern ließ. Was konnte dieses »etwas« sein?

Sie wiederholte die Nachricht zwei, drei, zehn Male, bis die geringsten Schwingungen in dieser Stimme kein Geheimnis mehr für sie hatten. Und plötzlich erinnerte sie sich. Diese Stimme hatte sie gehört, als sie die von der Polizei in der Zeitung veröffentlichte Nummer angerufen hatte. Es war die Stimme einer Polizistin, und sie hatte »etwas entdeckt«: Vor lauter Wut warf sie beinahe das Telefon gegen die Wand.

Sie musste hier weg. Sie hatte genug davon zu warten. Es war sowieso zu spät, er würde heute nicht mehr nach Hause kommen.

Bevor sie die Wohnung verließ, hatte sie eine letzte Aufgabe zu erfüllen.

Sie ging in die Küche.

Kommissar Martin würde nie erfahren, wer ihn getötet hatte und warum. Aber das war nicht das Wichtigste. Hauptsache, er kam ums Leben.

Kapitel 40

Freitag, 3.00 Uhr morgens

Als Magdalena ihre Wohnung betrat, überkam sie plötzlich ein Gefühl des Bedauerns. Bald würde diese wunderschöne, ganz nach ihrem Geschmack eingerichtete Wohnung nur noch eine Erinnerung sein. Sie musste diesen Ort, an dem sie so glücklich gewesen war, verlassen.

Nie wieder würde sie sich zu Francis ins Bett legen. Der einzige Mann, den sie je geliebt hatte, war für immer fort.

Sie wischte sich die Tränen ab. Später hätte sie noch Zeit genug für solche Gefühle. Im Moment hatte sie eine Menge Arbeit zu erledigen.

Sie warf den Inhalt von Francis' Taschen in den großen Koffer, den Palm, die Schlüssel, das Telefon, auf dem zwanzig Nachrichten waren (manche stammten vom König der Raben). Dann hob sie den Koffer auf den Hubkarren und schob ihn bis zum amerikanischen Kühlschrank mit der Doppeltür. Die in transparente Plastikfolie gewickelte Leiche war zusammengekrümmt wie ein Embryo. Innen hatten sich Kondenstropfen gebildet, die Francis' Gesicht fast unsichtbar machten. Trotz des Einfrierens (sie hatte den Thermostat auf die niedrigste Stufe gestellt) hatte sich das Blut unter dem Gesäß und unten an den Beinen gesammelt. Darauf musste sie achten, wenn sie die Leiche an die Stelle brachte, wo die Polizei sie finden sollte. Die Kälte hatte die Totenstarre beschleunigt. Der Körper war so hart wie eine

Statue aus Stein und fast genauso schwer. Sie zog Handschuhe an und ließ ihn in den Koffer rollen.

Als sie in die Garage fuhr, begegnete sie niemandem. Der Wächter schlief zwischen seinen Runden, die er jeweils dreißig Minuten nach einer vollen Stunde unternahm. Sie öffnete die hintere Klappe des großen Geländewagens von Francis, hob den Koffer mit einer Kurbel hoch, bis er die Höhe des Wagenbodens erreicht hatte, blockierte die Bremsen der Räder und schob den Koffer in den Wagen. Sie hatte richtig gerechnet, der Kofferraum ging gerade noch zu.

Sie fuhr aus der Garage Richtung Seine und unter der Metrolinie hindurch.

Um diese Zeit dauerte die Fahrt bis zu dem Ort, zu dem sie unterwegs war, einer Junggesellenwohnung im 16. Arrondissement in der Rue Raynouard in Passy, nicht länger als fünf Minuten.

Sie fuhr rückwärts auf das Gebäude zu und parkte. Es gab viele freie Plätze, denn das Wochenende begann erst morgen.

Den Koffer aus dem Wagen zu holen war einfacher, als ihn hineinzuschieben. Sie rollte ihn bis zur Eingangstür des Hauses.

Dann gab sie den Code ein – Francis hatte alles in seinem Palm notiert – und nahm den Aufzug in die oberste Etage.

Sie überprüfte schnell das Schloss, fand den passenden Schlüssel in Francis' Schlüsselbund, öffnete und rollte den Koffer in die Wohnung.

Am Ende des Flurs ging eine Lampe an, und Hervé, der Sohn des Vorsitzenden und Liebhaber von Francis, erschien in der Unterhose mit entblößtem Oberkörper und nackten Beinen und sah noch unbedeutender aus als in Kleidern. Bei dem Gedanken, dass Francis sich an diesen Körper geschmiegt hatte, dass er …, stieg ihr die Galle hoch.

»Wer sind Sie? Was machen Sie da?«, sagte der Mann mit verschlafener, leicht zitternder Stimme. »Aber ich habe Sie schon einmal gesehen …«

»Ich bin die Frau von Francis. Kommen Sie, ich zeige Ihnen etwas.«

Sie nahm ihn beim Ellbogen und zog ihn mit. Er ließ es wehrlos geschehen, die Augen auf den Koffer gerichtet. Sie ließ ihn los und öffnete den Deckel.

Er begann zu zittern, als er die zusammengekrümmte Leiche seines Liebhabers sah. Sie ohrfeigte ihn und hielt ihm den Lauf ihres .25er an die rechte Schläfe. Er schloss die Augen, zitterte, versuchte aber nicht, den Kopf abzuwenden. Sie hätte gern gehabt, dass ihre Rache ganze Nächte dauerte, aber sie hatte keine Zeit.

Unter dem Schuss wurde der Kopf des jungen Mannes heftig nach hinten geschleudert, und dann sackte er in sich zusammen. Ein Zucken ging durch seinen ganzen Körper, schließlich war er ruhig. Tot sah er besser aus als lebendig, die Beine zur Seite gedreht, die Arme an seinem zu mageren Körper, die nach oben gerichteten Handflächen und das Gesicht gen Himmel gerichtet. Er erinnerte sie an ein Bild, das sie in Madrid gesehen hatte, ein Christus nach der Kreuzesabnahme, vielleicht von Zurbaran.

Sie legte die Pistole in die rechte Hand des Toten und schoss die zweite Kugel in die Wand. In diesem Haus aus Mauerwerk mussten die Wohnungen gut isoliert sein.

Dann schob sie den Koffer bis ins Schlafzimmer, nahm Francis' Leiche heraus und legte ihn auf das Bett dicht an die Wand. Sie zog die Plastikplane vom Leichnam herunter und steckte sie in den Koffer. Vielleicht würde er auf die Seite kippen, wenn die Leichenstarre vorbei war, aber das störte nicht weiter, er würde sicher vorher entdeckt.

Dann ging sie einmal durch die Wohnung, ein richtiges kleines Liebesnest, eingerichtet wie die Luxussuite in einem Hotel. Ein Jacuzzi im Badezimmer, ein zwei Meter breites Bett und ein wunderbarer, mit Mahagoni getäfelter Ankleideraum neben dem Schlafzimmer. Die Kleidung der beiden Liebhaber hing im Schrank. Dutzende Fotos waren auf die Spiegel an der Innenseite der Türen geklebt. Fotos von Francis und dem Anderen. Auf den meisten waren sie nackt, allein auf dem Bett oder eng umschlungen. Ihr wurde schwindlig, aber sie zwang sich, sie alle anzusehen.

In dem kleinen Wohnzimmer entdeckte sie mehrere Gegenstände, die sie zu Hause vermisst und die Francis angeblich in sein Büro mitgenommen hatte. Sie überkam eine solche Wut, dass ihr der Atem stockte. Wie hatte sie nur so naiv und dumm sein können! Wie lange ging das hier schon? Einen Monat? Ein halbes Jahr? Wieso hatte sie es nicht geahnt?

Sie zwang sich zur Ruhe. Es war vorbei.

Freitagmorgen

Martin hatte sich mit Marion geeinigt, dass sie umziehen würden, aber wie ihr Leben in den nächsten Wochen aussehen würde, hatten sie nicht besprochen. Er wusste nicht, ob sie vorübergehend wieder bei ihm wohnen würde oder ob sie, bis sie ein Traumappartement gefunden hatten, zwischen beiden Wohnungen pendeln würden.

»Ich fange heute an zu suchen«, sagte sie, kurz nachdem sie aufgewacht war. »Etwas Angenehmes und Ruhiges mit einem schönen Zimmer für das Baby. Am besten wäre eine Maisonette-Wohnung.«

Angesichts von Martins beunruhigter Miene fügte sie hinzu:

»Vergiss nicht, dass wir die Miete gemeinsam bezahlen, ich verdiene auch Geld, vielleicht sogar mehr als du.«

»Sicher mehr als ich«, sagte Martin, »aber das genügt nicht. Was du suchst, wird zweitausendfünfhundert bis dreitausend Euro pro Monat kosten.«

Sie rechneten gemeinsam und gelangten bald zu der Summe, die sie maximal ausgeben konnten. Nicht genug, um in den Vierteln zu leben, die sie beide mochten. Sie mussten sich auf das 19., 20. und den hinteren Teil des 18. Arrondissements beschränken, Orte, die ihnen weiter entfernt vorkamen als die hinterste Provinz.

»Wir könnten doch die Wohnung neu anstreichen und andere Möbel reinstellen. Das wäre lange nicht so teuer, selbst wenn wir es von Handwerkern machen lassen, und es wäre genauso gut wie eine neue Wohnung. Es ist ja nur eine Idee«, sagte er schnell, als er Marions düsteren Blick sah. »Nur falls es länger dauert, bis wir finden, was wir wollen.«

»Hör auf«, sagte sie. »Ich mag es nicht, wenn du so heuchelst. Für dich ist es bequem, du willst ja nie irgendwas. Ich will etwas. Und das Schlimmste ist, dass du so tust, als wärst du einverstanden, und hoffst, dass ich mich irgendwann beruhige.«

»Ich bin kein Heuchler. Aber es könnte sein, dass wir vor der Geburt nicht das Richtige finden.«

»Du gehst mir auf die Nerven. Ich ziehe mich jetzt an«, sagte sie und ließ ihn stehen.

Sie ging, den Kaffee in der Hand.

Martin hörte Jeannettes Nachricht auf seinem Anrufbeantworter zu Hause ab.

»Ich habe gerade deine Nachricht erhalten«, sagte er und hörte Verkehrslärm im Hintergrund.

Sie war noch nicht im Büro angekommen.

Jeannette berichtete ihm von den Schlüssen, die sie mit Bélier und Landowski gezogen hatte. Irgendjemand, der etwas von dem Fall wusste, musste die Mörderin informiert haben, es sei denn, es handelte sich um einen ganz unwahrscheinlichen Zufall. Gab diese Quelle die Fakten freiwillig oder unfreiwillig weiter? Und aus welchem Grund?

»Wir sind ziemlich sicher, dass die Täterin einen gewissen Dupuis ermordet hat, früheres Mitglied der Union für den Fortschritt. Er wurde zu Hause gefunden, zu Tode gefoltert genau wie Julie Rodez. Die Wunden sind fast identisch. Aber damit nicht genug. Sie hat außerdem ein Rentnerehepaar abgefackelt, der Mann war auch Mitglied der Union. Das wird riesengroßes Aufsehen erregen. Auf dem Flur hört man schon die ersten Gerüchte, und Landowski glaubt, dass sie uns den Fall bald entziehen werden. Es wird zu politisch.«

»Genauso ist es«, antwortete Martin. »A propos Politik und Union. Ich habe die Frau getroffen, die ihr mir geschickt habt. Magdalena Petit. Ganz zufällig ist sie die Frau von Francis Petit, dem persönlichen Assistenten von Chenal, dem Parteivorsitzenden. Man kann sich leicht vorstellen, wie sie an die Unterlagen zu den Morden gekommen ist. Sie tauchte mit sämtlichen Akten unterm Arm auf und wollte, dass ich was dazu sage.«

»Das hast du nicht getan.«

»Genau. Und das hat ihr gar nicht gefallen. Sie hat erst nachgehakt, dann hat sie es wieder zurückgenommen, als interessiere es sie nicht.«

»Das würde mich wundern.«

Martin erklärte nun, was ihn irritiert hatte.

»Als wollte sie nicht, dass ich merke, dass ihr das alles sehr wichtig ist. Ich fand diese Kehrtwendung seltsam. Sie wirkte falsch.«

»Das heißt?«

Martin konzentrierte sich.

»Jetzt, wo ich darüber nachdenke, würde ich sagen, es war, als hätte sie ein persönliches Interesse an der Sache. Ein

Interesse, das weit über das einer Filmproduzentin hinausgeht, was sie ja angeblich ist. Irgendetwas stimmt da nicht. Und ich bin sicher, dass diese Frau eine der wichtigen Figuren in dieser Geschichte ist, vor allem jetzt, wo du mir von dem dreifachen Mord erzählst, der mit Politik und der Partei zu tun hat …«

»Sollen wir sie vorladen?«, fragte Jeannette.

»Lade sie nicht vor. Sie würde nicht kommen. Nimm sie in Polizeigewahrsam.«

»Unter welchem Vorwand?«

»Besitz verbotener Dokumente.«

»Gibt es so was?«

»Weiß ich nicht, denk dir irgendwas aus. Wenn du es gut formulierst, genehmigt der Staatsanwalt vierundzwanzig Stunden Gewahrsam. Und in der Union für den Fortschritt wird das zu interessanten Reaktionen führen. Ihr Mann kann nicht umhin, zu reagieren. Aber sichere dich über Roussel, Landowski oder sonst wen ab. Hol so viele mit ins Boot, wie du kannst. Ganz offensichtlich gibt es bei dieser Geschichte Leute, die vor Mord nicht zurückschrecken. Ich möchte nicht, dass dir etwas passiert. Und bitte … halt mich auf dem Laufenden.«

Er legte auf und sah Marion in die Augen. Dieses Mal drückte ihr Blick mehr Neugier als Ärger aus.

»Kannst du mir nicht erzählen, was los ist?«, fragte sie.

Nachdem sie aufgelegt hatte, dachte Jeannette über das Gespräch mit Martin nach. Er hatte sie gewarnt, aber wenn man es genau bedachte, dann stand er in der vordersten Schusslinie. Er hatte diese Frau getroffen, er hatte ihr Benehmen seltsam gefunden, und Jeannette hielt viel von Martins Intuition. Wenn er die Begegnung merkwürdig gefunden hatte, dann war sie es auch.

Sie rief Martin an. Die Mailbox war eingeschaltet.

»Martin, du hast diese Frau getroffen. Wenn sie einen seltsamen Eindruck gemacht hat, dann muss es dafür einen Grund geben. Außerdem hast du sie provoziert. Sie ist vielleicht gefährlich. Sei vorsichtig. Ich mache keine Witze. Ruf an, sobald du kannst.«

Sie legte mit dem Gefühl auf, nicht alles gesagt oder getan zu haben, was sie konnte.

Freitagmorgen

Martin kam nach Hause, um sich umzuziehen, bevor er mit Fournier, Roussel und dem Disziplinarausschuss reden musste. Er hatte die feste Absicht, sich von ihnen nicht mehr als notwendig ärgern zu lassen. Sein Blutdruck würde steigen, er würde ohnmächtig werden. Das würde Eindruck machen, und in seinem jetzigen Zustand würde ihm das nicht schwerfallen.

Als er seine Wohnung betrat, hatte er das vage Gefühl, dass etwas nicht an seinem Platz war. Die Wohnung war leer und kalt. Egal, was Marion dachte, er wollte Isabelle fragen, ob es ihr recht wäre, ihr Zimmer in ein Babyzimmer umzuwandeln. Eine Verjüngungskur für die Wohnung wäre einfacher als eine für ihn.

Er warf einen Blick in Isas Zimmer. Wenn Marion einverstanden war, würde bald die teilweise abgeblätterte rosa Farbe ebenso verschwinden wie die verblassten Poster der Stars aus den neunziger Jahren. Prince, Keanu Reeves und Freddy Mercury würden Platz machen für Kinderbuchplakate und Tierbilder, und wenn das Baby in der Pubertät wäre, kämen die neuen Götter der zweitausendzehner Jahre an die Wand. Das Leben war ein ewiger Neubeginn. Wie alt würde er sein, wenn das Kind zehn wäre? Siebenundfünfzig.

In seinem Büro hatte er wieder das Gefühl, dass etwas nicht normal war. War es ein Geruch, eine Spur von Parfum? Er war sich nicht sicher …

Er ging durch die Zimmer, ohne etwas Besonderes zu bemerken. Die Unordnung war wie immer. Er zog ein paar Schubladen auf. Nichts schien zu fehlen.

Er zögerte, sah unters Bett und kam sich lächerlich vor. Da waren nur die übliche Menge Wollmäuse, zerknüllte Kleenextücher und vergessene Zeitungen. Er nutzte die Gelegenheit, um ein bisschen sauber zu machen.

Er sah in die Schränke und untersuchte das Schloss der Eingangstür. Die Zunge war ein bisschen ölig, aber das war wahrscheinlich normal. Am Schloss waren keine Kratzer zu sehen.

Er ging in die Küche. Seine Kehle war trocken, wahrscheinlich wegen der vielen Antibiotika, Blutverdünnungsmittel und anderen Medikamente, die er noch nehmen musste.

Sein Handy klingelte, und er hörte Jeannettes Nachricht ab, während er den Kühlschrank öffnete.

»Martin, du hast diese Frau getroffen. Wenn sie einen seltsamen Eindruck gemacht hat, dann muss es dafür einen Grund geben. Du hast sie provoziert. Sie ist vielleicht gefährlich. Sei vorsichtig. Ich mache keine Witze. Ruf an, sobald du kannst.«

Er hörte die Nachricht noch einmal ab. Sie hatte recht. Er war vielleicht eine Zielscheibe geworden, ganz gleich, wer die Person auf der anderen Seite war, die den Finger am Abzug hatte.

Er betastete vorsichtig seinen Kopf. Noch ein Überfall wäre zu viel. Es wäre der dritte in drei Monaten. Das würde er nicht überleben.

Er hatte ungeheuren Durst. Im Kühlschrank war nichts als eine offene Flasche Contrex, das Mineralwasser, das er hasste und das die Mädchen toll fanden, und drei Naturjoghurt mit null Prozent Fett. Isa und Marion waren entschlossen, die Kilos, die sie zunahmen, auf ein Minimum zu beschränken, und Martin war nichts anderes übrig geblieben, als sich ihnen anzuschließen.

Er trank Wasser aus dem Hahn.

Dann nahm er zwei Joghurt heraus und öffnete das erste.

Kapitel 41

Als er den Löffel zum Mund führte, zögerte Martin plötzlich. »Du hast sie provoziert. Sie ist vielleicht gefährlich.« Wenn er schon unter Verfolgungswahn litt, dann aber richtig.

Beinahe hätte er das Joghurt in den Mülleimer geworfen, doch dann besann er sich. Er kippte es auf einen flachen Teller und roch daran. Es sah aus wie ein richtiges Joghurt und roch auch so. Er rührte mit einem Löffel darin herum und sah sich die Flüssigkeit an, die auf dem Teller einen gelblichen See mit Rosa bildete. Es war ein Naturjoghurt, das keine rosafarbenen Zusätze enthielt. Dann sah er sich den Becher genauer an. An einer Stelle war in dem Plastik ein winziger Fehler, ein farbloser Stecknadelkopf. War hier ein winziges Loch mit Klebstoff verschlossen worden?

Er packte alles Essbare in der Wohnung in einen Karton, auch mehrere Flaschen Mineralwasser, drei Bier, Zahnpasta, Duschgel und alle Medikamente.

Dann rief er Bélier an, konnte sie aber nicht erreichen.

Freitagmittag

Die Leichen von Francis Petit und seinem Liebhaber, dem Sohn des Vorsitzenden der Union für den Fortschritt, wurden um 10.00 Uhr von der Putzfrau entdeckt, die fast eine Stunde brauchte, bis sie wieder zu sich kam und dann den Notruf wählte.

Nachdem die Polizei benachrichtigt war, reagierte sie schnell. Der Staatsanwalt machte sich selbst auf den Weg und informierte den Justizminister. Dann gab es eine kleine Konferenz, an der der Innenminister, der Büroleiter des Premierministers, der Justizminister und ein persönlicher Berater des Präsidenten der Republik teilnahmen.

Der Vorsitzende der Union für den Fortschritt gab eine Erklärung ab, Tausende Botschaften gingen in der Zentrale der Partei ein. Sein Haus und sein Büro wurden von Journalisten belagert.

Die Leichen wurden ins Gerichtsmedizinische Institut gebracht, wo die Mitarbeiter der Kriminaltechnik, Bélier an der Spitze, ihre Proben mit derselben Sorgfalt nahmen wie bei jedem anderen Verbrechen.

Die Ermittlungen wurden nicht Landowski und ihren Leuten übertragen.

Im Schlafzimmer der Junggesellenwohnung lagen ein Toter, der erstickt und dessen Todeszeitpunkt schwer zu bestimmen war, und ein zweiter, der sich offenbar selbst umgebracht hatte. Der eine war angezogen, der andere nackt. Mord mit anschließendem Selbstmord oder zwei Morde? Warum hatte der Selbstmörder den anderen nicht mit seiner Waffe getötet? Die zweite Kugel, die man in der Decke gefunden hatte, musste nicht gegen einen Selbstmord sprechen. Viele Selbstmörder schießen beim ersten Mal daneben. Aber der Schusswinkel war seltsam. Die zweite Kugel konnte auch im Fall eines Mordes losgegangen sein. Jedenfalls gab es keine andere einfache Erklärung dafür, dass Handfläche und Finger des Opfers winzige Pulverspuren aufwiesen, die beim Paraffin- oder Nuklear-Test gefunden worden waren.

Auch bei dem anderen erstickten Toten gab es zu viele Dinge, die nicht ganz stimmig waren. Wie war er erdrosselt worden? An seinem Hals waren keine Spuren eines Blutergusses, die Luftröhre war nicht verengt. Wenn er sich auch umgebracht hatte, mit einer Plastiktüte zum Beispiel, wo war diese Tüte?

Wenn der andere Mann ihn ermordet hatte, hatte er dann die Tüte vor seinem Selbstmord weggeworfen? Das schien merkwürdig, aber Bélier hatte schon seltsamere Dinge erlebt.

Der Mülleimer der Wohnung wurde versiegelt und mitgenommen, aber in der Küche war ein Müllschlucker. Und der Müllcontainer des Gebäudes war am Morgen um halb sieben vom Hausmeister hinausgefahren worden, sein Inhalt musste sich mit den anderen Müllsäcken des Viertels schon im Müllauto befinden. Als Bélier und ihre Leute eintrafen, war es schon lange im Mülltrennzentrum von Nanterre zusammen mit zwei Dutzend anderen Müllautos aus vierzehn Kommunen rund um Paris und zwei Arrondissements (dem 16. und 12.) geleert worden. Genauso gut konnte man ein Sandkorn an den Stränden der Atlantikküste suchen.

Das eigentliche Problem, sagte sich Bélier, bestand darin, dass dieser Tatort eine so komplexe, widersprüchliche Geschichte erzählte, dass man unendlich viele Hypothesen aufstellen konnte.

Sie beschloss, alle Theorien beiseitezulassen, sich allein der praktischen Seite ihrer Aufgabe zu widmen und zu kontrollieren, ob ihre Mitarbeiter bei ihren Proben ebenso sorgfältig waren wie sie.

Als sie von der Identität der beiden Toten erfuhr, beschloss sie, sich von dem, was auf sie zukam, nicht in die Knie zwingen zu lassen. Sie würde ihre Arbeit machen wie immer, mit der gleichen Sorgfalt und Genauigkeit.

Als sie ins Zentrallabor kamen, versammelte sie ihre Mitarbeiter in ihrem engen Arbeitszimmer und schloss die Tür.

»Die beiden Toten stammen aus der Welt der Politik«, sagte sie. »Einer von ihnen ist der Sohn von Chenal und der andere dessen Assistent. Und angesichts der Dinge, die wir in der Wohnung gefunden haben, ist es nicht ausgeschlossen, dass sie eine Beziehung miteinander hatten.«

Manche der Mitarbeiter lachten. Die sogenannten Dinge, vor allem Fotos, sprachen eine deutliche Sprache.

»Ruhe bitte. Wir dürfen uns nicht die geringste Wertung und keinen Fehler erlauben. Das ist das Erste. Das Zweite ist, wenn irgendwelche Informationen dieses Labor verlassen, werde ich den oder die Verantwortliche ausfindig machen und auf der Stelle rauswerfen. Darauf können Sie sich verlassen. Irgendwelche Fragen?«

Die Mitarbeiter sahen sich an. Sie hatten sie lange nicht so angespannt erlebt.

»Wenn der Präfekt oder der Staatsanwalt von uns Informationen haben wollen, was sollen wir dann sagen?«, fragte ein mageres rothaariges Mädchen voller Sommersprossen, das in Molekularbiologie promoviert hatte.

»Sie sagen ihnen, dass sie mich anrufen sollen«, sagte Bélier. »Mich persönlich. Ich bin die Einzige, die gesicherte Erkenntnisse weitergeben darf. Und auf keinen Fall irgendetwas am Telefon. Es wird nur schriftliche Berichte geben. Und ich bitte diejenigen unter Ihnen, die ihre Beobachtungen festhalten, keine Notizen oder Kassetten herumliegen zu lassen. Habe ich mich deutlich ausgedrückt?«

Sie nickten, sahen einander an und grinsten. Der Gedanke, die Vorgesetzten auf Anweisung ihrer Chefin hin abblitzen zu lassen, gefiel ihnen.

Der rote Knopf an ihrem Telefon blinkte. Sie hatte es bisher ignoriert. Sie zeigte auf die Tür, damit ihre Assistenten hinausgingen, und nahm den Hörer ab, als sie allein war.

Es war Martin.

»Ist es wichtig?«, fragte Bélier einleitend. »Ich habe nämlich mehr als genug zu tun.«

»Hat unsere Mörderin mal wieder zugeschlagen?«

»Warum fragst du mich das?«, fragte sie abwehrend.

»Wenn du es mir nicht sagen willst, dann will ich es auch nicht wissen«, sagte er. »Es war nur so eine Frage.«

»Ich bin gegenüber deinen Nur-so-mal-eben-Fragen misstrauisch«, sagte sie und lachte ein wenig. »Aber echt, Martin, ich bin wirklich super spät dran. Wenn du mir etwas sagen willst …«

»Ich habe Angst, als der letzte Idiot zu gelten, aber ich würde dich bitten, ein Joghurt zu untersuchen.«

»Im Zusammenhang mit welchem Verbrechen?«

»Im Zusammenhang mit einem möglichen Mordanschlag auf mich.«

»Machst du Witze?«

»Nein, aber ich bin vielleicht paranoid.«

»Das glaube ich nicht. Arrogant, anspruchsvoll, egoistisch, ahnungslos, manipulativ bist du schon, aber nicht paranoid.«

»Danke«, sagte Martin.

»Nichts zu danken, ich schicke einen Motorradkurier. Nur eine Frage. Welche der Frauen ist so sauer auf dich?«

Kapitel 42

Freitagmittag

Die rothaarige Mitarbeiterin kam mit zwei Ausdrucken zu Bélier.

»Die DNA des auf der Leiche von Gérard Dupuis gefundenen Spermas ist die von Francis Petit«, sagte sie.

»Sag das nochmal.«

Die Assistentin wiederholte Wort für Wort, was sie eben gesagt hatte.

»Verdammt«, sagte Bélier. »Bist du ganz sicher?«

Bélier ärgerte sich, dass ihr diese Frage herausgerutscht war.

»Ich habe es überprüft«, sagte die Frau trocken.

»Entschuldige bitte.«

»Wir haben unseren Mörder«, sagte die Frau. »Francis Petit. Und er ist tot.«

»Der persönliche Assistent des Vorsitzenden der Union für den Fortschritt«, sagte Bélier, »als ob das nichts wäre.«

»Und er wurde offenbar von seinem Liebhaber getötet, bevor der Selbstmord beging.«

»Der Staatsanwalt will, dass wir ihm Bescheid geben, sobald wir das Sperma des Mörders identifiziert haben. Und der Mörder ist tot. Der Fall ist abgeschlossen.«

»Das ist doch lächerlich«, protestierte die Assistentin. »Wir wissen doch nicht mal, wie er umgebracht wurde. Und auch nicht wann.«

»Vielleicht, aber es wird so kommen. Die Ermittlungen werden mit einem Schlag beendet. Das passt vielen Leuten perfekt in den Kram.«

»Und wenn der Mörder das Sperma auf der Leiche verteilt hat?«

»Ich wette, dass das offiziell niemand vermuten wird. Sie werden viel zu erleichtert sein, einen toten Schuldigen zu haben.«

»Selbst wenn es ein so wichtiger Mann ist wie Francis Petit?«

»In der Öffentlichkeit kennt den Kerl doch niemand. Ein toter Mörder ist der beste Grund, die Sache zu beerdigen. Die Moral ist gerettet, und alle sind zufrieden.«

»Und wenn der richtige Mörder weitermacht?«

Konnte Bélier ihr sagen, woran sie dachte?

Sie war eine Spielerin und vertraute auf ihre Menschenkenntnis.

»Es gibt eine Möglichkeit zu verhindern, dass es so endet.«

Die junge Frau antwortete auf Béliers Lächeln.

»Ich möchte sicher sein, wirklich alles richtig zu verstehen«, sagte sie. »Sollten wir die Wahrheit vielleicht vor dem Staatsanwalt und den Ermittlern geheim halten?«

»Nicht länger als vierundzwanzig oder achtundvierzig Stunden. In der Zeit können wir mit den anderen Hinweisen, die wir in der Hand haben, weitermachen. Wenn sie deine Analyse bestätigen, ist alles in Ordnung, dann geben wir die Sache weiter.«

»Und wenn nicht?«

»Wenn nicht, sind die Polizisten dran.«

»Das scheint mir vernünftig zu sein.«

»Noch etwas«, sagte Bélier. »Wir haben hier Proben von Joghurt und anderen Lebensmitteln, die Kommissar Martin geschickt hat. Bitte mach dich mit Paulo an die Arbeit, und wenn du etwas findest, zeig es mir sofort.«

Freitag, 13.00 Uhr

Landowski erfuhr von dem Doppelmord in der Rue Raynouard, als sie im Autoradio den Sender *France-Inter* hörte.

Sie stoppte den Wagen und rief den Untersuchungsrichter an. Er aß gerade zu Mittag, und sie hörte im Hintergrund das Klappern von Geschirr und Stimmen.

»Ich esse gerade«, sagte er ärgerlich.

Sie entschuldigte sich kurz.

»Ich habe gerade im Radio gehört, dass Francis Petit, der persönliche Assistent von Chenal, und der Sohn von Chenal in dessen Wohnung beide tot gefunden worden sind. Doppelmord oder Mord mit anschließendem Selbstmord.«

Schweigen am Apparat.

»Das ist furchtbar«, sagte der Richter.

»Es muss einen Zusammenhang zwischen diesen beiden Toten und der Ermordung von Dupuis und dem Ehepaar Rémoré geben«, sagte sie.

»Das ist leicht gesagt«, antwortete der Richter. »Was wissen wir schon darüber? Im Moment ist die einzige Gemeinsamkeit, dass drei der Opfer zur selben politischen Partei gehörten.«

Du willst mich wohl auf den Arm nehmen, hätte Landowski am liebsten ins Telefon gebrüllt.

»Es kann kein Zufall sein«, argumentierte sie in gemäßigtem Ton. »Die Partei für den Fortschritt steht im Zentrum dieser Affäre. Das springt einem doch in die Augen. Bei den Rémorés sind all diese Unterlagen verschwunden.«

»Das ist leider nichts als Spekulation«, sagte der Richter. »Wir haben keinen Beweis, dass es diese Unterlagen gegeben hat, wenn ich Ihren Bericht richtig gelesen habe.«

Landowski unterdrückte einen Seufzer der Entrüstung und fragte sich, ob der Richter vielleicht gewisse Anweisungen erhalten hatte. Dabei stand er eigentlich eher in dem Ruf, ehrlich und unabhängig zu sein.

»Wenn ich richtig verstehe, dann haben Sie nicht vor, in diesem Fall mit uns gemeinsam zu ermitteln.«

»Warten wir es ab, seien Sie so freundlich«, sagte der Richter kalt.

»Wenn wir es nicht tun, wird die Staatsanwaltschaft uns von den Ermittlungen abziehen«, sagte Landowski.

Der Richter zögerte.

»Das scheint mir schwierig zu sein, wir haben den ersten Zugriff.«

»Gestatten Sie mir zu insistieren«, sagte Landowski. »Es ist eine politische Affäre geworden, und Regeln sind dazu da, übertreten zu werden.«

Sie wusste, dass sie sich auf gefährlichem Terrain bewegte. Selbst wenn der Richter seine Arbeit alleine machen wollte, so konnte er Angst bekommen oder im Gegenteil Lust, die Aufmerksamkeit in den Medien, die ihm sicher war, auszunutzen.

»Ich sehe, was ich tun kann.«

Sie hatte ihm sein Mittagessen verdorben, aber das war Landowskis geringste Sorge.

Jeannette und Olivier redeten gerade über den Fall, als Landowski hereinkam.

»Ich habe gebeten, den Fall mit unserem zusammenzulegen«, sagte sie.

»Ist der Richter einverstanden?«

»Er will es versuchen. Es ist in seinem Interesse, sonst steht er am Ende mit leeren Händen da. Aber ob er es schafft, ist natürlich vollkommen ungewiss.«

»Sobald es offiziell ist, müssen wir die Witwe von François Petit in Haft nehmen«, sagte Jeannette.

Landowski schien überrascht.

»Weil ihr Mann ermordet wurde, muss sie doch noch lange nicht …«

»Ihren Mann und offenbar dessen Liebhaber. Damit hat sie ein Motiv. Das müsste doch für den Staatsanwalt genügen, oder?«

»Was haben Sie im Hinterkopf?«, fragte Landowski.

Jeannette erzählte ihr, was zwischen Martin und der Frau passiert war, hütete sich aber, zu sagen, dass die Idee, Francis Petits Witwe zu verhaften, von ihm stammte.

»Sie steht im Mittelpunkt dieser Affäre«, schloss sie. »Und sie kennt unsere Akten.«

»Glauben Sie, sie könnte wissen, wer die Mörderin ist?«

»Ich glaube, sie weiß ungeheuer viel.«

»Und Sie denken, dass sie die Mörderin ist?«

»Wenn sie es nicht ist, dann ist sie die Nächste auf der Liste.«

Freitagnachmittag

Die Ergebnisse der Analysen, um die Martin gebeten hatte, lagen am Nachmittag auf Béliers Schreibtisch.

Sie las sie mit Entsetzen und rief ihn an.

»Deine Joghurts waren voller Abrin.«

»Entschuldigung?«, fragte Martin.

»Abrin ist ein Albumin, ein sehr giftiges pflanzliches Protein. In jedem Joghurt ist ein Milligramm und mehr als fünf im Mineralwasser. Eine Dosis von einem Hundertstel Milligramm pro Kilo Körpergewicht genügt, um den Tod herbeizuführen. Selbst bei geringeren Dosen muss man Reizungen der Bindehaut und Blutungen der Netzhaut mit nicht wiedergutzumachenden Folgen befürchten. Ich schicke ein paar Leute zu dir. Rühr bis dahin nichts an.«

»Übertreibst du nicht ein wenig?«

»Soll ich dir erzählen, was es sonst noch an Symptomen gibt? Übelkeit, Gastroenteritis, multiple Blutungen, starke Blähungen, Krampfanfälle, Halluzinationen, Pupillenweitung, Netzhautblutungen, übermäßige Hautdurchblutung, Blutdruckabfall, Kollaps ... Gegen all das kann man nichts tun. Hättest du nur einen Löffel von diesem Joghurt gegessen oder einen Schluck Mineralwasser getrunken, wärst du jetzt im Gerichtsmedizinischen Institut, und zwar auf der falschen Seite der Scheibe. Rühr deine Zahnbürste nicht an, rühr überhaupt nichts an, was mit deinem Körper in Berührung kommen würde.«

»Nicht mal meine Kleider?«

»Die Unterwäsche auf keinen Fall. Meine Leute nehmen alles mit. Hast du eine Ahnung, wer die Person ist, die dir so viel Gutes will?«

»Es kann mit unserer Mörderin zu tun haben. Vielleicht.«

»Oh, Scheiße.«

»Ja.«

Martin räusperte sich.

»Wann kann ich meine Unterhosen und Socken wiederhaben?«, fügte er mit schwacher Stimme hinzu.

Kapitel 43

Freitag, später Nachmittag

Die Verhaftung von Magdalena Petit bei ihr zu Hause verlief ruhig und diskret.

Landowski teilte ihr mit, dass sie unter Arrest stünde, und die junge Frau rief einen Anwalt an.

Nach Entdeckung der Leiche von Francis Petit hätte die Wohnung durchsucht werden müssen. Dass dies nicht geschehen war, bewies, dass die Justiz unschlüssig war.

Landowskis Tatkraft aber sollte alle noch überraschen.

Magdalena Petit sah mit geübter Gleichgültigkeit zu. Sie puderte sich das Gesicht im Badezimmer und ging den Polizisten, die ihren Frisiertisch durchsuchten, kaum aus dem Weg.

Jeannette starrte sie heimlich fasziniert an. Konnte diese schöne junge Frau, elegant trotz der abgewetzten Jeans und der nicht zugeschnürten Tennisschuhe, die sie zu Hause trug, all diese grausamen Morde begangen haben? Wo kamen die dünnen weißen Narben auf ihren Armen her? Bis wohin reichten sie?

Die Durchsuchung führte zu keinerlei Ergebnis. Man fand weder eine Waffe noch geheime Akten – außer den Dokumenten, die sie auf Verlangen des Polizeipräsidenten herausgegeben hatten und die die Polizisten jetzt mitnahmen. Sie trugen auch zwei Computer und alles, was mit Elektronik zu tun hatte, in ihren Wagen. Die Festgenommene schien erstaunt, als sie auch die Bettwäsche mitnahmen.

Jeannette untersuchte die Küche von oben bis unten und vor allem die Hausapotheke und steckte die Sachen dann in Kartons mit Etiketten.

Als sie die Anti-Herpes-Pillen und die Creme fand, drehte sie sich zu Magdalena um, die ihr zusah.

»Sie oder Ihr Mann?«, fragte sie.

»Ich. Mein Vater hat mir dieses Geschenk gemacht, als ich fünf Jahre alt war«, sagte sie mit sanfter Stimme.

Als Jeannette dem schwarzen Blick begegnete, richteten sich ihre Härchen auf den Armen auf. In diesem Moment war sie überzeugt, die Mörderin vor sich zu haben. Es war keine logisch begründete Erkenntnis, und doch war sie absolut sicher. Warum? Wie? Sie mussten noch Beweise finden. Aber Jeannette wusste, dass sie recht hatte.

Ihr Telefon klingelte. Sie sah auf die Nummer, es war Martin.

Sie nahm das Gespräch an und ging in einen anderen Raum.

»Hast du die Frau verhaftet?«

»Wir sind dabei«, sagte Jeannette. »Wir durchsuchen ihre Wohnung.«

Er lachte.

»Bravo, Landowski. Die ist ganz schön tapfer, oder hast du sie manipuliert?«

»Nein, sie hat Mut.«

»Könntest du zu Magdalena Petit ein Wort sagen und ihre Reaktion beobachten? Sag nur ›Abrin‹. Das ist der Name eines starken Gifts, das man in einer seltenen Pflanze findet.«

»Wen hat sie vergiftet?«

»Mich, sie hat es zumindest versucht.«

»Du nimmst mich auf den Arm«, sagte Jeannette.

»Nein. Und das sollte dich nicht überraschen, du hast mich gewarnt. Nur deinetwegen habe ich diese Joghurts nicht gegessen. Ich verdanke dir mein Leben, und jetzt los.«

»Es hat keinen Zweck, sie wird gar nicht reagieren. Aber sie ist unsere Mörderin.«

Freitag, Spätnachmittag

Ein Bote brachte Martin einen Umschlag, in dem sich ein Blatt Papier mit der Adresszeile einer Website befand.

Das Papier kam aus dem Labor der Spurensicherung.

Er las:

»Die Samen der Jequirityliane.

Eine Pflanze, die in Indien, Afrika und den Tropen Amerikas vorkommt. Sie hat besonders schöne rote Blüten, vor allem aber schöne Samen, von leuchtendem Rot mit einem kleinen schwarzen Punkt an der Unterseite. Seit Langem werden sie gesammelt, um neben anderen Ziergegenständen auch Ketten und Rosenkränze herzustellen.

Diese Bohnen sind sehr schön, aber Folgendes lässt sie in anderem Licht erscheinen:

Eine fünfundfünfzigjährige Frau wird aus dem Krankenhaus entlassen. Sie klagt über Übelkeit und starke Kopfschmerzen. Die Kranke stellt fest, dass zehn Perlen aus ihrem Rosenkranz Form und Farbe verloren haben, und da fällt ihr wieder ein, dass sie in der Nacht aus Versehen den Rosenkranz einen Moment in ihren Lindenblütentee hat fallen lassen. Den hübschen Rosenkranz hatten ihre Eltern ihr aus Spanien mitgebracht. Mit den korallenroten und schwarzen Perlen, die glänzen und ganz leicht sind, ist er besonders hübsch und angenehm zu berühren. Es sind Bohnen der Jequirityliane, von denen die Kranke glücklicherweise nur ganz wenig geschluckt hat. Sie hat keine bleibenden Schäden. Hätte sie aber mehr zu sich genommen, hätte dies unweigerlich zum Tod geführt: ein halbes Korn, zerstoßen und zerkaut, genügt, um eine tödliche Vergiftung herbeizuführen.«

Unten auf das Blatt hatte Bélier mit der Hand geschrieben:

»Wenn eine Frau dir etwas Hübsches schenkt, sei vorsichtig!«

Bélier schien die Situation sehr komisch zu finden. Martin hatte weniger Sinn für solch schwarzen Humor. Er sagte sich, dass nicht nur er, sondern auch seine Freundin und Tochter hätten getötet werden können.

Er hätte jetzt gern mit Laurette gesprochen. Seit Béliers Entdeckung konnte er sich auf nichts mehr konzentrieren. Allgemeiner Lebensüberdruss war bei ihm ausgebrochen.

Er war nicht deprimiert, er war in einer Art Schockzustand. Man hatte versucht, ihn zu töten, zum zweiten Mal in drei Tagen, und beinahe wäre es geglückt. Und das Schlimmste war, dass diese Mordversuche von zwei Leuten verübt wurden, die nichts miteinander zu tun und ganz unterschiedliche Motive hatten. Er hatte sich Feinde gemacht. Martin war nicht abergläubisch, konnte aber nicht umhin zu denken: Aller guten (oder bösen) Dinge sind drei.

In dieser Verfassung erhielt er einen Anruf von Roussel. Er solle sofort bei der Polizeispitze erscheinen.

Freitag, früher Abend

»Sie können Ihren Dienst wieder aufnehmen«, sagte Roussel und stand auf, um ihm die Hand zu geben.

Martin reagierte mit einem Kopfnicken auf die Nachricht. Es war nichts Besonderes dabei, die offiziellen Ermittlungen über den Angriff auf Laurette waren abgeschlossen. Laurette allerdings lag immer noch im Koma. Das wusste er aus einem seiner täglichen Anrufe auf der Intensivstation.

Weniger logisch erschien ihm, dass Roussel es so eilig hatte.

»Sie übernehmen sofort wieder die Leitung der Ermittlungen zu den Serienmorden«, sagte Roussel. »Es gibt starke politische Implikationen, und ich verfolge die Sache aufmerksam. Landowski hat gute Arbeit geleistet, wie ich vermutet hatte. Viele Leute zählen auf Sie.«

So war es wohl. Politiker brauchen trotz allem professionelle Helfer. Martins Gesicht blieb versteinert, er weigerte sich, auf das komplizenhafte Lächeln dieses Bürokraten einzugehen.

Seine erste Reaktion war, seine Wiedereinsetzung ins Amt abzulehnen, allein aus dem Wunsch heraus, Roussel in Schwierigkeiten zu bringen.

»Ich bin krankgeschrieben«, sagte Martin und zeigte auf seinen Kopf.

»Ich weiß«, sagte Roussel. »Wir verlangen viel von Ihnen. Aber es sind außergewöhnliche Umstände.«

Die wenigen Sekunden genügten Martin, um nachzudenken und sich zu sagen, dass er von innen heraus viel wirkungsvoller agieren konnte.

»In Ordnung«, sagte er. »Weiß die Landowski schon, dass ich sie ersetze?«

»Sie wird es gleich erfahren«, sagte Roussel trocken und legte die Hand an den Telefonhörer.

Martin hüstelte.

»Natürlich ... Aber ich halte es für unklug, sie ganz von der Sache abzuziehen. Wenn sie depressiv wird oder verbittert ist ... Vielleicht würde sie anfangen zu reden.«

Roussel sah ihn interessiert an.

»Sehr gut überlegt, Martin. Sie ist besonders empfindlich. Sehen Sie sich in der Lage, sie unter Kontrolle zu halten?«

»Ich werde mein Bestes tun.«

Landowski blickte mit einem Seufzer auf ihren kleinen Schreibtisch.

»Also ist es so weit«, sagte sie. »Ich hab's mir schon gedacht. Sie legen mich wieder auf Eis. Nur weil ich die Mörderin verhaftet habe. Ich sage das so, aber Jeannette hat mich überzeugt, dass es richtig war. Andererseits haben wir ja nichts gegen sie in der Hand.«

»Dann suchen wir eben gemeinsam«, antwortete Martin. »Sie bleiben bei mir, wenn es Ihnen recht ist. Offiziell soll ich Sie unter Kontrolle halten, damit Sie nicht reden.«

»Und inoffiziell?«

»Arbeiten wir Hand in Hand. Wenn es Ihnen recht ist«, wiederholte er.

»Und Sie werden mich trotzdem kontrollieren«, sagte sie mit leichter Bitterkeit. »Sie sind sehr, sehr gut.«

Martin setzte sich ihr gegenüber.

»Sie haben gute Arbeit geleistet, sehr gute Arbeit. Sie sind mutiger als die meisten Kerle hier im Amt, mich eingeschlossen. Wir arbeiten zusammen und fertig. Ich werde Sie vielleicht lenken, aber nicht kontrollieren. Und wenn Ihnen das nicht passt, dann gehen Sie zum Teufel.«

Er sah, wie sie sich entspannte und der Ausdruck der Bitterkeit um ihre Mundwinkel verschwand.

»Es wird nicht einfach sein«, sagte Martin. »Die erwarten ja nicht von uns, dass wir die Sache aufklären. Sie wollen, dass wir sie aus dem Dreck ziehen. Um jeden Preis.«

In diesem Moment kam Jeannette ins Büro. Als Martins Blick sie traf, wurde sie rot.

Sie sah sofort, dass Landowski ihre Verlegenheit bemerkt hatte, und hasste sie dafür.

»Kommissar Martin übernimmt wieder die Leitung der Ermittlungen«, sagte Landowski in offiziellem Ton. »Er möchte wissen, wie weit Sie mit dem Verhör der Festgenommenen gekommen sind.«

»Nicht sehr weit«, antwortete Jeannette. »Sie findet, ich sollte mich bei Christian Lacroix einkleiden. Ansonsten kommen wir nicht weiter.«

»Ich glaube nicht, dass ich es besser kann als du, aber ich würde sie gern sprechen«, sagte Martin.

»Sie ist noch hinter der Scheibe.«

Kapitel 44

Magdalena Petit saß an einem am Boden festgeschraubten Tisch hinter dem von der anderen Seite durchsichtigen Spiegel.

Sie wirkte entspannt, hatte die Beine übereinandergeschlagen, den linken Fuß elegant gestreckt und wiegte sich leicht, die manikürten Hände aufeinandergelegt.

Langsam drehte sie den Kopf zum Spiegel und lächelte. Sie hatte gespürt, dass jemand sie ansah. Sie blieb Herrin ihrer selbst und schien sich nicht im mindesten unwohl zu fühlen.

»Wir müssen einen Beweis finden«, sagte Landowski. »Reden wird die niemals.«

»Wir werden schon was finden«, sagte Martin.

»Sie hat den Turnschuhabdruck bei Duperrier hinterlassen«, sagte Landowski, »und sie kann noch andere Fehler gemacht haben.«

»Sie weiß, dass sie bald freigelassen wird«, sagte Jeannette. »Das sieht man sofort.«

»Kein Wunder, dass sie so selbstsicher ist, wenn sie alle kompromittierenden Papiere der Union für den Fortschritt gestohlen hat«, sagte Landowski.

»Ich frage mich, wie viele Leute sie umgebracht hat«, meinte Jeannette.

»Außer den zehn letzten?«, fragte Landowski sarkastisch.

»Von den anderen werden wir nie erfahren«, sagte Martin.

»Sie hat Herpes genitalis und behauptet, ihr Vater habe ihn ihr mit fünf Jahren verpasst«, erklärte Jeannette.

Martin sagte nichts, verzog aber unwillkürlich das Gesicht.

»Nicht alle misshandelten Kinder werden später Serienmörder«, bemerkte Landowski.

Martin trat in den Raum mit dem Spiegel.

Die Inhaftierte nickte ihm kurz zu.

»Guten Tag, Madame Petit«, sagte Martin und setzte sich ihr am Tisch gegenüber.

»Die Umstände haben sich seit unserer letzten Begegnung geändert«, sagte sie leise.

»In der Tat.«

»Sie sehen müde aus. Ruhen Sie sich nie aus? Gehen Sie nie nach Hause?«

»Selten. Meine Freundin ist auch schon ganz verzweifelt. Ich habe sie seit einer Woche nicht mehr gesehen Und ich habe, gleich als ich nach Hause kam, erfahren, dass es ihr nicht gut geht. Sie ist in der Klinik.«

»Ich hoffe, es ist nichts Schlimmes.«

»Übelkeit. Nichts Ungewöhnliches für eine Schwangere.«

Sie lächelte.

»Mag sein. Ich weiß es nicht, ich habe keine Kinder.«

Falls sie an das Gift dachte, das sie bei Martin verteilt hatte, dann konnte man es jedenfalls an ihrem Gesicht nicht ablesen.

Martin spürte eine dumpfe, tiefe Wut in sich aufsteigen. Für diese Frau gab es nichts außer sie selbst. Ihr durch wer weiß welche Grausamkeiten verformtes Herz hatte für immer die Fähigkeit verloren, Mitleid zu empfinden.

»Sagt Ihnen Abrin etwas?«

»Ist das ein Vorname?«, fragte sie mit dem ewig gleichen Lächeln.

»Haben Sie Ihren Mann getötet?«

»Nein.«

»Haben Sie seinen Liebhaber umgebracht?«

»Nein.«

»Haben Sie Gérard Dupuis getötet?«

»Nein.«

»Haben Sie seinen Chauffeur und dessen Frau getötet?«

»Nein.«

»Haben Sie Julien Duperrier, die Schwester von Julie Rodez, Sébastien Grossard, Stéphane Holliez und Georges Forrier umgebracht?«

»Nein, ich kenne diese Leute nicht. Ich weiß gar nicht, von wem Sie reden, außer meinem Mann natürlich. Welchen Grund sollte ich haben, diese Leute umzubringen? Ihre Anschuldigungen sind grotesk. Wie lange wollen Sie mich noch hierbehalten?«

»So lange, wie die Justiz es erlaubt.«

Sie lächelte wieder.

»Dann bin ich ja bald frei. Jedenfalls, wenn es wirklich eine Justiz in diesem Land gibt.«

»Haben Sie Ihren Mann geliebt?«

»Ja.«

»Waren Sie eifersüchtig?«

Plötzlich verzog sich ihr Gesicht zu einer furchtbaren Grimasse.

»Das geht Sie nichts an.«

»Ich schließe daraus, dass Sie sehr eifersüchtig waren. Sie hatten also allen Grund, ihm böse zu sein, und ein gutes Motiv, ihn und seinen Liebhaber zu töten.«

Sie antwortete nicht, aber ihr Lächeln war endgültig verschwunden.

Ein winziger Sieg.

Sie sah Martin mit ihrem tiefschwarzen Blick voller zerstörerischer Eindringlichkeit an.

Genau diesen Blick mussten ihre Opfer gesehen haben, bevor sie starben.

Sie murmelte ein paar Worte in einer fremden Sprache, vielleicht Spanisch.

Martin saß angespannt da, bereit, ihren Angriff zu parieren.

Aber sie beruhigte sich, und ihr Ausdruck wurde wieder heiter.

»Es wird Ihnen nicht gelingen, mich zu provozieren.«

»Ich werde Ihnen sagen, was passieren wird«, sagte Martin.

»Können Sie die Zukunft vorhersehen?«

»Bei Ihnen ist das nicht sehr schwer«, sagte er mit einer Spur Verachtung in der Stimme.

Er spürte, dass seine Verachtung sie traf.

Die Tür in ihrem Rücken ging auf.

Landowski gab ihm ein Zeichen, zu ihr zu kommen.

»Leben Sie wohl, Kommissar Martin«, sagte Madame Petit.

Freitagabend

»Wir haben soeben Anweisung erhalten, sie freizulassen«, sagte Landowski. »Und zwar mit sofortiger Wirkung.«

»Schriftlich?«

»Nein, übers Telefon.«

»Sie sollen es schriftlich bestätigen. Mit Unterschrift der Staatsanwaltschaft. Und nicht per Fax.«

»Und wenn sie sich weigern?«

»Dann behalten wir sie hier.«

Landowski lächelte und ging.

Martin kehrte in sein Büro zurück. Kurz darauf rief ihn Roussel an.

»Wir stecken in einer peinlichen Lage«, sagte er.

»Sprechen Sie von Madame Petit?«

»Haben Sie gute Gründe, sie dazubehalten?«

»Ich warte auf die schriftliche Anweisung der Staatsanwaltschaft, ehe ich sie freilasse«, sagte Martin. »Sie müsste jeden Moment kommen.«

»Sehr gut«, antwortete Roussel. »Sie haben recht, man muss sich absichern.«

Landowski kam herein und reichte ihm das Fax. Die Unterschrift war undeutlich und nicht lesbar.

»Ich habe gesagt, kein Fax«, sagte Martin.

»Das Original müsste in einer Stunde da sein«, erwiderte Landowski.

»Dann warten wir.«

Das Telefon klingelte auf Martins direkter Leitung. Nur Isabelle, Marion, Myriam, Jeannette und Olivier hatten diese Nummer.

»Kommissar Martin?«

Martin erkannte die Stimme des Richters.

»Guten Tag, Herr Richter.«

»Ich freue mich zu sehen, dass Sie wieder an Bord sind, Martin. Und bedauere die Neuigkeit, die ich Ihnen mitteilen muss. Man hat Ihnen den Fall entzogen. Ich müsste im Übrigen sagen, man hat ihn uns entzogen. Es tut mir leid, Martin, aber Sie wissen, wie das ist.«

Martin sah sich das Schreiben mit dem Briefkopf der Staatsanwaltschaft an.

Auch hier war die Unterschrift ebenso unleserlich wie auf dem Fax. Aber er konnte sich nicht länger weigern.

Er bat Olivier, mehrere Kopien des Briefes anzufertigen und ihm dann das Original zurückzugeben. Dann ging er zu Madame Petit, um sie über ihre Freilassung in Kenntnis zu setzen. Sie war in einem kleinen Raum unter dem Dach eingesperrt.

Ein Polizist bewachte auf Martins Anweisung das Zimmer. Die Verhaftete war mit einer Handschelle an eine in der

Wand befestigte Stange gefesselt. Seit sich ein Häftling aus dem Fenster gestürzt hatte, war das Vorschrift.

Martin nahm ihr die Handschelle ab.

»Sie sind frei«, sagte er. »Folgen Sie mir, Sie bekommen Ihre Sachen zurück.«

Im Arbeitsraum der Brigade zeigte Madame Petit großes Interesse an der Tafel mit der Übersicht über die Morde.

Olivier und Landowski konnten nicht umhin, sie anzustarren.

Jeannette holte aus einer Schublade Schlüssel, Portemonnaie und ein Mobiltelefon und gab die Sachen an die Frau zurück.

Magdalena steckte alles gleichgültig in ihre Taschen. Sie ging zur Tür und blieb auf der Schwelle stehen. Sie warf noch einen Blick in den Raum und die Leute darin, dann sah sie Martin an.

»Ich glaube nicht, dass wir uns wiedersehen«, sagte sie.

»Das glaube ich auch nicht«, sagte Martin und grinste.

Einen Moment schien sie von dieser Antwort und seinem Grinsen überrascht, aber sie nahm sich sofort wieder zusammen.

»Viel Glück für Ihre Ermittlungen.«

Leise schloss sie die Tür hinter sich.

Jeannette begann, die Papiere, die vor ihr lagen, zu ordnen. Landowski sah auf die Korktafel mit den Opfern.

Plötzlich lief sie zur Wand und riss das Korkbrett herunter, zerfetzte es und schleuderte es in eine Ecke.

Olivier zog die Brauen hoch, sagte aber nichts.

»Man kann nicht immer gewinnen«, sagte Martin.

»Ist das alles, was du zu sagen hast?«, entfuhr es Jeannette wütend. Sie sprach nicht weiter und ging mit großen Schritten Richtung Tür.

»Warte«, sagte Martin.

Sie blieb auf der Schwelle stehen.

»Was?«

»Versteht ihr denn nicht?«, sagte er.

Sie sahen ihn stumm an.

»Warum haben sie uns die Ermittlungen entzogen?«

»Weil Madame Petit sie mit ihren Akten in der Hand hat.«

»Das glaubt sie nur. Sie ist arrogant und dumm.«

»Ich verstehe nicht«, sagte Landowski. »Wenn sie sie nicht in der Hand hat, warum überlassen sie sie uns dann nicht? Vielleicht hätte sie am Ende die Nerven verloren.«

»Sie werden die Akten wiederfinden«, sagte Martin. »Papiere in Kartons. Ohne diese Dame sind die kompromittierenden Unterlagen wie eine C4-Rakete ohne Zünder. Nicht zu gebrauchen.«

»Meinst du damit, dass sie sie umlegen lassen wollen?«, fragte Jeannette. »Von irgendwelchen finsteren Gestalten der Geheimpolizei?«

»Sie wird verschwinden, ganz einfach. Nie gesehen, nie von ihr gehört. Auf die eine oder andere Weise.«

»Was soll das heißen, auf die eine oder andere Weise?«, fragte Landowski.

»Ich bin mir nicht ganz sicher, ob alle wissen, wozu diese Frau in der Lage ist.«

Er reckte sich.

»Ich gehe jetzt nach Hause«, sagte er. »Ich bin ja eigentlich krankgeschrieben. Ich muss einkaufen. Unterwäsche und Farbe.«

Freitagabend

Magdalena ging die Straße entlang und dachte an das seltsame Grinsen des Polizisten. Er hatte damit etwas angedeutet, gewollt oder ungewollt. Aber sie wusste nicht genau, was.

Sie achtete nicht sofort auf das Auto, das am Bürgersteig bremste, und als sie begriff, was geschah, war es zu spät. Einen Augenblick vorher war sie noch in aller Freiheit die Straße entlanggegangen, eine Sekunde später saß sie halb erstickt und zwischen zwei Männer gequetscht hinten in einer Limousine, die sich bereits in den Verkehr einfädelte.

Auf der Straße hatte sich keiner der Passanten umgesehen. Das war professionelle Arbeit.

Die Männer fesselten ihr die Hände mit Handschellen auf dem Rücken und sahen sie an, als gehöre sie jetzt ihnen. Es waren dieselben Handlanger, die sie auf der Polizeistation durchsucht hatten.

Ihre Unterlippe zitterte. Zwei Tränen liefen ihr die Wangen hinunter.

Sie würde sterben. Das Lächeln von Martin. »Das glaube ich auch nicht«, hatte er gesagt. Das war eine Botschaft gewesen. Sie hatte versucht, ihn zu töten, und er hinterließ ihr die Botschaft, dass sie zu dumm und zu sehr von sich eingenommen gewesen war, um zu begreifen. Oder war das pure Einbildung?

Sie spürte an ihrer Hüfte die Pistole des Geheimpolizisten. So nah an ihrer rechten Hand. Und zugleich so weit weg.

In dem Wagen roch es nach Tabak und Schweiß. Dieses Auto hatte sicher Tausende von geheimen Oberservierungsstunden hinter sich.

Sie hatten Paris inzwischen verlassen und fuhren an der Grenze der erlaubten Geschwindigkeit über die Autobahn.

Die beiden Männer, die neben ihr saßen, entspannten sich ein wenig. Der Chauffeur blickte nicht mehr alle zwanzig Sekunden in den Rückspiegel. Diesmal waren es nur drei Männer. Mit hundertdreißig Stundenkilometern auf der Autobahn war es schwierig, etwas zu unternehmen, und es würde ihr niemand helfen. Das Blaulicht stand zwischen den beiden Vordersitzen. Das war kein offizieller Auftrag.

Der Mann mit dem Halfter an der Hüfte legte wie aus Versehen die Hand auf ihren Schenkel. Er hatte Lust auf sie, und wenn sie hinten im Wagen allein gewesen wären, dann wäre alles so einfach gewesen.

Sie ertastete mit den Fingern die Nadel, die hinten in ihrem Gürtel versteckt war. Mit dem Schlüsselloch der Handschellen war es ein bisschen schwieriger, aber so schwer nun auch wieder nicht. Es gelang ihr, die rechte Hand freizubekommen, doch sie passte auf, dass sie den Unterarm nicht bewegte.

»Was wollen Sie von mir?«, fragte sie mit schwacher Stimme.

Er blickte zu ihr herunter.

»Du hättest Dupuis nichts tun dürfen«, sagte er. »Er war unser Boss.«

Natürlich. Jetzt verstand sie die Logik, die dahintersteckte. Sie hatten sie gebraucht, um die Bedrohung von innen zu beseitigen. Und jetzt war sie an der Reihe. Die Katze biss sich in den Schwanz.

Der Wagen fuhr nun unter dem Schild »Orléans-Tours« hindurch. Wo wollten sie sie unter die Erde bringen? In der Sologne, auf einem großen Anwesen, dessen Erde nie umgegraben würde? Vielleicht sogar, Ironie des Schicksals, auf den Gütern von Francis' Familie?

Sie schloss die Augen und konzentrierte sich. Es ging schneller, als sie gedacht hatte. Galle stieg ihr in die Kehle, und ihr drehte sich der Magen um. Sie erlitt einen Krampf und übergab sich auf die Hand des Mannes mit dem Halfter an der Hüfte.

Mit einem Aufschrei des Abscheus fuhr dieser hoch, und der Mann links rückte auch zur Seite, weil er einen weiteren Schwall befürchtete. Der Chauffeur blickte in den Rückspiegel und versuchte zu sehen, was geschah. Sie übergab sich immer noch.

Gleichzeitig griff sie mit der rechten Hand nach der Waffe des Bullen an ihrer Seite. Sie entsicherte sie mit dem Daumen und schoss ihm eine Kugel in die Seite. Die Explosion war ohrenbetäubend. Der Mann wurde durch den Einschuss so gewaltig zur Seite gedrückt, dass sein Kopf die Fensterscheibe zerschlug. Sie legte den Arm an ihren Körper und jagte drei Kugeln in den Mann links neben ihr. Die drei Schüsse zerfetzten ihm den Bauch. Die Hände des Mannes fielen nach unten. Er sackte nach vorne, dann nach hinten, dann bewegte er sich nicht mehr.

Der Chauffeur bremste wie ein Wahnsinniger, sodass der Wagen quer auf der Straße zu stehen kam. Er versuchte verzweifelt, sie über seinen Sitz hinweg zu packen. Lautes Gehupe, quietschende Bremsen und Reifen … Ein Sattelschlepper fuhr an ihnen vorbei, er konnte gerade noch ausweichen, und hupte nach Kräften.

Sie hielt dem Chauffeur den Lauf unters Kinn und sah seinen erschrockenen Blick.

»Umdrehen! Wir fahren zurück nach Paris«, sagte sie.

Freitag, um Mitternacht

Martin wurde durch das Vibrieren seines Handys geweckt. Er konnte sich schon vorstellen, wer anrief, bevor er dranging. Die Sache ist nicht so gelaufen, wie sie sich das gedacht haben, sagte er sich, küsste Marion auf die Schulter und deckte sie zu.

Als er beim Präfekten eintraf, war Roussel bereits da, außerdem ein Unbekannter, den ihm vorzustellen sie nicht für nötig hielten.

Niemand bot ihm einen Stuhl an. Ein Platz war frei. Er setzte sich vor Roussel hin.

»Drei Beamte sind von der Verdächtigen, die Sie gestern Abend freigelassen haben, ermordet worden«, sagte der Präfekt in ernstem Ton.

»Das ist furchtbar«, sagte Martin. »Beamte aus welcher Abteilung?«

Niemand antwortete. Aber die Blicke der drei Männer waren auf ihn gerichtet.

Wenn sie wollten, dass er sich jetzt schuldig fühlte, dann hatten sie sich getäuscht. Die Anweisung, Magdalena Petit freizulassen, hatte er in seiner Brieftasche.

»Wir haben ein Problem«, fuhr der Präfekt fort.

Martin blieb ruhig und gelassen.

»Sie hätten sie nicht freilassen dürfen. Das ist ein schwerer Fehler, der juristische Folgen und Ihre Abberufung nach sich ziehen dürfte.«

»Tja, das ist tatsächlich gravierend«, sagte Martin und verzog keine Miene.

»Geben Sie zu, dass Sie diesen schlimmen Fehler begangen haben?«, fragte der Präfekt, der seine Erleichterung nicht länger verbergen konnte.

»Ich würde Ihnen zustimmen, dass jemand einen Fehler gemacht hat«, sagte Martin, der diesen Moment so lange auskosten wollte wie möglich.

»Was wollen Sie damit sagen?«, fragte der Präfekt, der plötzlich ahnte, dass eine Katastrophe auf ihn zukam.

»Ich habe auf schriftliche Anweisung der Staatsanwaltschaft gehandelt. Und auf Anweisung des Justizministers. Hat man Ihnen das denn nicht gesagt?«

Der Präfekt zuckte zusammen.

»Das hat mir niemand gesagt. Können Sie mir diese schriftliche Anweisung zeigen?«

Roussel hüstelte.

»Natürlich«, sagte Martin, zog die Fotokopie hervor und reichte sie ihm.

»Aber das ist ja nur eine Kopie! Wo ist das Original?«

»An einem sicheren Ort«, sagte Martin.

Seinen Worten folgte betretenes Schweigen. Der Präfekt sah den fremden Mann an. Dann wandte er sich wieder Martin zu.

»Wir haben Sie herkommen lassen, weil Sie derjenige sind, der diese Frau am ehesten fassen kann«, sagte er. »Sie haben sie schon einmal erwischt. Haben Sie eine Idee?«

»Das war nicht ich«, erklärte Martin, »Landowski hat sie verhaftet.«

Der Präfekt sah Roussel an. Er wusste es nicht einmal.

Jedenfalls hatten sie ihn nicht herkommen lassen, um ihn um Rat zu fragen, so viel stand fest. Sie hatten ihn zum Sündenbock machen wollen.

Und das war ihnen missglückt. Gerade war er noch wie ein Aussätziger gewesen, jetzt war er unverzichtbar. Ich hasse diese Männer, sagte er sich. Ich hasse sie noch mehr als diese Frau, die mindestens dreizehn Menschen umgebracht hat und mich zu töten versuchte.

Seine Gedanken mussten am Ausdruck seiner Augen zu erkennen sein, denn der Präfekt wandte betreten den Blick ab.

»Was wird sie Ihrer Meinung nach tun?«, fragte Roussel.

»Das Land verlassen, so schnell wie möglich. Es wird für sie zu heiß hier. Selbst wenn sie von ganz oben protegiert worden ist.«

Nach diesen Worten herrschte Schweigen. Keiner hatte etwas dazu zu sagen.

»Diese Frau wird anderswo weiter wüten«, sagte der Unbekannte schließlich, »weiter foltern, weiter töten. Das ist ein echtes Drama.«

»Alle Grenzposten sind alarmiert«, sagte Roussel. »Alle Polizeistationen Europas sind in Alarmbereitschaft.«

Niemand beachtete ihn. Er hüstelte wieder.

Martin stand auf.

»War das alles, was Sie mich fragen wollten?«, sagte er und ließ sie wider Willen seine Abneigung spüren.

Der Präfekt trat zu Martin. Er nahm ihn beim Arm, begleitete ihn zur Tür, öffnete sie, trat über die Schleuse der Doppeltür, ohne ihn loszulassen, und wartete, bis die zweite gepolsterte Tür sich lautlos hinter ihnen geschlossen hatte.

Er gab seiner Sekretärin ein Zeichen, und sie verschwand.

»Diesen Brief von der Staatsanwaltschaft, heben Sie ihn zu Ihrer Sicherheit auf, wenn Sie wollen, aber versuchen Sie nicht, davon Gebrauch zu machen. Das würde vielen Leuten schaden und Ihnen nichts nützen. Und glauben Sie mir oder nicht, ich wusste nicht, dass die Staatsanwaltschaft Ihnen Anweisung erteilt hatte, Magdalena Petit freizulassen. Die haben sich gehütet, es mir zu sagen. Der Tag, an dem der Justizminister sich herablässt, mit seinen Kollegen des Inneren zu sprechen …«

»Sie haben dieser Frau die Ergebnisse der Ermittlung gegen sie gegeben«, unterbrach Martin ihn ruhig.

»Das stimmt nicht«, sagte der Präfekt.

»Doch, es ist wahr, und ich habe den Beweis.«

»Aber ich konnte nicht ahnen, wer sie war!«

»Wer hat von Ihnen verlangt, die Unterlagen weiterzugeben?«

Der Präfekt trat einen Schritt zurück.

»Sie vergessen sich, Martin«, sagte er. »Ich werde das überhören.«

»Wer hat Sie dazu aufgefordert?«, wiederholte Martin und kam so nah an ihn heran, dass er ihn fast berührte. »Ich schwöre Ihnen, wenn Sie mir nicht sofort die Information geben, die ich verlange, wird morgen die gesamte Presse wissen, dass Sie der Mörderin die sie betreffenden Polizeiunterlagen überlassen haben.«

Der Blick des Präfekten wurde unstet. Er versuchte zurückzuweichen, stand aber buchstäblich mit dem Rücken an der Wand. Martin packte ihn am Anzugskragen. Er hatte das Gefühl, dass der Mann in seinen Händen schrumpfte. Leute dieses Schlages glaubten, sie wären Magdalena gewachsen. Das wäre geradezu komisch gewesen, wenn nicht schon dreizehn Menschen umgebracht worden wären.

»Chenal. Ich konnte es nicht ablehnen.«

Der Präfekt hob den Kopf und sah Martin in die Augen, dieses Mal, ohne mit der Wimper zu zucken. Martin nickte und ließ ihn los. Er wusste alles, was es zu wissen gab. Die Mörderin war die Geliebte eines der mächtigsten Männer Frankreichs. Der dritte Mann im Staat. Eine Institution.

»Natürlich«, sagte Martin, »natürlich. Sie konnten es nicht ablehnen.«

»Versetzen Sie sich in meine Lage.«

»Nein, danke«, sagte Martin.

Martin legte sich so vorsichtig ins Bett wie irgend möglich, doch Marion wachte trotzdem auf.

»Wo warst du?«, fragte sie mit verschlafener Stimme und legte ihren Arm über seine Brust. »Du bist ja eiskalt.«

»Magdalena hat wieder zugeschlagen, sie hat drei Männer erschossen. Die Typen hatten offenbar die Aufgabe, sie verschwinden zu lassen. Sie waren der Sache aber nicht gewachsen.«

Marion stützte sich auf den Ellbogen auf.

»Aber du hast sie doch gerade erst freigelassen!«

»Ja, sie hat keine Zeit verloren.«

»Oh, verdammt«, sagte Marion, schob das Kopfkissen gegen die Wand und lehnte sich dagegen. »Glaubst du, ich kann darüber schreiben?«

»Wenn du willst. Aber warte erst mal, was die Ermittlungen ergeben. Und schreib den Artikel in Form von Fragen. Wir werden nie alles herausfinden, da darf man sich keine Illusionen machen.«

»Was wird sie deiner Meinung nach jetzt tun?«

»Sie ist schon weit weg.«

»Sie wird andere Menschen töten.«

»Das ist so gut wie sicher.«

Marion stieß einen kleinen, überraschten Schrei aus.

Er legte die Hand auf den Bauch seiner Freundin. Auf der linken Seite bildete sich eine Beule, die sich bewegte.

»Unser Mädchen räkelt sich«, sagte Marion. »Ich habe sie geweckt.«

Martin streichelte sanft den Bauch, und die Beule verschwand wieder.

»Wir haben noch immer keinen Namen«, sagte er.

»Ich glaube, wir werden uns nie einigen«, entgegnete Marion.

»Magdalena«, sagte er.

»Spinnst du?«, sagte Marion. »Willst du unsere Tochter nach einer Mörderin nennen?«

»Nein«, sagte er. »Ich dachte nur, dass der Kuchen noch nicht gegessen ist. Sie wird wiederkommen.«

Marion zweifelte keinen Augenblick an seinen Worten. In manchen Dingen irrte Martin sich nie.

»Wirst du sie warnen?«

»Natürlich. Aber sie werden mir nicht glauben.«

Plötzlich wurde Marion kalt. Sie zog die Decke enger um sich.

»Glaubst du, sie wird sich an dir rächen?«, sagte sie.

»Das glaube ich nicht. Sie wird nicht meinetwegen zurückkehren.«

»Warum denn dann?«

Martin antwortete nicht, er hatte die Augen geschlossen. Sie glaubte schon, er sei eingeschlafen, als er plötzlich noch einmal etwas sagte.

»Wenn ich auch das Wohnzimmer weiß streiche, bist du mir dann böse?«

Sie lachte.

Kapitel 45

Ende April sind die Bäume so grün wie mitten im Sommer. Besonders in Paris, wo die durchschnittliche Temperatur mehrere Grad höher ist als in den Departements, die weiter außerhalb liegen.

Es war ein milder Abend.

Eine blonde junge Frau, elegant gekleidet, stieg um 22.40 Uhr in Passy in ein Taxi und gab die Adresse an; am Steuer saß eine Frau mit einer Mütze, die ihre Haare und einen Teil der Stirn verbarg.

Es war das dritte Rendezvous der blonden Frau, und sie war etwas weniger nervös als bei den letzten Malen. Sie hatte alles geplant.

Ihr Mann – ein Europa-Abgeordneter – hatte eine Sitzung in Brüssel, die Kinder waren bei ihrer Mutter, und ihre beste Freundin gab ihr ein wasserdichtes Alibi. Einzige Bedingung war, dass sie ihr am nächsten Tag beim Mittagessen alles erzählte; was sie dann auch tat, wobei sie jedoch die Dinge beschönigte und die demütigenden Details verschwieg.

Das Taxi bog nach rechts auf die Quais, anstatt Richtung Zentrum zu fahren.

Die Kundin war in Gedanken versunken und merkte es erst nach einiger Zeit.

»He, Sie haben sich in der Richtung geirrt!«, sagte sie.

»Entschuldigung. Ich muss tanken, und an den Quais gibt es noch eine offene Tankstelle.«

Die Stimme der Frau hatte einen leichten Akzent, einen ausländischen Tonfall. Bei den Pariser Taxis gab es immer mehr Einwanderer.

»Und ich soll dann für den Umweg zahlen«, beschwerte sich die Kundin.

»Nein, ich ziehe den Umweg ab«, sagte Magdalena.

Die Frau lehnte sich wütend zurück. Sie würde zu spät kommen. Er würde mit ihr nicht zufrieden sein. Sie hatte ein wenig Angst vor ihm, und zugleich ... Sie spürte stärker als sonst die Seide des Kleids auf ihrer Haut; das Kitzeln ihrer Haare im Nacken und an den Schultern ließ sie frösteln.

Seit Jahren war sie nicht mehr so ... erregt? Nein, animiert? Nein ... Sie suchte nach dem richtigen Wort. Lebendig, das war es, sie fühlte sich lebendig.

Das Schild an der Tankstelle war nicht erleuchtet. Aber es war keine Kette vor die Einfahrt gelegt. Das Taxi fuhr unter das Dach über den Zapfsäulen und hielt an.

Die Fahrerin löschte die Scheinwerfer und stieg aus. Plötzlich war alles stockfinster.

Erst jetzt begriff die Kundin, dass etwas nicht stimmte.

Ihre Erregung verwandelte sich in Furcht, als die Tür aufging und die Fahrerin ihr die kleine Handtasche von Hermès, die sie sich wie einen Schutzschild vor die Brust hielt, wegriss.

»Ziehen Sie sich aus«, sagte sie.

Die blonde Frau sah sie erschrocken an.

»Aber ... Sie sind eine Frau, Sie wollen mich doch wohl nicht vergewaltigen! Nehmen Sie mein Geld und meine Karte ...«

Die Fahrerin schlug ihr mit der Hand auf den Mund.

»Ziehen Sie Ihr Cape und Ihr Kleid aus.«

Die Kundin gab einen kleinen ängstlichen Laut von sich, zog sich aus und wand sich dabei auf dem Sitz. Als sie fertig war, riss ihr die Fahrerin das Kleid aus der Hand und warf die Tasche auf den Vordersitz.

Die Kundin wollte gerade ihre Unterwäsche ausziehen.

»Das reicht schon. Den Code.«

»Welchen Code?«

Sie erhielt erneut einen Schlag ins Gesicht.

»Den Code von Nummer elf.«

Die Kundin schüttelte den Kopf.

Die Fahrerin hob die Hand.

»Nein, bitte nicht ... 79-11. Ja, es ist 79-11.«

Die Fahrerin griff ihr in die Haare und zog ihr heftig den Kopf nach hinten.

Die Spitze der Nadel drang in ihre Kehle, und die Flüssigkeit erreichte sofort ihr Gehirn. Sie schlief schon, bevor sie auf den Sitz zurückfiel.

Die Fahrerin zog sie an den Füßen aus dem Wagen und warf sie hinter die Zapfsäule.

Dann zog sie sich schnell aus, schlüpfte in Kleid und Cape und setzte sich wieder ans Steuer.

Über ihr kurz geschnittenes Haar zog sie eine blonde Perücke, die aussah wie die Frisur der Kundin. Sie rückte sie im Spiegel zurecht, fuhr aus der Tankstelle und fädelte sich in den Verkehr ein.

Zwei Straßen vor ihrem Ziel hielt sie an.

Mit fünf Minuten Verspätung stand sie vor der Hausnummer elf und gab den Code ein, während sie in ihren kleinen Taschenspiegel sah, um ihr Gesicht weitgehend vor möglichen Beobachtern zu verbergen.

Sie klingelte an der lackierten Tür und setzte eine Sonnenbrille auf. Er öffnete ihr die Tür. Er trug dieselbe graublaue Kaschmirstrickjacke wie bei ihrem ersten Treffen und telefonierte.

Er gab ihr ein Zeichen einzutreten, ohne sie anzusehen. Fragen der großen Politik nahmen seine ganze Aufmerksamkeit in Anspruch.

Sie ging zur Musikanlage und stellte einen Sender auf volle Lautstärke.

Er erschien auf der Schwelle des Wohnzimmers und war so überrascht, dass sie in Lachen ausbrach.

Sie legte ihr Cape ab und dann Brille und Perücke.

»Bon soir«, sagte sie. »Ich konnte doch Frankreich nicht verlassen, ohne Ihnen Adieu zu sagen.«

Einen Moment lang verlor er die Beherrschung, fasste sich aber schnell wieder. Er lief rot an und ballte die Fäuste.

»Du kleine Schlampe. Ich bring dich um«, keifte er und kam auf sie zu.

Er hatte seine Schauspielerstimme abgelegt. So mochte sie ihn lieber. Sie ließ ihn näher kommen. Sie war ja nicht mehr sechzehn. Die langen Jahre mühsam erworbener Erfahrungen hatten sie selbstsicher gemacht.

»Komm, mein lieber König«, sagte sie.

Er zögerte einen Augenblick und war trotz seiner Wut überrascht.

»Komm, mein König der Raben«, sagte sie auf Spanisch. »Komm, mein lieber kleiner Papa.«

Dieses Mal wollte sie ihm genug Zeit lassen, sie um Verzeihung zu bitten.

Danksagung

Meiner ersten Leserin Camille gelang es, mich davon zu überzeugen, dass diese Ansammlung von Wörtern ein Roman ist. Meine nächste Leserin, Nadja, war auch dieser Meinung, doch das hielt sie nicht davon ab, Kritik zu üben – sehr nützliche Kritik.

Danielle Borde nahm das literarische Skalpell in die Hand und half mir als Expertin, Überflüssiges zu entfernen.

Hélène Bihéry, meine Lektorin, hat mich in fünfzehn Monaten Schreibarbeit ermutigt und immer einen aufmerksamen Blick gehabt.

Ich danke ihnen allen.